라이언 블루

라이언 블루

오승호(고 가쓰히로) 장편소설 — 이연승 옮김

LION BLUE
ライオン・ブルー

등장인물

사와노보리 요지　순경. 30세. 고향인 시시오이 파출소로 근무지 이동을 자원해 10년 만에 귀향한다.

아키미쓰 다이고　순경. 파출소 넘버 투. 젊지만 마을에서 인정받는 존재. 요지의 선배.

후쿠나가 가즈토모　경위. 파출소 소장. 요지의 상사.

고스게 에이조　순경. 파출소 넘버 쓰리. 요지의 선배.

우에시마 미쓰오　순경. 거구에 과묵한 성격. 요지의 후배.

요코오 미노루　순경. 성실하고 고지식한 성격. 요지의 후배.

곤도　현경 본부 형사. '뱀'이라는 별명으로 불리는 사나이.

나가하라 신스케　순경. 요지의 동기. 시시오이 파출소에서 근무 중 넉 달 전 실종.

스미레　나가하라의 조카.

가도마쓰 가쓰야　요지의 친구. 가도마쓰 운수의 장남. 별명 가쿠짱.

한다 도시유키　요지의 친구. 식당 주인. 별명 사모한.

지토세 다카노리　시시오이의 대지주. 지역 유지 모임 '천앵회'의 주축.

지토세 다쓰노리　지토세 집안의 차기 당주. 아키미쓰와 친하다.

가나이 뎃페이　천앵회 구성원. 지역 폭력 조직 두목.

히고　천앵회 구성원. 축산업계 대부.

오바타　천앵회 구성원. 농협의 실력자.

가와모토　천앵회 구성원. 전직 신문 기자 남자.

소가　천앵회 구성원. 전직 공무원 남자.

가키네　천앵회 구성원. 가구 도매업체 사장. 고인.

마스다　버스 기사.

모리 준이치로　시시오이 파출소의 요주의 인물 노인. 술버릇이 좋지 않다.

모리 세쓰코　모리의 처.

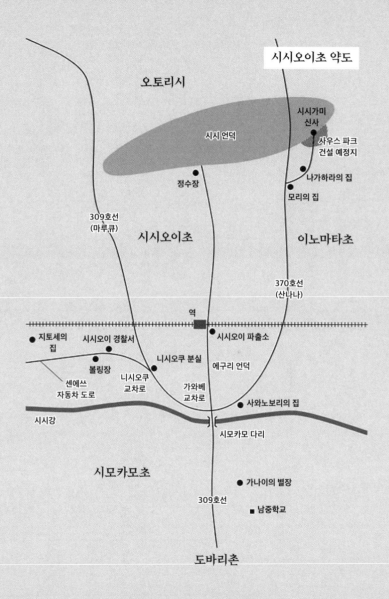

시시오이초 약도

오토리시

시시가미
신사

사우스 파크
건설 예정지

시시 언덕

나가하라의 집

정수장

모리의 집

309호선
(마루큐)

시시오이초

이노마타초

370호선
(산나나)

역

시시오이 파출소

지토세의
집

시시오이 경찰서

니시오쿠 분실

에구리 언덕

볼링장

센에쓰
자동차 도로

니시오쿠
교차로

가와베
교차로

사와노보리의 집

시시강

시모카모 다리

시모카모초

가나이의 별장

남중학교

309호선

도바리촌

일러두기
본문의 각주는 전부 독자의 이해를 돕기 위한 옮긴이 주입니다.
'시시(獅子)'는 일본어로 '사자'를 뜻합니다.

1장

붉은 갈기털

저 멀리 초승달 뜬 하늘이 타오르고 있다.

경찰차를 타고 370번 국도를 북쪽으로 달려 현장에 도착한 건 새벽 4시가 넘은 시간. 자갈이 들어찬 공터에 사람이 열 명 정도 서 있고 그들의 시선 끝에는 가로로 긴 가옥이 새빨간 화염에 채색돼 있다. 사람들 다리 옆에 있는 물통은 무시무시하게 불똥을 튀기는 불길 앞에서 그야말로 무력했다.

"어떻게 된 겁니까?"

러닝셔츠를 입은 중년 남자에게 묻자 그는 힘없이 고개를 가로저었다. 무전기를 입에 대고 본부에 상황을 전한다. 함께 온 동료 요코오 미노루가 구경꾼들을 쫓으려 소리치고 있다.

"주민분은?"

다시 러닝셔츠 남자에게 묻는다. 남자는 사람들을 향해 턱짓하고 "이 안에는 안 보여"라고 했다.

"그럼 아직 집 안에?"

"모르지."

그의 눈은 맹렬하게 이글거리는 열기 덩어리에서 떨어지지 않았다.

활활 타는 소리가 마치 짐승의 포효 같다. 단말마의 발악 또는 오랜 잠에서 깨어난 소리처럼 들리기도 한다. 불길은 마치 흩날리는 새빨간 갈기털 같았다.

볼이 조금씩 따끔거린다. 무심코 뒷걸음질 칠 뻔한 것을 꾹 참았다. 한 걸음 내디뎌 근처에 있는 물통을 집어 든다. 각오를 다지고 머리 위로 물을 뒤집어쓰려 할 때.

"하지 마."

누군가의 날카로운 목소리에 움직임을 멈췄다.

등 뒤에 펼쳐진 어둠 속에서 직선으로만 그려진 듯한 윤곽이 보인다. 불길에 비치는 티셔츠와 청바지, 샌들을 신은 아키미쓰 다이고다.

아키미쓰는 손가락 사이에 끼운 담배를 피우고 연기를 내뱉었다.

"소용없어. 아니면 죽고 싶은 건가?"

"하지만."

"다행히 옆집과는 떨어져 있으니 소방을 기다려."

사이렌 소리가 점차 가까워져 온다.

땅에 비벼 끈 꽁초를 손에 쥔 아키미쓰에게서 눈을 뗄 수 없다.

……당신이 왜 이곳에?

1

언덕 중턱에서 고개를 돌리니 마을 곳곳이 연분홍색으로 물들어 있다. 조금 더 남쪽으로 가면 벚나무로 유명한 관광지가 나온다. 봄 날씨치고는 땀이 날 정도의 더위지만 나들이를 하기에는 안

성맞춤인 맑은 날씨였다.

언덕 기슭에서 일직선으로 뻗은 시모카모 다리는 길이가 약 2백 미터이고 다리 아래를 흐르는 시시강은 마을의 경계를 이루고 있다. 다리 양옆에 다닥다닥 붙어 있는 집들에는 하나같이 삼각 기와지붕이 얹혀 있고 세련된 아파트 같은 건 찾아볼 수 없다.

지금 올라온 이 언덕은 에구리 언덕이라 부른다. 꼭 그 때문인지는 알 수 없지만 허벅지를 도려낼* 듯한 급경사라 평일 낮인데도 절반이 넘는 길가 상점이 셔터를 내렸고 나머지 점포들도 조용하다. 상점가라고는 해도 조금 전 경차 한 대 외에는 마을 주민 한 명 보지 못했다.

참 시원찮은 경치야. 기억 그대로의 풍경을 보자 왠지 마음에 거스러미가 일었다. 멈춰 있던 다리를 움직여 사철 역이 있는 꼭대기로 올라간다.

시야 왼쪽 끝에 낡은 역사의 지붕이 보였다. 교차로에 서서 체조하는 택시 기사의 모습을 보니 역 안 대합실이 한산하다는 것을 쉽게 짐작할 수 있다. 곧게 뻗은 차단기 끝으로 편의점 간판이 보인다. 기억에 없는 걸 보니 최근 10년 안에 생겼을 것이다.

가로지르는 철로를 넘어 마을은 더 높이, 마치 시시 언덕 경사면을 감싸듯 펼쳐져 있다. 파란 하늘이 산등성이를 더 또렷이 새기고

* 일본어의 에구리(抉り)에는 '도려내다'라는 뜻이 있다.

있었다.

철로 앞 언덕을 내려가 역 건물 비스듬히 맞은편에 2층짜리 아담한 건물이 있다. 자세를 가다듬고 유리문을 당기자 안에서 은은한 커피 향이 풍겼다.

"안녕하십니까. 오늘부터 근무하게 된 사와노보리 요지라고 합니다."

힘 있게 말하는 요지를 향해 카운터 안쪽에서 누군가가 굵은 손가락을 뻗어 손짓했다.

"오오, 어서 와, 어서 와. 자, 여기 앉아."

살집 있는 볼에 전체적으로 퉁퉁한 백발 남자는 시시오이 파출소의 소장, 후쿠나가 가즈토모 경위다.

요지는 "실례합니다" 하고 카운터 안으로 들어갔다. 후쿠나가가 가리킨 간이 의자에 앉아 파출소 안을 슬쩍 둘러본다. 파출소 내부는 세로로 긴 구조에 책상 한 쌍이 마주 보고 있고 벽 앞에 사물함과 캐비닛이 있다. 오른쪽 안쪽 계단은 숙직실로 이어질 것이다. 계단 옆 뒷문 간유리로 경찰차 옆면이 비쳤다.

"딱딱한 인사는 생략하도록 하지. 이런 촌구석 파출소에서 무게 잡아 봐야 뭐 하겠어. 녹차랑 커피 중 뭐로 하겠나?"

커피를 부탁하자 후쿠나가는 기쁜 듯이 커피메이커로 향했다. 잠시 후 그가 "내 특제 커피" 하고 통나무 같은 팔을 뻗어 김 나는 컵을 내밀어 요지는 정중히 고개를 숙였다.

"나이는?"

"이제 서른입니다."

"임관한 지 얼마나 됐지?"

"고등학교를 졸업하자마자 들어왔습니다. 아쓰미 교장*에 있었습니다."

"아쓰미 씨는 이미 퇴임하지 않았나."

요지는 즉시 "네, 재작년에" 하고 대답했다. 한때 신세 진 교관의 생일 정도는 외워 두는 게 좋다. 경찰은 위계를 중시하는 조직이고, 특히 시골에는 그런 위계에 민감한 사람이 많아 자칫 잘못하면 생각도 못 한 뒷소문이 돌 수 있다.

후쿠나가는 "오, 똘똘하군" 하고 눈을 크게 떴다.

"파출소 같은 곳은 얼른 졸업하고 형사를 목표로 해도 좋을 것 같은데."

"아닙니다. 과찬입니다."

"혹시 뭐 사정이라도 있나?"

질문에 호기심이 섞여 있다. 요지도 긴장을 누그러뜨리고 "머리가 영 나빠서요. 예전부터 작은 글자들을 읽으면 현기증이 나곤 했습니다" 하고 어깨를 움츠렸다.

"나랑 같은 부류인가. 아니, 여기 있는 녀석들은 다 비슷할걸."

후쿠나가의 사람 좋아 보이는 미소를 보며 요지도 덩달아 머리

---

*   경찰 학교에 있는 '반'을 뜻한다.

15

를 긁적이고 웃었다. 소탈하게 굴면서 새로 온 부하를 테스트하는 상사도 많지만 다행히 시시오이 파출소의 우두머리는 그런 타입은 아닌 듯했다.

"갑자기 사적인 질문을 해서 당황했을 텐데 미안하군."

"아닙니다. 편하게 대해 주셔서 저야말로 감사합니다."

3월에 접어들어 얼마 안 돼 아버지가 쓰러졌다. 영업하러 간 회사에서 돌연 쓰러졌다고 한다. 지주 막하 출혈이었고 한 달이 지난 지금도 차도가 없다.

본가가 시시오이 파출소 옆이라 근무지 이동 신청은 밑져야 본전이었다. 경찰이라는 직업 관계상 지인이 많은 곳에 발령받기는 어렵다.

그러나 흔쾌히 발령이 났을 때 놀라지 않은 건 연초 시시오이 파출소에 잇달아 결원이 생겼다는 걸 요지도 알고 있었기 때문이다.

"보충은 고사하고 지원도 거의 없으니. 연휴 같은 때 잘 쉬지도 못해."

일곱 명에서 다섯 명이 되어 지난 석 달간 눈코 뜰 새 없이 바빴다고 했다. 통상 3인 배치 3교대제라면 최소 아홉 명이 필요하다. 지방 파출소의 인원 부족 현상이 어제오늘 일은 아니라지만 그렇다 해도 다섯 명이 24시간 365일을 소화하기는 벅차다.

현 남쪽을 차지하는 시시오이군은 면적 대부분이 험준한 산이고 파출소도 인구가 집중된 시시오이초에 단 하나뿐이다. 나머지는 각지에 주재소가 스무 곳 남짓 흩어져 있고 거주 경찰관이 혼자 근무하기 때문에 도움을 요청할 수도 없다고 후쿠나가는 투덜거렸다.

"자네 덕분에 집사람 기분이 좀 풀리겠어."

후쿠나가는 흐뭇하게 미소 지으며 요지의 팔을 툭 쳤다.

근무 체계는 24시간 당직, 다음 날 비번, 공휴, 또 당직 반복을 기본으로 하고 이따금 저녁 무렵 일이 끝나는 일근이 끼는 흔한 체계였다. 3인 근무를 원칙대로 하다가는 쉬는 날이 없으니 융통성 있게 조절하는 듯했다.

"오늘은 일근이고 내일은 당직. 괜찮겠나?"

"네."

"이사는? 아직 정신없으면 내일도 일근하거나 쉬어도 상관없기는 한데."

"어차피 본가가 옆이고 독신이라 괜찮습니다."

독신자 기숙사에서 갈아입을 옷가지 정도만 챙겨 왔다. 큰 짐인 자전거는 업자에게 배송을 맡겼다.

"저."

대화가 일단락될 무렵 요지는 후쿠나가의 눈치를 살피며 조심스레 입을 뗐다.

"나가하라 순경은 아직입니까?"

순간 후쿠나가의 표정이 굳어지는 것을 요지는 놓치지 않았다.

곧 다시 미소를 되찾은 파출소 소장은 "글쎄. 어디서 자아 찾기라도 하고 있으려나" 하고 너스레를 부렸다.

"어느 해변 같은 데서 문어빵이라도 팔고 있을 수도."

"잘 팔릴까요?"

"잘 팔리면 나도 고려해 봐야지. 겨울 보너스가 얼마 나왔을 것 같아? 문어빵에 토핑도 못 올릴 정도라고."

짧은 대화에서도 후쿠나가의 속내가 엿보였다.

아쓰미 교장 출신임을 밝힌 요지 앞에서도 나가하라 신스케의 실종에 대해서는 말할 생각이 없다는 뜻이다.

"전 자전거 한 대 사고 끝이었습니다."

"차 정도는 뽑게 해 줘야 하는 것 아니야?"

웃는 얼굴로 반응했다. 첫날부터 주목받고 싶지는 않았다.

후쿠나가의 수다에 계속 맞장구치고 있을 때였다.

"소장님."

갑자기 다른 사람의 목소리가 들려 요지는 고개를 돌렸다. 입구에 선 남자는 햇빛을 등진 채 그림자에 가려져 있다.

"누굽니까? 갠."

파출소 안에 들어와 경찰모를 벗자 얼굴이 드러났다. 진하고 날카로운 직선 눈썹이 눈에 띄고, 오똑한 코는 후쿠나가의 주먹코와 정반대다. 나이는 요지보다 몇 살 많아 보이며 마치 거침없는 일필휘지로 그려낸 듯한 인상의 남자였다.

뒤이어 덩치 큰 남자 한 명도 말없이 들어왔다.

"안녕하세요. 사와노보리 요지라고 합니다. 오늘부로 시시오이 파출소에 배속받았습니다."

요지는 일어서서 이름을 말하면서 후쿠나가 앞에서 자신을 소개할 때보다 더 긴장한 것을 느꼈다.

후쿠나가가 일필휘지 같은 선배 경찰을 소개해 주었다.

"아키미쓰 다이고 순경. 여기서는 내 다음이라고 생각하면 돼."

나이는 요지보다 네 살 많다고 했다.

"잘 부탁드립니다."

요지가 고개를 숙이자 아키미쓰는 요지를 위아래로 훑어봤다. 입가에 옅은 미소를 띠고 있다.

"네가 그 사와노보리 요지인가."

순간 체온이 쑥 내려가는 것을 느꼈고 후쿠나가는 "어이, 어이" 하고 아키미쓰를 다그쳤다.

다음으로 후쿠나가가 다른 남자를 가리키며 말했다.

"이쪽은 우에시마 미쓰오 순경. 몸집만 보면 섬*보다는 산에 가깝지."

우에시마가 가볍게 눈인사를 했다. 나이는 요지보다 어려 보이지만 싹싹함이라고는 찾아볼 수 없다.

"인사차 한 바퀴 돌고 올까."

아키미쓰가 그렇게 제안했다.

"이제 막 왔으면서 또 가게?"

"여기 있어 봐야 딱히 할 일도 없으니까요. 어때? 같이 갈래?"

★ 일본어의 시마(島)에는 '섬'이라는 뜻이 있다.

요지는 "잘 부탁합니다"라고 했다.

평지가 대부분인 도시와 달리 이곳에서는 대부분 순찰차나 바이크를 타고 순찰한다. POLICE 로고가 들어간 트렁크 달린 슈퍼 커브*를 타고 시시오이 파출소에서 출발했다.

시시오이 파출소는 담당 구역이 넓어 약 40제곱킬로미터나 되는 시시오이초를 주재소 세 곳과 함께 관할하고 있다. 좁은 길이 많아 커브를 타고 다니는 게 편한 듯했다.

지리를 머리에 새기는 건 파출소 근무자의 기본 중 기본이다. 어디에 누가 살고 무슨 시설이 있으며 통학로나 시간당 교통량까지 대략 파악해 두어야 한다. 그런 의미에서는 출신지 근무가 유리하다. 시대가 아무리 빨리 변해도 시시오이 같은 산간지는 거북이처럼 변화가 더뎠다.

"몇 년 만이지?"

느린 속도로 나란히 달리며 아키미쓰가 소리 높여 물었다.

"벌써 10년이 다 됐습니다."

"명절 때는 내려왔나?"

"그때그때 상황에 따라."

실제로는 같은 현에 살면서도 가족과 거의 연락을 끊고 지내는

---

* 혼다사의 바이크 상표 이름.

거나 마찬가지였다.

"그사이 새로 생긴 거라면 마을 동사무소 회관과 가전 매장 정도를 들 수 있겠군. 역 앞 상점가는 묘지보다 썰렁하고 마루큐 옆 패밀리 레스토랑은 2년도 못 갔어."

마을 서쪽을 세로로 지나는 국도 309호선을 이곳 주민들은 마루큐*라 부른다. 서쪽 주요 도로가 마루큐라면 동쪽에는 370호선, 통칭 산나나**가 있다.

아키미쓰는 쾌활하게 말을 이었다.

"이노마타초에 킹스 파크라는 대형 쇼핑몰이 생기면서 다들 시시오이도 번성할 거라 기대했는데."

그러나.

"여긴 안 변해."

길이 구불구불 이어진다. 구획 정리와 무관한 땅이다. 건물들은 하나같이 높이가 낮고 이곳저곳에 겸업농가의 논밭과 황무지, 들판, 숲 등이 띄엄띄엄 보였다.

두 사람은 시시오이초 동사무소를 향해 조용한 주택가를 우회하며 북쪽으로 나아갔다.

"선배님도 여기 출신인가요?"

"응. 시모카모초 가와베. 시시오이 남중 출신이야."

---

* '09'를 일본어로 '마루큐'라 읽는다.
** '37'을 일본어로 '산나나'라 읽는다.

시시오이군에는 시시오이초, 동쪽으로 이노마타초, 시시오이초 아래에 있는 시모카모초까지 총 세 개의 행정 구역이 있다. 역삼각형으로 늘어선 이 마을을 합쳐서 '시시이노카모'라 부르기도 하는데, 사철 급행이 서는 시시오이초가 군 전체 인구의 절반을 떠안은 중심 마을이다. 남쪽으로 갈수록 땅의 기복이 심하고 산과 숲의 면적이 넓어진다. 시모카모초보다 더 남쪽에는 작은 촌밖에 없다.

"전 가와베키타입니다. 중학교는 동중이었고요."

"오, 운이 좋네."

가와베키타는 정확히 동중학교와 남중학교의 경계선인데 남중은 질이 좋지 않기로 유명했다.

"남중은 결국 없어지고 곧 양로원이 들어선다더군. 청춘들의 꿈이 흔적도 없이 사라지게 됐어."

아키미쓰는 웃음을 터뜨리더니 요지를 쳐다봤다.

"그나저나 동중에서 고요라니 대단하군."

요지는 대답하지 않았다.

"고요 고등학교의 사와노보리 요지는 이 지역 스타였지. TV를 보면서 나도 응원했을 정도야. 그런 위인과 직장 동료가 되다니, 영광인걸."

"선배님."

아키미쓰가 커브를 세웠다. 주택지를 벗어나 밭으로 둘러싸인 2차선 현 도로로 막 나온 참이다. 대낮인데도 주변을 오가는 사람은 없다.

허리를 젖히며 시치미를 떼는 그를 향해 말했다.

"그 이야기는 조금 그렇습니다."

"오. 발끈할 줄도 아나?"

고압적이지는 않고 오히려 재미있어하는 듯하다. 그런 태도가 초조함을 돋웠지만 요지는 여느 때처럼 우스꽝스럽게 미소 지으며 가볍게 부탁했다.

"차라리 한 대 치셔도 좋으니 부탁 좀 드리겠습니다."

"이상한 소리를 하네. 한 대 치라는 발상은 어디서 나왔지?"

"부탁드립니다. 여기 있는 동안에는 최대한 사이좋게 지내고 싶습니다."

그러자 아키미쓰가 커브에서 내렸고 요지도 서둘러 따라 내렸다. 선배 경찰이 다가오며 천천히 주머니에 손을 집어넣는다. 순간 무기를 떠올린 요지가 뒤로 물러서자 아키미쓰는 주머니에서 꺼낸 것을 입에 물었다.

"설마 코에 쑤셔 박을 거라 생각한 건 아니지?"

그렇게 웃으며 담배에 불을 붙인다. 요지는 오히려 그 모습이 더 놀라웠다.

"순찰 중에 이러시면 안 됩니다."

"왜지?"

속으로 '왜냐니……' 하고 말문이 막혀 있자 등 뒤에서 경적 소리가 들리고 빨간 소형 버스가 두 사람 옆에 멈춰 섰다. 운전석에서 눈썹이 처진 중년 남자가 나와 "아키밋짱!" 하고 크게 소리쳤다.

"마침 잘 만났네. 다음 주 금요일 모임에 아키밋짱도 올 거지?"

"뭐, 가야죠. 안 가면 영감님들이 또 시끄럽게 굴 테니까요."

"그러지 말고 얼굴 좀 자주 보여. 다들 아키밋짱을 보고 싶어 한다고."

"파출소에 오시면 사흘에 한 번은 볼 수 있는데."

"그게 아니라 다들 자네랑 한잔하고 싶어서 그런 거잖아. 그러고 보니 쌀가게 긴 씨가 얼마 전에……."

경찰이 직무를 내팽개치고 담배를 피우든 말든 버스 기사는 계속 수다를 떨었다. 보아하니 버스의 유일한 승객인 노파는 자리에 앉아 꾸벅꾸벅 졸고 있다.

"아 참. 여긴 이번에 새로 들어온 사와노보리 요지입니다."

"응? 혹시 데쓰시 씨네 아들?"

남자가 눈을 크게 뜨고 요지를 봤다.

"앞으로 잘 부탁드립니다. 사와노보리 요지라고 합니다."

"그래, 그렇군……."

어금니에 뭐라도 낀 것처럼 반응이 영 미적지근하다.

남자의 당황한 표정을 보고도 요지는 밝게 웃으며 화답했다.

"오, 마침 타이밍이 좋네요. 모임에 요지도 데려갈까요?"

"네?"

무심코 소리치고 말았다.

"아, 그건……."

대답을 머뭇거리는 기사를 보며 아키미쓰가 심술궂게 미소 지었다.

"안 되면 저도 패스입니다."

"아니, 그건 곤란하지. 뭐 괜찮을 것 같긴 하다만."

"다른 영감님들께 잘 말씀해 주십쇼. 부탁합니다."

"그래, 알겠네, 알겠어."

버스가 떠나자 길이 다시 한산해졌다.

"그래서?"

"예?"

"아까 하던 이야기 계속해 봐."

"그게…… 무슨 이야기 중이었죠?"

그러자 아키미쓰는 웃음을 킥킥 터뜨렸다.

"나한테 한 대 때려 달라며?"

농담이 아니었다. 차라리 한 대 때려도 좋으니 고시엔* 이야기는 삼가 달라고 부탁한 것이다.

"아, 지금은 때가 아닌가. 파란 제복을 입고 싸우는 건 역시 꼴사나울 테니."

"오해입니다. 전 그런 뜻으로……."

"어이. 툭하면 쪼는 그 버릇을 아직도 못 고친 거야?"

연기를 뿜으며 희미하게 미소 짓는 아키미쓰를 무심코 노려보

---

* 일본 전국 고교 야구 선수권 대회.

고 말았다.

"오, 좋은 얼굴이야. 뭐, 아무튼 앞으로 사이좋게 지내도록 하지."

아키미쓰가 담배를 휙 던지고 다시 커브에 올라타서 요지는 그가 버린 꽁초를 줍고 뒤를 따랐다.

4월의 햇살이 머리 위에서 쏟아지고 있었다.

한밤의 역 앞에서 현기증을 느낄 뻔한 건 비단 알코올 때문만은 아니었다.

역 대합실 간판 속 사자가 바늘처럼 뾰족한 갈기털을 휘날리며 고리눈을 뜨고 심보가 고약하게 미소 짓고 있다. 손에는 '어서 오세요. 시시오이에'라는 플래카드가 보인다. 요즘 유행한다는 지역 명물 캐릭터인데 '가오가우'라는 볼품없는 이름이 붙었다. 요지가 어릴 때만 해도 이런 기이한 동물은 본 적이 없었다.

돌아보니 길 건너 시야 끝에 시시오이 파출소가 있다. 조금 낮은 위치에 있어서 정문 안 불빛이 보이지만 다가가도 인기척은 없다. 순찰 중일까. 아니면 잠시 눈을 붙이고 있는 걸까.

에구리 언덕 상점가를 내려가 시시강 위에 걸린 시모카모 다리 앞 가와베 교차로로 향했다. 아, 이 가게는 기억나네. 아, 저기는 망했군……. 취기가 오르자 틀린 그림 찾기에 기세가 붙는다. 시간은 밤 9시를 지나 작은 식당 몇몇 곳만 영업 중이었다.

가와베 교차로는 서쪽 309호선 국도에서 동쪽 370호선 국도가 분기하는 곳으로, 마루큐는 다리 끝에서 현 남쪽으로 뻗어 있다.

신호등이 있는 교차로에서 산나나로 방향을 틀자 곧 휘황찬란하게 빛나는 큰 건물이 눈에 들어왔다. 아키미쓰가 말한 가전 매장으로 널찍한 주차장은 허허벌판이었다.

그곳을 지나 3분쯤 더 걸으면 나오는 편의점에서 자갈 깔린 옆길로 들어서자 주위 불빛이 사라졌다.

삼나무 숲을 등진 길 끝에 '사와노보리 석재'라는 글자가 희미하게 보인다. 작업장에는 불이 꺼져 있다. 요지는 작업장 옆 안채로 가서 미닫이문을 열고 말했다.

"다녀왔어."

"늦었네. 밥은?"

누나 다마오가 뛰어나와 요지를 맞아 주었다. 오사카로 시집가서 두 아이의 엄마가 된 후 몸에 살이 붙었다.

"얼굴이 빨갛네. 술 마셨어?"

"응. 선배들이 환영회를 해 줘서."

파출소 소장인 후쿠나가가 비번인 직원까지 모두 불러 다 함께 역 옆 선술집에 가서 지역 전통술을 두 시간 동안 들이부었다.

"볶음국수 정도는 금방 만들 수 있는데, 먹을래?"

"응. 부탁할게. ……형은?"

"목욕."

다마오는 이렇게 대답하고 총총걸음으로 부엌으로 사라졌다.

거실에 앉아 집 안을 새삼 둘러보니 전보다 확실히 지저분했다. 바닥에 널린 쓰레기가 군데군데 눈에 띈다. 어머니가 사고로 세상을 뜨고 아버지와 형만 살았으니 어쩔 수 없다.

"참, 네 것도 있으니 잊기 전에 확인해" 하는 목소리가 부엌 쪽에서 들렸다.

탁자 위에 봉투와 전단지가 쌓여 있다. 이 집 우편함을 확인하는 임무는 어째서인지 늘 누나가 맡는데, 누나는 전에 우편물을 보며 "다들 팔자 좋다니까" 하고 투덜거리기도 했다.

요지 앞에 온 봉투 두 통이 따로 분리돼 있었다. 동창회 안내장과 청첩장이다. 요지는 그것들을 하나로 구겨서 쓰레기통에 던져버렸다.

"왔나."

그때 멀쑥한 남자가 모습을 드러냈다. 근육질 몸에 어울리지 않는 파충류 같은 얼굴과 짧게 깎은 천연 곱슬머리. 세 살 차이의 형 간지다. 요지는 형을 볼 때마다 반에서 따돌림당하던 아이가 복수를 다짐하며 근력 운동에 전념한 사람 같은 느낌을 받았다.

"언제까지 여기 있을 거냐?"

간지가 비스듬히 앞에 앉아 담뱃불을 붙이며 물었다. 요지를 쳐다보지도 않는다. 어젯밤에는 말을 섞을 기회가 없었으니 이것이 형제가 오랜만에 나누는 첫 인사였다.

"오래 있을 생각은 없어. 아버지 상태만 나아지면 금방 방을 구해서 나갈 거야."

한 달도 길다. 이렇게 형과 마주 보고 있으면 하나부터 열까지 맞지 않는 것을 체감했다.

"오빠도 먹을래?"

다마오가 볶음국수 접시를 가져오며 묻자 간지는 "맥주나 갖다 줘"라고 했다.

"그럼 나도 한잔해야겠다. 요지는?"

"난 괜찮아."

볶음국수는 맛이 좋았다. 재료라고 해 봐야 숙주와 부추뿐이지 만 술안주로 제격이다.

"어차피 상태가 괜찮아질 리 없어."

형이 중얼거리는 소리를 듣고 순간 무슨 뜻인지 이해 못 했지만 이내 아버지 이야기라는 걸 깨달았다.

"나아질 확률은 10퍼센트도 안 돼."

요지는 누나를 향해 "그럼 계속 누워 지내는 건가?"라고 물었다.

"누워 지내도 의식이 돌아오면 다행이지. 대부분 갑자기 세상을 뜨곤 하나 봐. 아버지는 그나마 구급차가 빨리 온 덕에 목숨은 건 졌지만, 나이도 일흔이 넘었으니 그럴 가능성도 염두에 둬야겠지."

다마오가 체념한 사람처럼 중얼거렸다.

"아무튼 내일은 꼭 병원에 가 봐."

"내일은 근무야."

다마오는 한숨을 푹 내쉬었다.

"지금껏 병원에 한 번밖에 안 갔으면서. 아버지가 숨넘어갈 때가 돼서야 내려오고, 너무한 거 아니니?"

한 달에 몇 번씩 병원에 다니는 누나 앞에서 이미 오래전 고향에 발길을 끊은 동생이 할 말은 없다. 수술 다음 날 아버지와 얼굴을 마주한 건 어머니의 장례식 이후 3년 만이었다.

"아버지가 돌아가셔도……."

담배를 비벼 끄는 형의 얼굴은 이미 벌겋게 달아올라 있었다.

"너한테는 국물도 없다."

"난 먼저 가서 잘게."

요지는 그렇게 대답하고 내키지 않는 대화를 끝마쳤다.

중학교 졸업 전까지 쓰던 방은 창고로라도 쓰일 줄 알았건만 그대로 방치돼 있다. 이불을 깔고 바닥에 눕자 뭉친 근육이 조금 풀렸지만 수마는 찾아오지 않았다.

누운 채로 아버지 데쓰시를 떠올렸다. 과묵하고 완고하며 직업 정신이 투철한 남자. 요지에게 아버지는 그 정도 이미지다. 좋고 싫음을 따질 만큼 서로 속을 터놓고 대화해 본 적도 없다.

하지만 그런 아버지일지라도 튜브를 입에 물고 얕은 호흡만 반복하는 모습을 처음 봤을 때는 충격이었다. 수술 다음 날 병원에 달려간 요지는 누나에게 상태를 간단히 전해 듣고 혼란에 가득 차 독신자 기숙사에 돌아갔다.

아버지에 대해 기억하는 건 작업복 차림으로 묵묵히 일에 몰두하는 뒷모습과 신관복을 입은 모습뿐이다. 축제 때마다 늠름하지만 왠지 어색한 표정을 봐 왔다. 아버지는 겸업 신관으로 1년에 한 번 가을에 열리는 시시오이 축제에서 신관 임무를 맡았다.

신관이면서 불교의 비석을 만들기도 했으니 평소 신앙이 깊었을 리 없고, 요지도 아버지의 신관 일을 옆에서 돕기는커녕 가르침을 받은 적도 없다. 그건 형 간지도 마찬가지이니 아버지가 세상을 뜨면 사와노보리 집안에서는 후계가 끊길 것이다. 그렇다 해도 별 감정은 들지 않았다.

아버지가 두 번 다시 일어나지 못할 수도 있다……. 가장 위험한 상황은 넘겼다고 해도 앞으로 언제 어떻게 될지 알 수 없다. 이르면 오늘 당장 세상을 뜰 수도, 기약 없이 시간만 흐를 수도 있다.

이윽고 의식이 점차 몽롱해졌다.

2

경찰서 지역과 사무실에는 파출소 동료인 요코오 미노루가 이미 와 있었다. 요코오는 아직 20대 중반이고 연차로도 요지가 위다. 후배가 일찍 출근해 선배의 비품을 챙기는 건 어느 경찰서에서나 볼 수 있는 광경이지만, 배속된 지 얼마 안 돼 선배티를 내는 것도 꼴불견이라 요지는 인사를 주고받고 비품을 스스로 챙겼다.

파출소 근무자는 관할 경찰서에서 권총을 비롯한 장비를 대여하고 퇴근할 때 빠짐없이 반납해야 한다. 총알 하나까지 엄격히 확인하며 잃어버리기라도 하는 날에는 시말서 정도로 끝나지 않는다. 경찰서와 파출소 사이가 멀면 불편하지만 너무 가까워도 신경 쓰인다. 그런 의미에서 시시오이 경찰서와 파출소는 도보 15분 정도로 딱 적당하다 할 수 있었다.

파출소로 가는 길에 요코오와는 대화하지 않았다. 어젯밤 환영회 때도 느꼈지만 수다스러운 성격은 아닌 듯하다. 에구리 언덕 상점가는 언제나 그렇듯 한산하고 역도 마찬가지였다. 도심지에서 멀리 떨어진 탓에 시시오이의 아침은 늘 빠르게 찾아왔다.

교대를 눈앞에 둔 아침 9시가 지난 시간. 파출소 안에서는 아키미쓰 다이고가 하품하고 있었다.

"좋은 아침입니다."

"5분 전 출근이라니, 대견하기도 하지. 숙취는 괜찮나?"

"일찍 취하고 일찍 깨는 체질입니다."

"효율적이군."

요지는 환영회에 불참하고 당직을 맡아 준 선배에게 감사를 전했다.

"괜찮아. 어차피 여긴 월급이 나오는 수면실 같은 곳이니."

"별일 없었습니까?"

"있어 봐야 뭐 없지. 네가 오기 전에도 1인 당직이 일상이었는데 아무도 문제 삼지 않았을 정도야."

"평화롭군요."

"글쎄. 평화라."

어째서인지 이 남자의 미소는 비위에 거슬렸다.

"다음 주 금요일에 시간 비워 둬."

아키미쓰가 누군가 선물로 가져온 듯한 찹쌀떡을 우물거리며 말해서 요지는 본의 아니게 얼마 전 약속한 일정이 떠올랐다.

"하지만 그날은 근무가……."

"소장님한테 내가 바꿔 달라고 할게."

"온 지 얼마 안 돼서 아무것도 모르는데요."

"그냥 인사라고 생각하고 얼굴만 내밀어. 이런 촌구석에서는 그런 데 참여하는 것도 중요하고 이런저런 배울 것도 많아."

더 말해 봐야 입만 아플 것 같아 포기하기로 했다.

"늦어서 미안."

시시오이 파출소 넘버 쓰리인 고스게 에이조가 뛰어 들어왔다. 헐떡이는 남자를 보며 아키미쓰의 입꼬리가 올라갔다.

"신입을 두고 오다니, 스게짱도 팔자 좋아졌네."

"어제 과음해서 그런지 화장실이 급해서."

경찰서 권총 보관고에서 함께 장비를 확인하고 어디론가 사라진 선배 경찰은 "미안. 도저히 참을 수 없었어" 하고 요지를 향해 고개를 숙이고 두 손을 모았다. 고스게의 나이는 40대로 후쿠나가보다 적고 아키미쓰보다는 많다. 그런데 이 안에서 넘버 쓰리인 게 이해될 만큼 그의 말과 행동은 하나하나 경박했다.

"아키밋짱. 인수인계는?"

"없어요. 난 갑니다."

"아 참, 다음 주에 월급 들어오면 오랜만에 같이 갈까?"

고스게는 오른손 손바닥을 펼쳐 옆으로 굴리는 것처럼 손목을 돌렸다.

"아키밋짱도 좋아하지?"

그러자 아키미쓰는 "괜히 이상한 물 들이지 마십쇼" 하고 고스게의 배를 쿡 찔렀다.

"나도 그 정도는 알아."

아키미쓰는 훙 하고 코웃음 치고 요지를 돌아봤다.

"그럼 또 보지. 난 이만."

그의 목소리는 마침 파출소 바로 옆을 달려간 전철과 차단기 소리에 묻혀 거의 들리지 않았다.

"뭐 이 정도인데, 혹시 뭐 질문 있어?"

고스게가 설명해 준 업무 내용은 지금껏 근무해 온 다른 파출소들에서 한 업무와 큰 차이 없었다. 번화가와 변두리 파출소는 업무방식이나 주의할 점이 다르지만 애초에 이곳 시시오이 파출소에는 주의 사항 같은 게 존재하지도 않았다.

"여기서 일어나는 거라곤 취객 시비, 부부 싸움, 이웃 간 말다툼, 가끔 교통사고랑 재물 관련 사고 정도랄까. 비가 오면 빗물이 샌다고 불려 가기도 하니 그냥 뭐 심부름꾼이나 다름없지."

이따금 빈집털이 사건이 발생하고 강도나 강간 같은 흉악 사건은 1년에 한두 건. 과실이나 상해 치사는 한 건 나오면 많은 편이고 살인은 시시오이군을 통틀어 최근 2년간 발생하지 않았다.

"가장 최근에 있었던 것도 노부부가 동반 자살한 건이라 눈 깜짝할 사이에 마무리됐지."

그야말로 그림으로 그린 것처럼 평화로운 시골 마을이다.

"조폭 사무소 같은 건 없습니까?"

"오래전에는 불법 도박이 판치기도 했는데 지금은 그 흐름을 이어받아 시바파라는 조직이 토건업을 하고 있지. 이 지역에서는 제일 유명해."

"독립 조직인가요?"

"응. 작긴 한데 나름 역사가 있어. 주민들과 친하고 공무원과도 잘 지내지. 그러니 무턱대고 막 나가는 조직은 아니야. 오히려 외지에서 수상한 세력이 들어오면 대부분 시바파의 젊은 애들이 대신 쫓아 주기도 하니 우린 굿이나 보고 떡이나 먹을 때도 있고."

꼭 조직에 모든 일을 맡긴다는 것처럼 들려서 당황했다.

"토건업 말고 다른 부업도 하겠죠?"

"그야 뭐 하우스 운영부터 사채업, 술집 관리랑 아가씨 알선까지 이것저것 하지."

"술집 관리라니. 폭배 조례* 때문에 금지된 거 아닌가요?"

물론 도박 하우스 운영 역시 불법이다.

"약을 다루거나 억지로 여자를 팔아넘기진 않으니까."

요지는 '그래서 괜찮다는 겁니까?'라는 말은 차마 하지 못하고 그저 놀라기만 했다.

---

* 일본에서 2011년부터 시행된 폭력단 배제 조례의 줄임말.

현장을 뛰는 경찰이라면 그럴싸한 허울만으로 치안이 지켜지지 않다는 건 안다. 조폭을 필요악으로 활용하는 방식이 결과적으로 안정적인 치안으로 이어지는 경우도 있다.

그러나 당연히 선은 지켜야 한다. 뜨거운 사명감 같은 건 없는 요지조차 고스게의 말에는 고개를 갸웃할 수밖에 없었다.

"거기에 지토세 씨가 두 눈 멀쩡히 뜨고 있는 한 엉뚱한 짓은 못 하니까."

"지토세 씨요?"

"너도 이름 정도는 알지 않나?"

고향을 떠난 지 오래된 몸이어도 지역 대지주의 이름 정도는 기억하고 있다.

"고스게 선배는 시시오이에 오래 계셨습니까?"

"이제 5년째인가. 소장님은 더 오래 계셨지. 10년쯤 됐을걸."

"아키미쓰 선배님도?"

"응. 아키밋짱은 나보다 먼저 왔으니."

내심 납득했다. 고스게는 나이를 먹으며 소위 '적당주의'가 몸에 뱄을 것이다.

그러나 아무리 시골 파출소라 해도 이렇게 대충 해도 되는 걸까. 경찰관은 웬만한 사정이 없는 이상 보통 5년이 지나면 근무지가 바뀐다. 아무리 현경이 대도시에 비해 다소 느슨한 감이 있다 해도 일 처리를 이렇게까지 허술하게 한다는 이야기는 들어 본 적 없었다.

구석에 있는 책상을 보니 요코오 미노루가 말없이 서류 작업에 전념하고 있다. 정말 집중하는 걸까. 아니면 옆에서 들리는 대화에 끼지 않기로 한 걸까.

"뭐 평화롭고 좋은 직장인 것만은 분명해."

마음 편히 웃는 고스게를 보며 요지도 영업용 미소를 지어 보였다.

고스게는 순찰도 나가기 싫어했다. 본인 말로는 숙취 때문이라 했지만 그것이 파출소에 죽치고 있을 이유가 되는 것 역시 시시오이 파출소만의 전통인 듯했다.

"너무 대충대충이죠?"

나란히 바이크를 타고 가다가 요코오가 말을 걸어 왔다. 가와베 교차로에서 오른쪽으로 꺾어 마을 서쪽으로 향하는 중이었다.

"들렸습니까?"

"고스게 선배 목소리가 워낙 커야죠."

딱히 비난하는 투는 아니다. 요지는 문득 파출소 안에서 요코오의 입지가 궁금해졌다.

"지금까지 파출소를 세 곳 돌았는데 이런 곳은 처음입니다."

"요지 선배. 말씀 편하게 해 주세요."

선배가 어려워하는 게 오히려 불편할 수 있으니 요지는 사양 않고 말투를 바꿨다.

"넌 시시오이가 몇 번째지?"

"두 번째입니다. 저도 처음에는 놀랐어요. 그런데 뭐, 이런 건가 싶더라고요."

"전에는 어디 있었어?"

요코오가 말한 곳은 현에서 나름 번화한 동네의 파출소였다.

"거기도 별로 엄격하지는 않았습니다. 아버지가 오사카 부경에 계시는데 집 안에서도 항상 경찰 모드시거든요. 그래서 각오를 단단히 했는데."

"아버지도 지역과?"

"아뇨. 1과에 오래 계셨고 지금은 절도를."

"그럼 어쩔 수 없지. 사람 잡는 일은 또 다르니까."

범인 체포를 맡는 형사과와 시민의 창구 역할인 지역과 사이에는 의식 차이가 있다. 파출소 순경은 지역 주민들과 좋은 관계를 맺는 것이 가장 중요한 일이다.

309호선 국도, 즉 마루큐에 있는 니시오쿠 교차로에서 신호에 걸렸다. 길옆에 철탑이 드문드문 세워져 있다. 여기서 왼쪽으로 꺾어 센에쓰 자동차 도로를 지나면 시시오이 경찰서가 나온다.

"아무튼 그래도 너무 풀어진 모습을 보이면 공권력을 무시하지 않을까요?"

"주민 앞에서 담배 피우는 걸 봤을 때는 나도 깜짝 놀랐어."

"아키미쓰 선배 말이죠? 그분은 또 특별해서."

"특별?"

"뭐 이런저런 사정이 있습니다."

신호가 바뀌자 요코오가 다시 바이크를 출발했다. 말없이 뒤를 따른다. 언덕길 끝에 있는 칙칙한 건물이 마을회관이고 그 위에는 고등학교가 있다.

시시 언덕에 다다르기 직전 길을 꺾어 마을 가운뎃길로 나아갔다.

"저거."

정수장이 들어선, 이 일대에서 가장 전망 좋은 곳에서 요코오는 바이크를 세웠다. 손가락을 들어 마을 북동쪽을 가리킨다. 시시 언덕 자락에서 이노마타초로 이어지는 완만한 경사길 풍경 속에 콘크리트 기둥이 몇 개 솟아 있었다.

"고속도로에 우회로를 연결하려다 어느새 연기됐습니다. 불경기의 상징물 같은 거죠."

"잘 아는군."

"죄송합니다. 너무 건방졌나요."

"아버지와 같은 오사카 부경에 가지 않은 이유가 있나?"

요코오는 오사카부에 있는 본가에서 시시오이까지 차로 출퇴근하는 별종이었다.

"아뇨. 그냥 어쩌다 보니 그렇게 됐습니다."

시선을 회피하는 모습이 왠지 신경 쓰였지만 요지는 깊이 파고들지 않았다.

새삼 새로운, 그리고 오랜만인 근무지를 내려다봤다.

위에서 내려다보면 시시오이초는 인간의 얼굴 모양 같다고 초등학생 때 들은 기억이 있다. 지금 서 있는 고지대가 이마, 가와베 교차로가 턱, 시모카모 다리가 목이다. 가와베 교차로에서 동쪽으로 산나나, 서쪽으로 마루큐가 완만하게 북쪽으로 이어지며 U자

윤곽을 만들고 있다. 입은 시시오이역, 머리는 시시 언덕. 당연히 머리 모양은 뒤로 빗어 넘긴 리젠트 스타일이다. 표고 8백 미터에 이르는 시시 언덕을 지나면 북쪽에는 오토리시가 있다.

꼭 누가 깜빡하고 두고 간 것처럼 우뚝 선 콘크리트 기둥 쪽에 다시 시선을 향한다.

아마 저 부근에 나가하라 신스케의 집이 있었다.

시시오이 파출소에 부임하고 일주일을 무난하게 보냈다.

일은 생각보다 더 수월했다. 경비나 순찰은 원래 어려울 게 없고 골치 아픈 서류 업무도 사건 사고가 일어나지 않는 이상 알맹이 없는 복무 일지를 쓰는 정도로 끝난다. 승진 시험을 준비하기에 안성맞춤인 환경이지만 그럴 마음이 없는 사람 입장에서는 지루할 뿐이다. 요코오는 "그냥 심심풀이로 혼자 순찰 갈 때도 종종 있습니다" 라고 알려 주기도 했다. 옳고 그름을 떠나 그 심정만큼은 여실히 이해됐다.

네 번째 근무 때 요지는 처음으로 2인 당직을 서게 됐다.

"동아리 활동 같은 건 안 하나?"

같은 조인 아키미쓰가 배달 주문한 점심을 먹으며 깔보는 듯한 평소 말투로 말을 걸었다.

"아…… 온 지 얼마 안 돼서요."

"지난 근무지에서도 안 했을 것 같은데."

요지는 자기도 모르게 상대의 말 속에 담긴 다른 뜻을 찾고 있었다. 현경 야구부 입단을 거절했을 때 뒤에서 '잘난 척하는 자식'이라고 험담을 들은 기억이 떠올랐다.

"아버지 병간호 때문에 돌아온 거라 동아리 같은 걸 할 여유가 없습니다."

"병간호라. 데쓰시 씨는 지금 입원 중 아닌가? 그것도 오토리시병원에."

젓가락을 움직이는 손이 멈춘다.

"쓰러진 아버지를 돌보려고 본가 옆 파출소에 온다는 건 언뜻 그럴싸하지만 실제로는 그냥 지난 근무지에 있는 게 더 편한 거 아니야?"

요지의 지난 근무지는 사철로 30분 거리에 있는 현청 소재지 역 앞 파출소다. 시시오이에는 설비가 충실한 병원이 없는 탓에 시시 언덕을 사이에 두고 건너편에 있는 오토리시 병원에 아버지를 모셨다. 차를 타고 산을 넘는 것보다 셔틀버스를 타고 다니는 게 더 편하다는 건 요지도 알고 있다.

"형님께 다 맡길 수는 없어서."

"에이, 너희 형제가 언제부터 그렇게 각별했다고."

그 말에는 놀라지 않을 수 없었다. 동아리 활동 여부와 아버지가 입원한 병원까지는 그렇다 쳐도 이미 10년 이상 떨어져 지낸 형제 관계까지 속속들이 안다는 건 역시 섬뜩했다.

요지가 눈을 크게 뜨고 있자 아키미쓰는 이쑤시개를 입에 물고 말했다.

"사와노보리 형제 사이가 좋지 않다는 건 이 동네에서는 이미 유명한 이야기야. 아무튼 너희 형도 힘들겠네."

"……혹시 형이 저에 대해 뭐라고 했나요?"

아키미쓰는 요지의 질문에 답하지 않고 되물었다.

"넌 왜 여기에 왔지?"

중심가에 있는 파출소에서 일부러 이런 외곽에 있는 시시오이 파출소에.

"사이가 좋지 않아도 형제는 형제니까요."

간신히 짜낸 대답은 요지가 생각해도 별로 설득력 있지 않았다.

아키미쓰는 여전히 히죽거리며 "그나저나 고스게가 그러던데" 하고 화제를 바꿨다.

"과거 일지를 열심히 읽는다더군."

요지는 숨을 짧게 마시고 젓가락을 내려놓았다.

"……얼른 적응하고 싶어서."

또다시 "흐음" 하고 깔보듯 보는 아키미쓰의 표정이 마음에 들지 않았다.

"그 안에 읽으면 뭐 곤란할 내용이라도 있는 겁니까?"

"나가하라와 동기라며?"

요지는 입을 다물었다.

"같은 교장 출신이라지?"

"소장님께 들으셨습니까?"

"아니, 당사자한테 직접 들었지. 그 녀석은 평소에 네 이야기를 가끔 했어. 소문 그대로의 겁쟁이라고."

무심코 엉거주춤 일어설 뻔했지만 꾹 참았다.

상대의 반응을 시험하는 듯한 아키미쓰의 눈빛이 오히려 요지를 이성적으로 만들었다.

"아, 네."

요지는 비굴하게 미소 지어 보였다.

"정답이네요."

순간 아키미쓰의 얼굴에서 표정이 사라져 덩달아 요지의 미소도 굳고 말았다.

아키미쓰는 흥 하고 콧방귀 뀌더니 손에 든 이쑤시개를 꺾고 일어섰다.

"자, 한 대 피우고 슬슬 일해 볼까."

아키미쓰와 함께 순찰을 가면 곳곳에서 그를 찾는 사람이 많았다. 마을 주민들은 아키미쓰를 친숙하게 부르고 다가와 꼭 한두 마디씩 건넸다.

"여, 아키밋짱. 고생이 많아.", "오, 얏짱은 좀 어때요?", "그게 말이지. 이번에 무려 현 선발로 뽑혔지 뭐야.", "축하합니다. 역시 아버지를 닮아 운동 신경이 좋나 보네요.", "원정이니 뭐니 돈만 쭉쭉 빠져나가서 마냥 좋지도 않아."

싱글벙글.

"참, 아키밋짱. 이거 가져가.", "또 화과잡니까? 제가 지장보살도 아닌데.", "우리를 지켜 주니 지장보살이나 마찬가지지."

오호호.

"할머니, 허리는 좀 괜찮아요?", "걸어 다니기도 힘들어.", "밭일 좀 쉬엄쉬엄하세요. 이런 무더위에 말라붙은 노파 시체 처리 같은 건 사양입니다.", "에이, 아키밋짱이 처리해 주면 안심하고 성불할 것 같은데."

하하핫.

워낙 좁은 곳이라서 유독 각별한 걸까. 아니면 오랜 기간 충실하게 인간관계를 쌓은 결과일까. 어쨌든 주민들은 아키미쓰 다이고라는 사람에게 매력을 느끼는 듯했고, 요지는 늘 어딘가 거슬리는 선배 경찰을 조금 다시 보게 됐다.

한밤의 에구리 언덕 상점가 술집에서 일어난 작은 소란도 아키미쓰와 요지가 찾아가자 순식간에 수습됐다.

"술은 즐겁게 마셔야죠."

아키미쓰가 실실거리며 그렇게 타이르자 얼굴이 벌건 중년 남자 둘은 "아키밋짱, 미안" 하고 고분고분 사과했다. 조서를 쓰지 않고도 끝낼 수 있는 건 주민들에게 신뢰받는 아키미쓰의 존재감 덕분이 분명했다.

그러나 두 번째 사건 처리 때 요지가 받은 그런 인상은 배신당하고 말았다.

새벽 1시경 오토바이가 민가에 돌진했다는 신고가 접수됐다. 출동해 보니 오토바이 운전자로 보이는 남자가 집 앞에 대자로 쓰러져 신음하고 있었다.

"뭐야, 고지냐?"

아키미쓰는 그렇게 묻더니 바닥에 쓰러진 남자의 옆구리를 툭 걷어찼다.

"너 인마, 여기서 뭐 해?"

"아아, 아키미쓰 씨. 죄송합니다. 정신이 잠깐 나갔었나 봐요."

몸을 일으킨 그는 성인이라기보다 미성년자에 가까웠고 붉게 달아오른 얼굴은 누가 봐도 알코올 섭취를 의심케 했다.

"그나마 헬멧을 써서 다행이네."

"네. 죄송합니다. 정말 죄송합니다."

고지는 아키미쓰와 신고자인 집주인을 향해 고개를 숙였다.

"어떡하실 겁니까?"

아키미쓰가 묻자 집주인은 "괜히 일을 크게 만들고 싶지 않으니 이 나무만 어떻게 해 줘" 하고 투덜거렸다.

"그래, 인마. 내일 선물이라도 챙겨 와서 잘 처리해 드려."

"네. 죄송합니다."

"병원에는 혼자 갈 수 있지?"

"네. 괜찮습니다."

놀랍게도 이것으로 끝이었다.

"선배님."

이번에는 요지도 잠자코 있을 수 없었다.

"저 아이는 미성년자 아닌가요? 게다가 술까지 마신 것 같은데 이렇게 넘어가면 안 되지 않습니까?"

"왜지?"

왜냐니.

"이봐, 요지."

이 말투와 건들거리는 태도. 하나부터 열까지 신경에 거슬린다.

"지금은 일을 배우는 게 먼저 아닌가? 말을 얹는 건 그 뒤로도 충분해."

아침에 교대하러 나온 후쿠나가 소장에게도 새벽 일을 귀띔해 봤지만, 그 역시 "됐어, 됐어. 피해자가 일을 크게 키우고 싶지 않다고 했고 아키미쓰도 괜찮다 했다니 괜찮겠지"라며 가볍게 넘겼다. 미성년자의 음주 운전 사고에 피해자 의견 같은 건 중요치 않지만 그저 상사의 판단에 따를 수밖에 없었다.

또 유심히 관찰하니 후쿠나가는 단지 성가신 상황만 피하려고 대충 넘어가는 게 아닌 듯했다. 그것이 아키미쓰를 향한 두터운 믿음 때문인지, 아니면 다른 이유가 있는지는 이곳에 온 지 얼마 안 된 요지는 알 도리가 없었다.

마을 모임에 참석을 권한 일까지 포함해 요지는 아키미쓰 다이고라는 사람을 점점 더 종잡을 수 없었다.

3

모임이 하루 앞으로 다가온 목요일. 요지는 고스게, 요코오와 함

께 근무했다. 낮 순찰을 마치고 요코오와 파출소에 돌아가자 울부
짖는 웬 노파를 고스게가 달래고 있었다.

"정말 싫어! 이제는 지긋지긋해!"

"어머니, 진정하세요. 그나저나 영감님도 참 너무하시네."

고스게는 요지와 요코오를 보더니 마침 기다렸다는 듯 몸을 일
으켰다.

"세쓰코 씨가 여동생 집에 가신다고 하니 버스 정류장까지 바래
다 드리고 분실에 가 있을게."

분실이란 시시오이 경찰서와 가까운 니시오쿠 교차로의 분실을
뜻한다.

"오늘은 분실에서 바로 퇴근해도 되겠지?"

고스게는 대답을 듣지도 않고 울어서 눈이 빨개진 백발의 노파
와 함께 파출소를 나갔다.

"저분은 누구?"

"모리 세쓰코 씨. 남편이 좀 괴짜라 자주 다투고 여기로 뛰어오
시곤 합니다. 이 동네에서는 유명해요."

요지는 "흐음" 하고 반응했다.

"여동생은 오토리시에 사는데 사이가 좋은가 봐요."

"거기서 하룻밤 묵을 때도 많나?"

"글쎄요. 대부분 다툰 다음 날 파출소에 찾아와 불만을 한바탕
쏟아내고 돌아가시는데."

그렇다면 오늘은 정도가 조금 심했던 모양이다. 세쓰코의 왼쪽

볼에는 누가 봐도 확연한 멍 자국이 있었다.

　조금 전 고스게가 보인 친절한 태도에서는 농땡이를 부리려는 불순한 목적이 빤히 보였다. 전날 과음했다는 그는 요지의 환영회 다음 날에도 숙취를 이유로 순찰을 쉬었고, 입만 열면 "힘들어. 집에 가고 싶어"라는 말을 달고 살았다.

　"자주 있는 일인가?"

　"네."

　"고스게 선배는 숙취가 너무 잦아서 이젠 식상할 정도예요."

　요코오는 미소 지으며 덧붙였다.

　고스게가 나간 후 요지도 요코오에게 양해를 구하고 파출소를 나섰다. 수면실에서 눈을 붙일 때 입을 점퍼를 가져오겠다는 지극히 사적인 이유였지만 요코오는 대수롭지 않게 "네. 다녀오세요"라고 했다.

　저녁 시간인데도 에구리 언덕에는 신기할 만큼 사람이 보이지 않았다. 정말 사람 사는 곳이 맞는지 의심스러울 정도다.

　사와노보리 석재 앞으로 가자 작업장에서 돌 깎는 기계 소리가 들렸다. 조용히 안채로 들어가 두툼한 검정 파카를 꺼내 옆구리에 꼈다. 사이즈가 커서 이걸 걸치면 겉으로는 경찰 신분이 잘 드러나지 않고 좌우 주머니가 연결돼 있어 경찰모도 숨길 수 있다. 가끔 출출해서 몰래 먹을 것을 사러 나갈 때 유용한 당직 필수품이다. 사실 요지도 고스게에게 이러쿵저러쿵할 만큼 모범적인 경찰은 아니었다.

저녁 6시에 요코오가 다시 순찰을 나가자고 했다. 고스게와 달리 요코오는 성실히 업무 절차를 지키는 성격인 듯했다. 파출소에 있어 봐야 따분할 뿐이니 요지도 반대하지 않았다.

"분실에 가 보실래요?"

한산한 역 앞을 오가는 사람들이 보였다. 퇴근 시간에도 이 동네에는 시끄럽게 떠들며 집에 가는 초, 중학생들의 모습이 주를 이루고 주말에는 그마저 자취를 감춘다. 한편 에구리 언덕 상점가의 불이 여전히 꺼져 있는 건 주민 대부분이 차를 가지고 있기 때문일 것이다.

마루큐 서쪽의 센에쓰 자동차 도로가 분기하는 니시오쿠 교차로는 일대에서 가장 교통량이 많은 곳이다. 요지의 어머니가 사고를 당한 곳도 이곳이었다.

시시오이에서 발생하는 대표적인 중대 사건이 교통사고인 만큼 전에는 분실에 상시 인원을 배치할 계획이었지만 얼마 후 맥없이 취소됐다고 한다. 나머지 초소는 파출소에 여유가 있을 때만 사용한다.

니시오쿠 분실은 카운터 하나만 덜렁 있는 간소한 구조였다. 안에 아무도 없다. 고스게는 정시 퇴근한 듯했다.

"교통사고 대응 외에는 분실물 접수나 길 안내가 전부니까요."

그것은 시시오이 파출소도 마찬가지다.

"전에 있던 곳에서는 자전거 도난이 많았는데 여기는 그것도 없어요."

"자전거를 가진 사람 자체가 얼마 없을 테니."

"이렇게 길이 울퉁불퉁하면 아무리 편리한 이동 수단도 트레이닝 머신이 되겠죠."

집 옆에 세워 둔 로드 자전거가 머리에 떠올랐다. 보너스로 산 자전거도 많이 못 탔는데 그래도 이곳에서 지내는 기간이 길어지면 스쿠터라도 구하는 게 나을지 모른다.

요코오에게 이런저런 주의 사항을 들으며 해가 완전히 저문 거리를 지나 가와베 교차로로 돌아갔다. 마루큐에서 산나나로 명칭이 바뀌는 길을 지나 북쪽으로 걷는다. 이대로 계속 가다 시시 언덕을 넘으면 오토리시가 나오고 그 주변에는 전철이 다니지 않아 대부분 차나 버스로 이동했다.

"저기가 세쓰코 씨 집입니다."

널찍한 공터 안쪽에 덩그러니 있는 가로로 긴 건물이 보였다. 집 안에서 나오는 불빛에 흰색 경트럭이 비친다. 인기척은 없고 주변에 트럭 외에도 갖가지 물건이 널려 있어 울퉁불퉁한 그림자를 만들고 있다. 몇 번의 근무를 통해 그런 것이 대부분 폐자재나 드럼통이라는 걸 알게 됐다. 시시오이초 북동쪽 끝에 있는 파출소 관할에 아슬아슬하게 속하는 곳이다. 지대가 낮아 머리 위로 공사가 중단된 우회로의 유물이 보였다.

"남편 이름은 모리 준이치로 씨고 이 집은 자가라고 하네요."

십여 년 전에 땅과 함께 사들였다고 했다. 73세인 모리 준이치로는 순찰 카드에도 기재된 요주의 인물이다.

"옆집과 떨어져 있어 평소에 자주 신고가 들어오지는 않아요. 세쓰코 씨가 직접 뛰어오는 걸 제외하면."

파출소까지 바이크로 왕복 10분이 걸리지 않지만 나이 든 여자가 걷기에는 쉽지 않은 거리다.

"잠깐 들렀다 갈까?"

순찰 카드에 이름이 있고 아내마저 여동생 집으로 도망친 마당이니 얼굴 정도는 확인해야 하지 않을까.

"아뇨, 그냥 둬도 괜찮을 것 같습니다. 그래 봬도 세쓰코 씨 역시 만만한 성격은 아니거든요. 고스게 선배가 말하길 남편보다 힘이 세다고 해요."

얼굴을 확인하지 않아도 될 이유가 될 것도, 안 될 것도 같았다.

"가죠."

모처럼 여기까지 왔으니 모리 준이치로의 얼굴을 봐 두고 싶었지만 요지도 꼭 서두를 필요는 없겠다고 마음을 고치고 집 앞을 떠났다.

"전에 계시던 곳은 힘들지 않았나요?"

"관광객이 많아서 외국인 상대가 좀 힘들긴 했어. 덕분에 나도 영어를 조금은 할 줄 알게 됐지."

"이득이네요."

파출소에 돌아가자 역시 한가해졌다. 자정이 지나 날짜가 바뀌어도 찾아오는 사람은 없었다.

"넌 나에 대해 몰랐나?"

후쿠나가가 신경 써 준 덕인지 시시오이 파출소에서 고시엔 이야기를 언급한 사람은 아키미쓰뿐이었다. 고스게는 환영회 때 입이 근질근질해 보이기는 했고 바위처럼 무표정한 우에시마와 요코오는 전혀 관심이 없는 것 같아 오히려 신선했다.

"전 오사카 출신인 데다 스포츠는 잘 몰라서요."

요지가 고시엔 마운드에 섰을 때 요코오와 우에시마는 중학생이었다. 그날 이후 어느덧 10년이 넘는 세월이 흘렀다.

"눈 좀 붙일까요?"

"먼저 가서 쉬어."

"그럼 두 시간 정도만 쉬다 오겠습니다."

"더 쉬어도 돼. 난 아직 말똥말똥해서."

요코오는 "감사합니다. 그럼 전 잠시" 하고 순순히 장비를 풀기 시작했다.

근처에 산다는 노인이 가져다준 귤을 입에 넣는다. 달콤한 과즙이 피로를 달래 주었다.

"고스게 선배한테 들었는데 이 지역에서 발생한 살인 사건은 2년 전쯤에 일어난 게 마지막이라더군."

"제가 오기 직전 일어난 동반 자살 말이군요."

"눈 깜짝할 사이에 처리됐다던데."

엷은 미소만 짓는 걸 보니 요코오도 자세한 사정은 모르는 듯했다.

"이런 곳은 정말 처음이야. 아무리 촌동네 파출소여도 여기보단

바빴어."

"그래도 사건이 아예 없는 건 아니니까요."

"기대될 정도군."

요코오가 희미하게 웃으며 등을 돌린 뒤에도 요지는 말을 이어 갔다.

"살인도 강도 사건도 거의 없이 교통사고가 중대 사건일 만큼 전형적인 평화로운 시골 마을. ……이런 직장을 나가하라는 대체 왜 내팽개치고 사라진 걸까."

대답이 들리지 않는다. 요지는 요코오의 등을 바라봤다.

"나가하라는 나와 같은 교장 출신이야. 임관 후에도 연락하고 지냈지. 그 녀석이 사라지기 전 연말에 녀석과 전화 통화를 했다가 용의자 취급도 당했어. 그때는 '설에 내려와. 싫어, 귀찮아' 같은 잡담만 했는데."

"요지 선배."

요코오가 처음 듣는 싸늘한 목소리로 입을 열었다.

"그 이야기는 거기까지만 하죠."

입을 다문 요지를 두고 요코오는 "그럼 실례하겠습니다" 하고 2층 숙직실로 사라졌다. 가는 길에 한 번도 고개를 돌리지 않았다.

요지는 간이 의자 등받이에 몸을 기대고 손을 머리 뒤로 깍지 꼈다. 천장 위에서 툭툭 하고 요코오가 걷는 소리가 들렸다.

나가하라 신스케의 실종 소식을 처음 들었을 때부터 머릿속에는 의문만 가득했다.

나가하라는 새해가 시작되고 얼마 되지 않아 사라졌다. 그것도 근무를 마치고 장비를 반납하러 시시오이 경찰서에 가는 길목에서 홀연히 자취를 감췄다. 모든 장비를 그대로 소지한 채.

대중들에게는 잘 알려지지 않았지만 경찰관이 소유한 무전기는 위치를 파악할 수 있다. 수색 결과 무전기는 시시강 하류에서 발견됐다. 그러나 나가하라 본인과 그의 경찰수첩, 그리고 권총은 어디서도 발견되지 않았다.

시시오이 경찰서뿐 아니라 현경 전체에 회오리바람이 몰아쳤다. 전국 뉴스가 되었고 대대적인 수사가 이뤄졌다. 요지 역시 조사를 받았는데 요지를 담당한 형사는 연말에 나가하라와 통화할 때 뭔가 조짐이 없었는지 집요하게 캐물었다. 그러나 대답할 만한 건 없었다. 나가하라가 오랜만에, 그리고 현재까지 마지막으로 걸어 온 전화는 '요즘 어때?', '여자 친구는 생겼어?', '설에 내려올 거야?', '야, 설날 정도는 와야지', '잔소리하지 마'처럼 그야말로 사소한 잡담이 전부였으니까.

2월이 되어도 소식이 없었고 얼마 후 나가하라가 어떤 사정으로 스스로 시시강에 몸을 던진 게 아니냐는 소문이 돌기 시작했다.

그러나 시신도 유서도 없는 실종을 자살이라고 하면 누가 납득할까.

요지는 나가하라 이야기를 꺼냈을 때 후쿠나가와 요코오가 보인 태도를 떠올렸다. 가볍게 대화할 화제가 아닌 것은 알지만 그들은 이상하리만큼 차가웠다. 심지어 자신이 그와 동기라고까지 밝했는데.

　요지는 나가하라 신스케가 자살했다고 생각하지 않았다.

　나가하라 신스케와는 같은 시시오이 출신에 나이도 비슷해서 친하게 지냈다. 내세울 만한 동기도 없이 경찰 학교에 들어온 요지와 달리 나가하라는 경찰 일 자체에 강한 의욕을 가진 것 같았다.

　처음에는 요지도 그런 그를 싸늘한 눈으로 봤다. 그러다 어느새 속을 터놓는 사이가 됐고 세 살 많은 나가하라를 스스럼없이 형이라 부르기 시작했다.

　어느 날 나가하라는 자신이 몸이 불편한 어머니와 가족 없는 조카를 부양하고 있다고 요지에게 털어놓았다.

　"먹고살려면 누군가는 일을 해야지."

　농담 섞인 말투였지만 그 안에서 굳건한 의지가 느껴져 요지는 감탄했다.

　두 사람이 교육받은 아쓰미 교장은 경찰 학교 안에서 빈말로도 우수한 반이라 하기 어려웠고 서른 명이 넘는 입소생은 채 두 달도 안 돼 절반 정도 떨어져 나갔다. 담당 교관인 아쓰미 경위는 속이 많이 쓰렸을 것이다.

　반의 수준이 떨어지게 된 결정적 원인 중 하나는 운동부 출신들이 주도한 집단 괴롭힘이었다.

　경찰 학교는 기본이 연대 책임이라 같은 반의 누가 실수를 저지르면 모두가 페널티를 받는다. 따라서 낙오자는 방해물 취급을 받고 고립되고 무시당하기 일쑤다. 아쓰미 교장의 중퇴생도 대부분 고된 훈련보다 동기들의 괴롭힘과 정신적 압박을 견디지 못해 그곳을 떠났다. 그리고 그 선봉에 선 이들이 바로 운동부 출신 입소생들이었다.

직접 폭력을 행사할 수 없는 만큼 괴롭힘의 방식은 음습해졌다. 특훈이라는 명분 아래 지쳐서 경련할 때까지 팔 굽혀 펴기와 스쿼트를 시키거나 체포술 예습을 빙자해 번갈아 가며 관절기를 걸어 고통을 줬다. '경찰 일이 맞지 않아 보이는 녀석을 옳은 길로 인도한다'라는 비뚤어진 대의명분이 이들의 죄책감을 흐리게 했다.

모두가 운동부 출신 입소생들을 두려워해 보고도 못 본 척하거나 간접적으로 괴롭힘에 가담했다. 궁지에 몰려 떠나는 동기를 비웃었다.

그러나 나가하라는 달랐다. 낙오는커녕 대부분의 교과목에서 상위권이었던 그는 의연히 괴롭힘에 반대했고 열변을 토하거나 때로는 완력도 섞어 가며 괴롭힘을 주도하는 무리에 맞서기 시작했다. 그리고 타고난 고집과 끈기로 수적 열세를 뒤집어 마침내 괴롭힘을 잠재우는 데 성공했다.

그런 나가하라를 옆에서 지켜보던 요지는 '세상에 이런 놈이 다 있군' 하고 어이없어하면서도 새로운 충격을 받았다.

"네가 경찰이 되려는 이유를 맞혀 볼까?"

처음으로 단둘이 마주 앉아 있을 때 느닷없이 나가하라 그렇게 물어 당황했다. 괴롭힘을 주도한 그룹과 싸우느라 멍투성이가 된 몸을 수돗가에서 씻는 모습에서는 청량감이 느껴졌다.

"요지. 지켜 주고 싶은 사람이 있는 건 의외로 나쁘지 않아."

상처 난 얼굴로 웃는 얼굴이 지금도 요지의 뇌리에 선명히 남아 있다.

그에게는 큰 빚도 졌다.

실탄이 든 권총으로 사격 훈련을 하던 날, 목욕탕 탈의실에서 괴롭힘 주도 일당 중 한 명이 요지에게 어깨동무를 하고 귓가에 속삭였다.

"나가하라 자식, 권총만큼은 사와노보리 요지 투수보다 못 쏘던데."

시시한 조롱에는 익숙했다. 또 나가하라의 사격 실력이 떨어지는 것도 사실이었다.

그러나 요지는 화를 참지 못했다. 실탄을 발사한 흥분이 아직 남아 있었을지도 모른다.

반사적으로 무릎으로 남자의 급소를 쳤다. 그는 신음과 함께 바닥에 쓰러지더니 가랑이에 손을 얹고 거품을 물었다. 사태의 심각성을 깨달은 요지는 알몸 상태로 '끝났다'라고 생각했다.

"뭐야? 무슨 일이야?"

마찬가지로 알몸이었던 나가하라가 요지에게 다가왔다.

"사고 친 것 같아."

쓰러진 남자를 보며 나가하라의 얼굴에서도 핏기가 가셨다.

"아아, 이제 얼마 안 남았는데."

졸업을 코앞에 둔 시기였다. 경찰관이라는 직업에 별로 열정이 없었다고 해도 나가하라와 함께 졸업하고 싶었으니 허탈감에 휩싸였다.

교관실에 불려 갈 때 나가하라는 반장인 자신에게도 책임이 있다며 요지를 따라왔다. 둘이 나란히 서서 아쓰미 교관에게 고개를 숙였고 나가하라는 옆에서 열심히 요지를 변호했다. 괴롭힘을 주도한 일당의 행태를 낱낱이 보고하는 것은 물론 괴롭힘을 보고도 못 본 척한 입소생들에 대한 비판에 이르자 기세에 밀린 아쓰미 교관마저 쩔쩔매며 나가하라를 말렸다. 두 사람은 결국 간단한 설교를 듣고 기상 시간까지 운동장 달리기를 하는 조치로 끝났다. 사실 그 정도에 그친 건 당시의 시대 분위기 덕도 있었다. 그때는 학생들 간의 다툼이나 선생의 체벌을 다소 너그럽게 봐주는 풍조가 있었기 때문이다.

나가하라는 요지 옆에서 함께 뛰겠다고 했다. "형이랑 상관없는 일이야", "아니. 있어. 반장으로서 책임져야 해" 하고 서로 만담하듯 티격태격하다가 결국 아쓰미 교관에게 한 소리 들었고, 두 사람은 나란히 한밤의 운동장을 달렸다.

"괜히 도와주려고 안 나서도 돼."

"도와주려는 게 아니야. 올바른 판단이지."

"뭐가 올바른데?"

"함께 책임지겠다는 사람이 옆에 나서면 너 한 명만 벌하기 어려워지니까."

"그런 게 바로 쓸데없는 오지랖이라는 거야."

"아니, 나한테도 메리트는 있어. 이번 일로 연대 의식과 책임감 면에서 좋은 점수를 받을 테니."

나가하라는 그렇게 너스레를 떨며 웃었다.

둥근 보름달이 뜬 하늘 아래를 나가하라와 동이 틀 때까지 달렸다. 다음 날 교육 훈련이 지옥 같았던 건 굳이 말할 필요도 없다.

경찰 학교를 졸업한 후 나가하라는 가족이 있는 시시오이군 인근에 배치되기를 원했다. 초반에는 종종 만나기도 했지만 6, 7년이 흐르자 가끔 전화 통화만 하는 사이가 됐다. 마지막으로 그를 본 건 어머니 장례식을 마친 뒤였다. 의기소침해진 요지에게 전화를 걸어 와 만나서 바람이라도 쐬자고 했다.

가족을 돌보려고 경찰관에 지망한 올곧은 남자. 책임감과 배려심이 강해 반장에 뽑혔고 문제아들을 직접 처리해 준 고마운 형.

그런 나가하라 신스케가 대체 왜 사라진 걸까. 그동안 무슨 일이 있었을까. 요지가 하염없이 의문의 답을 기다리고 있을 때 아버지 데쓰시가 쓰러졌다는 소식이 들려왔다.

"요코오."

시간이 멈춘 듯한 파출소 안에서 30분 남짓을 보내고 2층 숙직실을 향해 말했다. 대답이 없다. 이 건물은 천장이 얇아 소리가 훤히 들린다. 요코오가 곤히 잠든 것을 확인하고 요지는 주머니에 손을 넣었다.

작은 플라스틱 조각이 손가락에 닿는다. 부채꼴 모양 몸체에 뾰족한 가시가 여러 개 돋은 갈색 조각은 나가하라에게 받은, 그의 유품이라 할 만한 물건이다. 아직 그 누구에게도 존재를 밝히지 않은 비밀 선물에 요지는 '삐죽삐죽'이라 이름 붙이고 항상 가지고 다녔다. 만지면 따끔한 통증이 의식을 일깨워 주는 것 같았다.

맑아진 머리에 한 여자의 모습이 떠올랐다. 힘없이 고개를 숙이고 다니던 검은 머리 소녀. 나가하라의 조카다. 하얀 피부와 긴 속눈썹, 사랑스러운 코를 요지는 생생히 기억했다.

고무하듯 스스로 되뇐다. 모든 진실이 밝혀지면 그 아이를 만나러 가자.

아버지가 쓰러지고 나서 망설임 없이 근무지 이동을 신청했다. 본부에 찾아가 아버지를 돌볼 사람이 없으니 고향에 보내 달라고 간청했다. 거짓말은 아니었지만 이유가 꼭 그것만은 아니었다.

요지는 나가하라 실종의 진실을 밝힐 결심을 하고 있었다.

새벽 4시. 요코오가 숙직실에서 내려오자마자 무전 연락이 들어와 파출소의 평화를 깨뜨렸다.

시시오이초 북동쪽에 있는 모리 준이치로의 집에 화재가 발생했다는 통보였다.

4

　그날은 모든 인원이 출근했다. 우에시마와 요코오가 화재 현장 경비를 맡고 고스게는 니시오쿠 분실, 후쿠나가는 시시오이 경찰서에 가서 파출소에 아키미쓰와 요지 둘만 남았다.

　"화재 사건은 처음인가?"

　아키미쓰가 간이 의자를 삐걱거리며 장난 섞인 목소리로 물었다.

　"그런 곳에 무작정 뛰어들려고 하다니, 멍청한 데도 정도가 있지."

　그대로 불붙은 집에 돌진했다면 분명 무사하지 못했을 것이다.

　"아무리 폼 잡고 싶어도 때와 장소를 구분해야 하지 않겠어?"

　"그런 건 아닙니다만……."

　어젯밤에 본 불길이 지금도 뇌리에 강렬히 새겨져 있다. 지금까지도 화재 사건을 몇 번 겪었지만 그토록 거센 불길은 처음이었다.

　"'쓰레기집'이라고 알지? 그 집에 살던 사람은 모리라는 영감인데 이 일대에서 모르는 사람이 없을 만큼 고약한 영감이었어. 경트럭을 타고 다니며 폐자재나 빈 깡통 따위를 잔뜩 모아 집 안에 쌓아 두는 버릇이 있었지. 그러지 말라고 아무리 말해도 들은 척도 안 했고."

　아키미쓰는 손가락을 관자놀이에 대고 문질렀다.

　"아마 여기가 맛이 좀 갔던 게 아닐까 싶어. 돈이 생기기만 하면 술을 퍼마셔 댔거든. 취하면 날뛰는 건 기본이고 심지어 말리는 경찰한테 주먹을 휘두르기도 했지."

"공무 집행 방해 아닌가요?"

"그런 영감을 붙잡아서 뭐 하게? 유치장에 가두고 자장가라도 불러 줘야 하나?"

공무 집행 방해를 처리하기 위한 서류 작성도 제법 중노동이다.

"하물며 이 안에서 뒈지기라도 하면 여러 사람 성가셔지지."

직무 태만 등을 언급하며 비판하고 싶지는 않았다. 현장에는 현장 나름의 룰이 있는 것 또한 몸소 겪어서 알고 있다.

"화재 원인이 뭐였을까요?"

"뭐 막상 나와 봐야 별거 없을걸. 그보다 눈 좀 붙여야 하지 않아?"

요지가 "괜찮습니다" 하고 또 다른 의문을 제기하려 할 때 후쿠나가가 돌아왔다.

"이거 오래 끌다가 휴가도 다 날아가게 생겼군. 그러지 않아도 성화인데 마누라 손에 죽으면 누가 책임져 주나?"

그는 푸념을 늘어놓으며 "커피 한 잔만 줘"라고 지시했다. 요지는 몸을 일으켜 후쿠나가가 좋아하는 진한 커피를 끓여 왔다. 그가 커피를 한 모금 마시고 탄식을 내쉬자 쌉쌀한 향기가 좁은 파출소 안에 순식간에 퍼졌다.

"일이 좀 커진 것 같아."

"어떻게 커진 겁니까?"

아키미쓰가 묻자 후쿠나가는 당황한 기색이 역력한 얼굴로 다가왔다. 주먹코가 눈에 띈다.

"다른 데 가서 얘기하면 안 돼."

그는 손가락을 세워 입술에 갖다 대며 나직이 말했다.

"불탄 집에서 발견된 모리 영감 시신을 오늘 아침 부검했는데 말이야."

부검은 요지의 아버지가 입원한 오토리시 대학병원에서 진행했다고 했다.

"완전히 타 버려서 사인도 못 밝힐 수준이라는데, 상태가 좀 이상한가 봐."

"뱅뱅 돌리지 말고 말해 주십쇼. 무슨 괴담 들려주시는 것도 아니고."

"쉿! 목소리 줄여."

후쿠나가는 아키미쓰에게 눈을 흘기더니 내친김에 요지도 돌아보며 조심스레 입을 열었다.

"살인일지도."

깜짝 놀라 하마터면 펄쩍 뛸 뻔했다.

옆에 있는 아키미쓰는 별로 놀라는 기색 없이 "근거가 뭐죠?"라고 조용히 물었다.

"우선 불씨 특정이 안 되고 있다고 해."

"그건 시간이 좀 걸리지 않을까요?"

요지의 질문에 후쿠나가는 고개를 가로저었다.

"자넨 모르나 보군. 잘 들어. 건물 화재 사고의 원인은 크게 세 가지로 나뉘지. 전기 계통 트러블, 난로나 가스레인지 등에 따른

발화, 불장난, 그리고 담배꽁초."

"네 가지잖습니까."

아키미쓰가 냉정히 지적했다.

"시끄러워. 아무튼 요즘 같은 계절에 난로 켤 일은 없겠지. 또 가스는 그렇다 쳐도 전기 계통은 주로 화재 원인이 불명확할 때 언급되곤 해. 그런데 이번 화재는 발화 지점이 모리 영감 바로 옆이었다더군."

"그럼 담배일까요?"

후쿠나가는 고개를 끄덕이고 "영감은 원래 골초로 유명했으니 가능성이 크지. 하지만……" 하더니 갑자기 중요한 이야기를 하는 것처럼 무게 잡고 입을 열었다.

"그을린 시신 손목뼈에 금이 가 있었다고 해."

"금이요?"

요지는 무심코 고개를 내밀었다.

"누군가한테 얻어맞은 흔적일지도."

핏발 선 눈을 연신 깜빡이는 후쿠나가를 보며 이번에는 아키미쓰가 말했다.

"듣자 하니 죽기 전에 술을 진탕 마셨다던데요."

"……잘 아는군."

"형사과 지인한테 들었습니다."

아키미쓰는 대수롭지 않게 대답했다.

"술에 취해 넘어져 손목을 다쳤다. 그때 손가락 사이에 있던 담배가 떨어져 불이 붙었다. 대충 이런 거 아닐까요?"

잡동사니로 가득한 알코올 중독자의 집이 타오를 이유로 충분하다며 요지도 납득했다.

아키미쓰가 그때 현장에 있었다는 점, 그리고 그 이야기를 본인 입으로는 하지 않은 점을 제외하고는.

저녁 무렵에야 집에 갈 수 있었지만 자정 전까지 다시 파출소에 돌아오라는 지시를 받았다.

요코오와 함께 파출소를 나가 사물함에서 챙겨 온 파카를 집에 두고 오겠다고 하고 헤어졌다. 만약 모리가 타살당한 것이라면 현경 형사들이 제집 드나들 듯 파출소를 오갈 텐데 그 안에 개인 소지품이 있으면 보기 좋지 않다. 요지는 가와베 교차로에 요코오를 남겨 두고 뛰어서 집에 다녀왔다.

"힘드네."

그렇게 중얼거리며 요코오를 보니 그의 얼굴에도 피로가 짙게 새겨져 있었다.

"타살이라니. 정말일까?"

시시오이 경찰서로 향하는 길에 슬쩍 묻자 요코오는 목소리를 낮춰 대답했다.

"아예 터무니없지는 않은 것 같습니다."

"뭐 짚이는 거라도 있어?"

"모리 영감은 평소에도 눈엣가시 취급이었으니까요."

불현듯 전부 이해되는 느낌이었다. 화재 때 집 앞에 모인 사람들의 태도가 떠오른다. 불타는 집을 바라보는 이들에게서는 모리의 안위를 걱정하는 기색이 느껴지지 않았다.

"그나저나 세쓰코 씨가 무사해서 다행이네요. 아내가 집을 비운 게 화재 원인이었을 수도 있지만."

모리의 아내 세쓰코는 어제 오후 4시쯤 파출소를 찾아왔다. 고스게와 함께 가와베 교차로 옆 버스 정류장에 가서 오토리시에 있는 여동생 집으로 간 덕에 간신히 목숨을 건졌다.

"혹시 현장에 아키미쓰 선배가 있었던 거 기억해?"

요지의 질문에 요코오는 대답하지 않았다.

"언제부터 거기 있었을까?"

"그랬나요?"

"뭐?"

"전 그때 모여든 사람들을 제지하느라 워낙 정신없었거든요. 기억이 안 나네요."

'말도 안 돼'라는 말이 목구멍까지 차올랐다.

요코오는 앞을 바라본 채로 "수사는 형사과에 맡기죠"라는 말을 끝으로 입을 닫아 버렸다.

결국 경찰서에 장비를 반납하고 다시 집에 가기까지 한 시간이 넘게 걸렸다. 샤워를 마치자 예정보다 훨씬 일찍 후쿠나가가 전화를 걸어 와 시시오이 경찰서로 오라고 했다. 잠깐 눈을 붙일 새도 없었다.

후쿠나가는 파출소의 전원이 참고인 조사를 받아야 한다는 말도 덧붙였다.

시시오이 경찰서의 휑한 응접실에서 요지는 압박감을 느끼고 있었다.

현경 본부에서 나왔다는 곤도라는 중년 형사는 태도가 그야말로 거만했다.

"자네가 그 사와노보리 요지인가."

그는 흔한 인사나 위로의 한마디도 없이 대뜸 그렇게 입을 열었다. 2천 명이 넘는 현경 직원 중 고작 한두 마디 주고받은 일개 파출소 순경이라면 금세 상대 기억에서도 잊히겠지만, 요지에 한해서만큼은 이야기가 다르다. 첫 만남 때부터 늘 요지의 이름 앞에는 '그'라는 관형사가 붙었고, 요지가 판에 박힌 싹싹한 미소로 반응하면 상대는 반드시 둘 중 하나의 표정을 지었다. 걱정하는 표정, 혹은 깔보는 표정.

그러나 곤도의 표정은 어느 쪽이라 하기도 어려웠다. 왠지 느낌이 좋지 않았다.

"어제 순찰 당시 이야기를 들려주겠나?"

곤도가 무뚝뚝하게 요구했다.

"어제 낮에는 서쪽을 돌고 밤에는 동쪽을 돌았습니다."

"모리 집은 밤에 간 건가? 한 번에 다 돌지는 못하나 보군."

"배속된 지 얼마 안 돼서 이것저것 배우며 돌고 있습니다."

곤도는 불만스러운 듯 콧숨을 내쉬었다. 연차와 계급 모두 밑인 요지는 면목 없어 하는 척을 할 수밖에 없었다.

"밤에는 어딜 갔지?"

"요코오 순경과 모리 씨 집 근처까지 갔습니다. 물론 그때는 불 같은 건 못 봤고요."

"그야 당연하겠지. 시간은?"

일지를 확인했으니 즉시 대답할 수 있다.

"8시 20분경입니다."

"그때 모리를 만났나?"

"아뇨."

"집 앞에 가서 인사도 안 했나?"

"네."

곤도는 혀를 쯧 찼다.

"평소에는 하지 않나?"

곤도의 손에는 시시오이 파출소의 복무 일지가 쥐어져 있었다.

"고스게 순경이 신경을 많이 썼다고는 들었습니다."

"그래. 어제 파출소에는 고스게 순경도 있었잖나."

"순찰은 요코오와 저 둘만 나가서."

또다시 쯧 하는 소리. 아무래도 성격이 급한 듯하다.

"어제만 그런 건가?"

"네. 그렇다고 할 수 있겠네요."

"고스게는 근무일에 대체로 모리의 집을 찾았더군. 요즘 들어 가지 않은 건 일주일 전쯤 딱 한 번뿐. 그다음이 하필 어제라니."

현경 형사라 그런지 역시 날카롭다. 일주일 전이면 환영회 다음 날이다. 요지는 '두 날 모두 순찰을 가지 않은 이유는 숙취 때문이었다'라는 말을 집어삼켰다. 고스게는 파출소에 온 지 얼마 안 된 요지에게 순찰을 떠넘기는 경향이 있지만 그런 걸 일일이 고자질할 수는 없었다.

"자세한 건 본인에게 직접 물어보시는 게."

"뭐 그래. 그렇게 하지."

곤도의 말투가 조금 바뀌었다.

"아무튼 낮과 밤 순찰 때는 모리를 못 봤다는 말이군."

"4시쯤 세쓰코 씨가 파출소에 온 것 외에는 별일 없었습니다."

당시 상황을 설명했지만 곤도는 만족이 안 되는 듯했다.

"그 부부싸움이라는 게 구체적으로 어떤 건지, 그러니까 싸움의 원인이나 자세한 사정 같은 건 못 들었나?"

"고스게 순경이 곧장 데리고 나가서요."

세 번째로 혀 차는 소리가 들리기 전에 말했다.

"사실 전 여기 온 지 얼마 안 돼서 모리 씨의 얼굴도 모릅니다."

"뭐?"

"모리 씨는 어떤 사람이었나요?"

곤도가 어이없다는 듯 요지를 쳐다봤다.

"명색이 경찰관인데 그러면 쓰나."

화낼 의욕도 잃은 듯했다.

곤도가 모리의 생전 사진을 보여 줬다. 여러 명이 찍힌 사진에서 그의 얼굴만 발췌한 것인데 궁색 맞아 보이는 홀쭉한 얼굴에 비굴하게 미소 짓는 사람이 보였다. 몸도 깡말랐다.

"전 직장 동료가 가지고 있던 사진이니 꽤 됐지. 원래 이웃들과 사이가 안 좋았는데 최근 몇 년은 더 심했다더군."

이야기를 들어보니 모리 준이치로는 상당히 문제가 많은 인물이었다.

젊을 때는 목재 가공 회사에서 일했지만 그때부터 술버릇이 좋지 않았고 도박에 손을 댔다. 세쓰코와는 중매 결혼을 했는데 신혼 때부터 손찌검을 했다고 한다. 연금과 기초 생활 급여로 생계를 유지하게 된 뒤에도 술과 도박에 빠져 살았다.

"부족한 살림에도 돈을 물 쓰듯 썼다고 해. 아니, 물이라고 할 액수는 아니겠지만."

부부싸움이 끊이지 않아 시시오이 파출소의 요주의 인물 명단에 올랐다. 그중 고스게가 특히 모리 부부에게 신경을 기울였다.

현재까지 모리 준이치로를 마지막으로 본 사람은 아내 세쓰코다. 세쓰코는 오후 4시 전에 그 쓰레기집을 빠져나와 시시오이 파출소를 찾았다. 그리고 요지와 요코오가 순찰을 마치고 돌아오자 교대하듯 고스게와 함께 가와베 교차로 옆 버스 정류장으로 향했다. 오토리시까지 세쓰코를 태워다 준 버스 기사도 그녀를 봤다고 증언했다.

집을 나간 이유는 남편 모리가 대낮부터 술을 마시고 폭력을 행사했기 때문이다.

"당시 집 앞을 지나던 사람이 싸우는 소리를 들었다고 해."

그때가 오후 3시 조금 넘은 시간.

"미친 사람처럼 날뛰었다더군. 세쓰코 씨 말로는 '죽여 버리겠다'라는 말까지 했다던데."

세쓰코의 여동생은 평소부터 언니에게 이혼을 제안할 정도였으니 찾아온 언니를 반갑게 맞아줬고 그녀의 남편도 불평하지 않았다. 세쓰코는 그 사실을 모리에게는 말하지 않았다고 했다.

"문제는."

곤도가 말을 이었다.

"모리가 죽었는가. 바꿔 말하면 언제까지 살아 있었는가인데."

화재로 시신이 심하게 훼손된 탓에 사인을 특정하기는 어렵다. 사망 추정 시각도 어제 오후 8시부터 다음 날 새벽 4시 사이로 범위가 넓다. 현장에서 발견된 모리의 스마트폰은 다 타 버려 내부 데이터가 날아갔지만, 통신사에서 그 시간대에 모리가 전화를 걸거나 받은 기록은 없다고 확인해 줬다. 화재가 직접 사인이라면 신고가 접수된 새벽 4시 전후가 사망 시각이 될 듯했다.

"불탄 집에는 전등 스위치가 내려가 있었고 해가 진 후 그 집 앞을 지나간 사람도 창문에서 불빛을 못 봤다고 해. 그때 만약 모리가 술 취해 잠들어 있었다면 화재는 부자연스럽지 않나?"

"저."

요지는 조심스럽게 끼어들었다.

"그게 몇 시입니까?"

"목격 증언 말인가? 7시."

밭일을 마치고 집에 가던 노인이 증언했다고 한다.

"거기는 평소에도 인적이 드문 곳이니까. 특히 저녁 8시가 지나면 거리에 사람이 거의 없지. 담당 구역이라면 그 정도는 머릿속에……."

"8시 20분에는 불이 켜져 있었습니다."

"뭐?"

곤도는 설교를 멈추고 눈을 부라렸다.

"요코오 순경과 야간 순찰을 돌 때였습니다. 집 안에 불이 켜져 있었고, 그래서 특별히 신경 쓰지 않고……."

"그런 이야기를 왜 이제야 하나!"

곤도는 요지를 호되게 질책했다.

파출소에 돌아가자 아키미쓰가 있었다.

"소장님은 어디 가셨습니까?"

"분실."

요지 다음으로 요코오, 고스게가 경찰서에 불려 갔다. 우에시마는 지금도 화재 현장을 지키고 있다고 했다.

"어땠나?"

"단단히 혼났습니다."

조사 내용을 간략히 전하자 아키미쓰는 즐거운 듯이 말했다.

"이건 뭐 재난 수준이군. 우리 일이 원래 그렇기는 해. 사건이 터지면 비난받고, 그때 단서를 쥐고 있지 않으면 또 비난받지. 그런데 웃긴 건 사건을 미연에 방지해도 아무도 칭찬해 주지 않는다는 거야."

아키미쓰는 머리 뒤로 손을 포개며 히죽 웃었다.

"특히 그 곤도라는 형사는 아주 고약해."

"아는 분인가요?"

"인연이 좀 있지. 짜증 나는 녀석이야."

그 이상 설명할 마음은 없는 듯했다.

"그나저나 세쓰코 씨가 집을 나간 이유는 들었나? '너 같은 건 처죽여 버리겠다'. 영감이 그런 소릴 했다던데."

"그러고 보니 그날 세쓰코 씨의 얼굴에 맞은 듯한 멍 자국도 있었습니다."

파출소에서 본 세쓰코의 모습을 전하자 아키미쓰는 홍 하고 코웃음을 쳤다.

"상황이 이래서는 모임도 뒤로 미뤄지겠군. 정확한 날짜는 다음에 다시 알려 줄게."

"선배님."

요지는 아키미쓰 옆에 다가갔다.

"그때 왜 그곳에 계셨던 겁니까?"

요지는 물통을 들고 집에 돌진하려다가 갑자기 나타난 아키미쓰에게 저지당했다. 그런데 그 타이밍이 지나치게 절묘했다. 마치 처음부터 그곳에 있던 사람 같았다.

아키미쓰는 여전히 실없이 웃는 얼굴로 말했다.

"왜? 내부 조사로 선수라도 치게?"

"그런 건 아닙니다. 그 후에 바로 어디론가 사라지시지 않았나요?"

"그야 사라졌지. 긴급 소집이 될 판이었으니. 집에 가서 준비해야 하지 않겠어?"

"집이라니. 구체적으로 어디 말입니까?"

그러자 아키미쓰는 입꼬리를 올렸다.

"어이, 나한테 너무 실례하는 거 아니야?"

"무리하게 여쭙지는 않겠습니다. 전 당시 선배님이 거기 있었던 걸 형사에게도 말하지 않았습니다."

"말할 필요가 없겠지. 난 어제 비번이라 집에서 TV 보며 빈둥거리고 있었으니. 저녁에는 일찍 잤고. 알리바이가 있냐고 물으면 자신 없는 건 사실이야."

"저도 마찬가지입니다. 그때 요코오는 수면실에서 자고 있었으니 저도 마음만 먹으면 거기 가서 불 정도는 지를 수 있었습니다."

"그럼 가서 자수하면 만사 해결 아닌가?"

"순찰 바이크를 타고 그 시간에 그곳을 달렸다면 엄청 시끄러웠겠죠."

"그냥 걸어가도 되지 않나?"

장난기 섞인 시선을 말없이 보고 있자 결국 아키미쓰가 먼저 꺾인 것처럼 입을 열었다.

"내가 사는 곳은 정수장 쪽에 있어. 자취 중이지."

마을 북쪽의 고지대다.

"기숙사에 사시는 거 아니었나요?"

시시오이 파출소에서는 우에시마가 독신자용 경찰 기숙사에 살고 있다. 위치는 시시오이 경찰서 바로 옆이고 통금 시간 등의 제약은 있지만 식사가 나오고 월세도 없는 거나 마찬가지라 좋은 조건이라고 할 수 있다.

다만.

"집단생활은 성미에 안 맞아서."

이런 사람도 없지는 않다.

아키미쓰는 자신이 사는 집의 번지수도 알려 줬다. 화재 현장까지 걸어서 10분도 걸리지 않는 곳이다.

"2층 창문으로 마을 동쪽이 훤히 내려다보이지. 철제 커튼이라도 쳐 두고 있었던 게 아닌 이상 화재를 알아본 게 그렇게 이상하다고 할 수는 없지 않을까?"

앞뒤는 맞는다. 시시오이의 밤은 어둡고 고요하다. 그 정도 규모의 화재가 발생하면 평소와 달리 소란스러웠을 테니 눈치챘어도 이상하지 않다. 새벽 시간임에도 집 앞에 모여 있던 구경꾼들이 그 증거다.

"주무시고 계셨던 거 아닌가요?"

"경찰은 무릇 자는 동안에도 귀를 쫑긋 세우고 있어야 하는 법."

이 역시 납득은 된다. 언제 어디서 누가 부를지 모르는 게 경찰 일이다.

"만약 이번 일이 살인이라면."

아키미쓰는 신이 난 것처럼 미소 지었다.

"아무리 늦어도 새벽 4시쯤에는 범인이 모리 영감 집에 불을 붙 였다는 말이 돼."

현장에서 시한폭탄 장치 같은 건 발견되지 않았다.

"동기가 뭔지는 몰라도 분명 나도 할 수는 있었어. 하지만 그때 그 쓰레기집에 세쓰코 씨가 없다는 걸 내가 어떻게 알았을까?"

그날 세쓰코가 여동생 집에 묵는 걸 아는 사람은 고스게와 요코 오, 세쓰코의 여동생 부부, 세쓰코를 태워다 준 버스 기사와 요지 뿐이다. 모리가 다른 사람에게 아내가 집을 나갔다고 알린 정황은 없다.

"누구를 찾아가 확인해도 좋은데 어쨌든 난 그날 세쓰코 씨가 여 동생 집에 묵는다는 걸 몰랐어. 그럼 난 세쓰코 씨도 죽일 계획이 었을까? 아니면 아주 우연히 그날 모리 영감 집을 찾았는데 세쓰코 씨가 없어서 기뻐하며 밤 8시가 지나 영감을 죽이고 새벽 4시에 불 을 질렀다는 건가?"

요지는 되받아치지 못했다. 확실히 그건 너무 억지스럽다.

"자, 제 결백이 증명됐습니까? 탐정님."

"죄송합니다. 딱히 선배님을 의심하는 건 아니었습니다."

"앞으로 형사라도 되려고?"

대답을 망설였다. 지금껏 10년 정도 경찰 밥을 먹었지만 승진 시험을 친 적은 없다. 파출소 일이 딱히 즐거운 건 아니지만 힘들지도 않아 불만이 없다. 파란 제복을 싫어하지도 않았다.

"가끔 생각해 본 적은 있습니다만."

적당히 둘러대자 아키미쓰는 요지를 비웃듯이 히죽거리면서 말했다.

"난 비추천. 스스로 나서서 약체가 될 필요는 없지."

"네?"

고개를 갸웃하고 말았다. 아무리 생각해도 파출소 순경은 경찰 조직 제일 말단에 있고, 현장에서는 같은 계급이어도 형사 쪽이 훨씬 대접받는다. 실제로 요지도 조금 전 곤도에게 갖은 하대를 당하고 왔다.

"뭘 모르네."

아키미쓰가 갑자기 몸을 일으켜 요지의 허리 쪽에 손을 뻗더니 허리춤에 달려 있는 권총을 쥐었다.

"이걸 가지고 있는 건 우리 아니야?"

그의 눈빛이 몸을 훑고 지나자 꼭 누군가가 목구멍에 손을 쑤셔 넣은 것처럼 숨이 턱 막혔다.

아키미쓰는 곧 다시 손을 떼고 간이 의자에 앉아 등을 기댔다.

"장난이야, 장난."

히죽히죽 웃는 남자를 보며 요지는 표현하기 어려운 긴장감에 휩싸였다. 제복 아래에서 땀이 배어나는 게 느껴졌다.

"아이고, 힘들다, 힘들어."

그때 고스게가 돌아왔다.

"어제 무슨 일이 있었는지 얼마나 꼬치꼬치 캐묻던지 원. 다음은 아키밋짱, 다녀와."

"웅? 제가 왜? 나랑은 상관없는 일 아닌가요."

"빠질 수 없어. 우리 애들은 다 조사에 참여하라고 서장님이 지시했다고 해."

"정말 호들갑이네."

아키미쓰는 귀찮은 듯 몸을 일으켜 파출소를 나갔다. 그가 앉았던 자리에 고스게가 앉아 기지개를 켜는 모습을 보며 요지가 말을 걸었다.

"많이 압박하던가요?"

"그래. 지긋지긋해."

평소 모리의 집을 자주 찾았던 고스게가 어제만큼은 가지 않았던 것을 곤도 형사는 좀처럼 납득하지 못했다고 했다.

"우리가 매일 같은 곳을 도는 건 아니잖아. 하필 어제가 딱 그런 날이었는데 물어봐야 내가 뭐라고 하겠어. 누가 봐도 이번 일은 엄연한 사고인데."

숙취에 대해서는 끝까지 시치미를 뗀 듯했다.

고스게가 좋아하는 진하고 뜨거운 차를 내오며 요지는 다시 말을 붙였다.

"사고라면 불씨는 역시 담배꽁초일까요?"

"그렇겠지. 그 영감은 늘 셋타를 피워 댔으니까."

"셋타?"

"세븐스타 말이야. 그 나이에도 술 담배에 빠져 살았어. 미련한 영감탱이."

고스게는 한숨을 푹 내쉬었다. 그 나름대로 고인을 추모하는 걸까.

"모리 씨 집을 자주 찾았던 건 소장님 지시였나요?"

"응? 아니. 그 영감이 평소에 사고치고 다니는 건 누구나 알았으니 나 하나쯤은 신경 써야 할 것 같아서."

아무래도 자발적으로 모리를 주시한 듯했다. 요지는 고스게를 조금 다시 봤다.

"특히 요즘 들어서는 상태가 더 안 좋았어. 몇 년 전부터 집 안에 이런저런 잡동사니들을 쌓아 두기 시작하면서 이웃들과 담을 쌓고 지냈고 세쓰코 씨와의 관계도 최악이었지."

요지는 고스게의 이야기에 가만히 귀를 기울였다.

"형사는 영감이 아내와 다툴 이유가 있었는지를 계속 묻던데, 이유를 떠나 그냥 싸우는 게 일상인 느낌이었지. 저번처럼 세쓰코 씨가 파출소에 찾을 때도 있었지만 가끔은 모리 영감이 찾아올 때도 있었어."

"모리 씨가요?"

"세쓰코 씨한테 얻어맞아서. 그 할머니가 그래 봬도 화나면 무섭거든. 눈이 한번 뒤집히면 영감도 결국 못 당해내고 줄행랑을 쳤지. 작년 연말에도 그랬어. 크리스마스이브 날 밤이었나? 그때는⋯⋯."

거기까지 말하고 불현듯 고스게는 입을 다물었다. 그리고 화제를 바꿨다.

"뭐 부부 사이의 깊은 사정까지 알 수는 없지. 아무튼 일을 너무 열심히 해서 욕을 먹을 줄이야."

"전 얼굴도 모른다고 했다가 혼쭐이 났습니다."

"하하. 그건 좀 짠하네. 어제는 요코오랑 나갔나? 그럼 어쩔 수 없지."

"밤이기도 했고요."

"낮이어도 마찬가지였을걸. 요코오 녀석은 모리 영감을 싫어했으니."

고스게가 조소하듯 입가를 일그러뜨렸다.

"걔가 그런 타입에 약한 것 같아. 성격이 괄괄하고 술 냄새를 풍기고 다니는 사람. 거기에 말도 안 통하잖아. 너도 겪어 봐서 알겠지만 요코오는 소심한 면이 있어. 낮에도 아마 그냥 지나갔을걸."

듣고 보니 평소에는 고지식한 요코오가 요주의 인물의 집을 그냥 지나치는 건 부자연스럽다.

"걔는 안 돼."

고스게는 기쁜 듯이 말했다.

"실생활에 별 도움도 안 되는 매뉴얼 같은 녀석이지. 외지에서 온 주제에 별로 싹싹하지도 않아서 마을 사람들도 걜 믿지 않아. 무슨 일이 생겨도 요코오와는 상의 안 해."

분명 아키미쓰에게는 그토록 친절한 마을 주민들이 요코오에게 말을 거는 모습을 본 기억이 없었다.

"나가하라는 어땠습니까?"

"어?"

"나가하라는 잘 지냈나 궁금해서요."

"왜?"

"실은 경찰 학교에서 나가하라가 저희 교장 반장이었습니다."

"아, 그렇구나."

고스게는 흠칫하더니 눈을 피했다.

"나가하라는 요코오랑 다르지. 걔는 그래도 사람들을 잘 돌보고 수더분했어. 또 뭐니 뭐니 해도 시시오이 출신이잖아."

왠지 말투가 빨라진 걸 보니 고스게에게서도 후쿠나가처럼 나가하라에 관한 언급을 피하고 싶은 속내가 언뜻 보였다.

"모리 씨와도 잘 지냈나요?"

"아니, 당연히 싫어했지. 모리 영감은 누구나 다 싫어했다니까."

요지는 속으로 고개를 갸웃했다. 이곳에 온 지 얼마 안 돼 훑어본 복무 일지 내용을 떠올린다. 모두가 기피하던 요주의 인물, 모리 준이치로.

문득 어떤 발상이 어렴풋이 떠올라 고스게에게 물었다.

"혹시 아키미쓰 선배가 피우는 담배도 셋타인가요?"

"아키밋짱? 아니, 아닐걸."

고스게는 '왜 그런 걸 묻지?'라는 표정이었다.

"어제 니시오쿠 분실에서는 별일 없었습니까?"

"없었지. 고작 한 시간 동안 뭔 일이 있겠어."

이윽고 요코오가 돌아오자 고스게는 우에시마와 교대하려고 파출소를 나갔다.

"어땠어?"

요코오는 말없이 고개를 흔들었다. 얼굴이 하얗게 질려 있다.

"순찰 때 왜 확인하지 않느냐며 된통 깨졌습니다. 순찰 카드에 요주의라고 적힌 인물이니 변명할 여지도 없더군요."

그렇게 중얼거리고 어깨를 떨구는 모습을 보며 '과연 소심한 면이 있군' 하고 생각했다.

"고스게 선배도 엄청 혼났대. 일을 열심히 한 탓에 욕을 먹다니, 선배도 안됐지."

"진심으로 그렇게 생각하세요?"

갑자기 가시 돋친 말로 되받아쳐서 순간 당황했다.

"고스게 선배는 모리 영감님과 친구처럼 지냈어요. 그것만으로도 동정의 여지는 없을 것 같네요."

"그야 모리 씨 평판이 좋지 않다는 건 나도 들어서 알지만……."

"평판이 좋지 않은 수준이 아니에요. 조폭의 심부름꾼 노릇을 한다거나, 밤길에 여자아이를 덮친다는 식의 흉흉한 소문도 돌았죠."

"설마 전과가 있었나?"

요지는 깜짝 놀라 물었다.

"아뇨, 전과는 없다고 들었습니다. 그런데 소문은 사실이에요.

저도 치한 피해를 접수한 적이 있는데, 모리 영감이 중학생 여자아이를 갑자기 끌어안고 몸을 더듬었다고 하더군요. 그때는 피해 아이 부모가 일을 크게 키우고 싶지 않다고 해서 엄중 주의로 끝났지만, 영감이 손버릇이 나쁜 건 원래 유명했어요."

요코오의 목소리에서 들어온 지 얼마 안 된 무지한 선배를 가르치는 우월감이 배어났다.

"정상이 아니에요. 경찰이 그런 작자랑 어울리다뇨. 고스게 선배가 자꾸 분실에 가고 싶어 하는 이유도 마찬가지예요. 파친코 때문이죠, 파친코. 도박 중독이라."

그러고 보면 고스게가 아키미쓰를 향해 손바닥을 펼쳐 손목을 돌리는 모습을 본 기억이 있다. 그게 파친코의 핸들을 돌리는 동작이었나.

"기숙사에 들어가면 통금 시간 때문에 밤늦게까지 파친코를 못 하니 오토리시에 따로 빌라를 얻었어요. 모리 영감과 친했던 이유도 그거죠. 두 사람은 오래전부터 도박 친구였거든요."

요코오는 꼭 자포자기한 것처럼 떠들어댔다.

"가와베 교차로에 오토리시로 가는 버스 정류장이 있죠? 그걸 타면 파친코 가게까지 직행이에요. 분실은 경찰서와 가깝고 안에 사람이 없어도 사람들이 의심하지 않죠. 어디서 대충 시간을 때우고 정시 퇴근해도 되는 거예요."

이 이야기가 전부 사실이라면 심각한 일이었다. 파출소에서는 아무리 퇴근 직전이어도 관할 구역에 사건 사고가 일어나면 처리 전까지 집에 갈 수 없다. 자기가 맡은 사안을 남에게 떠넘길 수 없는데, 이는 바꿔 말해 담당만 하지 않으면 된다는 뜻이기도 하다.

고스게가 세쓰코를 재촉하듯 함께 파출소를 빠져나가는 모습은 요지도 목격했다.

"결국 끼리끼리 노는 것 같아요."

요코오가 그렇게 내뱉은 직후 후쿠나가 소장이 "수고 많네" 하며 파출소에 들어왔다.

"좀 어땠지?"

두 사람의 이야기를 다 듣고 후쿠나가는 표정이 굳었다. 소장으로서 책임을 추궁당할 가능성이 머리를 스쳤을 것이다.

"아무래도 화재 원인은 담배꽁초로 정해질 것 같아."

난로나 전기 계통에 문제는 없었다고 했다.

"술에 취해 넘어지면서 손목뼈에 금이 갔겠지. 그때 떨어진 담뱃불이 집 안에 쌓인 쓰레기에 옮겨붙었을 테고."

후쿠나가는 아키미쓰의 추리를 그대로 되읊더니 갑자기 "그런데" 하고 요지와 요코오를 날카롭게 쳐다봤다.

"자네들이 현장에 제일 먼저 도착하지 않았나? 혹시 뭐 본 거 없어?"

요지는 요코오와 얼굴을 한 번 마주 보고 되물었다.

"뭐, 라고 하시면?"

"말 그대로 뭐든. 수상한 녀석이라거나."

"목격 증언이라도 나왔습니까?"

"아니, 일단 확인하려는 거야. 봤나?"

요코오는 분명히 고개를 가로저었다. 후쿠나가의 끈적한 말투가 왠지 신경 쓰였지만 요지도 옆에 나란히 서서 고개를 흔들었다. 아키미쓰를 봤다는 이야기는 가슴에 묻어 두기로 했다.

"그렇군."

후쿠나가는 뭔가 납득되지 않는 얼굴로 중얼거렸다.

"뭐 사고나 자살인 건 확실한데······."

지나치게 평화로운 파출소 수장의, 마치 기도와도 같은 독백이었다.

개운치 못한 기분으로 집에 돌아가자 형 간지가 맥주 캔을 한 손에 들고 거실에서 TV를 보고 있었다. 한신 대 히로시마 야구 경기가 중계되고 있다.

요지가 집에 온 걸 눈치챘는데도 형은 돌아보지 않았다.

부엌에 먹을 게 있는지 뒤져 봤지만 변변한 게 없어서 새삼 누나의 고마움을 느꼈다.

컵라면에 물을 붓고 식탁 앞에 앉아 TV로 시선을 향한다. 전에는 야구 경기를 보는 걸 꺼렸지만 요즘은 조금 나아졌다.

그러나 군이 야구 경기를 틀어 놓고 있는 형에게서는 악의를 느꼈다. 마치 다가오지 말라고 선을 긋는 느낌이다. 어차피 다가갈 마음도 없었다.

"아."

갑자기 목소리를 높이자 간지가 돌아봤다. 형이 의아하게 봐도 신경 쓰이지 않을 만큼 요지는 자기 생각에 푹 빠져 있었다.

병실에서 죽음을 기다리며 숨만 쉬고 있는 아버지와 동생이 다가오지 못하게 야구 중계를 틀어 놓고 있는 형. 두 개의 상이 하나로 겹쳐 하나의 가설을 완성시킨다. 죽어 가고 있지만 죽지 않는다. 다가오려는 사람을 다가오지 못하게 한다. 앞뒤는 맞는다.

하지만 극히 불완전한 발상이다. 이렇게 어정쩡한 이야기를 꺼내 봐야 소용 있을까. 그러나 시도해 볼 가치는 있다. 어쨌든 그 사람은 이대로 내버려 둘 수 없을 만큼 너무 수상쩍다.

"뭐야?"

간지가 언짢은 듯 입을 열어 물었다.

"아무것도 아니야."

요지 역시 언짢게 반응하고 현관으로 향했다. 늘 가지고 다니는 플라스틱 조각에 손을 가져간다.

일단 내가 할 수 있는 건 해 볼게.

머리에 떠오른 나가하라를 향해 그렇게 말하고 요지는 다시 시시오이 파출소로 향했다.

5

파출소에는 아키미쓰 다이고가 있었다.

자전거를 타고 온 요지를 보고 "뭐야? 무슨 일이야?" 하고 실없이 웃으며 묻는다.

"소장님은 안 계시나요?"

"수면실."

"잘됐네요."

"나한테 뭐 볼일이라도 있나?"

"뭐 그런 셈이죠."

"밖으로 나갈까?"

"죄송합니다."

파출소를 나가 자갈이 깔린 뒤편으로 돌아간다. 일대에 다른 건물이 없어 시시오이 파출소는 마치 육지 속 외딴섬처럼 있다. 두 사람은 잠시 말없이 걸었다. 달빛이 으스름하고 가로등도 없는 길이 마치 캄캄한 터널 같다. 요지가 끌고 가는 자전거 불빛만 어렴풋이 앞길을 비췄다.

앞장서 가던 아키미쓰가 갑자기 멈춰 서서 담뱃불을 붙였다. 어둠 속에 콘크리트 벽과 철조망이 보인다. 파출소에서 가까운 공장 외벽일 것이다.

"비밀 이야기를 하기에 안성맞춤인 곳이지."

"누군가를 손봐주기도 좋겠군요."

"혹시 한 대 때려 달라는 그 약속을 지키려고 날 여기까지 데려온 건가?"

"상황에 따라서는 맞을 각오도 하고 있습니다."

아키미쓰는 허공에 연기를 뿜고 요지를 봤다. 가만히 서 있으니 자전거 전조등이 꺼졌다. 아키미쓰가 입에 물고 있는 담뱃불만 작은 반딧불처럼 빛나고 있다.

"그럼 들어볼까."

어둠 속에서 여유 넘치는 입가가 희미하게 보였다.

"다름이 아니고, 얼마 전 화재 말입니다. 전 그 일이 자살이나 사고가 아니라고 가정해 봤습니다."

"가정이라. 굳이 가정까지 할 필요 있나."

"아키미쓰 선배님."

요지는 아키미쓰가 입에 문 담배에 대해 말했다.

"그거, 혹시 셋타 아닙니까?"

대답이 없다.

"현장에서 절 말리셨을 때부터 줄곧 마음에 걸렸습니다. 선배님은 그때 피우던 담배꽁초를 확실히 챙겨가셨죠."

"화재 현장에 어떻게 꽁초 같은 걸 두고 가겠어."

"그게 아니라, 혹시 그때 그 담배가 셋타 아니었습니까?"

요지는 숨을 한 번 내쉬고 말을 이어 갔다.

"모리 씨의 담뱃갑에서 꺼내 피우셨죠? 그러다 제가 갑자기 무모하게 나서는 바람에 미처 담배를 끌 새도 없이 절 말리고 다 피운 꽁초를 챙겨 가셨겠죠. 그런 걸 거기 두고 갈 수는 없으니까요."

아키미쓰는 "헛" 하고 어이없다는 듯 반응했다.

"오랜만에 매너를 좀 지켰더니 방화범 취급이라. 내가 모리 영감을 왜 죽이겠어? 그리고 세쓰코 씨가 집에 없는 걸 내가 어떻게 알수 있었느냐는 문제는 해결됐나?"

"세쓰코 씨 본인이 알려 주셨겠죠."

"뭐? 그럼 세쓰코 씨는 형사 앞에서는 왜 그 이야기를 하지 않았지?"

"애당초 계기를 제공한 사람이 세쓰코 씨였으니까요."

히죽거리던 입가가 굳는다. 아키미쓰는 마치 보란 듯이 담배를 획 던졌다.

"농담이 심하구먼."

두 번째 담배에 불을 붙인다.

"생각을 좀 하고 말하는 게 어떨까? 넌 지금 세쓰코 씨가 모리 영감을 죽인 범인이라고 하려는 거야? 그날 세쓰코 씨는 오후 4시에 집을 나가 버스 정류장에 갔어. 그 모습을 지켜본 목격자가 있고, 하물며 여동생 집에 도착한 뒤부터는 줄곧 여동생과 함께 있었지. 여동생의 남편도 그렇게 증언했잖아? 모리 영감의 사망 추정 시각은 밤 8시부터 새벽 4시 사이. 그럼 세쓰코 씨가 어떻게 그 시간에 남편을 죽일 수 있었지?"

"세쓰코 씨는 낮에 남편과 다퉜다고 했습니다. 그때 실랑이를 벌이다 실수로 남편을 죽이고 말았다…… 라는 건 무리겠죠."

"당연하지. 그리고 사망 추정 시각에 트집을 잡기 시작하면 한도 끝도 없다고."

그러나.

"죽지 않았다면 어떨까요?"

"뭐?"

"말싸움이 잠시 후 몸싸움으로 이어졌고 그때 세쓰코 씨가 모리 씨를 밀치거나 해서 기절시켰다. 그리고 기절한 남편을 보며 세쓰코 씨는 자신이 남편을 죽이고 말았다고 믿었지만, 사실 그때 아직 모리 씨가 살아 있었다면? 힘없이 숨을 헐떡이기는 했지만 죽지 않았다면 어떨까요?"

지금 병상에 누워 있는 내 아버지처럼.

"그리고 세쓰코 씨에게 불려 가 그걸 확인한 사람이 있다면? 내 손으로 어떻게든 해 주겠다며 세쓰코 씨를 설득해 여동생 집으로 보낸 사람이 있다면? 그 협력자는 죽어 가는 모리 씨와 함께 그 쓰레기집을 지키고 있었겠죠. 그가 마침내 목숨이 끊어졌을 때 집에 불을 지르기 위해."

그러자 아키미쓰는 연기를 내뿜고 "엉망진창이군" 하고 중얼거렸다.

"엉망일 수 있지만 가능하긴 합니다. 이웃들의 눈엣가시였던 모리 씨의 집에 누군가가 찾아올 확률은 거의 없겠죠. 만약 찾아오더라도 집에 없는 척하면 되고, 그럼 무리하게 안으로 들어오지는 않을 겁니다. 그러니 선배는 고스게 선배가 방해됐던 겁니다."

대답이 없다.

"경찰은 다르니까요. 고스게가 순찰하러 집을 찾아오면 얼굴을 확인하기 전까지 버틸 수도 있다. 그것도 모자라 이변을 알아채고 억지로 문을 열기라도 하면 끝장이죠."

"뭐 그렇겠지. 쓰러진 영감 옆에 내가 있다면 '안녕하세요. 수고하시네요'로는 끝나지 않을 테니."

"그래서 세쓰코 씨에게 얼른 파출소에 가서 고스게 선배와 함께 버스 정류장에 가라고 귀띔하셨겠죠?"

고스게의 성격상 파출소를 벗어날 구실만 생기면 당연히 따라나설 것을 충분히 예측할 수 있다.

"그렇게 되면 남는 건 요코오와 접니다. 담배꽁초가 화재를 부른 상황을 자연스럽게 연출하기 위해 선배는 당시 모리 씨가 멀쩡히 일어나 있던 것으로 만들려 했습니다. 그래서 요코오가 평소 순찰을 성실히 한다는 점과 모리 씨 집 쪽에는 웬만하면 가고 싶어 하지 않는다는 습성을 이용해 저희에게 불 켜진 집을 목격하게 하셨죠."

요지가 야구 중계를 싫어하는 것처럼, 모리 준이치로를 피하던 요코오는 집 근처까지는 가도 집 안으로 들어가지 않았다.

"이건 고스게 선배와 요코오의 평소 근무 태도를 아는 사람만 떠올릴 수 있는 계획입니다."

"생사람 잡네."

아키미쓰는 여전히 웃는 얼굴로 말했다.

"만약 네 망상이 사실이더라도 나 말고 소장님도 가능했던 거 아닌가?"

"아뇨. 불가능합니다. 소장님과 우에시마는요. 아키미쓰 선배. 그날 밤의 알리바이를 다시 한번 제게 가르쳐 주시겠습니까?"

아키미쓰는 어이없다는 듯 웃음을 터뜨렸다.

"남자 혼자 사는데 알리바이 같은 게 있겠어?"

"네. 바로 그겁니다. 소장님께는 가족이 있습니다. 그리고 우에시마는 독신자 기숙사의 통금 시간과 남들의 눈이 있죠. 이 계획을 실행에 옮기려면 빈사 상태인 모리 씨가 죽기 전까지 옆에 있어야 합니다. 혹시라도 모리 씨가 누군가에게 도움을 청하거나, 누군가 그를 돕지 못하게 줄곧 옆을 지키고 있어야 하는 겁니다. 그럴 수 있는 사람만 실천할 수 있는 계획입니다."

이 가설에서 범인은 무려 반나절 동안 빈사 상태인 모리 옆을 가만히 지키고 있었다. 그의 숨통을 직접 끊지 않고 자연스레 숨이 끊어지기를 기다려 사망 추정 시각을 확보한 후 사인을 감추기 위해 불을 질렀다.

그 시간 동안 아마 담배도 못 피웠을 것이다. 그리고 불을 지르기 전 무심코 모리의 세븐스타 담뱃갑에서 담배를 한 대 꺼냈어도 이상하지 않다. 평범하게 생각하면 곧 불 질러 없애 버릴 피해자의 담배를 피우는 건 꺼려질 수도 있겠지만 왠지 아키미쓰 다이고라는 사람만큼은 그럴 수도 있겠다는 생각이 들었다.

"상상력이 지나치게 풍부하군."

아키미쓰가 손에 든 라이터로 다시 한번 주변을 밝혔다. 찰나의 순간에 비친 미소는 평소와 다를 바 없었다.

아키미쓰는 허공에 연기를 뿜고 유쾌하게 말했다.

"일단 묻지. 세쓰코 씨가 모리 영감을 죽였다는 증거가 있나? 영감이 누워서 담배를 피우다 실수로 불을 낸 게 아니라는 결정적인 증거라도 있는 거야?"

요지는 말없이 아키미쓰의 목소리에 집중했다.

"어이, 어이. 증거도 없이 함부로 지껄이면 쓰나. 예를 들어 고스게가 한밤중에 모리 영감을 불쑥 찾아가 충동적으로 불을 질렀을 가능성도 있지 않나? 네 말은 결국 나를 범인으로 만들려면 그 방법밖에 없다는 식의 망상 아니야?"

그리고 그걸 떠나.

"애초에 내가 왜 그런 성가신 짓을 한다는 거야?"

"타살이 되면 곤란해서겠죠?"

아키미쓰의 뱁새눈이 더욱 가늘어진다.

"경찰이 그 집을 꼼꼼히 조사하면 안 될 어떤 사정이 있었다. 발견되면 곤란해질 만한 무언가가 있었다."

"그 곤란할 만한 무언가라는 건 또 뭐지? 네 가설에서 난 계속 그 집에 붙어 있었다며? 그보다는 그 곤란할 만한 뭔가를 얼른 챙기고 세쓰코 씨를 자수하게 하는 게 훨씬 현명하지. 집에 불까지 질러 일을 크게 만들기 전에."

"그 집은 쓰레기로 가득한 쓰레기집이었습니다. 그러니 그 무언가를 찾지 못했을 수도 있죠."

요지는 눈빛으로 '아닌가요?' 하고 물었다. 아키미쓰의 속내를 꿰뚫고 싶었다.

"그래서 집에 불을 질렀다는 건가. 하하. 재밌군. 너, 생각보다 재밌는 녀석이야."

아키미쓰가 너털웃음을 터뜨리고 말했다.

"나가하라 같은 근성 없는 놈과는 다르네."

순간 쾅 소리가 들렸다. 자신이 쓰러뜨린 자전거인데도 신경 쓸 여력이 없다. 머리에 피가 거꾸로 솟고 두 손은 주먹을 꽉 쥐고 있었다.

당장에라도 손을 뻗어 멱살을 잡으려는 순간, 아키미쓰의 손가락 사이에 있던 작은 불이 떨어졌다. 순식간에 주변에 다시 어둠이 퍼지고 툭, 툭 발소리가 들리며 인기척이 다가온다. 이윽고 귓가에 "요지" 하는 목소리와 숨소리가 닿더니 어깨 위에 손이 올라왔다. 일필휘지의 눈이 가만히 바라보는 위압에 요지는 꼼짝도 할 수 없었다.

"좁은 동네야. 사이좋게 지내야지."

옆을 지나쳐 가는 뒷모습을 보며 갈 곳 잃은 주먹이 덜덜 떨렸다. 홀로 남은 요지는 어금니를 꽉 깨물었다. 분노의 화살이 주눅 들어 버린 자신과 아키미쓰 사이를 어지러이 오갔다.

아무리 눈여겨봐도 아키미쓰의 태도에서 초조함이나 동요 같은 건 찾아볼 수 없다. 오히려 범인 취급당하는 상황 자체를 즐기는 느낌마저 들었다.

아키미쓰, 당신 정말 아무것도 몰라?

눈앞에 남은 히죽거리는 잔상을 향해 묻는다.

어떻게 나가하라가 근성 없다고 할 수 있지?

머릿속에 파출소에서 읽은 복무 일지가 떠올랐다. 과거 일지를 전부 훑어본 요지는 고스게가 모리 준이치로의 집을 빈번히 드나든다는 걸 화재 전부터 알고 있었다. 또 나가하라도 고스게와 비슷할 만큼 모리의 집을 차주 찾았다. 작년 크리스마스이브 날 밤 파출소에 뛰어든 모리를 상대한 사람도 그날 혼자 당직을 서던 나가하라 신스케였다. 그리고.

나가하라가 실종 직전 마지막으로 순찰한 곳 역시 모리 준이치로의 집이었다.

2장

담흑색 총탄

"시시오이 파출소의 사와노보리 요지입니다. 본부, 응답 바랍니다."

— 여기는 본부. 보고하라.

"순찰 중 발포음으로 추정되는 소리를 포착. 주소는 시모카모초 우시하타 5번지. 지금부터 주변을 확인하겠습니다."

— 알겠다. 지원이 필요한가?

"민가를 확인해 주민에게 사정을 듣고 나서 요청하겠습니다."

— 알겠다. 주의하도록.

무선이 끊기자 정적에 휩싸였다. 어디선가 들리는 풀벌레 소리 외에는 자신의 호흡과 발소리만 들린다. 제복 소매를 걷어 붙인 팔에 모기가 앉아 무심코 내려쳤다. 이 일대는 여름에 모기가 출몰하는 게 아니라 겨울에만 줄어든다고 알려 준 사람은 형 친구였다. 그가 다닌 시시오이 남중학교의 폐건물이 머리 위에서 커다란 그림자를 만들고 있다.

다른 건물이라고는 눈앞의 민가와 길가에 있는 작은 삼각지붕 사당밖에 없다. 석조 받침대에 있는 오래된 나무문. 안에 무엇이 모셔져 있는지는 모른다.

민가 부지에 발을 들여놓는다. 초조함을 억누르며 어둠 속을 헤쳐 간다. 중간에 고개를 돌려 멀어진 동료를 찾아보지만 그림자도 보이지 않았다.

흰 벽돌의 서양식 가옥이다. 집 안에 불은 켜져 있다. 손질이 잘 됐다고 말하기 어려운 앞마당을 지나 현관으로 향한다. 차고에 세워진 벤츠를 보며 손등으로 이마에 난 땀을 닦았다. 최근 며칠간 열대야가 계속되고 있다. 무성한 나무가 내뿜는 자연의 냄새에 숨이 막힐 지경이었다.

손목시계를 확인하니 새벽 3시 정각을 가리키고 있다.

문은 잠겨 있지 않았다. 그대로 집 안에 들어간다. 두려움을 떨치려고 손에 쥔 '삐죽삐죽'을 다시 주머니에 넣고 나직한 목소리로 사람이 있는지 확인한다.

신발을 벗고 넓은 복도를 지나간다. 정면에 있는 거실 문을 왼손으로 살며시 연다.

그 안에서는 한 남자가 천장을 바라본 자세로 쓰러져 죽어 있었다.

1

요지는 링거 튜브와 산소 호흡기를 매단 아버지를 내려다봤다.

"오늘 아침에 잠깐 눈을 뜨셨어요."

상냥하게 알려 주는 간호사에게 뭐라고 대답해야 할지 알 수 없었다. 병원에 요지를 데리러 온 누나 다마오도 마찬가지로 옆에 서서 어색하게 미소 짓고 있다.

아버지 데쓰시가 누워 있는 넓은 병실은 환자들로 가득했다. 환자 머리맡에서 열심히 말을 거는 가족 옆을 의사와 간호사들이 익숙히 오가고 있다. 그 풍경은 당직을 마친 피로도 잊게 할 만큼 요지의 감정을 마비시키는 위력을 가지고 있었다.

"사와노보리 요지 씨. 잠깐 드릴 말씀이."

비슷한 또래로 보이는 주치의가 응접실로 요지를 데려가 아버지의 상태를 간략히 설명했다. 뇌혈관이 어쩌니저쩌니, 영어로 된 어떤어떤 약을 몇 밀리그램 이렇게 저렇게 해서…….

"고령이라 낙관은 할 수 없지만 어쨌든 최악의 상황은 피했다고 봅니다. 이런 상태라면 앞으로 일주일 정도면 일반 병동으로 옮길 수 있을 겁니다. 다만……."

의사는 잠깐 뜸을 들이고 말을 이었다.

"그게 곧 환자가 회복될 거란 뜻은 아닙니다. 생명을 구한 게 행운이었다고 생각해 주십시오."

다마오가 손으로 입가를 감쌌다. 이미 각오했지만 흰 가운을 입은 사람에게 재차 확인받는 건 무게감이 달랐다.

"장기 입원 가능성도 고려하시는 게 좋습니다."

간호사가 옆에서 입원 비용을 설명하자 다마오가 "그렇게나 많이……" 하고 말문이 막혔다.

"그렇게 큰돈은 구할 수 없어요. 또 지금으로선 1년으로 될 거라는 보장도 없잖아요. 2년이 될지 3년이 될지 모르죠. 아니, 그걸 넘어 의식이 돌아올지도……."

죽을 때까지.

의사는 공감하듯 고개를 깊숙이 끄덕이고 익숙하게 팸플릿을 내밀었다.

"시시오이군에 있는 폐교 부지에 곧 고령자 의료 시설이 오픈할 예정입니다. 그곳에 신청해 보시는 건 어떨까요?"

"병원보다 저렴한가요?"

"새로 오픈하는 데다가 환자를 처음 받으니 어느 정도 협의는 가능할 겁니다. 그쪽도 하루빨리 경험과 실적을 쌓고 싶을 것이고, 정 뭐하면 제가 직접 말씀드릴 수도 있습니다. 아버님이 완쾌하셨을 때 다시 상의하는 조건으로."

능숙한 영업용 미소에서는 '물론 그런 일은 있을 수 없겠지만……' 이라는 속내가 배어났다.

사무실과 연결된 사와노보리 석재 작업장에는 큼직한 차고 넓이 공간에 공작 기계와 갖가지 도구가 어수선하게 널려 있다. 요지는 어떤 기계가 어디에 쓰이는지 지금도 모른다. 오래전부터 작업장의 갑갑한 분위기를 싫어했다.

말없이 돌을 연마 중인 간지의 등을 향해 다마오가 의사에게 들은 이야기를 전했다. 일방적인 설명이 끝나자 그제야 간지의 손이 멈췄다.

"후미오 씨. 좀 이르긴 하지만 점심 먹고 오겠습니다."

작업장을 지키는 단 한 명의 직원이 눈짓으로 반응하자 간지는 작업장을 나갔다. 아버지의 30년 지기인 그는 바위처럼 과묵한 남자였다.

간지는 담뱃불을 붙이고 깊숙이 연기를 들이마시더니 다시 길게 내뱉었다.

"그래서, 의사한테 뭐라고 했지?"

"오빠랑 상의하겠다고 했어. 나 혼자 결정할 순 없잖아."

"넌 어떻게 하고 싶은데?"

요지는 속으로 '뭐?' 하고 의아해했다. 다마오도 분명 비슷하게 생각했을 것이다.

"글쎄…… 일단 그쪽에서 시키는 대로 하는 게 낫지 않을까?"

간지가 다시 연기를 내뱉었다.

"그럼 그렇게 해."

"너무 무책임하잖아."

요지가 끼어들자 간지가 요지를 돌아봤다.

"누나는 이제 사와노보리 집안사람이 아니야. 아버지의 딸이긴 해도 다른 집안 며느리에 두 아이의 엄마라고. 사와노보리 집안의 가장은 형이야. 형이 정해."

"오, 입바른 말도 할 줄 아네."

"상식이야."

간지는 흥 하고 코웃음을 쳤다.

"그럼 넌 뭐지? 7, 8년 동안 집에 코빼기도 안 비친 넌 사와노보리 집안사람인가?"

"꼭 함께 살아야 가족이야? 그리고 석재 일을 안 하면 가족도 아니야? 그럼 후미오 씨랑 가족회의를 하면 되겠네."

"시끄러워. 어차피 너한테는 아무것도 기대 안 한다."

요지가 발끈해 무심코 한 걸음 앞으로 나아간 순간.

"그만해!"

다마오가 두 형제를 나무랐다.

"지금 그렇게 쓸데없는 걸로 다툴 때야? 오빠. 요지 말대로 난 다른 집안 며느리이자 엄마로서의 삶이 있어. 여기 자주 올 수 있는 것도 아니고. 아버지는 역시 안심할 수 있는 곳에 모시는 게 좋을 것 같아."

"마음대로 하라 했을 텐데."

간지는 일어서서 다마오가 손에 쥔 팸플릿을 앗아 갔다.

"수속은 내가 맡을 테니 넌 앞으로 당분간 안 와도 돼. 나 혼자서 어떻게든 되겠지."

사무실로 향하는 간지의 뒷모습을 향해 잘 닦인 돌을 던져 주고 싶었다.

"여하튼 고집불통이라니까."

JR 역까지 바래다주는 길에 조수석에 앉은 다마오는 무려 세 번이나 같은 말을 반복했다.

"혼자서 어떻게든 하겠다고 하니 그냥 내버려 둬."

"요지 너도 똑같아. 내가 뭐라고 하기 전까지 병원에 한 번도 안

오는 건 도대체 무슨 경우니?"

예상 못 한 불똥이 튀어서 요지는 그저 사과할 수밖에 없었다. 다마오는 잔소리를 한바탕 쏟아내고서야 요지에게 요즘 어떻게 지내는지 물었다. 딱히 안부라 할 만한 게 없어서 더 움츠러들었다.

"혹시 좋은 사람 없어?"

노후 대비나 저축 같은 이야기를 하며 다소 옆길로 새기는 했지만 다마오가 진짜 궁금한 건 그 부분인 듯했다.

"일하느라 사람 만날 시간이 없어."

"요즘은 예쁜 여경도 많지 않아?"

"그런 사람들은 다 제 갈 길을 찾아가기 마련이야."

"그래도 이탈자 한두 명쯤은 있지 않을까?"

"형은 어때? 진짜로 걱정해야 할 사람은 형 같은데."

그러자 다마오는 "쉿" 하고 검지를 입술에 갖다 댔다.

"너, 오빠 앞에서는 절대 그런 이야기 하지 마. 실은 얼마 전에 내가 무심코 한마디 했거든. 얼른 좋은 사람을 만나지 않으면 내가 힘들다고."

"사실이잖아. 그래서?"

"그냥 말없이 날 노려보기만 하더라. 눈을 부릅뜨고. 무서워 죽는 줄 알았어."

"하하. 형도 뭐, 신경은 쓰고 있었나 보네."

"아무튼 진짜 하지 마. 주먹을 꾹 쥐고 몸도 조금씩 떠는 것 같았다니까."

105

"앞으로 형이랑 싸울 일 생기면 필살기로 써야겠다."

다마오가 조수석에서 손을 뻗어 요지의 볼을 힘껏 꼬집었다.

"너, 집에 오는 편지들은 다 읽는 거 맞지?"

구겨서 버린 청첩장과 동창회 안내문을 떠올리며 "응. 당연하지"라고 대답했다.

"가끔 친구들이랑도 놀고 그래. 계속 혼자 있으면 오빠처럼 돼."

다마오는 그 말을 끝으로 차 문을 쿵 닫고 나갔다. 누나의 뒷모습이 인파 속에 파묻힐수록 요지의 얼굴에서도 웃음기가 사라졌다. 입버릇처럼 '우리 집안 남자들은 다들 왜 이러는지 몰라'라고 투덜거리는 누나에게 조금 미안한 마음이 들었다.

가속 페달을 밟는다. 아버지가 타던 이 오래된 세단은 다음 차량 검사가 고비일 것이다.

곧바로 집에 가고 싶지는 않아 방향을 틀었다. 병원에서 본 아버지의 모습이 머릿속에 단단히 들러붙어 떨어지지 않았다.

형과 꼭 닮은 백발의 곱슬머리를 깨끗이 밀었고 두 뺨이 홀쭉했다. 눈을 감은 채 말을 걸어도 반응하지 않는다. 혼자서는 숨을 쉴 수 없고 그저 세포가 대사를 반복하고 있을 뿐이다.

살아 있다는 건 뭘까. 문득 그런 철학적인 의문이 들어 기분이 가라앉았다. 졸음도 어느새 날아가 버린 상태로 형과 함께 있고 싶지 않았다.

잠시 거리를 달리다 거의 무의식중에 산나나를 지나 시시오이로 향하고 있었다. 시시 언덕을 옆에 두고 남쪽으로 달려 대형 마트가 보이는 지점에서 핸들을 동쪽으로 틀어 좁은 시골길을 느릿느릿 달린다. 경사가 완만해지면서 우회로 공사의 잔해인 콘크리트 기둥이 눈에 들어왔고, 왼쪽으로 모리 준이치로의 불타 버린 가옥이 보였다.

갓길에 차를 세우고 내리자 강렬한 햇볕이 쏟아졌다. 요즘 들어 도무지 4월 같지 않은 날씨가 이어지고 있다. 눈부신 풍광 속에서 과거의 쓰레기집은 그저 쓰레기가 돼 있었다.

일주일 전 화재의 원인은 술 취한 모리의 담뱃불로 지목돼 결국 사건성이 없는 것으로 처리됐다. 아내 세쓰코는 당분간 오토리시에 사는 여동생 집에서 지내게 됐다고 들었다. 요지는 아키미쓰 앞에서 설명한 가설을 다른 사람에게 말하지 않았고 말하고 싶지도 않았다.

불타 버린 집을 지그시 보고 있자 생전 모리 준이치로의 모습이 절로 머릿속에 그려졌다. 알코올과 도박에 빠져 살며 치한 상습범이라는 소문이 돈 골칫덩이. 툭하면 아내에게 손찌검을 하고 죽여 버리겠다고 외치던 난봉꾼.

그에게도 장점 하나쯤은 있었을까.

차를 세워 두고 동쪽으로 걷자 잠시 후 이노마타초에 들어섰다.

건물 밀도가 낮아지고 공터가 눈에 띄기 시작한다. 시시오이초보다 황량하다. 요지도 어릴 때 이 일대는 시시오이 축제 때만 찾았다.

축젯날에는 이곳 공터에도 노점이 늘어서 북적였고 요지는 어머니를 따라와 간지, 다마오와 함께 신나게 뛰어다녔다. 그러나 공터 안쪽 계단을 올라 밤 제사에 참석하는 건 싫어했다. 그곳에만 가면 어째서인지 늘 안절부절못했다. 허리를 꼿꼿이 세운 신관복 차림의 아버지. 횃불을 보며 엄숙하게 낭독하는 축사. 멋지지만 뭔가 어색한 그 모습, 배 밑바닥에서부터 내는 듯한 낮은 목소리, 쥐 죽은 듯 가만히 아버지를 바라보던 청중들의 숨소리가 묘하게 무서웠다.

이제 두 번 다시 아버지의 그런 모습을 보지 못할 것이다.

멍하니 그런 생각들을 하며 요지는 빨려들듯 걸었다.

완만한 비탈길 끝에 오래된 독채와 쪽방촌이 마주 보고 선 일대가 보였다. 그 안쪽에 시시 언덕이 있고 계속 직진하면 시시가미 신사가 나온다.

연립주택 뒤로는 흙탕물 섞인 개천이 흐르고 주변에 편의점이나 슈퍼는 고사하고 상점 하나 눈에 띄지 않는다. 세 채 있는 독채의 양 끝 집은 빈집인지 오로지 가운데 집 앞마당에만 차가 세워져 있다. 맞은편 쪽방집은 총 다섯 채가 연립주택처럼 지어져 있다. 문패를 확인하고 가운데 집 초인종을 누른다. 잠시 기다리자 문에 달린 간유리 너머에서 사람 그림자가 보였다. 어색하게 흔들리며 다가오고 있다.

그 모습을 보고 여기 온 것을 후회했다. 이룬 것이라곤 아직 아무것도 없으면서 얼굴을 보고 싶어 하는 자신이 한심하고 부끄러웠다.

"사와노보리 요지입니다."

요지의 목소리를 듣고 그림자의 움직임이 멈췄다. 그러다 다시 흔들리며 점점 커진다.

문을 옆으로 밀고 검은 머리 소녀가 모습을 드러냈다. 어깨에 닿은 머리가 구불구불하다. 파마가 아닌 그저 손질이 안 된 것처럼 보였다.

"오랜만이네요."

불안 섞인 눈빛을 받으며 요지는 나가하라 신스케의 조카 스미레에게 눈으로 인사했다.

"다리는 좀 괜찮습니까?"

요지는 집 안 다다미방에 마주 보고 앉은 스미레에게 물었다.

"괜찮아요."

스미레는 조용히 대답했다. 대답을 듣고 멍청한 질문을 던졌다며 자책했다. 스미레는 오래전 사고로 부모님을 떠나보내고 오른쪽 다리를 다쳤다. 그로부터 15년이 흐른 지금 괜찮나 안 괜찮나를 따지는 건 무의미하다.

고개를 숙인 스미레의 눈동자를 긴 속눈썹이 가리고 있다. 요지의 입에서는 계속 시시한 말들만 나왔다.

"사시는 건 좀 어떻습니까?"

"괜찮아요."

"……할머님은?"

"안에서 주무시고 계세요. 괜찮아요."

무심코 집 안을 둘러봤다. 화려함 같은 건 눈 씻고 찾아볼 수 없는 공간이다. 생활에 꼭 필요한 것들이 필요한 만큼 있고 다른 물건은 단 하나도 없다. 누렇게 색 바랜 커튼 사이로 들어오는 햇빛마저 탁하게 느껴졌다.

요지의 표정을 읽었는지 스미레는 고개를 숙인 채 나직이 중얼거렸다.

"할머니께서 저금해 두신 돈과 생계 급여, 그리고 제 장애 수당이 나와요. 생활에 어려움은 없어요."

소녀에게 이런 말을 하게 한 자신이 부끄러웠다. 요지는 무릎에 얹은 주먹으로 시선을 떨궜다.

스미레의 대답은 한결같았다. 몸은 조금 야위었지만 밥도 잘 챙겨 먹는 듯했다.

그러나 올해로 열여덟일 텐데 학교에 다니는 느낌은 없다. 집 안에 교복이나 책가방도 보이지 않았다.

"제가 도울 일이 있을까요?"

"괜찮아요."

"뭐든 좋습니다. 전 나가하라에게 신세를 졌습니다. 그런데 은혜를 갚기도 전에 녀석은 사라져 버렸죠. ……혹시 이유를 아시나요?"

요지는 스미레의 얼굴을 차마 쳐다보지 못했다.

"모르겠어요."

110

이번에도 나직한 대답이 돌아왔다. 낮은 목소리에서는 더 이상 덧붙일 말이 없다는 의지가 느껴졌다.

"제 연락처입니다. 혹시라도 무슨 일 있으면 망설이지 말고 연락해 주십시오."

다다미 위에 메모장을 내려놓는다. 두 사람 다 침묵한 상태에서 무언의 시간이 흘렀다. 잠시 후 스미레가 자기 핸드폰을 꺼내 메모장에 적힌 번호를 입력하기 시작했다. 그제야 요지도 고개를 들어 스미레를 봤다.

길고 검은 머리카락에 생기가 없다. 예쁜 얼굴이 아까울 만큼 두 볼이 초췌하다. 머리카락을 말끔히 정리하고 영양을 제대로 섭취한다면 얼마나 예쁜 아이일지 요지는 잘 알고 있다. 처음 만났을 때부터 약간 위로 올라간 코와 맑고 검은 눈동자가 매력적이라고 생각했다.

"그거."

요지가 스미레의 핸드폰을 손으로 가리켰다.

"가오가우네요."

핸드폰 스트랩에는 이등신에 심술궂은 얼굴을 한 사자 인형이 달려 있었다.

"……이상하나요?"

"네."

요지는 망설임 없이 대답했다. 표정이 자연스레 풀어진다.

"이상해요."

스미레의 핸드폰 스트랩에 달린 가오가우는 시시오이초 공인 마스코트 사자와 달리 갈기털이 없었다.

"일부러 뗐어요. 그리고…… 잃어버렸죠. 암사자예요."

수줍은 입가에서 뾰족한 덧니가 보인다. 눈앞의 수척한 여자가 아주 잠깐 열여덟 살 소녀로 돌아간 듯했다.

어머니가 교통사고로 세상을 뜨고 얼마 되지 않아 요지는 나가하라, 스미레와 함께 동물원에 갔다. 장례식을 치르러 시시오이에 왔을 때 나가하라에게 오랜만에 만나자고 연락이 왔다. 나가하라다운 배려였고, 요지는 단풍에 둘러싸인 동물원에서 한가로이 시간을 보내며 어머니의 죽음을 담담히 받아들일 수 있었다.

그때 스미레는 지금보다 볼이 통통했고 나긋나긋한 미소를 머금고 있었다. 낙엽이 쌓인 거리를 걷다가 돌아봐서 눈이 마주쳤을 때의 얼굴을 요지는 지금도 생생히 기억한다.

스미레의 등 뒤에서 기침 소리가 들렸다. 어두운 장지문 너머로 사람 다리가 보인다. 살이 없어 뼈가 불거진 다리다.

"요지 씨."

스미레의 목소리에 조금 전 느낀 따스함은 어느새 사라지고 없었다.

"전 괜찮으니 신경 쓰지 마세요."

요지는 대답하지 못했다.

나가하라의 집에서 나와 잠시 길가에 우두커니 서 있었다.

오래전 나가하라가 들려준 이야기에 따르면 그는 어머니, 누나와 함께 셋이 살았다. 아버지의 얼굴은 기억도 못 한다고 했다.

두 살 위 누나인 미사키는 젊은 나이에 스미레를 낳고 3년 후 죽었다.

미사키의 남편은 외지에서 시시오이군으로 파견 온 기술자였는데, 두 사람은 처음 만나자마자 서로에게 반해 얼마 안 돼 결혼했다고 한다. 현 남부 마을에 산업 폐기물 처리 시설을 짓는 계획이 발표됐을 무렵으로 미사키의 남편은 그곳의 현장 책임자 중 한 명이었다. 공사가 본격화되어 마을에 임시 거처가 마련되자 부부는 그곳에서 지냈다.

그날은 장대비가 쏟아지던 날이었다고 한다.

거센 비가 물 폭탄 수준으로 퍼붓는 바람에 마을 일대에 피난 권고가 떨어졌지만, 미사키 부부를 비롯한 주민들은 지시에 따를 수 없었다. 마을 외부로 나가는 유일한 도로가 쓰러진 나무 때문에 막혀 버린 것이다. 얼마 후 토사가 마을을 휩쓸어 스미레 가족을 덮쳤다. 스미레의 부모는 당시 세 살이던 스미레를 온몸으로 감싼 채 죽었다. 그리고 의지할 가족을 잃은 스미레를 나가하라의 어머니가 맡았다. 나가하라가 고등학교 3학년 때 일이다.

스미레에게 나가하라 이야기를 조금 더 들어야 했다. 힘이 돼 주겠다고 확실히 전해야 했다. 그러나 어느 것도 이루지 못했다.

당신이 지금 하려는 건 단순한 자기만족에 지나지 않아요. 스미레의 눈동자가 그렇게 벽을 치는 느낌이었다.

"나가하라 씨네 찾아온 건가?"

옆집 현관문에서 잠방이 차림의 노인이 얼굴을 내밀었다. 나무 틈새로 째려보는 눈빛에 의심 또는 적개심이 서려 있다.

"네, 나가하라의 친구입니다."

"무슨 볼일로?"

"그걸 꼭 말씀드려야 하나요?"

"뭐?"

시비조인 상대에게 요지도 차갑게 되받아쳤다.

"시시오이 파출소로 근무지가 배정돼 인사하러 온 겁니다."

노인은 "뭐야, 경찰인가" 하고 다시 고개를 돌려 집 안으로 사라졌다. 스스로 느끼기에도 꼴사나운 미소를 거두자 단숨에 마음이 가라앉았다.

나가하라는 자기 누나인 미사키가 주변의 혼담을 뿌리치고 결혼했다고 했다. 시시오이초의 유력자 집안에서 들어온 혼담을 거절하고 결혼을 했다는 것이다. 반대하는 사람이 많았지만, 끝까지 자기 의지를 관철했다. 그리고 당시 세 들어 살던 시시오이초의 집주인에게 퇴거 요청을 받은 게 바로 그 무렵이었다고 나가하라는 웃으며 말했다. 결국 나가하라 가족은 오래 살던 집에서 쫓겨나 이곳으로 이사했다. 흙탕물이 흐르는 개천 옆 쪽방으로.

보아하니 이곳으로 이사한 뒤에도 이웃들에게 환대받은 것 같지는 않다.

나가하라는 여기서 어떻게 지냈을까. 무슨 생각을 하고, 무엇을 기대하며 살았을까.

그때 나가하라의 집 안에서 "아아!" 하는 신음이 들렸다. 스미레의 할머니가 낸 듯한 소리에 조금 전 잠방이 차림 노인의 집에서 "시끄러워!" 하는 고함이 터졌다.

요지는 발길을 돌려 세워 둔 차를 향해 걷기 시작했다.

2

다음 주 금요일 일근을 마치고 시시오이 경찰서를 나온 요지를 아키미쓰 다이고가 기다리고 있었다.

"수고했어."

붉은 티셔츠 밖으로 뻗은 팔은 가늘긴 해도 근육질이다.

"갈까?"

경찰서를 벗어나 시시강 옆으로 뻗은 센에쓰 자동차 도로를 걸었다. 잠시 서쪽으로 나아가자 '시시오이 볼'이라는 볼링장이 보였다. 시시이노카모의 세 동네에 사는 청소년들의 아지트 같은 곳이다. 그 옆에는 야구 연습장이 딸려 있는데 중학생 때 요지도 자주 다녔지만 지금의 요지에게는 딱히 유쾌한 곳이 아니었다.

아키미쓰는 거침없이 걸었다. 콧노래라도 흥얼거릴 듯이 여유로운 걸음걸이다.

볼링장을 지나 조금 더 걷자 구민 체육관이 보였다. 이런 시골에

서도 프로 레슬링 경기가 열린 적이 한 번 있었다. 자이언트 바바*
가 링에 서고, 라이벌인 신일본 프로 레슬링이 TV에서 방송되던
시절이었다.

그 뒤편에 있는 작은 비디오 가게에서는 말수 적은 할아버지가
홀로 가게를 지키며 남학생들의 은밀한 욕망을 채워 주었다. 누가
봐도 미성년자인 아이에게 별말 없이 에로 비디오를 팔던 주인은
그때 나이가 이미 환갑 정도였으니 지금도 가게가 남아 있을 가능
성은 희박하다.

"뭘 그리 멍하니 있나?"

느닷없이 아키미쓰가 말을 걸어서 요지는 무심코 되물었다.

"선배님은 신일과 전일 중에 어느 쪽을 좋아하셨습니까?"

"난 레슬링은 안 좋아해. 이걸 더 좋아하지."

아키미쓰가 허공에 잽을 날렸다. 주먹이 놀라울 만큼 깔끔한 궤
적을 그렸다.

"복싱인가요."

"그래. 프로 시험도 통과했는데 몸이 안 따라 줘서."

"다치신 겁니까?"

"피부에 아토피 같은 게 있어서 환절기가 되면 누구랑 치고받을
상태가 아니거든. 그리고 보면 널 비웃을 자격도 없어."

---

* 일본을 대표하는 인기 프로 레슬러. 프로 레슬링 단체 '전일본 프로 레슬링'을 설립했다.

아키미쓰는 늘 그러듯 히죽거리며 체육관을 지나쳤고 요지도 말없이 뒤를 따랐다.

주변에 조금씩 어둠이 깔려도 두 사람은 묵묵히 걸었다.

아키미쓰는 모리 집 화재 때 요지가 자신을 추궁한 것에 대해 더는 신경 쓰지 않는 듯했다. 확실한 증거도 없이 선배 경찰관을 범인 취급했으니 두들겨 맞아도 할 말 없지만 아키미쓰의 평소 행동에 변화라곤 없다. 사람을 깔보는 듯한 얼굴로 이따금 비아냥거리는 말만 내뱉을 뿐이었다.

요지 역시 선배를 향한 앙금과 초조함을 가슴에 품은 채 그와 적당한 거리를 유지하려 노력했다. 의혹은 여전히 남아 있으니 방심하지는 않았다.

체육관을 지나고부터는 요지도 거의 발을 들여 본 적 없는 지역이 나왔다. 보이지 않는 국경선을 넘은 것처럼 건물이 급감하고 전형적인 촌 풍경이 펼쳐진다. 울창한 수풀이 어둠을 채우기 시작했다.

센에쓰 자동차 도로를 달리는 차량은 많았다. 법정 속도를 가볍게 초과하는 속도로 오른쪽, 왼쪽으로 잇달아 지나간다. 승용차와 덤프트럭, 바이크를 탄 젊은이. 그 모든 것을 무시하고 아키미쓰는 앞으로 걸었다. 신경 쓰는 기색도 없다.

옆을 지나가는 트럭 전조등 불빛에 인도에 있는 간판이 비쳤다. 짧게 떠올랐다 다시 순식간에 어둠에 잠긴 간판에는 '시시오이 동물원 방향'이라 적혀 있었다.

동물원은 시시오이 볼링장과 어깨를 나란히 하는 지역 명소로,

시시이노카모에서 나고 자란 이들은 평생 세 번 시시오이 동물원을 찾는다고 전해진다. 처음은 부모님과, 다음은 초등학교 소풍, 세 번째는 데이트. 요지도 나가하라, 스미레와 함께 갔던 것을 데이트로 치면 예외가 아니다. 요새는 동물원 옆에 유원지가 딸린 곳도 많지만 시시오이 동물원에서는 오로지 일광욕하는 동물을 구경하는 게 전부다. 요지에게는 따분한 장소였지만 스미레는 즐거워했다.

첫 만남 때 스미레와 많은 대화를 나누지는 않았다. 스미레는 나가하라 앞에서도 말수가 별로 없었고 두 사람은 표정으로 서로를 아는 듯했다. 그런 스미레가 갑자기 "카피바라"라고 중얼거리며 멈춰 서던 걸 요지는 지금도 기억한다. 자유롭게 드나드는 축사에 들어가 쪼그려 앉더니 커다란 쥐 같은 동물을 빤히 쳐다봤다. 평온한 표정이었고 때마침 햇빛까지 쏟아져 스미레의 모습이 눈부시게 빛났다. 카피바라를 쓰다듬을 때는 소녀다운 천진난만함이 넘쳤다. 요지는 카피바라보다 스미레를 홀린 듯이 바라봤다.

5월 황금연휴가 시작됐다. 경찰은 누릴 수 없는 이 연휴가 끝나면 가뜩이나 한산한 동물원은 더욱 텅텅 비게 될 것이다.

스미레를 데려와 볼까. 그때처럼 그 아이가 부드럽게 미소 지을 수 있다면.

그런 생각을 하는데 시야에서 아키미쓰의 뒷모습이 사라졌다. 황급히 주위를 둘러보자 아키미쓰는 동물원 입간판 앞에서 오른쪽으로 향하고 있었다. 양옆이 삼나무 숲에 둘러싸인 캄캄한 비탈길이다.

"넘어지지 않게 조심해."

포장도로이기는 하지만 제법 울퉁불퉁하다. 꼭 숲속을 걷는 듯했다.

"모임을 이런 데서 합니까?"

오늘 밤 두 사람은 화재로 한 차례 연기된 마을 모임에 참석하려고 밤길을 걷는 중이었다.

"어디 동사무소나 마을 회관쯤으로 생각했어? 오늘 열리는 모임은 천앵회. 지토세 씨 눈에 든 녀석들이 모여 역적모의를 하는 자리인데 그런 곳에서 하겠나?"

"지토세 씨라면 지토세 산업의 그분 말인가요?"

"이 동네에서 다른 사람이 멋대로 지토세 이름을 썼다가는 쫓겨나지."

어린아이부터 노인까지 모르는 사람이 없는, 시시오이군을 좌지우지하는 대지주다.

"그런데 뭐, 일본 전체 부자를 한 줄로 세우면 맨 아래쯤에나 있을걸. 어차피 촌구석이니."

가볍게 웃어넘기며 계속 걷는다. 하늘을 올려다보니 달이 구름에 가려져 있다. 아키미쓰가 신은 샌들이 계속 벗겨질 것 같아 조마조마했다.

"그냥 단순한 친목 모임 정도로 생각했는데."

요지는 긴장을 누그러뜨리려 물었다.

"그런 중요한 모임에 제가 참석해도 되는 겁니까?"

"중요하니 가야지."

"가서 보고 배울 게 있다는 뜻인가요?"

"그렇다고 할 수 있지. 그리고 꼭 상관없는 것도 아니야."

"네?"

"너도 시시오이 사람이잖아."

뒤돌아선 아키미쓰의 표정이 보이지 않는다. 조심하지 않으면 정말 발을 헛디뎌 넘어질 것이다.

"너한테도 아마 이것저것 물을 텐데 그냥 솔직하게 의견을 말하면 돼. 어차피 잡아먹을 것도 아니니."

언덕 위로 거대한 윤곽이 보였다. 굳이 묻지 않아도 지토세 집안의 저택이란 것을 알 수 있다. 위치는 시시오이초 서쪽 끝으로 시시오이 파출소 관할에 아슬아슬하게 속한다.

"이 일대와 뒷산까지. 보이는 곳은 거의 지토세 씨 땅이라고 생각하면 돼."

"대단하네요."

"삼나무가 팔리던 시절에는 돈을 더 쓸어 담았다고 하지. 요새는 수입산도 품질이 좋아져서 예전만큼은 아닌가 봐. 지금도 뭐 판매 루트는 있다지만."

아키미쓰가 인터폰을 누르자 얼마 안 돼 문이 열렸다. 다행히 연미복 차림의 집사가 나오지는 않았고, 40대쯤 돼 보이는 풍채 좋은 중년 남자가 두 사람을 맞았다.

"오랜만이네."

"네. 오랜만입니다. 다쓰노리 씨."

"이쪽이 그 사와노보리 씨네 아들인가?"

눈을 크게 뜨고 위아래로 훑어보는 그를 향해 답했다.

"안녕하세요. 처음 뵙겠습니다. 사와노보리 요지라고 합니다. 지난달부터 시시오이 파출소에……."

"이야기는 들었어. 다들 모여 있으니 일단 들어오게."

말투가 거만하기는 해도 적의는 느껴지지 않았다. 반기는지까지는 알 수 없다.

화려한 장식물이 즐비한 입구 현관에서 신발을 벗고 있자 아키미쓰가 요지의 귓가에 속삭였다.

"차기 당주 다쓰노리 씨. 잘못 보이면 국물도 없어."

그렇게 말하고 아키미쓰는 히죽 웃었다.

"차 안 끌고 왔지? 맥주로 하겠나?"

"끌고 왔으면 안 주실 건가요."

아키미쓰는 차기 당주를 향해 농담조로 대꾸했다.

"허튼소리. 자넨 오늘 밤 각오하는 게 좋아."

다쓰노리를 따라 반질반질하게 닦인 복도를 조심스레 걸었다.

그가 안내한 다다미방 안에는 어림잡아 열 명 정도 되는 손님이 와 있었다. 남자들이 책상다리를 하고 방석에 앉아 대충 놓인 전통주 병들을 둘러싸고 있다.

신입인 요지에게 눈길이 쏠렸다. 손님 중 요지와 아키미쓰가 유독 젊고 다쓰노리를 제외하면 쉰을 밑도는 사람은 없어 보였다.

"사와노보리 씨네 셋째 요지 군. 저번 달부터 시시오이 파출소에서 근무한다고 해."

다쓰노리가 눈짓해서 요지는 고개를 숙였다.

"처음 뵙겠습니다. 사와노보리 요지입니다. 앞으로 잘 부탁드립니다."

"오, 혹시 그 사와노보리 요지인가? 고시엔에서 사고 친?"

요지의 관자놀이가 순간 꿈틀했다.

거친 목소리의 주인공은 번들거리는 검은 머리를 올백으로 빗어 넘긴 수염 남자였다. 반짝이가 들어간 양복과 마찬가지로 반짝이는 목걸이. 누가 봐도 평범한 중년 남성의 옷차림은 아니다.

"가나이. 아무리 그래도 오자마자 시비를 걸면 쓰나."

반짝이 양복과는 정반대로 누가 봐도 평범한 차림새의 편치파마 중년 남자가 퉁명스럽게 다그쳤다.

가나이는 불만스러운 듯 흥 하고 콧숨을 내쉬었다. 아무래도 시시오이에서 활개 치고 다닌다는 시바파의 조직원인 듯하다. 그런 생각이 들자 요지는 자기도 모르게 남자를 째려보고 말았다.

"일단 앉지."

다쓰노리가 어깨를 툭 쳐서 정신 차렸다. 조직폭력배가 동석하는 자리에 경찰이 앉아도 되는 걸까.

"친목 모임이니 빼지 말고 그냥 시키는 대로 해."

아키미쓰가 요지에게 귓속말하고 곧장 자리에 앉았다. 이제 와서 거절할 분위기도 아니다.

"자, 각자 자기소개라도 할까요."

안경 낀 남자가 바른 자세로 말했다. 요지를 제외하고 오직 그 혼자 정좌하고 있다.

"그전에 아키미쓰. 이 도련님 정말 괜찮은 거 맞아?"

"제가 책임지겠다고 하면 넘어가 주시겠습니까? 가나이 씨."

아키미쓰는 아무렇지 않게 너스레를 떨며 말했다. 입가에는 평소의 가벼운 미소가 달라붙어 있다.

"어차피 얘만 빼놓고 할 수 있는 이야기도 아니잖습니까."

"그래도."

"내가 정한 일이야. 불만 있으면 나한테 하게."

요지 맞은편의 가장 끝자리 상석에 앉은 노인이 그렇게 말했다. 내용에 비해 말투는 온화하지만 가나이는 대번에 팔짱을 끼고 입을 다물었다. 이 번듯한 전통복 차림의 노인이 바로 지토세 가문의 현 당주, 지토세 다카노리다.

"미안하군. 대충 이야기는 해 뒀는데."

요지 옆에 앉은 남자가 사과했다. 근무 첫날 만났던 눈썹이 처진 버스 기사다.

다카노리가 지시하자 아들 다쓰노리가 모임 참가자들을 소개했다.

다쓰노리 왼쪽에 앉은 까무잡잡한 펀치파마 머리 남자는 이름이 히고이고 시시오이군 중부에서 '시시돈'이라는 지역 명물 돼지고기를 취급하는 축산업자라 했다. 조금 전 시바파의 가나이를 다그쳤던 남자다.

그 옆에 앉은 얼굴이 긴 오바타는 지역 농협에서 근무하는 이사이고, 정좌하고 앉은 안경 낀 남자는 출판사 사장인 가와모토라고 했다.

가와모토는 "원래는 신문 기자였습니다. 지금은 가족끼리 소소하게 출판업을 하고 있죠"라고 덧붙였다.

"마스다라고 합니다. 여러분과 달리 전 평범한 회사원이지만 어쩌다 보니 인연이 되어 오늘 이렇게 참석하게 됐네요."

요지 오른쪽에 앉은 버스 기사는 눈썹만큼 처진 눈을 가늘게 뜨고 싹싹하게 미소 지어 보였다.

아키미쓰를 가운데에 두고 왼쪽에 앉은 와이셔츠 차림의 남자는 소가라고 자기 이름을 소개했다. 왠지 까다로워 보이는 인상으로 지금껏 줄곧 입을 다물고 있다.

"동사무소에서 오래 근무한 분이지."

다쓰노리의 말에 그는 "안녕하십니까" 하고 가볍게 고개를 숙였다. 몸짓 하나하나가 신경질적으로 보인다.

가나이의 직함은 '유한회사 시바 흥산'의 사장. 언짢은 것처럼 고개를 돌리고 있는 그를 요지는 지그시 관찰했다.

마지막으로 당주 옆에서 무표정한 얼굴로 있는 딱 바라진 어깨의 남자를 다쓰노리는 "히로시게 씨"라고 소개했다. 보충 설명은 없다. 요지가 얼굴을 쳐다봐도 그는 눈을 마주치지 않았다.

이에 더해 지토세 집안 당주인 다카노리와 장남 다쓰노리.

개인 출판사를 경영하는 가와모토, 버스 기사 마스다, 자세한 신원을 모르는 히로시게는 그렇다 쳐도 시시오이군에서 힘깨나 쓰는 유력자들이 한자리에 모여 있는 걸 보고 요지는 긴장했다. 요직도 아닌 그저 관할 파출소의 순경이 참석하기에는 아무래도 무게감이 맞지 않았다.

요지의 의문을 아랑곳하지 않고 다쓰노리가 눈을 크게 뜨고 "자, 그럼 시작할까" 하고 포문을 열었다.

"우선 요지 군이 이해하려면 사정을 어느 정도 알고 있어야겠지. 다른 사람들은 이미 질리도록 들었겠지만 참고 들어 줘."

이의를 제기하는 사람은 없다. 이것이 바로 지토세 집안의 권위일까. 그러나 그런 걸 떠나 요지는 사람들이 자신을 너무 정중히 대한다고 느꼈다. 지나치게 정중하다.

"모든 일의 근원은 작년 가을. 현 의회 의원인 이나모토가 대뜸 나한테 시간을 내 달라고 해서 그와 함께 현청 근처에 있는 요정에 갔어. 그곳에는 현청 지역 진흥부에서 일한다는 관리와 오사카에 있는 개발업체 과장, 그리고 오토리시에서 선출된 현 의원이 먼저 와서 기다리고 있더군."

오토리시에서 선출된 현 의원의 이름은 우에쓰지라고 했다.

"그 우에쓰지가 사람을 모았는지 혼자 사회를 맡고 북 치고 장구 치고 다했지."

"그 녀석은 처음 만났을 때부터 실실 쪼개는 게 영 못 미더웠습니다."

펀치파마 머리의 히고가 불쑥 내뱉었다. 다쓰노리는 개의치 않고 말을 이어 갔다.

"우에쓰지는 '사우스 라인 프로젝트'라는 계획을 여기저기 알리고 다닌다고 했지. 그 계획에 우리를 참가시키는 게 그날 모임의 목적이었어."

다쓰노리는 담배를 물고 불을 붙였다.

"현 북부과 남부를 잇겠다며 침을 튀기며 호언장담하더군. 우선 시시오이와 오토리시 경계에 있는 빈 땅을 사들여 총 1천 호 규모의 '사우스 파크' 아파트를 짓겠다고 했지. 그리고 현재 중단된 우회로 공사를 재개해 시시오이까지 고속도로를 연장할 거라고도 했어. 그 후 옆에서 개발업체 과장이라는 사람이 건설 계획에 대해 조곤조곤 설명했는데, 그 회사는 킹파랑도 엮여 있는 회사야."

"킹파가 뭡니까?"

요지가 묻자 다쓰노리가 눈을 크게 떴다.

"모르나? 이노마타초에 들어선 쇼핑몰."

시시오이에 온 첫날 아키미쓰에게 들은 이야기가 떠올랐다.

"아무튼 뭐, 딱히 반대할 이유가 없는 계획이었지. 그들이 그렇게 해 준다면야 우리는 참가는 물론 주변에 사는 주민들을 설득할 용의도 있었어."

다쓰노리는 그러더니 "하지만" 하고 아직 별로 피우지도 않은 담배를 재떨이에 비볐다.

"진흥부의 그 관리라는 놈이 갑자기 헛소리를 시작하더군."

개발 예산은 대부분 현에서 부담한다. 그것을 위한 사전 교섭은 우에쓰지와 이나모토가 맡는다. 여기까지도 괜찮았는데.

"진흥부 관리 놈이 '다만' 하고 조심스레 입을 열었어. 의회와 지사가 납득하려면 필요한 조건이 있다고 하더군."

"조건 말인가요."

다쓰노리가 날카롭게 쳐다봐서 요지는 황급히 입을 다물었다.

"시시오이와 오토리의 합병."

요지는 '네?' 하려던 말을 다시 집어삼켰다.

"아니, 엄밀히 말하면 합병이 아닌 편입 명목의 흡수지."

"오토리시에 시시오이군이 흡수되는 겁니까?"

그렇게 물어도 실감은 나지 않았다.

그때 출판사를 경영한다는 가와모토가 정좌한 자세로 "요지 씨" 하고 조용히 끼어들었다.

"혹시 헤이세이* 대합병이라고 아십니까?"

요지는 고개를 흔들었다.

"헤이세이 7년, 그러니까 1995년에 시정촌 합병 특례법이라는 게 생겼습니다. 법이 도입된 이래 나라는 지역 합병 촉진을 내걸며 계획을 착착 진행해 갔죠. 2010년 정부 주도의 합병 정책은 막을 내렸지만, 그 사이 전국 시정촌 숫자는 약 절반 정도까지 줄었습니다."

---

* 1989년부터 2019년까지의 일본 연호.

가와모토는 담담히 설명했다.

"지역 합병의 메리트는 여러 가지 꼽을 수 있겠지만 가장 큰 건 역시 비용 절감입니다. 곳곳에 나뉘어 있는 관공서를 하나로 합칠 수 있는 겁니다. 공무원 숫자도 줄일 수 있고요. 행정 서비스에는 최소한의 유지 비용이 들죠. 인구에 맞지 않는 지역이 존재하는 건 분명한 사실이에요."

지방 자치 단체에서 지방 교부세 등을 받는 이점도 있다.

"이미 인구 과소화가 진행된 지역의 비용은 절대 그 지역만으로 감당하지 못해. 초과분을 부담하는 건 현이지."

공무원에서 정년 퇴임했다는 소가가 빠르게 덧붙였다.

"어이, 지금 우리 시시오이가 짐 덩어리라는 소리야?"

"난 사실을 말하고 있을 뿐."

으르렁거리는 가나이에게 소가가 짜증 섞어 받아치자 순식간에 분위기가 험악해졌다. 요지는 식은땀을 흘렸다.

"실제로는."

다쓰노리가 재빨리 대화의 주도권을 빼앗았다.

"그놈들이 갖고 싶어 하는 건 시시이노카모 세 곳뿐. 사방이 온통 산과 들인 남부 지역은 이런저런 트집을 잡으며 계속 미루거나 다른 시에 떠넘길 심산이겠지. 그렇게 되면 시시오이군은 거의 해체되는 거나 마찬가지야."

다쓰노리의 말에 농협에서 근무한다는 오바타가 고개를 끄덕이고 "우리를 먹잇감 삼으려는 거지" 하고 잠긴 목소리로 짧게 내뱉었다.

요지는 어떤 이야기인지 대략 이해했다. 개발 예산을 대는 대신 시시이노카모 세 개 마을을 오토리시에 편입하려 한다는 것이었다.

"시시오이가 사라지는 겁니까?"

"이름이 남아도 자치권을 빼앗기면 사라지는 거나 마찬가지지."

다쓰노리는 담배를 또 한 개비 입에 물었다. 덩달아 주위에 있는 몇 사람이 담배를 꺼냈고 아키미쓰도 그중 한 명이었다.

"오토리시 인구가 시시오이의 몇 배는 되니까. 앞으로 뭔가를 결정할 때 우리 의견 같은 건 씨알도 먹히지 않게 되는 거야. 아무리 발전한다고 해도 그건 주객전도 아닌가?"

눈 깜짝할 사이에 방 안에 담배 연기가 뿌옇게 들어찼다.

"그래서 거부하신 겁니까?"

"당연하지. 애당초 말도 안 되는 제안이니."

요지는 '그럼 오늘 왜 여기 모인 거죠?'라고 물으려다 꾹 참았다. 자신과 아키미쓰를 초대한 이유를 도무지 알 수 없었다.

"문제는 말이지."

다쓰노리가 요지를 보며 다시 입을 열었다.

"시시오이 안에서도 개발에 찬성하는 녀석들이 있다는 거야."

시시돈을 경영한다는 지역 축산업자 히고가 주먹을 꾹 쥐고 옆에서 목소리를 높였다.

"우에쓰지 자식이 손에 당근을 들고 동네를 돌아다니고 있어서."

"요지라고 했나?"

다음으로 조폭인 가나이가 끼어들었다.

"너처럼 머리에 피도 안 마른 애송이들은 아직 감이 안 오겠지만, 이건 전쟁이야. 잘 들어. 저쪽은 개발업자를 동원해 의회에도 로비를 엄청 하고 있어. 심지어 지사 같은 사람들까지 참전한 마당이니 이제 와서 주민 반대로 끝날 일도 아니야."

"그렇군요⋯⋯."

"무엇보다 돈이 돌고 있다고. 그것도 억 단위로. 우에쓰지는 현청과 개발업체와 짜고 우리를 무너뜨릴 생각이야. 방법이 뭔지 알겠나?"

"아뇨. 모르겠습니다."

목소리에 반항기가 섞이는 걸 스스로도 눈치챘다. 가다듬을 새도 없이 가나이가 설명을 이어 갔다.

"멍청하기는. 일단 움직이면 돼. 그럼 그 뒤로는 눈덩이처럼 데굴데굴 굴러가는 거지. 뻔한 수법이지만 어쨌든 우리도 맞서지 않으면 휩쓸리게 돼 있어."

"그렇다고 거칠게 나가서는 안 되네. 도바리촌의 전철을 똑같이 밟아서야 되겠나?"

"팔자 좋은 공무원 나리는 그냥 가만히 계시지."

소가가 날카롭게 지적하자 가나이가 단숨에 되받아쳤다.

"가나이, 그만해."

다쓰노리가 분위기를 수습하고 뒤를 이었다.

"분명 아파트 건설이 본격화되면 콩고물을 받아먹을 사람들도 나오겠지. 그리고 인간은 한 번 맛을 보면 더 큰 것을 원하게 돼 있어. 다음에는 아마 고속도로를 만들어 달라고 하지 않을까? 우에쓰지는 당장 내년에라도 사우스 파크를 완성할 계획으로 준비하고 있다고 해. 실제 그 일대의 땅을 대부분 사들이기도 했으니."

"그 일대라면."

"이시마타초에 있는 시시 언덕 기슭 부근."

나가하라의 집이 있는 구역이다.

"이제 남은 건……."

다쓰노리는 연기를 깊숙이 들이마신 후 다시 내뱉고 눈을 크게 뜨고 요지를 봤다.

"시시가미 신사뿐이지."

그제야 요지는 오늘 자신이 이곳에 불려 온 이유를 깨달았다. 동시에 위장에서 찌릿한 통증을 느꼈다.

"자네도 시시오이 축제에 한 번은 참석했겠지? 그곳은 사와노보리 집안의 땅이지."

"그래 봐야 코딱지만 한 땅 아닙니까?"

시시 언덕 중턱에 있는 신사와 그 앞을 잇는 돌계단, 그리고 아래에 있는 공터가 바로 사와노보리 집안 땅이다.

"그야 그렇지만 아파트를 지으려면 꼭 있어야 하는 땅이라더군. 즉, 우리에게는 최후의 보루 같은 곳이지."

"그런데 뭐, 딱히 걱정하실 필요가 있을까요? 신사 있는 땅이 그리 쉽게 팔리지도 않을 텐데……."

그러자 옆에서 가나이가 "멍청한 놈!" 하고 버럭 소리쳤다.

"지금 그 땅을 팔아치우려는 인간이 바로 네 형이야!"

요지는 순간 할 말을 잃었다. 형이 아버지의 땅을 팔려고 한다고?

"이미 명의도 바뀌었어! 심지어 개발업체와 마지막 단계까지 협상이 진행된 상태고. 그런데 뭐? 쉽게 팔리지도 않을 텐데?"

그때 "가나이" 하고 부르는 낮고 중후한 목소리가 들렸다. 눈 깜짝할 사이에 방 안 분위기가 얼어붙는다. 목소리의 주인공은 지금껏 침묵을 지키고 있던 당주 지토세 다카노리다. 나이에 걸맞게 다소 구부정한 자세에서도 위엄이 느껴졌다.

지토세 집안 당주는 요지를 향해 다시 천천히 입을 열었다.

"많이 컸구나."

"……네, 덕분에. 저…… 그때는 신세를 졌습니다."

요지는 고개를 꾸벅 숙였다. 전에 다니던 고등학교 야구부에 지토세가 기부금을 보낸 적이 있다.

"아버지 상태는 좀 어떻지?"

"아, 예. 그게, 그다지 좋은 상황은 아닌 것 같습니다."

"그 녀석도 이제 나이가 나이이니."

목소리에서 친근감이 배어난다.

그러나 곧 다시 분위기가 팽팽해졌다.

"우리는 오랫동안 이 땅을 지켜 왔지. 고작 몇 푼을 위해 시시오이를 엉망으로 만들어서 되겠나?"

"아, 예……."

"개발은 두말할 나위 없이 찬성. 그러나 누구를 위한 개발인지가 중요하지 않겠어?"

요지는 "네" 하고 반복했다.

"요지. 너 역시 시시오이 사람이다. 시시오이에서 태어나고 자랐지. 그걸 잊지 말아라."

허벅지에 얹은 손에 저도 모르게 힘이 들어갔다.

"네가 직접 너희 형에게 전했으면 한다. 중요한 일을 결정하기 전 내 앞에 한 번은 얼굴을 비추라고."

요지는 고분고분하게 세 번째 "네"를 입에 담을 수밖에 없었다.

얼마 후 자리를 뜰 때까지 결국 술 한 잔, 쌀 한 톨도 입에 대지 못했다.

"뭘 집어먹을 정신이 아니었나 보군."

현관까지 따라 나온 아키미쓰의 유쾌한 모습을 보며 화를 낼 여유도 없었다.

"혹시나 해서 말하는데 오늘 모임 일은 외부에 발설 금지야. 괜히 입을 잘못 놀렸다가 큰일 날 수 있어."

끈적끈적한 속삭임이었다.

"밖에 택시가 기다리고 있어. 자."

아키미쓰는 깔끔하게 접힌 만 엔 지폐를 내밀었다.

"이걸로 맛있는 거라도 사 먹으라더군."

"돈을 받을 수는 없습니다."

당황하는 요지를 보며 아키미쓰는 태연하게 말했다.

"세뱃돈 같은 거라 생각해."

"하지만."

"로마에 가면 로마법을 따라야지."

아키미쓰는 억지로 요지의 손에 지폐를 쥐여 줬다.

"아키미쓰 선배."

현관 전등불 아래에서 요지는 아키미쓰와 마주 보고 섰다.

"저 안에 계신 히로시게 씨가, 혹시……."

시종일관 입을 다물고 담배만 피우던 남자. 딱 바라진 어깨와 눈빛이 평범한 회사원이 아닌 건 자명했다.

"그래, 맞아. 우리 선배님이지."

요지는 '역시 그랬나' 하고 속으로 납득하는 동시에 오싹해졌다.

"그보다 형 일 잘 부탁한다. 재촉하는 건 아니지만 정신 차려 보니 모든 게 끝나 있으면 곤란하겠지. 모리 영감이 죽는 바람에 지토세 씨도 속으로는 조급할 거야."

"그게 무슨 뜻이죠?"

"우회로를 산나나까지 연결하려면 반드시 그 영감 집을 지나야 하니까. 프로젝트 추진파 입장에서는 귀찮은 주민이 한 명이라도 줄어드는 게 좋지. 모리 영감은 전에 시바파에서 일한 적이 있어. 가나이와 같은 남중 출신이고 세쓰코 씨를 처음 소개해 준 것도 그쪽 애들이라더군. 뭐 정식 조직원이라고 할 수는 없고 거의 하수인이었지."

요지는 '그래서인가' 하고 내심 납득했다.

요코오는 전에 모리에 대해 언급할 때 그를 '조폭의 심부름꾼'이라고 한 바 있다.

"모리 영감이 죽고 나서 이제 그곳을 팔지 말지를 결정할 사람이 그의 아내가 됐어. 애초에 그 땅을 살 돈을 마련한 사람도 세쓰코 씨였다지. 그런 쓰레기집에 애착 따위 없을 테니 아마 부르는 값에 팔아치울걸."

"지토세 집안에서 직접 사들이면 안 되나요?"

"이미 전에 한번 시도했다가 실패한 적이 있거든. 작년 겨울에 다쓰노리 씨와 가나이가 직접 그 집에 찾아가 상당한 액수를 제시했어. 하지만 모리 영감은 즉시 찬성했는데 세쓰코 씨가 맹반대했지."

"세쓰코 씨가요? 그래도 한때는 가나이 씨에게 신세를 지지 않았나요?"

"그 인간쓰레기 같은 작자를 소개해 준 걸 신세라고 할 수 있을까? 사실 그동안 세쓰코 씨가 남편 때문에 이만저만 고생한 게 아니야. 거기에 요즘 들어서는 영감의 기행이 더욱 눈에 띄어 이웃들에게까지 눈총을 받았고. 그 사람들 눈에는 아마 세쓰코 씨도 별종이었겠지. 집안일을 떠맡는 것으로 모자라 별것도 아닌 이유로 매일같이 남편에게 욕을 먹고 부부싸움도 일상다반사였으니."

문득 흙탕물 개천 옆 쪽방에 사는 나가하라 스미레가 떠올랐다.

"그럴 때 지토세 씨나 가나이가 나서서 도와준 것도 아니야. 오히려 모리 영감이 어중간하게 가나이와 엮여 있던 탓에 이웃들이 영감 앞에서는 세게 못 나가고 애꿎은 세쓰코 씨에게만 불만을 쏟아냈지. 그때 땅값을 제시하러 집을 찾은 다쓰노리 씨와 가나이에게 세쓰코 씨는 정작 자신이 힘들 때는 거들떠도 안 보고 아쉬울 때만 찾아오냐며 따졌다고 해. 세쓰코 씨가 진심으로 화를 내자 옆에서 영감도 겁먹은 듯이 조용히 있었다더군."

아키미쓰는 킥킥대며 말을 이어 갔다.

"그런데 얼마 후 구청 공무원이 찾아와 기초 생활 수급자 명단에서 제외하겠다고 하니 울면서 고개를 조아렸다던데."

"그건……."

"지토세 씨가 마음만 먹으면 관청 공무원 따위 뒤에서 조종하는 건 일도 아니니까. 그리고 공무원들이 마음만 먹으면 생계 급여 같은 것도 쉽게 끊어 버릴 수 있어. 영감네 집은 자가였잖아. 거기에 땅도 있고 차량으로 트럭까지. 그런 사람이 지금껏 기초 생활 수급자 명단에 있었다는 게 애초에 이상한 일이지."

한마디로 그들은 지금껏 시바파와 지토세 가문 같은 마을 권력자들의 입김 덕에 살아올 수 있었다. 반대로 말하면 시바파와 지토세 가문이 그들의 목숨 줄을 쥐고 있었던 셈이다.

"너도 조심하는 게 좋을걸."

아키미쓰의 말은 거의 협박처럼 들렸다.

요지는 침을 꿀꺽 삼키고 그에게 물었다.

"소가 씨가 말한 '도바리촌의 전철을 밟으면 안 된다'라는 건 무슨 뜻이죠?"

"어이, 요지."

순간적으로 아키미쓰의 눈빛이 약간 날카로워졌다.

"넌 호기심이 참 많네."

요지는 무심코 뒷걸음질 쳤다.

"일단은 입 다물고 네 할 일부터 해."

미닫이문이 닫히자 그의 웃는 얼굴도 사라졌다.

대기 중이던 택시를 타고 가 집 근처 가전 매장에서 내려 거기서부터는 걸었다. 어느덧 밤 10시가 넘어 시시오이초는 조용히 잠들어 있다. 걸음을 내딛는 요지의 머릿속은 조금 전 모임에서 들은 이야기들로 가득 차 있었다.

개발을 미끼로 한 오토리시와의 합병. 그 기점이 될 아파트 건설 예정지에 사와노보리 집안 소유의 토지가 포함돼 있다. 땅 명의는 아버지에서 형 간지로 넘어갔고, 형은 현재 땅을 팔 의향이 있다고 한다⋯⋯.

이 모든 게 자다가 봉창 두드리는 소리였다. 시시오이에서 오랫동안 떨어져 살아온 터라 아무것도 실감되지 않았다.

형은 정말 신사를 팔 생각일까.

마음대로 하라며 신경 쓰고 싶지 않은 마음 한편으로 왠지 석연치 않은 감정이 드는 자신이 신기했다. 지토세 집안에 맞서는 형의 모습을 보고 있기가 꺼려져서일까. 그거야말로 나에게는 신경 쓰지 않아도 될 문제일 텐데.

당황하는 자신에게 또다시 당황하며 요지는 편의점에 들어가 닭튀김 도시락과 맥주를 사 들고 나왔다.

사와노보리 석재로 이어지는 오솔길 입구에 남자 두 명이 서 있었다. 꼭 지금까지 자신을 기다리고 있었던 듯했다.

가까이 다가가자 두 사람이 요지를 쳐다봤다. 나이는 조금 어려 보이지만 험악한 얼굴과 우람한 체구가 편의점 불빛에 비쳤다.

요지는 그대로 두 사람 앞을 지나쳐 갔다. 말을 걸어 오지는 않는다. 발걸음을 멈추고 돌아서도 두 사람은 여전히 이쪽을 바라보고 있었다.

"저한테 무슨 볼일이라도?"

남자들은 대답하지 않았다. 그저 옅게 미소 띤 얼굴로 요지를 바라볼 뿐이다. 위장 속에서 위액이 불쾌하게 너울 쳤다.

"누구시죠?"

"마을 청년단."

키 큰 남자가 대답했다.

"거기서 뭐 하는 겁니까?"

"공용 도로에 그냥 서 있는 걸 가지고 뭐라고 하는 거야?"

요지는 온 길을 되돌아가 남자들 앞에 섰다. 두 사람을 마주하고 묻는다.

"시바파에서 보냈습니까?"

"그렇다면?"

"무슨 용건인지 정도는 말해 주셔야."

"그걸 못 들으면 밤에 잠도 안 오겠나?"

키 작은 남자가 키득거렸다.

"뭐, 원래 쫄아서 설설 기는 게 사와노보리 투수의 주특기니."

온몸의 체온이 쓱 내려가는 게 느껴졌다.

"너무 정곡을 찔러서 할 말이 없나 보네."

"정말 쫄았나 본데."

"……용건이 뭡니까?"

키 큰 남자가 카고바지 주머니에서 손을 빼자 요지는 무심코 경계했다.

"쫄지 좀 마."

조롱하듯 웃는 입가에서 앞니 빠진 잇몸이 보였다.

"형이랑 이야기 마치면 가장 먼저 여기에 연락하도록 해."

그가 손가락 사이에 끼운 명함을 내밀어서 요지는 빈손으로 명함을 받아 들었다.

"너도 여기 사는 동안만큼은 편하게 지내고 싶을 거 아냐."

그렇게 말하고 등을 돌리는 두 남자를 노려봤다.

"자기 전에 오줌 꼭 싸! 이불에 실례하지 말고!"

키 작은 남자의 외침을 끝으로 두 사람은 낄낄거리며 멀어졌다.

예상대로 명함에는 가나이 뎃페이의 이름과 연락처가 적혀 있었다.

3

모르는 번호로 걸려 온 전화가 얕은 잠을 깨웠다.

― 여보세요? 요지?

이름도 말하지 않는 상대가 누군지 어렴풋이 떠올리고 있자 그는 기운찬 목소리로 어이없다는 듯 말했다.

― 나 기억 안 나? 가도마쓰. 가도마쓰 가쓰야.

건방진 말투와 목소리가 왠지 낯설지 않다. 그는 시시오이 동중학교 시절 함께 어울리던 5인조 중 대장이었다.

― 지금 어디야?

가도마쓰는 안달 난 것처럼 성급히 물었다.

"……오토리시. 오토리시 파친코점."

시 외곽의 훌륭한 휴게 시설을 갖춘 대형 파친코점 휴게실 안마 의자에 앉아 잠시 눈을 붙이던 중이었다.

― 좀 땄어?

"그냥 쉬러 왔어."

― 왜 하필 그런 데서.

마땅한 질문에 "그냥 뭐" 하고 대충 얼버무렸다.

비번인 오늘, 아버지의 세단을 몰고 오토리시까지 온 건 파친코를 하기 위해서는 아니었다. 모리 준이치로의 아내인 세쓰코를 만나러 왔다.

모임 이틀 후 모리와 사이가 좋았던 고스게에게 연락처를 받아

직접 전화를 걸었다. 만나 뵙고 애도의 말을 전하고 싶다는 요지에게 세쓰코는 수화기 너머에서 "괜찮아요" 하고 완강히 거절했다. 그대로 포기 못 하고 시시오이에는 없는 세련된 고층 아파트까지 찾아가 "향 하나쯤은 올릴 수 있게 해 주십시오"라고 부탁해도 세쓰코는 얼굴도 보여 주지 않았다. 인터폰 너머에서 울먹이는 목소리로 "괜찮아요. 동생 부부에게 더 이상 폐를 끼치고 싶지 않으니 돌아가 주세요"라고 하는 말을 듣고서는 더 버틸 재간이 없었다.

잠시 쉬려고 굳이 파친코점을 찾은 건 생전 도박에 빠져 살았다는 모리에 대한 요지 나름의 추모이기도 했다.

가도마쓰는 그런 사정 같은 건 아랑곳하지 않고 말했다.

— 한마디로 한가하다는 소리네. 거기서 잠깐 기다려.

그렇게 말한 뒤 얼마 안 돼 가도마쓰가 파친코점에 찾아왔다. 회사가 바로 옆이라고 했다.

"일어나. 가자."

거의 10년 만의 재회가 싱겁게 이뤄졌다. 노타이 정장 차림의 가도마쓰는 기억 속 모습보다 나이 들고 어깨가 넓어졌다.

"어디?"

"파친코에서 파친코 말고 또 뭐 하겠어?"

"말단 공무원한테는 그럴 돈 없어."

그러자 가도마쓰는 "자" 하고 요지에게 지폐를 내밀었다.

"출세해서 갚든 따서 갚든지 해."

어쩔 수 없이 그와 함께 시끄러운 가게로 들어가자 얼마 안 돼 귀가 먹먹해졌다. 가도마쓰는 익숙하게 쭉쭉 걸으며 파친코 기계들을 둘러보고 "자, 여기서 해" 하고 요지를 향해 의자 등받이를 툭툭 쳤다.

그가 시킨 대로 의자에 앉아 기계에 지폐를 넣었다. 한 개에 4엔짜리 구슬이 차르르 쏟아져 나온다.

"여기를 노리면 되지?"

"뭐야. 설마 한 번도 안 해 봤어?"

"어."

"지금까지 뭐 하면서 산 거야?"

요지는 쓸데없는 참견이라 한마디하고 싶었지만 가게 안이 너무 시끄러운 탓에 고함을 질러도 전해지지 않을 듯했다. 그로부터 약 30분. 결국 초보 행운*은 미신이라는 게 증명됐다.

가도마쓰가 고른 기계도 연출이 요란한 데 비해 별 성과는 없는 듯했다.

"칫. 안 되겠네."

일찌감치 포기하고 자리에서 일어섰다. 1만 엔이 마치 증발하듯 사라졌다.

"돌려줄게."

아키미쓰에게 받은, 깔끔하게 접힌 만 엔 지폐가 지갑에 아직 있

---

* 파친코를 처음 하는 사람에게 행운이 따른다는 속설

142

는 걸 떠올려 꺼내려고 했지만 가도마쓰는 "출세해서 갚든 따서 갚으라고 했을 텐데" 하며 극구 거절했다.

"하필 네가 파친코에 있는 바람에 나까지 만 엔 잃었잖아."

"미안."

"흥, 밥이나 먹자."

타고 온 차는 그대로 주차장에 세워 두고 가도마쓰의 BMW에 올랐다. 만 엔을 잃게 한 대가로 운전을 시켜서 "뭐 운전 정도라면" 하고 순순히 따랐다. 파친코점 바로 옆에 국수 가게가 있지만 그는 궁색 맞게 무슨 국수냐며 그 앞에 있는 고깃집에 가자고 했다.

가도마쓰는 비싼 고기를 연이어 시켜 구워 먹었다. 거기에 맥주까지.

"일하는 중 아니야?"

"한 잔 정도는 괜찮아."

다행히 현직 경찰인 운전 기사에게까지 술을 권하지는 않았다. 요지 역시 술을 마시고 싶었던 건 아니지만 내심 '참 제멋대로인 녀석이군' 하고 생각했다.

"근데 돌아왔으면 연락 한 통 정도는 해야 하는 거 아니야? 뭐, 네가 쌀쌀맞은 게 어제오늘 일은 아니지만."

"내 번호는 어떻게 알았어?"

고등학교 3학년 여름, 요지는 시시오이 친구들과 모든 연을 끊었다. 연락처 목록을 지우고 폰 번호도 바꿨다.

"근황 정도는 다 귀에 들어오게 돼 있어. 날 어떻게 보는 거야?"

가도마쓰는 고기를 우물거리며 퉁명스럽게 친구들의 근황을 전하기 시작했다.

"사모한은 관공서 근처에서 정식집을 하고 있어. 누구든 걔를 만나면 배가 고파지니 천직이지."

사모한이라는 별명으로 불리던 한다 도시유키는 요지를 처음 프로 레슬링 경기장에 데려간 친구다. 둥근 눈 때문에 영화배우 사모한 긴포*가 환생한 게 아니냐는 말을 듣던 친구는 스턴 한센**의 열정적인 팬이어서 자기 별명이 한센이 아닌 것을 늘 불만스러워했다.

"밋치는 결혼하고 오토리시에서 애 키우며 전업주부로 산다더라. 아이가 이제 곧 초등학교에 들어간다 하니 곧 우리 애랑 동창이 되겠지. 쿠보얀은 오사카의 종합 상사에서 일하는 상사맨. 지금은 상하이에 단신 부임 중이라고 해. 따지고 보면 우리 중에 걔가 제일 성공했어."

"가도마쓰 운수의 장남에게 그런 소리 들으면 누구든 놀린다고 생각할걸."

요지의 지적에 가도마쓰는 훗 하고 웃었다.

"어차피 난 그냥 바지야. 실무는 근속 수십 년 차 중진들이 도맡

---

* 중국 배우 홍진바오(洪金寶). 우리나라에서는 '홍금보'라는 이름으로 더 유명하다.
** 북미와 일본에서 활동한 프로 레슬링 선수. 특히 일본에서 인기가 많아 미국식 발음인 '스탠 핸슨'이 아닌 '스턴 한센'으로 알려졌다.

아서 하니까. 수저를 잘 물고 태어났을 뿐이지."

늘 자신감 넘치는 가도마쓰답지 않은 자조 섞인 말이었다.

"그리고 어리면 인정도 못 받아. 실무와 경험이 없으면 믿어 주질 않아."

부잣집 큰아들도 나름대로 고충이 있는 듯했다.

친구들의 근황을 듣고 있자 왠지 가슴이 아릿했다. 중학생 시절 야구할 때를 빼고는 늘 다섯 명이 함께 어울려 다녔다. 돌이켜보면 즐거운 나날이었고 고시엔을 목표로 야구에 몰두하던 고등학생 시절보다 훨씬 청춘을 만끽했다.

가도마쓰는 고기를 우물거리며 말했다.

"다음에는 다른 애들도 불러서 한잔하자."

"볼 낯이 없어."

"고시엔에서 공을 던진 것만으로도 훌륭해."

"거기에 노 히트였으니 더 대단하지."

요지의 자학 섞인 말을 듣고 가도마쓰는 얼굴을 찌푸렸다.

고시엔 첫 경기 1회 초. 등번호 1번을 달고 마운드에 오른 요지는 말 그대로 상대 팀에 단 한 번의 안타도 허용하지 않았다.

"중학생 때부터 6년간 공부든 여자든 눈길 한 번 주지 않고 야구에만 몰두한 남자의 게임 세트라고 할까."

"이제는 다들 우스운 에피소드 정도로 기억할걸."

화를 내는 듯한 가도마쓰의 목소리에서 그의 따뜻한 마음씨가 느껴졌지만 요지의 얼어붙은 마음은 녹지 않았다.

"우습지 않은 에피소드도 있지."

"아직도 마음에 두고 있는 거야? 바보 같네."

가도마쓰가 호들갑스럽게 고개를 절레절레 흔들었다.

중학교 졸업식을 앞뒀을 때였다. 요지는 가도마쓰, 한다, 밋치, 쿠보얀까지 다섯 명이 함께 마시지도 못하는 술을 마셨다. 야구로 유명한 고등학교로 진학이 결정돼 모두의 축하를 받고 신이 나 만취한 상태에서 친구들에게 이런 말을 했다.

— 난 너희처럼 이런 촌구석에서 인생을 끝내지 않을 거야!

다른 아이들도 취해 있어서 서로 티격태격하다 얼마 후 가도마쓰와 밋치가 분위기를 수습하려 했지만 요지는 가도마쓰에게도 폭언을 내뱉었다.

— 너도 어차피 촌구석 도련님이잖아!

"그때는 미안했어."

가도마쓰는 홍 하고 단숨에 맥주잔을 비웠다.

"그나저나 아버지가 많이 편찮으시다며?"

"알고 있었구나."

"당연하지. 앞으로 어쩔 생각이야?"

"당분간 지금 있는 병원에 입원해 있다가 새로 생기는 시설에 모시려고 해."

"남중학교 부지에 생기는 거기 말이지? 만수원. 실은 우리 회사도 한몫하고 있어. 시설이 들어서면 셔틀버스도 필요하니까."

가도마쓰 운수는 관광버스도 보유 중이고 가도마쓰의 명함에는

'관광 부문 이사'라고 적혀 있었다.

"잘되면 그 일대 개발로도 이어지겠지. 근데 문제도 있어."

"문제?"

"뭐 이것저것. 슬슬 갈까."

가도마쓰가 계산을 마치자 요지는 그와 함께 BMW로 돌아갔다.

"이노마타초로 가 줘."

시키는 대로 차를 몰고 남쪽으로 향한다.

"어디 가는데?"

가도마쓰는 왠지 피곤해 보이는 얼굴로 "이노마타초"라고만 했다. 파친코점에 세워 둔 차가 마음에 걸렸지만 일단 그의 전속 기사가 되어 운전대를 움직였다.

"뭐야, 저건?"

슬슬 이노마타초에 접어들 무렵 시야 너머로 거대한 건물이 보였다. 정확히 말하면 거대 건물군이다. 저마다 다른 형태와 높이인 건물이 여러 동 모였고 집합 주택에서는 볼 수 없는 화려함이 느껴졌다.

"킹스 파크. 쇼핑몰이야."

"저게 킹스 파크구나. 엄청 크네. 도쿄돔 몇 개 크기지?"

"나도 몰라. 카바다라는 이름의 창고형 할인 마트가 메인이고 주변에 식당가와 아울렛, 영화관 등이 있어."

지하에는 온천과 풀장 시설도 갖춰져 있다고 했다.

"시시오이도 많이 발전했네."

요지가 살던 시절에는 유행하는 옷을 사려면 오토리시까지 나가야 했다. 동네 신발 가게에서는 학교에서 정한 실내화나 구할 수 있었다.

"겉은 번지르르해도 이용하는 주민이 없으면 말짱 도루묵이지."

가도마쓰는 킹스 파크가 별로 마음에 들지 않는 듯했다.

"너희가 셔틀버스를 제공할 수 있지 않아?"

"저기는 오사카에 있는 회사가 선수 쳤어. 모기업이 교통 쪽인 회사가."

이름을 들으니 간사이 지역의 대형 철도 기업이었다.

"현 내 버스도 거의 거기가 장악하고 있어. 우리한테는 기껏해야 부스러기나 떨어지지. 모기업이 오사카에 있는 만큼 저 안에 들어선 점포들도 하나같이 도쿄나 외국계 기업뿐. 한마디로 점령된 거나 마찬가지야. 이름부터 그렇잖아. 왕의 정원이라니. 착취당하는 건 늘 우리 같은 평민이지."

"그래도 사람이 모이는 건 좋은 일 아니야?"

가도마쓰는 시트를 뒤로 눕히더니 눈을 감고 대답했다.

"시시오이에 사람이 모여도 킹스 파크에만 모이면 의미가 없지. 오토리역에서 무료 셔틀버스가 오가고 저 안에는 식당, 쇼핑, 레저 시설이 다 있어. 거기에 지하 온천에 간이 숙박 시설까지 들어서는 날에는 저 안에서 모든 게 해결되는 거야. 시시오이는 그냥 땅만 제공할 뿐."

다시 말해.

"지역 경제에 수혜 같은 건 없다는 소리야. 아니, 수혜는커녕 현지 주민들도 휴일에는 킹스 파크에 모여들고 있어. 에구리 언덕 상점가 가 봤지? 고스트 타운이 되기 일보 직전이잖아."

"사모한도 힘들겠네."

"걔는 그나마 나은 편이야. 관공서가 가까워서 단골손님들로 어떻게든 되니까. 그런데 뭐, 미래가 없는 건 마찬가지지. 사모한네 아들이 그 가게를 물려받을 일은 없을 테니까. 시시오이는 이제 들어오는 사람은 없고 나가는 사람만 있어."

"괜히 좀 찔리네."

"너한테 뭐라고 하는 건 아니야. 어차피 네가 만든 비석으로는 성불도 못 할 테니."

"무슨 뜻이야?"

"네 적성에 돌 장사는 안 맞을 거라는 뜻이야."

이상하게도 설득력 있다고 생각하고 있자 차창 밖에서 킹스 파크가 점차 멀어졌다.

가도마쓰가 BMW를 세워 달라 한 곳은 시시 언덕을 등진 넓은 건축 현장이었다. 철골이 비죽비죽 솟아 있는 건물 앞에서 내린 요지는 눈에 들어온 입간판을 보고 흠칫했다. 그곳에는 '사우스 파크 오토리'라는 글자가 새겨져 있었다.

"오토리가 됐네."

"알고 있었어?"

요지는 어정쩡하게 고개를 끄덕였다.

아파트는 이제 막 기초 공사를 마친 듯했다. 모임에서 들었을 때 내년 중 완공을 목표로 한다고 하니 날림 공사 냄새가 풍겼다.

"조용하고 살기 좋은 곳이지. 킹스 파크도 가깝고. 고속도로 우회로가 연결되면 교통도 편리해질 거야."

가도마쓰의 설명을 들을수록 왠지 좋지 않은 예감이 부풀었지만 요지는 말없이 가도마쓰를 따라갔다. 공사 소리가 쿵쿵 들리는 외곽을 잠시 걷자 시시 언덕 초입에 도착했다. 작은 공터가 있고 산을 향해 돌계단이 뻗어 있다.

"이 일대는."

가도마쓰가 공터를 가리켰다.

"주차장으로 만든다는 이야기가 나오는데 땅 주인이 순순히 찬성해 주지 않고 있나 봐."

특징이라고는 없는 공터지만 위치가 절묘하다. 이곳을 제외하면 땅이 비뚤게 나뉘어 그야말로 볼품없는 모양새가 될 것이다.

"이 위에 뭐가 있는지는 너도 알겠지."

신사다. 사와노보리 집안 소유의 땅에 세워진 시시가미 신사.

"최근 몇 년간 시시오이 축제는 열리지 않았어."

"그래?"

요지가 놀라자 가도마쓰는 어처구니가 없다는 듯 요지를 봤다.

"그러고도 신관의 아들이라 할 수 있어? 한신 대지진 때 미코시*가 부서진 건 기억하지?"

요지가 열 살 때 일이다. 분명 그해에는 축제가 열리지 않았다.

그러나 이듬해에는 참가했던 기억이 있다.

가도마쓰는 시시오이 축제가 중단된 가장 큰 이유가 동일본 대지진 때문이라 했다. 2011년 지진이 일어났을 때 동일본뿐 아니라 간사이 지역에서도 강한 흔들림이 관측됐다. 이후 내린 호우로 시시가미 신사는 산사태 피해도 입었다.

"그런데 뭐, 세월 탓도 있겠지. 주변 인구도 대폭 줄었고."

이제는 쓸모없어진 땅. 그러나 땅 주인은 순순히 땅을 팔기를 거부하고 있다. 그 땅 주인이 바로 요지의 형 간지다.

"심지어 알 박기라는 말도 듣고 있어."

가도마쓰도 자세히는 모르지만 조건 문제로 다투고 있다고 했다. 즉, 토지 매각은 이미 기정사실인 것이다. 그렇다면 요지가 모임에서 전해 들은 이야기와도 일치한다.

"시시오이를 떠나 있던 넌 감이 안 오겠지만 난 사우스 파크에 시시오이의 앞날이 걸렸다고 생각해."

"구체적으로 킹스 파크랑 뭐가 다르지?"

"전혀 달라. 킹스 파크는 지역 경제의 적이야. 하지만 킹스 파크 때문에 여기 이주해 오는 사람이 늘면 지역에 기회가 생기지. 뜨내기 관광객이 아닌 주민이 들어오는 거니까. 고속도로와 킹스 파크, 사우스 파크, 만수원을 통틀어서 사우스 라인 프로젝트라 부르고

---

* 마쓰리 축제에서 신체나 신위를 실은 가마.

있어."

가도마쓰가 요지를 봤다.

"우선 사우스 파크. 이곳이 분양이 잘 돼야 모든 게 시작돼."

"잠깐."

요지는 가도마쓰의 말을 자르고 물었다.

"넌 시시오이와 오토리시 합병에 대해 어떻게 생각해?"

요지가 던진 유인구를 가도마쓰는 확실히 받아쳤다.

"상관없어."

"상관없다고?"

가도마쓰는 "그래" 하고 말을 이었다.

"시시오이는 어차피 답이 없어. 미래도 없고. 조금 전에도 말했지만 겉만 번지르르해도 사람이 모이지 않으면 소용없어. 나라에서는 지역 상생이니 뭐니 하지만, 참새 눈물만 한 예산이 멍청한 정책에 투입되고 있을 뿐이야. 인구를 늘린다. 그게 가장 확실하면서도 필수적인 조건이야."

가도마쓰는 힘 있게 단언하고 요지를 지그시 봤다.

"어차피 이름만 사라지는 거야. 땅이 사라지는 것도, 사람들이 사라지는 것도 아니지. 하지만 이름을 끝까지 지키려 들면 머지않아 사람들이 사라지겠지. 나도 아이가 있지만 걔들이 시시오이를 떠나 다시 돌아오지 않겠다고 해도 지금 같은 상황에서는 말리지 못할걸. 요지, 너도 시시오이의 앞날을 생각하면 쓸데없는 자존심에 집착하는 게 얼마나 어리석은 일인지 알겠지?"

너무나 당연한 것처럼 말해서 요지는 말문이 막혔다.

"지토세 집안에서 반대하는 바람에 지금 우리 회사도 이러지도 저러지도 못하는 상태야. 이대로 계속 주춤거리다가는 계획이 아예 무산될 수도 있어. 이건 너한테만 하는 이야긴데, 난 지금 프로젝트 추진 유지 모임을 이끌고 있어. 그리고 그 모임에 너희 형인 간지 씨를 초대하고 싶어."

"그건……."

가도마쓰는 요지의 대답을 기다려 주지 않았다.

"이건 사와노보리 집안만의 일이 아니야. 이 땅의 미래가 걸린 일이라고. 요지. 부탁할게. 제발 알겠다고 해 줘."

가도마쓰는 고개까지 숙였다. 그 거만했던 가도마쓰 가쓰야가.

"프로젝트가 진행되지 않으면 만수원 건립도 백지화될 수 있어. 이번 건이 잘 풀리면 너희 아버지 일에도 힘을 보탤게."

가도마쓰의 말을 듣고 요지는 우리가 이제 그 풋내기 중학생이 아니라는 것을 새삼 느꼈다.

"……그래, 알겠어. 그런데 잘 될 거라 보장은 못 해. 우리 형은 고집이 센 데다 날 싫어하니까."

가도마쓰는 "은혜는 꼭 갚을게"라고 말하며 요지의 어깨에 팔을 둘렀다.

저 멀리서 고속도로의 고가가 보였다. 건설이 중단된 그것은 황량한 땅 위에 자연스레 녹아들어 있었다.

지토세와 가도마쓰. 둘 중 어느 쪽이 만족할 결과가 나올지는 몰라도 일단 부딪혀 봐야 하는 상황이 됐다. 집 거실에 앉아 있던 요지는 일을 마치고 돌아오는 형을 향해 간결히 운을 뗐다.

　"신사 땅, 팔 거야?"

　간지는 작업복을 벗다 말고 요지를 바라본 자세로 담배를 꺼냈다. 불을 붙이고 연기를 뿜을 때까지 요지는 가만히 형의 말을 기다렸다.

　"누구한테 들었지?"

　"상관없잖아."

　또다시 거드름을 피우며 연기를 내뱉는다. 아무래도 자리에 앉을 마음은 없는 듯했다.

　"누나도 알아?"

　"갠 이미 사와노보리 집안사람이 아니라고 어떤 멍청이가 말했던 것 같은데."

　"억지 부리지 마. 거긴 아버지 땅이야. 누나도 의견을 제시할 권리가 있어."

　그러자 간지는 코웃음을 쳤다.

　"내가 결정하는 상황이 마음에 안 드는 건가?"

　"당연하지."

　"그런데 너야말로 상관없는 일 아닌가? 아니면 지금껏 여긴 거들떠보지도 않았으면서 네 몫만은 확실히 챙기겠다는 건가?"

　"이건 그런 차원의 문제가 아니야."

"참견할 거면 아버지 입원비라도 내고 해라."

간지가 요지를 내려다봤다.

"병원에서 공짜로 있게 해 줄 리는 만무하지. 수술비도 있고 앞으로 얼마나 더 많은 돈이 들어갈지 아무도 몰라. 거기에 자랑은 아니지만 최근 몇 년간 돌을 팔아서 번 돈은 쥐꼬리만 하고."

"하지만."

"어쨌든 돈이 필요해. 세상 물정 모르는 철부지가 나설 상황이 아니야."

반발심이 고개를 들었지만 꾹 참았다. 화가 나기는 나도 형의 말은 틀릴 게 없다. 돈이 필요하다. 그리고 자신은 그 문제를 해결할 능력이 없다.

"어머니 때도 넌 구석에만 틀어박혀 있었지."

3년 전 어머니가 부주의 운전을 하던 트럭에 치인 것을 요지는 어머니의 사망이 확인된 다음 날 당직 근무를 마치고 나서야 알게 됐다.

"장례식을 준비하고, 친척에게 연락하고, 가해자 측과 합의한 것도 전부 나와 아버지, 다마오였지."

"일 때문에 어쩔 수 없었잖아."

"일을 안 하는 사람도 있나? 게다가 어머니 얼굴조차 보러 오지 않은 녀석이 '왜 어머니 혼자 장을 보러 가게 했느냐'를 운운하며 따질 때는 얼마나 어처구니가 없던지."

주먹 쥔 손이 굳는다. 대꾸할 말이 없다.

요지는 다다미에 생긴 거스러미를 보며 입을 열었다.

"……어디에 팔 거야?"

마침내 가장 중요한 질문을 던지고 형을 올려다본다. 간지가 손에 든 담배에서 재가 바닥에 떨어졌다.

"지토세 씨가 결정하기 전에 일단 얼굴 한 번 비추래."

"지토세 집안 똘마니가 된 거냐?"

요지는 조롱 섞인 말보다 지토세 집안을 바라보는 형의 시선에 더 놀랐다.

"우리가 그놈들한테 어떤 취급을 받았는지 넌 모르겠지."

"그게 무슨 말이야?"

"아버지는 그날 왜 집이 아닌 다른 회사에서 쓰러졌을까? 그것도 오토리시까지 가서. 영업이었지. 아버지는 이미 오래전 작업장은 나와 후미오 씨에게 맡기고 열심히 밖을 뛰어다녔어. 쓰러진 건 그간 쌓인 마음고생 때문일 테고."

"그게 지토세 집안과 무슨 상관인데?"

간지는 대답 대신 연기를 내뿜었다.

"아무튼 땅 문제는 조만간 결론 날 거다. 이제 얼마 안 남았어."

"뭐?"

"마음은 이미 정했어. 다 끝나면 어디든 인사 정도는 하러 가야겠지."

간지는 탁자에 항상 놓여 있는 빈 맥주 캔에 꽁초를 쑤셔 넣고 등을 돌렸다.

"어디 가?"

"밥."

간지는 파충류 같은 얼굴로 '뭐 불만이라도?' 하는 듯 요지를 힐 끗하고 거실에서 나갔다.

형의 뒷모습을 보며 요지는 가나이에게 받은 명함을 떠올렸다. 가나이가 보낸 메시지는 이해하고 있다. 아마 자신을 통해 토지 권 리 증서를 사들인 후 지토세 집안에 비싼 값에 팔아치울 계획일 것 이다.

시간이 얼마 남지 않았음을 느꼈다.

형이 돌아오기 전에 집을 나섰다. 자전거를 타고 한밤의 시시오 이초를 달린다. 나중에 아버지를 모실 만수원 건립 예정지 일대를 확인해 보고 싶었다.

다리를 건너 시시강을 지나 시모카모초에 들어선다. 집에서 새 어 나오는 불빛과 가로등 불빛 외에는 아무것도 없다. 심지어 그 집들마저 드물게 있다. 요지와는 연이 없는 곳이다.

시시오이에 사는 주민들은 시모카모초 주민들의 질이 나쁘다고 생각한다. 시바파의 사무소가 있는 곳이 시모카모이고 시시오이 남중학교도 비행 청소년이 많은 것으로 유명했다. 남중학교 학생 들과 시비가 붙으면 일단 비명을 질러서 도움을 청하라고 교사가 가르칠 정도였다.

그런 악명 높은 불량 중학교가 어느덧 인구 감소로 폐교되고, 그 땅에 새로 들어설 고령자 의료 시설에 아버지가 입원할지도 모르는 상황. 요지는 새삼 세월의 무상함을 느끼지 않을 수 없었다.

인적 없는 길을 달리며 속도를 높인다. 비탈길이 많아 제법 힘든 코스다. 검정 파카가 땀복처럼 땀을 불렀다.

페달을 밟으며 가도마쓰와 나눈 대화를 곱씹었다. 고시엔의 쓰디쓴 기억과 함께.

요지에게 입단을 권한 사립 고요 고등학교 야구부는 현에서 알아주는 야구 명문으로, 봄여름을 합쳐 총 다섯 번의 고시엔 출장 기록이 있었다. 그러나 당시 현의 절대 왕자로 군림하던 고등학교의 아성이 무너지지 않아 늘 두 번째, 세 번째에 만족하고 있었다.

요지는 2학년 여름 대회 때 벤치에 입성해 예비 투수로 그 절대 왕자와 맞붙었다. 시합에는 졌지만 왠지 이길 수 있을 것 같다는 느낌을 받았다. 감독도 내년에는 어떻게 될지 모른다며 자신감을 북돋워 줬다. 그리고 3학년 여름 지방 대회 결승 때 요지는 등번호 1번을 달고 다시 한번 절대 왕자에 도전했다. 학교 관계자와 지역 주민이 총출동한 가운데 9회 말 투아웃 상황, 요지가 날린 직구에 상대 타자의 방망이가 허공을 가른 순간 엄청난 환호성이 마운드에 선 에이스에게 쏟아졌다. 요지의 야구 인생 절정기였다.

그러나 영광은 한순간이고 그날 이후 두 번 다시 요지를 찾아오지 않았다.

전국에서 유명한 절대 왕자 고교를 꺾고 나선 출전에 고시엔 첫 승리를 기대하는 목소리는 상상을 초월했다. 시시오이초, 더 나아가 시시오이군 전체가 들썩였다. 지역 에이스의 등장은 이렇다 할 즐길 거리가 없는 시골 마을의 일대 이벤트였던 것이다. 지토세 집안에서 거액을 기부했다는 소식을 들은 것도 그 무렵이다.

뙤약볕 아래의 고시엔 야구장. 대회 사흘째 두 번째 시합. 마운드에 선 사와노보리 요지의 모습은 관중석을 넘어 전국 안방에 고스란히 중계됐다. 그 비참한 말로까지 남김없이.

4자 연속 포볼. 그리고 5번 타자에게 던진 첫 번째 공은 일직선으로 날아가 상대의 관자놀이를 강타했다. 타자가 들것에 실려 가는 모습을 요지는 마운드에서 멍하니 바라봤고, 그 데드볼로 교체돼 벤치에 돌아갔다. 고개를 떨군 요지에게 감독도 팀 동료들도 말을 걸어 오지 않았다. 후배에게 받은 수건을 머리에 뒤집어쓰자 울음이 터졌고 도대체 어디에 이런 눈물이 있었을까 싶을 만큼 오랫동안 오열했다. 근육이 조금씩 경련했다. 시합은 그대로 2 대 0으로 끝났다.

— 이제는 다들 우스운 에피소드 정도로 기억할걸.

가도마쓰의 말은 지금껏 요지가 수없이 들어 온 위로와 다르지 않았다. 경찰 임용을 제안한 야구부 고문도 그날의 좌절을 교훈 삼아 앞으로 나아가라고 해 주었다. 반면 학교의 치욕을 전국 중계로 알린 요지에 대한 험담도 끊이지 않았다. 마운드에 서서 망연자실해 있는 가엾은 고교생 야구 선수의 모습은 스포츠 뉴스의 화젯거리였다.

무엇보다 요지는 자기 자신에게 실망했다.

경찰이 된 뒤에도 툭하면 그 여름날의 기억이 되새겨졌다. 동료와 상사, 관할 지역 주민들의 동정과 모멸 섞인 표정을 볼 때마다 자신이 사라지는 듯한 느낌을 맛봤다.

또 그럴 때 반드시 떠오르는 그 장면. 일직선으로 관자놀이를 향해 날아가는 하얀 공과, 그것이 퍽 하고 헬멧에 부딪히는 소리, 그리고 쓰러지는 상대 선수의 모습.

그때 쓰러진 사람은 분명 나 자신이다.

그해 여름에 사와노보리 요지는 죽었다.

만약 경찰 학교에서 나가하라 신스케를 만나지 않았다면 자신은 이곳에 존재하지 않을 것이다.

머리 위로 남중학교 터가 보여 자전거를 세웠다. 학교 건물로 이어지는 예전 통학로는 진저리가 날 만큼 경사가 급해 오를 엄두가 나지 않았다.

나가하라는 어떤 고등학생이었을까.

그해 여름으로부터 벌써 10년 넘는 세월이 흘렀다. 가도마쓰가 말한 대로 사람들 기억 속에는 우스운 에피소드쯤으로 희미하게 남아 있을지 모른다. 요코오처럼 아예 모르는 사람도 적지 않다.

그래도 요지의 가슴속에는 그날 자신이 죽었다는 실감이 사라지지 않았다. 아무렇지 않게 웃어넘길 기술을 터득한 후에도 줄곧 들러붙어 있다.

요지는 생각했다.

자신이 나가하라의 실종을 확실히 매듭지으려는 건, 그로 인해

되찾을지도 모른다는 기대 때문이다. 고시엔 마운드에서 잃어버린, 사와노보리 요지라는 남자가 살아갈 의미를.

정말 되찾을 수 있을까.

의문을 떨쳐내듯 남중학교 그림자를 등지고 달렸다.

4

다음 날에는 아키미쓰와 함께 2인 당직을 섰다. 밤에 시시오이 마을 회관 옆 공원에서 사람들이 싸운다는 신고가 들어와 둘이 함께 파출소를 나섰다.

여자 친구의 외도 문제로 두 남자아이가 싸우고 있었다. 원래 남자 친구와 바람 상대인 남자아이가 공원을 링 삼아 한 여자를 두고 결투를 벌이는 바보 같으면서도 흐뭇한 사건이었다.

요지와 아키미쓰가 도착할 무렵에는 이미 열기가 식었고 두 아이도 병원 신세를 질 만큼 크게 다친 건 아니었다. 두 아이의 친구이자 심판 역할을 맡은 아이까지 합쳐 총 세 명에게 아키미쓰가 설교했다.

"노릴 거면 제대로 한 방을 노려야지. 턱처럼."

이런 뚱딴지같은 조언이라니.

중학생 소년들은 부모와 학교에는 연락하지 말아 달라며 진심으로 뉘우치는 모습을 보였다.

"조서 쓸까?"

아키미쓰가 물어서 요지는 어깨를 으쓱했다.

"일대일이니 그냥 애들 장난으로 보고 넘어가도 될 것 같습니다."

그러자 아키미쓰가 웃음을 터뜨렸다.

"야, 너희. 얼른 이 형님한테 감사하다고 해. 그리고 부모님한테 가서 쓸데없는 소리 하지 마라. 경찰이 그냥 넘어가 줬다고 퍼지기라도 하면 우리가 욕먹으니까."

뒤이어 잽을 가르쳐 주겠다는 아키미쓰를 말리고 요지는 함께 공원을 떠났다.

"청춘이네."

바이크가 신호등에 걸리자 아키미쓰가 중얼거렸다.

"요즘은 중학생들도 할 건 다 한다지? 좋은 시대야."

그는 실실거리며 요지를 봤다.

"넌 여자 친구 있어?"

"아뇨. 몇 년째 없습니다."

"안타깝네. 전에는 인기 많았을 텐데."

고등학생 때는 편지와 초콜릿을 자주 받았다. 그러나 그보다 야구에 열중했고, 그 비참한 여름이 끝난 이후부터는 썰물 빠지듯 인기가 식었다. 졸업식 때 교복 단추를 원하는 아이도 한 명도 없었다*. 요지는 항상 넋 나간 사람처럼 살았고 인간관계에 대한 의욕도 잃어버렸다.

"경찰관이 된 뒤에도?"

신호가 파란불로 바뀌어도 아키미쓰는 시동을 걸지 않고 담뱃불을 붙였다. 이제는 요지도 일일이 뭐라고 하지 않았다.

"딱 한 번 사귀었는데. 뭐, 하는 일이 이렇다 보니."

"그게 뭔 상관이야?"

경찰은 오히려 일찍 가정을 이루는 사람이 많다.

"왜 차였는데?"

아키미쓰는 이제 거의 즐기는 듯했다. 요지는 지긋지긋해하며 말했다.

"'어차피 나한테 관심도 없잖아'라고 하더군요."

"그래서?"

"그럴지도 모르겠다고 했죠."

그러자 아키미쓰는 "뭐야, 그게. 바보 아니야?" 하고 웃음을 터뜨렸다.

"거짓이어도 사랑한다고 했어야지. 거짓이 언제 또 진실이 될지는 아무도 모르니까."

기숙사 근처 찻집에서 아르바이트하던 여대생이었다. 당시 요지는 통금 시간이 있는 기숙사에서 지내느라 그녀와 제대로 된 시간을 보내지 못했다. 그러나 근본 원인은 결국 자신의 성격이었을 것이다. 여자를 사귀고 나서야 처음 깨달았다. 나는 상대가 날 좋

---

* 일본의 중, 고등학교에서는 여학생이 좋아하던 남자 선배의 교복 두 번째 단추를 받는 문화가 있다.

아한다는 걸 믿지 못하는 성격이라는 것을.

"선배는 어떻습니까?"

"난 늘 진심만을 전하는 주의라."

농담 섞인 대답을 끝으로 바이크에 다시 시동을 건다.

늘 그렇듯 아키미쓰가 버린 꽁초를 주워 들고 손목시계를 확인했다. 새벽 2시 30분이다.

"모처럼 여기까지 왔으니 순찰이라도 도시겠습니까?"

"의욕이 넘치네."

아키미쓰는 어이없어하면서도 "어디 가게?"라고 물었다.

"남중학교 부지 어떻습니까?"

어젯밤 자전거로 다녀온 그곳은 가끔 동네 아이들이 모여 밤늦게까지 소란을 피우는 장소로도 유명했다.

"좋아."

아키미쓰는 방향을 틀더니 주택가를 지나 남쪽으로 달렸다. 시시오이 남중학교는 시시강 남쪽의 시모카모초 산 중턱에 있다.

주택가를 느린 속도로 달리고 있을 때였다.

"앗."

요지는 불현듯 바이크를 세웠다.

"뭐야? 왜 그래?"

앞에서 아키미쓰가 고개를 돌렸다.

"아니, 그게…… 방금 누가 뛰어간 것 같아서요."

"뭐?"

아키미쓰는 고개를 내밀어 응시하며 말했다.

"아무도 없잖아."

두 사람은 나란히 서서 귀를 기울였다. 발소리는 들리지 않는다. 아키미쓰가 의혹 어린 눈빛으로 봐서 요지는 황급히 얼버무렸다.

"정말 저 모퉁이 쪽을 뛰어갔습니다."

요지가 가리킨 곳은 집 건물에 막힌 곳이었다. 그 앞을 마른 체형의 남자가 오른쪽에서 왼쪽으로 달려갔다고 아키미쓰에게 설명했다.

"복장은?"

"위에는 검정 후드티, 아래는 파란 청바지였던 것 같습니다. 신발은 잘 기억 안 나고요."

"뭐야. 제대로 못 본 건가. 수상한 느낌이었어?"

"이 시간에 여기 있는 것 자체가 수상하지 않습니까?"

"그건 그래."

몇 개 없는 가로등 불빛이 마침 그곳을 비추고 있었다.

"제가 확인하고 올 테니 선배님은 여기 계세요. 잘못 본 거면 금방 다시 돌아오겠습니다."

요지는 바이크에서 내려 뛰어갔다.

"어이. 바이크도 그냥 두고 가?"

등 뒤에서 들리는 외침을 무시하고 문제의 모퉁이 앞에 가서 섰다. 좌우를 확인하지만 인기척은 전혀 없다.

"그냥 와."

등 뒤에서 아키미쓰의 목소리가 들렸다.

"조금만 더 보겠습니다."

그렇게 대답하고 골목으로 들어간다. 위를 올려다보니 거대한 남중학교 그림자가 보인다. 일단 멈춰서 주위를 두리번거렸지만 개미 새끼 한 마리 보이지 않는다. 아키미쓰도 시야에서 사라져 고요했다. 요지는 마음을 가다듬고 남중학교로 향하는 언덕길을 뛰어 올라갔다.

총소리가 울려 퍼지기 약 10분 전쯤의 일이었다.

5

"뭐야. 또 너인가."

현장에 나타난 현경의 곤도 형사가 요지를 보며 얼굴을 찌푸렸다. 모리 집 화재 때 요지를 조사했던 형사다.

"뭐야, 그 손은."

"아, 죄송합니다. 저도 모르게 시신을 확인하느라."

곤도는 빨갛게 물든 요지의 오른손을 힐끗 보며 한숨을 푹 쉬고 혀를 찼다.

"너도 참 운이 지지리도 없군."

현장에 뛰어온 아키미쓰에게도 비슷한 말을 들었다.

— 네가 시시오이에 온 후로 벌써 한 달간 수상한 사망 사건이 두

번째야. 재수가 없군.

그 말에는 역시 요지도 기분이 언짢았다.

"보고해."

"네."

고개를 끄덕인 요지는 소파에 누운 채 숨이 끊어져 있는 가나이 뎃페이를 내려다봤다. 모임 때와 같은 올백 머리 아래에 경악하는 표정이 굳어 있다. 피 냄새와 화약 냄새도 남아 있다.

"처음에는 싸움 신고를 받아 파출소를 나왔습니다. 그 일이 별문제 없이 처리된 뒤 내친김에 순찰을 더 돌아 보기로 했고요."

남중학교 부지에 가려고 우시하타로 향했다.

"그런데 가는 도중 뭔가 수상한 기척을 느껴서……."

"장소는?"

곤도의 목소리에 살짝 날이 섰다.

"이 부근입니다."

요지는 지도를 펼쳐서 가리켰다. 시신이 발견된 곳에서 3백 미터도 떨어지지 않은 곳이다.

"어떤 놈이었지?"

"아, 그게…… 어두워서 윤곽만 살짝."

"복장은? 체격은?"

요지는 아키미쓰 앞에서 했던 설명을 반복했다.

"아마 젊은 남자였던 것 같습니다."

곤도가 혀를 쯧 찼다.

"정작 필요할 때 도움되지 않는 녀석이네."

그저 고개를 숙일 수밖에 없다. 그러고 나서 요지는 "실은" 하고 말을 이었다.

"제가 잘못 봤을 가능성도 있습니다."

"뭐?"

곤도가 눈을 부라렸다.

"저와 함께 있던 아키미쓰 선배는 그런 사람을 못 봤고, 뛰어가는 발소리도 들리지 않아서요."

"발소리라……."

"그 일대는 조용하니 뛰면 분명 발소리가 들렸을 겁니다."

곤도는 언짢은 얼굴로 머리를 긁적였다. 수상한 사람을 쫓다가 가나이의 집까지 간 사람이 이제 와서 잘못 봤을 수도 있다고 하니 그럴 만하다. 이미 관할 경찰서에서 대규모 인원이 파견돼 일대를 수색하고 있다고 들었다. 이제 와서 '잘못 봤다'라는 한마디로 끝낼 수 없다.

"아무튼, 그래서? 계속해 봐."

"네. 만약 제가 잘못 본 게 아니라면 왠지 남중학교 철거 부지로 향했을 것 같아 그곳에 가 봤습니다. 그랬더니……."

"총소리가 들렸다."

요지는 고개를 끄덕였다.

"즉시 본부에 보고했습니다."

"그 부분을 좀 더 자세히 설명해 주겠나?"

"일단 총소리가 들린 쪽으로 향했습니다. 가는 길에 민가가 여기 뿐이라 이곳에 사는 사람에게 이야기를 좀 들어 보려 했는데."

"가나이의 집인 줄은 몰랐나?"

"문패에 적혀 있는 이름이 달랐습니다."

이곳은 시바 홍산 명의로 된 별장이었다. 문패에 있는 이름은 '니시키하마'. 시바파 부두목의 이름이라 했다.

"집 안에 불은 켜져 있는데 아무리 불러도 대답이 없더군요. 문도 잠겨 있지 않아서 일단 들어가 봤습니다."

그리고 거실에 다다랐다.

"거기서 가나이의 시신을 맞닥뜨린 건가."

"정말 놀랐습니다. 총에 맞아 죽은 시신은 처음 봐서……."

급히 그에게 달려가 상처 부위에 손을 대고 확인했다. 가나이는 이미 숨이 끊어진 상태였다. 요지가 본부에 상황을 보고하고 있을 때 무전으로 총소리를 전해 들은 아키미쓰도 집에 뛰어 들어왔다.

"좋은 경험이 됐겠군."

그러면서 곤도는 "하지만" 하고 고개를 갸웃했다.

"살인지 아닌지는 아직 모를 일이야."

가나이는 거실 소파에 드러누운 채 가슴에 총을 맞아 숨졌다. 그리고 아래로 축 늘어진 그의 왼팔 밑에는 그의 목숨을 앗아 간 권총이 떨어져 있었다.

"자살 가능성도 있는 건가요?"

"없다고는 할 수 없지. 자세한 건 감식반 보고를 기다릴 수밖에."

바닥에 떨어진 권총을 쏘아보는 곤도는 전에 만났을 때보다 얼굴이 더 험악했다. 아마 요지도 비슷한 표정일 것이다.

"아무튼 이 일은 다른 곳에 흘리면 안 돼."

"네."

'이 일'이 무슨 뜻인지는 경찰관이라면 누구나 알 것이다.

"저."

요지는 생각에 잠겨 있는 곤도를 향해 조심스레 입을 열었다.

"손을 좀 씻고 싶은데……."

"저기 마당 수도에라도 가서 씻어."

그의 말대로 허리를 숙이고 집을 나서려 할 때 누군가 "잠깐" 하고 요지의 어깨에 손을 얹었다.

"함께 순찰을 돈 사람이 아키미쓰라고 했나?"

요지가 고개를 끄덕일 때 어디선가 으스스한 고양이 울음소리가 들렸다.

"뭐 하나 부탁해도 될까?"

일개 파출소 순경에게 현경 본부 형사의 강압 섞인 부탁을 거절할 배짱은 없었다.

어두운 숲을 등진 집 밖은 인산인해를 이루고 있었다. 평범한 구경꾼들이 아니라는 건 언뜻 봐도 알 수 있다. 애초에 이 근처에 가나이의 별장 외에 다른 민가는 한 곳도 없다. 급히 호출을 받고 온 우에시마가 아키미쓰와 함께 현관을 지켰고 요코오는 집 뒤쪽에 배치됐다고 들었다.

"비켜!"

집 앞에 모여든 이들은 하나같이 서슬 퍼런 얼굴에 너저분한 차림새로 와서 아키미쓰와 우에시마를 향해 고함을 질러 댔다. 이들이 시바파 조직원인 것은 굳이 확인하지 않아도 될 것이고, 그 안에는 모임에 다녀오는 길에 집 앞에서 요지를 기다리던 2인조의 모습도 보였다.

우에시마는 무표정한 얼굴로 으르렁거리는 그들을 내려다보고 있었다. 거구에 침착함까지 갖춰서 문지기 역할을 맡기기에 제격이다. 반면 아키미쓰는 평소의 실실거리는 얼굴로 남자들을 바라보고 있었다.

"죽고 싶어? 앙?"

머리를 박박 깎은 중년 남자가 아키미쓰의 눈앞으로 다가가 외쳤다.

"적당히 하지. 자꾸 이러다 공무집행 방해로 잡혀간다."

"이 짭새 새끼가. 해 봐, 인마. 해 봐!"

"어이, 양아치."

갑자기 아키미쓰의 말투가 달라졌다. 그는 웃는 얼굴 그대로 중저음 목소리로 말했다.

"앞으로 시시오이 바닥에서 설치지 못하게 해 줄까?"

남자가 주춤했다. 이 정도면 둘 중 누가 조폭인지 분간도 안 될 지경이다.

요지가 파란 제복 무리에 합류했을 때 인파 뒤편에서 "길 열어!" 하는 외침이 들리더니 조직원들이 순식간에 좌우로 갈라졌다.

　　아키미쓰가 귓속말을 했다.

　　"부두목님의 행차시군."

　　눈앞에 나타난 사람은 풍채 좋은 대머리 중년 남자였다. 하얀 양복이 비싸 보이지만 품위라고는 티끌도 없다. 지금 요지가 등지고 선 서양식 가옥 문패에 이름이 적힌 남자, 니시키하마였다.

　　"고생하십니다."

　　무늬뿐인 인사지만 일개 파출소 순경을 대하는 것치고 충분히 정중하다고 해야 할 것이다.

　　"저희 형님, 아니 사장님이 당하셨다던데, 잠깐 안에 들어가 봐도 되겠습니까?"

　　공손한 말씨에서는 위압감이 느껴졌다.

　　"니시키하마 씨."

　　아키미쓰가 친근하게 입을 열었다.

　　"심정은 이해하지만 그렇게 쉽게 들여보내 드릴 수는 없습니다. 아직 검시도 안 끝난 상황이라."

　　"죽은 사람이 정말 우리 사장님인지 정도는 확인시켜 줘야 하는 것 아닌가?"

　　"이 동네에 가나이 씨 얼굴을 모르는 경찰도 있을까요?"

　　니시키하마는 아키미쓰를 지그시 마주 봤다. 물론 물러설 기미는 없다.

"아무튼 들여보내 줘. 난 이 집 주인이야."

"조금만 참아 주십쇼."

아키미쓰도 전혀 밀리지 않는다.

"저 새끼가 자꾸 헛소리하네!", "고작 파출소 짭새놈이 뭐 저리 건방져?" 그런 야유가 날아들자 니시키하마가 "시끄러워!" 하고 버럭 소리쳤다. 꼭 삼류 연극 같다.

니시키하마가 "이봐" 하고 아키미쓰에게 한 걸음 다가갔다.

"안에도 못 들어가게 하는 건 너무한 거 아닌가? 거기에 이건 또 뭐고."

하얀 벽에 달린 현관은 파출소에서 가져온 파란 시트로 뒤덮여 있었다. 절대 내부를 보여 주지 않겠다는 경찰의 의지가 또렷이 표출됐다.

"사장님은 우리 가족 같은 분이야."

"어떤 사고를 칠지 모를 분들을 들여보낼 수는 없지 않겠습니까. 경쟁 조직 사무소를 급습하는 것도 아니고 우르르 몰려와서 이게 뭡니까."

그러자 또 사방에서 비난과 욕설이 쏟아졌다. 이번에는 니시키하마도 제지하지 않았다. 태연하게 시치미를 떼는 아키미쓰를 보며 요지는 혀를 내둘렀다. 아무리 파란 제복을 입고 있다고 해도 식은땀이 날 만한 상황이다.

"어이, 아키미쓰. 자네, 너무 입을 함부로 놀리는군. 우리 사장님이 당했어. 설마 자네, 그때 일을 아직도 가슴에 두고⋯⋯."

"니시키하마 씨."

아키미쓰의 얼굴에서 웃음기가 사라졌다.

"세 치 혀가 사람 잡는다는 말이 있죠."

니시키하마의 얼굴에서도 표정이 사라졌다. 어느새 주변의 욕설도 그쳤다.

"……나 혼자라도 들어가게 해 줘. 부탁이야."

아키미쓰는 다시 히죽거리는 얼굴로 돌아가 무전기로 지시를 받았다. 눈길은 그대로 니시키하마에게 꽂혀 있다.

"알겠습니다. 니시키하마 씨 혼자라도 괜찮다면 들어가시죠."

아키미쓰는 니시키하마와 함께 요지 옆을 지나쳐 가며 "여긴 잘 부탁해"라고 했다. 요지는 결국 살기등등한 남자들과 한동안 눈싸움을 벌여야 했다.

6

해가 뜨고 감식반도 철수할 무렵 시시오이 경찰서로 오라는 후쿠나가 소장의 지시를 받고 아키미쓰와 함께 경찰차에 올라탔다. 이번에도 시신의 최초 발견자인 요지와 아키미쓰를 철저하게 조사할 게 뻔했다.

"일이 커졌네요."

경찰서로 향하는 길에 요지가 중얼거리자 차를 운전하는 고스게가 대답했다.

"작은 시골 조직이라 해도 두목이었으니. 범인의 윤곽이 드러나기 전까지는 분위기가 험할걸."

평소 경박한 고스게치고는 꽤 진중한 말투였다.

"이 일대에 시바파의 경쟁 조직은 없는 겁니까?"

"적어도 시시오이 안에는 없어. 굳이 꼽자면 오토리시의 고몬회가 있겠군. 간사이의 대형 조직 산하에 있는."

"시바파와 사이가 나쁜가요?"

"좋지는 않지만……."

"요지."

옆에서 아키미쓰가 입을 열었다.

"시바파는 시시오이 안에서 조촐하게 활동하는 조직이야. 조직 관련 사업보다 오히려 토건업으로 먹고살고 있지. 심지어 그 사업도 거품이 꺼진 뒤로 줄곧 내리막길을 걷고 있어. 역사는 있지만 힘없는 조직. 다른 조직 입장에서 보면 영양가도 없는 조직의 두목을 뭐 하러 건들까? 메리트도 없는데."

고스게도 "만약 외부에서 옥신각신했다면 우리한테도 정보가 들어왔을 테고" 하고 말을 보탰다.

"그럼 내분 같은 걸까요?"

그러자 아키미쓰가 퉁명스럽게 답했다.

"뭐 가능성만 따지고 보자면 뭐든 가능하겠지. 아무리 규모가 작고 다른 사업으로 벌어먹는다 해도 조폭은 조폭이니. 시바파에서 돈을 빌렸다가 비싼 이자를 못 견뎌 목을 맨 사람이 있고 윤락업소에 들어간 여자도 있다던데."

"가나이가 그런 걸 좋아하긴 했어. 한때는 어린 여자애들을 돈으로 꼬드겨 하룻밤 즐기는 수준이 아니라 아예 자빠뜨리는 게 취미라는 소문도 돌았지. 사적인 원한 때문에 벌어진 일이라 해도 이상할 건 없어."

고스게는 저속한 이야기를 즐거운 듯 떠들어댔다.

"그런데."

아키미쓰가 히죽거리며 말했다.

"이번에는 그쪽은 아닐걸요."

"맞아, 권총이 쓰였으니" 하고 고스게가 맞장구쳤다. 평범한 일반인이 국내에서 권총, 그것도 엽총이 아닌 소형 권총을 사용한 범죄는 드물다. 일어난다 해도 거의 조폭끼리의 다툼인데 고스게는 이번에는 그럴 가능성도 없다는 걸 아직 듣지 못한 듯했다.

"뭐 스게짱도 곧 알게 될 테니 말하자면."

아키미쓰는 태연하게 말을 이어 갔다.

"현장에 떨어져 있던 권총이 뉴넘브였답니다."

순식간에 형언할 수 없는 긴장감이 차 안을 지배했다. 고스게 쪽을 살피자 어안이 벙벙한 듯 입을 떡 벌리고 있다.

"……그게 정말이야?"

고스게가 나직이 다시 물었다.

뉴넘브는 일본에서 가장 유명한 권총이다. 요지도 물론 총을 보자마자 알아챘다. 요즘은 신식 기종으로 바뀌고 있다고 하지만 경찰이 오랫동안 애용해 온 권총이고 요지가 속한 현경에서도 이 5연발 회전식 권총을 쓰고 있다.

지금쯤 아마 무기, 탄약을 관리하는 장비과가 현에 있는 모든 경찰서의 물량을 점검하고 있을 것이다. 일선 파출소 근무자들에게도 담당 직원이 찾아갈 게 뻔했다.

경찰이 사용하는 권총에 폭력 조직 두목이 맞아 죽었다면 이건 어처구니없는 대사건으로 발전할 수 있다.

"하지만."

고스게가 떨리는 목소리로 말했다.

"가나이 같은 놈을 죽여서 대체 뭐 득 볼 게 있다고."

아키미쓰의 대답은 간결했다.

"나도 모르죠."

시시오이 경찰서 조사실에서 곤도는 뒤에 가만히 앉아 있고 가는 눈썹의 젊은 형사가 조사를 거의 도맡았다. 요지와 비슷한 또래, 혹은 두어 살 정도 어려 보이는 그는 발소리가 들리지 않은 괴한에 대해 꼬치꼬치 캐물었고, 요지가 모호한 기억 때문에 어정쩡하게 대답할 때마다 요지를 다그쳤다. 한 시간 가까이 이어진 조사를 마치고 일시 귀가를 허락받았지만 잠시 눈 붙일 짬도 없는 점심 휴식 시간 정도였다.

"밥이라도 먹을까."

요지의 조사 시간 절반 정도 만에 풀려난 아키미쓰와 합류해 시시오이 경찰서 구내식당에서 마주 보고 앉았다. 아키미쓰는 오늘의 정식 메뉴인 시시돈으로 만든 돼지고기 생강구이를 게 눈 감추듯 먹어 치웠다.

"무릇 경찰이라면 밥이든 똥이든 빛의 속도로 해치워야지."

이쑤시개를 입에 물고 상스러운 농담을 날린다.

"넌 전직 운동선수 주제에 너무 느긋한 거 아니야?"

"꼭꼭 씹어 먹으라는 말을 자주 들어서요."

"흥. 고시엔 출전 고등학교 정도 되면 마냥 헝그리 정신만 내세우는 건 아닌가 보군."

요지는 신경 쓰지 않고 물었다.

"조사는 어땠습니까?"

"어떻고 뭐고도 없어. 어차피 네 증언을 검증하는 차원이니 솔직하게 다 이야기했지. 머리에 피도 안 마른 애송이를 보내서 조금 골려 주기는 했는데."

"역시 선배님이시네요. 옆에 곤도 형사도 있지 않았나요?"

"그냥 똥 씹은 표정으로 가만히 있던데. 꼭 위장에 구멍이라도 뚫린 사람 같더군."

이만한 사건을 맡았으니 부담이 클 것이다.

"뭐 그 양반은 항상 그렇기는 한데."

아키미쓰는 우스운 듯 히죽거리며 이쑤시개를 움직였다.

"겉보기랑 똑같이 뱀 같은 인간이야. 그것도 코브라 아니면 살

무사."

"분명 실적을 위해서라면 수단과 방법을 가리지 않는 분 같기는
했습니다."

"그런 수준이면 너한테 얘기도 안 해. 어쨌든 너도 조심하는 게
좋을걸."

흠칫하고 아키미쓰를 힐끔거렸지만 그 이상 설명해 주지는 않
았다.

요지는 젓가락을 내려놓고 아키미쓰를 빤히 봤다.

"어떻게 생각하십니까?"

"뭘?"

"가나이 씨 사건이요. 선배님은 이것저것 아시는 게 많지 않나
요?"

그러자 아키미쓰는 깔보는 듯한 눈빛으로 요지를 봤다. 이쑤시
개 대신 담배를 손가락에 끼운 채 빙글빙글 돌린다. 구내식당은 금
연이다.

"형사 앞에서 모임 이야기도 하셨습니까?"

"그건 그냥 지역 친목 모임이야. 그것도 지토세 집안에서 주선
한. 뭐 하러 얘기하겠어?"

모임을 언급하지 않은 건 요지도 마찬가지였다.

"선배님."

요지는 목소리를 낮췄다.

"이번 일이 모리 씨 집 화재와 관련 없다고 보십니까?"

아키미쓰는 답하지 않고 속을 떠보듯 요지를 지그시 봤다.

"언뜻 보기에는 무관해 보이지만 사실 아니죠. 둘 사이에는 사우스 라인 프로젝트가 있으니까요."

가나이는 프로젝트 반대파였고 그의 수하라 할 만한 모리도 추진파 입장에서는 상대하기 까다로운 땅 주인이었다. 두 사람의 죽음이 시시오이 개발을 명목으로 한 지역 통합 계획에는 호재일 게 분명했다.

"에이, 설마 그런 이유로 사람까지 죽일까."

"가나이 씨가 직접 말하지 않았습니까. 이건 억 단위 돈이 굴러다니는 전쟁이라고."

"그냥 비유지. 그런 녀석을 죽여 봐야 무슨 득이 되겠어."

"가나이 씨의 후계자는 니시키하마 씨겠죠? 만약 그 사람이 상대편과 내통했다면."

"지나친 망상이야."

맞는 말이다. 그러나 모리와 가나이가 잇달아 비명횡사한 사실을 설명하려면 사우스 라인 프로젝트를 언급할 수밖에 없다.

"설마 이번에도 내가 범인이라고 하려는 건 아니지?"

요지는 실없이 웃는 아키미쓰를 물끄러미 바라봤다.

"내가 왜 모리 영감과 가나이를 죽여서 추진파를 기쁘게 하겠어?"

"선배는 프로젝트에 반대하시나요?"

아키미쓰는 "뭐 그렇다 해야겠지" 하고 얼버무리듯 말했다.

"그건 지토세 씨가 반대해서?"

요지의 연이은 도발을 아키미쓰는 오히려 즐기는 듯했다.

"근데 넌 지금 그런 것보다 더 신경 쓰이는 게 있지 않나?"

일부러 상대를 자극하듯 돌려 말해서 요지는 직접 핵심을 언급했다.

"그 뉴넘브가 나가하라 것일 가능성 말인가요?"

아키미쓰의 희미한 미소가 냉기를 머금었다.

"오, 대단한데."

아키미쓰는 담배를 빙글빙글 돌리며 말을 이었다.

"만약 그게 사실이라면 어떻게 되는 거지?"

"선배는 나가하라가 근성 없는 놈이라 하셨죠?"

"그래. 그랬지. 마음에 안 드나?"

"네. 안 듭니다."

"오, 겁쟁이 주제에 세게 나오네."

코웃음 치며 말하는 아키미쓰에게서 요지는 눈을 떼지 않았다.

"나가하라가 행방불명된 경위를 자세히 알고 싶습니다. 그 녀석이 대체 얼마나 근성이 없었는지 궁금합니다."

두 사람은 잠시 서로를 노려봤다. 이윽고 아키미쓰가 한숨 섞어 말했다.

"일단 한 대 피우고."

시시오이 경찰서의 흡연 구역은 건물 밖에 있다. 뒤쪽 계단 아래에 재떨이용 깡통 하나만 덜렁 있는 공간을 보며 이 안에서 흡연자들이 얼마나 박해받고 있는지가 느껴졌다.

"지금 서장이 오래전 폐병을 앓았다더군. 그게 동료들이 피우던 담배를 간접 흡연했기 때문이라 믿는다고 해. 담배 같은 건 아예 꼴 보기도 싫은 거야."

아키미쓰는 맛깔나게 연기를 허공에 내뱉었다.

"나가하라는 근무 도중 사라졌어."

연초에 발생한 그 일은 대대적으로 보도됐다. 현직 경찰관이 근무 중 실종. 그것도 권총을 소지한 채.

"그 덕에 서장 목이 날아갔지."

아키미쓰는 왠지 기쁜 것처럼 말했다. 담배를 싫어하는 서장이 여기 부임한 건 요지가 시시오이에 오기 한 달 전, 즉 3월이었다.

"물론 우리도 책임을 졌어. 그래서 후쿠나가 소장이 원래보다 앞당겨서 소장이 됐고."

긴키 전역을 대규모로 수색해 시시강 하류에서 무전기를 발견했지만 나가하라의 소재는 물론 그의 제복과 경찰봉, 권총 등은 여전히 행방이 묘연한 상태다.

"우리도 엄청 힘들었어. 본부 형사와 감찰관이 날마다 찾아와 묻고 또 물었지."

그래도 모두 무사히 기존 직무에 복귀했다.

"지토세 씨의 힘일까요?"

요지의 질문에 아키미쓰는 냉소로 화답했다.

"그건 상상에 맡기지."

체념하고 뒷이야기를 가만히 기다린다.

"녀석의 근무 태도에는 문제가 없었어. 오히려 우수했지. 집안 사정만 아니었으면 본부에 빼앗겨도 이상하지 않을 인재였달까."

"그건 저도 동의합니다."

요지는 망설임 없이 맞장구쳤다.

"평소 업무 태도에 문제없음. 말과 행동에도 문제없음. 결국 잠 적할 동기를 찾지 못한 채 자살 또는 불의의 사고에 휘말렸을 가능성이 조금씩 힘을 받았지."

지난 2월 스미레가 실종 신고를 해서 나가하라는 이례적으로 휴직 처리됐다. 그 뒤로도 수사가 계속되고 있지만 딱히 새로운 정보는 없다.

"선배는 어떻게 생각하시나요? 시신과 유서도 없는 자살이라니, 설득력이 없잖습니까. 그리고 불의의 사고라뇨. 경찰관 한 명이 감쪽같이 자취를 감출 사고가 대체 뭐가 있을까요?"

"유서는 있었을지도."

아키미쓰의 시선이 요지를 향했다.

"난 그날 나가하라랑 함께 근무했어. 그리고 녀석이 파출소 안에서 뭔가를 바쁘게 쓰는 모습을 봤지."

요지는 숨을 길게 내쉬며 긴장을 가라앉히려 노력했다.

"근데 내용까지는 몰라. 관심도 없었고. 일지나 수속 서류 정도로 생각했거든. 순찰을 마치고 돌아온 직후였으니."

"그 순찰 때 나가하라는 모리 씨 집에 갔었죠?"

"오, 잘 아는군."

요지는 개의치 않고 말을 이었다.

"본부도 그 글도 찾았습니까?"

"찾았지. 우편물이든 택배든 닥치는 대로 뒤지며 확인했어. 그런데 권총과 시신처럼 나온 건 아무것도 없어. 덕분에 난 위증을 의심받는 처지가 됐고."

요지도 본부에서 조사받을 때 나가하라의 유서일 수 있다는 그 글에 대해 들었다. 혹시 아는 게 없느냐고 물어서 전혀 모르겠다고 솔직히 대답했다.

설마 아키미쓰가 그걸 증언한 동료였을 줄이야.

"이제 됐나?"

"네?"

"유서에 대해 더 물을 게 있어?"

아키미쓰의 끈끈한 시선이 묘하게 불편해서 요지는 고개를 돌리고 어정쩡하게 반응했다.

"예를 들어 말이야."

아키미쓰가 다시 입을 열었다.

"이유는 몰라도 나가하라는 어쨌든 죽을 생각이었다. 하지만 들키고 싶지 않았다. 그래서 무전기만 버리고 어디론가 사라졌다. 유서는 만약 시신이 발견됐을 때 사건화되지 않게 주머니에 몰래 넣어 뒀다."

아키미쓰는 미소 지으며 "어때?" 하고 물었다.

"그렇게 남몰래 죽을 이유가 있을까요?"

"이유 불명의 실종이라면 자를 수 없지."

사건에 연루됐을 가능성이 있는 이상 경찰 조직은 쉽게 나가하라를 해고할 수 없다. 지금은 휴직 처리된 상태지만 이 이례적인 사태가 어떻게 매듭지어질지는 아무도 모른다.

"사건에 연루돼 죽은 게 되면 2계급 특진에 위로금도 나오지. 녀석은 가족에 애착이 강했어."

아키미쓰는 "그런데 뭐" 하고 자신이 뿜은 연기에 얼굴을 찌푸리며 중얼거렸다.

"자살이든 실종이든 근성 없는 건 똑같지만."

이번에는 어째서인지 화가 나지 않았다. 아키미쓰의 얼굴에서 조롱이 아닌 실망감을 느껴서일까.

"아무튼 그런 녀석의 권총이 살인 도구로 등장했다면 이보다 더 큰일은 없겠지. 그 담배 혐오 서장도 사라질 날이 얼마 안 남았네."

"아키미쓰 선배."

요지는 목소리에 힘을 실어 말했다.

"나가하라가 모리 씨와 가나이 씨를 죽일 동기는 없을까요?"

"넌 그 녀석이 아직 살아 있다고 보는 건가?"

아키미쓰가 날카롭게 요지를 봤다.

"전 파출소에 있는 일지를 달달 외울 정도로 읽었습니다. 보아하니 나가하라는 고스게 선배만큼이나 열심히 모리 씨의 집을 방문했더군요."

"남편 때문에 시달리는 세쓰코 씨가 안타까웠겠지. 그놈 성격상 이상할 건 없어."

"네. 그런데 희한하게도 크리스마스이브 날 밤을 기점으로 완전히 발길을 끊었던데요."

아키미쓰는 고개를 끄덕이며 시선을 발밑으로 향했다.

"이후 보름 만에 다시 모리 씨 집을 찾아간 게 바로 실종 당일입니다."

두 사람은 잠시 서로를 마주 봤다. 미지근한 바람이 담배 연기를 흔들고 지나간다.

"역시 재밌는 녀석이야, 넌."

"짚이는 게 있으신가 보네요."

"아니. 없어."

아키미쓰의 태도가 어색하지는 않았다.

그렇다면. 요지는 공세 방식을 바꾸기로 했다.

"니시키하마 씨가 말한 '그때 그 일을 아직도 가슴에 두고 있다'라는 건 무슨 뜻이죠?"

"어이."

아키미쓰가 싸늘한 목소리로 입을 열었다.

"넌 대체 뭘 하고 싶은 거야?"

뭘 하고 싶은가. 요지는 문득 그 말의 의미를 종잡을 수 없었다.

"전…… 나가하라가 어떻게 된 건지 진실을 알고 싶을 뿐입니다."

"스미레를 위해서인가?"

대번에 몸이 굳었다.

"얼마 전에 찾아갔다지?"

히죽거리는 얼굴을 노려보며 요지는 동요를 애써 감췄다.

"정말 모르는 게 없으시네요."

"파출소 순경은 언제든 귀를 세우고 있어야 하는 법."

"관할 밖 아닌가요?"

그러자 아키미쓰는 웃음을 훗 터뜨렸다.

"나가하라가 당직 서는 날에 스미레가 자주 선물을 사 왔지. 특히 딸기 타르트는 맛이 아주 절묘했어."

그 다리로 말인가요? 요지는 그런 의문이 목구멍까지 올라왔지만 꾹 참았다.

"착한 아이야. 딱하게도."

아키미쓰는 등을 돌려 발걸음을 뗐다. 뭔가를 감추고 있다. 요지는 그런 느낌을 지울 수 없었다.

점심이 지나 몇 가지 새로운 사실이 밝혀졌다.

가나이는 전날 점심 전 시모카모초에 있는 사무소를 찾았다가 금방 다시 나갔다. 그 후 운전기사만 데리고 골프 연습장에 골프를 치러 갔고 레스토랑에서 점심을 해결했다. 이는 일상적인 행동으로 조직 부두목인 니시키하마와 그날 운전을 맡았던 조직원도 별 낌새는 느끼지 못했다고 증언했다.

저녁은 시모카모초에 있는 자택에서 먹었다. 그때 니시키하마가 동석했지만 가나이 부부의 모습은 평소와 똑같았다고 한다.

자정이 가까워질 무렵 가나이는 혼자 벤츠를 몰고 남중학교 바로 아래에 있는 별장으로 향했다. 그때 니시키하마에게 별장에 아무도 접근하지 못하도록 지시해서 니시키하마는 그가 별장에 여자라도 데려갈 거라 보고 대수롭지 않게 그를 배웅했다. 가나이의 아내도 평소 자주 있는 일이라고 했다.

현재로서는 이것이 가나이 뎃페이의 마지막 목격 증언이다. 현에 있는 출장 마사지 업소와 유흥업소를 탐문 중이지만 그날 가나이를 만나기로 했다는 여자는 나타나지 않았다. 남겨진 그의 핸드폰에도 그런 여자와 통화한 이력은 없었다.

집 안이 어지럽혀진 흔적이 없고 지갑을 비롯한 소지품도 그대로 발견됐다고 하니 절도범의 소행으로 볼 수도 없는 상황이다.

가나이는 가슴에 총알 두 발을 맞고 거의 즉사했다. 사망 추정 시각도 통보 전후이니 요지가 들은 총소리의 총알이 가나이의 목숨을 앗아간 게 거의 확실했다.

5연발 뉴넘브에 남아 있던 총알은 두 발. 가나이의 가슴에 꽂힌 걸 포함해도 한 발 부족하다. 별장과 일대를 샅샅이 수색했지만 총알은 아직 발견되지 않았다.

권총에는 지문도 없었다. 또 가나이의 손에서도 초연 반응이 검출되지 않아 자살설은 힘을 잃었다.

뉴넘브의 제조 번호는 나가하라 신스케가 실종 당시 소지하고 있었던 것과 일치하며 총알 역시 현경이 사용 중인 종류로 확인됐다.

후쿠나가의 표정은 어두웠다. 짧은 시간 동안 끊임없이 한숨을 내쉬었고 최근 이틀간 얼굴이 수척해진 것처럼 보이기도 했다.

시시오이 경찰서 직원이 총출동해 삼엄한 경비 태세를 펼치고 있고 오토리시 인근 경찰서에서도 지원 인력이 나왔다. 상황이 상황이니 이유 없이 자리를 비울 수도 없어 요지와 후쿠나가는 시시오이 파출소, 아키미쓰는 니시오쿠 분실을 맡았다.

요지는 커피를 따른 컵을 후쿠나가에게 건넸다. 입을 크게 벌리고 웃는 오리 캐릭터가 그려진 컵은 오래전 아내에게 선물받은 것이라 했다. 후쿠나가의 취향은 진한 블랙이지만 오늘은 설탕을 넣어 달라고 했다.

"시시가미 신사에 참배라도 다녀와야 하나."

"신관의 아들로서 이런 말씀드리기 조금 그렇지만, 그런다고 달라지는 게 있을까요."

"시시가미 신 전설 알지? 시시가미 신이 어느 날 산에서 내려와 부자든 가난한 자든 가리지 않고 못된 인간을 몰살시켰다는 이야기."

요지도 어릴 때 듣고 정말 가차 없는 신이라 생각하며 남몰래 떨었던 기억이 있다. 시시오이 축제는 그런 시시가미 신을 산으로 몰아낸다는 축제인데, 요즘 같은 때 그런 이야기를 진지하게 믿거나 자세한 유래를 아는 사람은 얼마 없을 것이다.

"소장님은 시시오이 토박이신가요?"

"그래. 여기서 나고 자랐지."

"여기 계신 지도 오래되셨죠?"

"그래. 벌써 10년은 넘었을걸."

"그렇게나."

"오랫동안 산속 주재소에 있었어. 그런데 아이들이 독립하니 마누라가 노이로제에 걸려서 산속 생활이 지긋지긋하다며 울고 불며 난리를 치는 거야. 비참했지."

산간부 주재원 생활이 가혹한 건 요지도 오래전 선배에게 들은 적이 있다.

주재소는 원칙상 1인 근무와 거주가 기본이다. 건물은 평범한 민가와 다를 바 없는 구조고, 간단한 접수대와 외부 경찰서 게시판, 주재소 간판이 있는 정도의 차이다. 가족 단위로 들어가는 경우가 많은 건 떨어져 살면 거의 만나기 어렵고 혼자서는 정신적, 육체적으로 힘들기 때문이다. 가족에게 보조 업무를 위탁하는 제도가 있는 것도 그 때문이다.

"마을 주재는 그나마 나은 편인데 산 생활은 정말 힘들어. 일단 한번 배치되면 미래도 안 보이고."

지역에 뿌리내린다는 의미에서는 파출소에 비할 바 못 되고, 거의 모든 업무를 재량으로 처리하는 주재원 생활을 몇 년만 해도 경찰관으로서 1인분 몫을 할 수 있다지만 그래 봐야 벽지 근무다. 개중에는 본인이 원해서 수십 년을 붙어사는 주재원도 있다지만, 연장을 희망하면 순순히 받아들여지는 건 그만큼 할 사람이 없다는

증거이기도 하다. 요지의 선배는 5년을 약속받고 주재원 생활을
시작했지만 후임자를 찾지 못해 7년, 8년 계속 늦춰졌다고 했다.

후쿠나가의 경우 아내가 이혼 이야기까지 꺼내는 바람에 본부
에 진정을 넣었다. 그 후 시시오이 파출소로 이동해 이노마타초에
산 지 13년이 흘렀다.

"사정을 헤아려 준 거지."

후쿠나가는 허공을 보며 얼굴을 찌푸렸다. 아내와 갈등했던 오
래전 기억이 되살아났을 것이다.

"고스게 선배가 5년, 아키미쓰 선배는 그보다 더 오래됐다고 들
었습니다."

"아키미쓰는 7년인가."

"여기는 원래 그렇게 다들 오래 있습니까?"

"뭐 좀 특이하긴 해. 일단 우리는 지토세 집안을 관할하니."

요지는 속으로 '과연' 하고 납득했다. 유독 시시오이 출신이 많다
고는 생각했는데, 한마디로 지토세 집안에서 압력을 넣고 있는 것
이다. 인원이 바뀌는 걸 바라지 않는 것은 경찰을 길들이기 위해서
가 틀림없다.

"빨리 범인만 붙잡아 준다면 제물이라도 바칠 텐데."

심각한 얼굴로 농담을 던지는 후쿠나가에게 물었다.

"나가하라가 사라졌을 때도 이런 분위기였습니까?"

"……그때는 더 심했지."

시시오이 파출소의 금기도 이제 와서는 상관없다고 판단했는지

후쿠나가는 천천히 설명을 시작했다.

"현직 경찰관이 경찰수첩과 권총까지 들고 사라졌으니까. 현경에서도 우르르 몰려나와 진저리가 날 만큼 조사했어. 그런데 그날 나가하라는 평소와 다름없이 근무했지. 적어도 내 눈에는 그래 보였어."

"혹시 뭔가 관련이 있을까요?"

요지의 말을 듣고 후쿠나가는 손에 든 컵을 내려놨다.

"관련이라니?"

"아, 모리 씨와 가나이 씨 사건 말입니다."

그러자 후쿠나가는 "요지, 자네 말인데" 하고 목소리를 낮췄다.

"설마 나가하라가 그 일들을 저질렀다고 하려는 건 아니겠지?"

평소 온화한 파출소 소장의 목소리에서 언짢은 울림이 느껴졌다.

"쓸데없는 생각 하지 마."

"하지만, 권총은……."

후쿠나가는 입을 다물어 버렸다. 그도 속으로는 알고 있을 것이다. 현장에서 나가하라의 뉴넘브가 나온 이상 이 의문을 피해 갈 수는 없다는 걸.

"가능성은 두 가지겠죠. 나가하라가 살아 있느냐, 아니면 나가하라에게서 권총을 빼앗은 누군가가 있느냐."

"아니, 더 있어. 단순히 누군가가 권총을 주웠을 수도 있잖나. 어쩌면 나가하라의 시신을 발견하고 권총만 가져갔거나, 아니면 나가하라 본인이 권총을 잃어버리는 바람에 두려워서 사라졌을 가능성도."

역시 소장 자리에 거저 오른 것은 아니다. 나가하라가 사라진 후 그 나름대로 이런저런 가능성을 검토한 것처럼 보였다.

"소장님은 나가하라가 사건이나 사고에 휘말린 게 아니라 자기 의지로 사라졌다고 보시는 겁니까?"

후쿠나가의 눈빛이 날카로워졌다.

"아, 그게, 전에도 '어디서 자아 찾기라도 하고 있으려나' 같은 말씀을 하셔서."

"자네는 어떻게 생각하나?"

"나가하라가 누군가와 몸싸움을 벌이다 쉽게 당할 녀석은 아니라고 봅니다. 저도 유도나 검도 등에서 그 녀석을 이기지는 못했죠. 나름 운동 신경에는 자신 있는 편인데."

나가하라는 학창 시절 운동을 제대로 한 적이 없다고 했다. 경찰 채용 시험에는 혹독한 체력 테스트가 있고, 학창 시절 동아리 활동 경력이 점수에 영향을 미친다. 고등학교를 졸업한 뒤에야 경찰관을 지망한 나가하라는 그런 핸디캡을 뒤집으려고 아르바이트를 하며 철저히 몸을 단련했다. 실제로 요지가 그를 앞서는 건 사격 정도였다.

"심지어 나가하라는 권총과 경찰봉도 가지고 있었습니다. 그리고 애초에 어지간한 사람이 아니고서야 파란 제복을 입은 사람에게는 시비를 걸지 못할 테고요."

조폭들은 경찰과 맞서는 위험성을 알고 있다. 제 식구가 당하면 경찰 조직이 얼마나 무섭게 복수하는지도.

"일반인의 경우 생각할 수 있는 건 교통사고 정도입니다. 운전 미숙으로 사람을 치고 황급히 시신을 숨겼다. 또는 차에 싣고 가 어딘가에 유기했다."

그 역시 가능성이 아예 없지는 않겠지만.

"그런데 도로 같은 곳은 이미 다 조사했는데 일대에서 뺑소니 사고 흔적은 나오지 않았다고 들었습니다. 그걸 떠나 이런 좁은 동네에서는 조금만 수상하게 굴어도 금세 들통날 테고요."

후쿠나가는 언짢은 얼굴 그대로 요지의 말에 귀를 기울였다.

"평소에 나가하라는 근무를 마치고 어떤 경로로 시시오이 경찰서에 갔습니까?"

"별다를 거 없어. 언덕길을 내려가 가와베 교차로에서 마루큐로 꺾어 니시오쿠 분실로 향했지."

니시오쿠 분실 앞 교차로에서 나뉘는 마루큐와 센에쓰 자동차도로는 다른 현 주민도 자주 이용하는 간선 도로라 무슨 일이 생기면 목격자도 많기 마련이다. 경찰관을 치고 차에 싣고 가는 게 그리 쉬웠을 리 없고, 게다가 나가하라가 사라진 시간은 저녁 6시 전으로 잠들기에도 이른 시간이었다.

다시 말해 나가하라는 그날 시시오이 파출소를 나가 에구리 언덕을 내려간 후 가와베 교차로에서 평소와 다른 경로로 향했다는 뜻이다. 시시강에 몸을 던졌을 가능성도 포함해.

"나가하라는 실종 당일 모리 씨 집에 순찰을 갔다죠?"

후쿠나가는 노골적으로 얼굴을 찡그리고 주먹코를 문지르며 대답했다.

"고스게가 없는 날에는 대부분 그 녀석이 순찰을 돌았으니."

"별문제는 없었다고 일지에 적혀 있었습니다. 그 전날이 크리스마스이브인데 그날 모리 씨가 밤에 파출소를 찾아왔고 1인 당직을 서던 나가하라가 그를 상대했습니다."

"조사했나?"

꼭 나무라는 투처럼 들렸다.

"일을 얼른 익히려고 꼼꼼히 훑어봤을 뿐입니다."

후쿠나가는 "그렇군" 하고 벌레 씹은 얼굴로 대답했다.

"이브 날은 나가하라가 맡아 줬지. 난 휴일이고 우에시마가 일근이었어."

그 역시 이미 확인했다. 그다음 날에는 고스게와 아키미쓰가 출근했다.

"소장님. 나가하라의 실종에 모리 씨가 관련됐을 가능성은 없을까요?"

"'거기에 가나이도'라고 하려는 건가?"

요지는 단호히 고개를 끄덕였다.

"조금 전 말씀 드렸듯 나가하라는 그리 쉽게 당할 녀석이 아닙니다. 그러나 명확한 살의를 품은 상대라면 이야기가 달라지죠. 불의의 일격을 가했을 수도 있고요."

"심지어 그 상대가 2인조이고 그중 한 명이 조폭이라면 더 말할 것도 없겠지."

자신이 모르는 나가하라에 대한 정보를 기대하며 요지는 다음 말을 기다렸다. 이맛살을 찌푸린 후쿠나가는 입을 굳게 다문 채 고민하는 듯했다. 팔짱 낀 팔에 힘이 들어가 있다.

"뭐."

후쿠나가가 입을 열었다.

"아예 말이 안 되는 소리는 아닌 것 같군."

신중한 말을 들으며 요지가 답답함을 느끼고 있을 때 후쿠나가가 "이봐. 요지" 하고 요지를 봤다.

"범인은 왜 거기 권총을 두고 갔을까?"

예상 못 한 질문에 순간 말문이 막혔다.

"……죄송합니다. 그건 전혀 모르겠네요."

그러자 후쿠나가는 "그런가" 하고 시선을 돌리고 입을 다물었다. 어색한 침묵 속에서 요지는 더 밀어붙일지 말지를 고민했다.

일단 물러나기로 했다.

"오늘 여기서 한 이야기는 다른 데 떠벌리고 다니면 안 돼."

요지는 고분고분하게 "네" 하고 고개를 끄덕였다.

8

밤에는 요코오와 둘이 파출소를 지켰다. 요지가 현장에 불려 가지 않은 건 언제 수사본부의 호출을 받을지 알 수 없기 때문이다.

밤 10시가 되기 전 시시오이 경찰서에서 내선 전화가 걸려 왔다. 요지는 요코오를 남겨 둔 채 바이크를 타고 경찰서로 향하다 경찰서 건물을 그대로 지나쳤다. 이후 5분도 안 돼 도착한 곳은 시시오이 볼링장 옆에 딸린 야구 연습장이었다. 공중전화 부스 옆 입구를 지나 안에 들어가자 조금 어색해하는 제복 차림의 요지에게 접수대에 있는 젊은 남자 직원이 "7번 케이지입니다"라고 알려 주었다. 아무래도 이야기를 미리 전해 들은 듯했다.

10년 전과 거의 다르지 않은 풍경이 눈앞에 펼쳐졌다. 초록빛 섞인 조명이 비치는 투박한 벤치 통로와 그물망으로 구분된 타자 박스. 머리 위 높은 곳에 설치된 홈런 간판까지 공을 날리면 작은 경품과 60구 무료 이용권이 주어진다. 접수대를 등지고 오른쪽에서 왼쪽으로 갈수록 구속이 올라가는 배치도 예전 그대로다. 왼쪽에 있는 세 대는 투수 영상이 나오는 화면에서 공이 날아오는 최신 기종으로, 거기에서만큼은 시대의 흐름을 느꼈다. 벽에는 커브를 선택하는 기능도 있다고 직접 쓴 포스터가 붙어 있었다.

7번 케이지는 바로 그 최신 기계가 설치된 왼쪽 맨 끝이었다. 다른 케이지에 손님은 없다. 영업을 마칠 시간도 얼마 안 남았다.

"칠 건가?"

곤도는 변변찮은 스윙으로 허공을 가르고 요지를 돌아봤다.

"아뇨. 오늘은 패스하겠습니다. 제복을 입었기도 하고요."

"그래. 그래야겠지. 나까지 싸잡아 욕먹으면 곤란하니."

그럼 왜 이런 곳에 부른 걸까. 요지는 속으로 그렇게 생각했지만 입 밖에 내지는 않았다.

붕 하고 공이 날아오자 곤도는 또다시 엉뚱한 타이밍에 배트를 휘둘렀다. 그물망에 공이 퍽 꽂힌다. 누가 봐도 경험이 부족해 보이는데 최고 속도 135킬로미터 케이지에 들어와 있으니 그럴 만도 하다.

"빠르군. 이 정도면 지금도 칠 수 있겠나?"

"직구라면 맞기는 할 겁니다. 물론 안타성 타구는 열 번 휘둘러 두어 번 나오면 훌륭할 테고요."

"하물며 홈런은 더 어렵겠지. 뭐 어차피 넌 투수였으니."

빙긋. 반사적으로 요지의 얼굴에 미소가 번졌다.

또다시 붕 소리가 들리더니 곤도가 고개를 돌렸다.

"내 헛스윙이 그렇게 우습나?"

"아, 죄송합니다. 딱히 형사님을 보고 웃은 건 아닙니다."

"징그러운 녀석이군."

곤도는 더 칠 의욕을 잃었는지 아직 공이 남았는데도 케이지를 나갔다.

"나가하라 신스케랑 동기라고 했나?"

갑작스러운 질문에 요지는 순간 몸이 굳었다.

"지난달 화재 때 눈치챘어야 하는데 말이야. 녀석이 실종됐을 때 여기저기 불려 가 시달렸겠지?"

당시 형사들은 나가하라와 어떤 대화를 나눴는지 요지에게 꼬치꼬치 캐물었다. 나가하라가 무슨 이야기를 했는지, 뭔가 징조가 있었는지.

"……아마 도움은 안 됐을 겁니다."

"요즘은 좀 어떤가. 설에는 고향에 내려오나. 애인은 생겼나."

곤도는 손가락을 세우며 요지가 형사 앞에서 이야기했던 대화 내용을 언급했다.

"그래. 확실히 도움될 만한 건 없군."

현경 본부에 몸담고 있는 이 남자는 지금 '너에 대해 다 조사했다'라는 말을 하고 싶은 걸까.

"나도 이 지역 출신이잖아. 이노마타초 외곽에 살았지. 그러니 무슨 일이 생길 때마다 툭하면 불려 갔어."

"나가하라에 대해서도 전부터 알고 계셨습니까?"

"이름과 얼굴 정도는. 그보다."

곤도는 갑자기 얼굴을 가까이하더니 요지의 귓가에 대고 "성과가 좀 있었나?" 하고 속삭였다.

"성과라고 할 만한 건 없습니다."

요지는 그렇게 대답할 수밖에 없었다. 곤도는 가나이의 시신 앞에서 아키미쓰가 가나이의 죽음에 대해 뭐라고 하는지 알아 오라고 했다. 요지는 자기 사정 때문에 지시를 따르기는 했지만 곤도의 목적을 알지 못하는 이상 신중해야 했다.

"형사님. 설마 아키미쓰 선배가 가나이 씨를 죽였다고 보시는 겁니까?"

그러자 곤도가 음흉하게 미소 지었다.

"말이 안 되지 않나요?"

요지는 당황하며 물었다.

"말이 안 되다니. 무슨 근거로 그렇게 단언하지?"

"그게 그러니까……."

"잘 들어. 네가 우시하타에 있는 주택가에서 수상한 사람을 본 시간이 새벽 2시 50분. 그 사람을 쫓다가 아키미쓰와 떨어져 남중학교 부지 근처에서 총소리를 들은 시간이 새벽 3시 정각이야. 그 후 5분도 되지 않아 가나이의 별장에서 시신을 발견했지."

곤도는 날카롭게 요지를 째려봤다.

"이상한 건 그때 범인이 어디에도 없었다는 점이야."

가나이의 시신을 발견한 시간 전후에 요지는 별장 주변을 꼼꼼히 살폈지만 수상한 인물은 보지 못했다. 무전을 듣고 달려온 아키미쓰도 그런 사람을 보지 못했다고 잘라 말했다.

"도망쳤다고 하기에는 아무리 그래도 너무 빠르지. 네가 놓쳤을 수도 있지만 좀 더 쉽게 생각할 수도 있어."

"무슨 말씀이시죠?"

"범인이 가나이를 죽이고 뒷문을 나가 곧 다시 정문으로 돌아와 합류했다."

요지는 숨을 삼키고 잠시 후 다시 "설마요" 하고 입을 뗐다.

곤도가 추리한 대로 실행할 수 있었던 사람은 아키미쓰 다이고 외에는 없다.

"네가 시신을 발견한 후 아키미쓰가 현장에 오기까지 채 5분도 걸리지 않았지. 그 집으로 향하는 길이 여러 갈래 있는 것도 아닌데 녀석까지 수상한 사람을 못 봤다는 건 이상한 일이야."

"그 별장 뒤는 산 아닌가요? 그곳에 몸을 숨겼다면."

"소리가 났겠지."

한밤의 정적 속에서 아무리 조심히 걷는다 해도 마른 나뭇가지나 낙엽을 밟는 소리가 들렸을 것이다.

"넌 처음 수상한 사람을 봤을 때도 발소리가 들리지 않았다고 했어. 그 역시 놈의 공범이었다면 설명이 되지. 당시 그는 신발을 벗고 있었던 거야. 그러니 발소리가 들리지 않았던 거고."

오히려 그 밖에는 달리 설명할 길이 없다.

"그 역시 아키미쓰 선배의 연출이란 말인가요? 대체 무슨 목적으로 그런 짓을?"

"널 가나이가 있는 곳으로 보내기 위해."

"제가 그를 잡지 못하게 일부러 신발을 신기지 않았다는 말입니까?"

발소리가 들리면 쫓아갈 수 있다. 곤도는 그때 요지가 그를 붙잡아 버리면 이 계획은 성립하지 않았을 거라고 하는 것이다. 반대로 그곳에서 그를 놓친다면 그가 남중학교 부지로 향할 거라 생각하는 건 자연스럽다.

"네가 그를 쫓는 동안 아키미쓰는 가나이의 별장으로 직행했겠지. 거기서 가나이를 쏴 죽이는 데까지 3분도 걸리지 않았을 테고.

가나이는 평소에도 아키미쓰와 알고 지냈어. 아키미쓰가 불쑥 찾아와도 별로 이상하게 생각하지는 않았을 거라는 말이야. 아니면 그날 만날 약속을 미리 했을 수도. 둘이서만 하고 싶은 이야기가 있다고 하면서."

그러니 가나이는 그날 별장에 혼자 있었다.

"우연히 공원에서 싸움 신고가 들어온 상황을 이용했겠지만 꼭 그게 아니더라도 심야 순찰 때 널 유인하는 건 간단했을 거야. 빈틈을 노려 수상한 사람을 연기할 협력자와 연락을 주고받을 수도 있었을 테고. 아키미쓰는 너에게 가나이의 시신을 발견하게 하고, 자신은 뒤늦게 온 것처럼 가장해서 자기를 용의선상 밖에 뒀어. ……가나이의 핸드폰에는 녀석이 살해되기 전날 심야에 발신 번호 제한으로 전화가 걸려 온 기록이 있었다더군. 그리고 바로 조금 전 그 전화를 건 곳이 이 앞 공중전화인 게 밝혀졌고."

곤도는 "뭐, CCTV가 없어서 목격자를 기대할 수는 없겠지만"라고 덧붙였다.

위장이 조금씩 욱신거리는 걸 느끼며 요지는 "하지만" 하고 입을 열었다.

"가나이 씨가 정말 그렇게 시키는 대로 고분고분 따랐을까요?"

곤도의 추리는 사실 요지가 떠올린 것과 거의 비슷했다. 다만 한 가지, 그렇게 하기 위해서는 위해서는 조폭 두목을 혼자 불러내 새벽 3시까지 기다리게 할 미끼가 있어야 한다. 아키미쓰에게 과연 그런 게 있었을까.

그때 퍽 하고 마지막 공이 그물망에 꽂혔다.

"아키미쓰 선배는 가나이 씨와 어떤 관계였습니까?"

곤도는 요지를 지그시 바라보다가 귓가에 속삭였다.

"아키미쓰는 전에 시바파와 갈등을 빚은 적이 있어."

요지는 곤도의 눈을 봤다. 전에 니시키하마가 아키미쓰에게 던졌던 '그때 일을 아직도 가슴에 두고 있는 건 아니겠지'라는 말이 떠올랐다. 그러나 조폭 수사 전문가도 아닌 일개 파출소 순경이 대체 무슨 일로 조직과 갈등을 빚었다는 걸까.

"혹시 단속 같은 걸 했나요?"

"1월부터 2월경까지 시바파가 고충을 겪었다더군. 아키미쓰가 워낙 집요하게 들이대서."

이야기를 들어보니 순찰을 내세워 시바파 사무소와 가나이의 자택에 붙어 있었다고 한다. 실제로는 조폭이라 해도 시바 홍산은 엄연한 민간 기업이니 감시 같은 방식은 적절하지 않다. 아키미쓰는 지역과 과장에게 불려 가 질책을 들었고 이후 이상한 행동은 사라졌다.

"이유가 뭐였습니까?"

"모르지. 나도 조직 범죄과 친구 놈한테 들어서."

"혹시 형사님도 전에 아키미쓰 선배와 뭔가 있었던 거 아닙니까?"

다음 순간, 요지의 배에 주먹이 꽂혔다. 요지는 무릎부터 주르르 쓰러져 컥컥거리며 어깨를 들썩였다.

"주제넘게 굴면 안 되지. 사와노보리 투수."

곤도가 허리를 숙여 요지의 목을 붙들었다.

"넌 그냥 잔말 말고 내 수족이 되어 움직이면 돼. 아무튼 아키미쓰에게서 눈을 떼지 마라. 무슨 일이 생기면 바로 내 폰으로 연락하고."

기도를 꽉 조여서 숨을 쉴 수 없다.

"그리고 굳이 말하자면 너도 범인 후보 드래프트 1순위야. 이유는 알겠지?"

시신의 최초 발견자이기 때문이다.

목에 가해지는 압력이 더 세진다.

"흉기는 나가하라가 가지고 있던 뉴넘브. 넌 나가하라의 동기이자 친구. 게다가 막 부임해서 이런 사건이 터지면 널 의심하지 않는 게 오히려 이상하지 않겠어?"

그건 요지도 알고 있었다. 앞으로 나가하라의 실종까지 거슬러 올라가 또 조사받을 것이다. 하지만.

"자, 잠시만."

간신히 목소리를 짜내자 곤도가 난폭하게 손을 뗐다. 요지는 바닥에 엎드린 채 콜록거렸다.

"말도 안 됩니다. 여기 10년 만에 돌아온 저에게 가나이 씨를 죽일 동기가 어딨겠습니까."

"사람을 죽인 동기 같은 건 사흘만에도 생겨나는 법이지."

"그리고! 제, 제가 어디서 나가하라의 뉴넘브를 가져왔다는 거죠?"

곤도의 표정이 어두워졌다. 그걸 보며 본부도 지금 뉴넘브의 출처 문제로 골머리를 앓고 있다는 걸 알 수 있었다.

가나이 살해의 핵심은 알리바이도 동기도 아니다. 나가하라의 뉴넘브가 어디서 나왔는가. 그리고 범인은 어떻게 그걸 입수했느냐는 수수께끼를 풀지 못하면 애초에 시작되지 않는다.

"어딘가에 숨겨져 있던 걸 발굴해 가져왔을 수도 있지."

기세가 꺾인 곤도에게 요지는 되받아쳤다.

"유서에 대해서는 알고 계십니까?"

아키미쓰가 봤다고 했던 나가하라가 남긴 글이다.

"본부는 그걸 계속 찾아다녔지만 결국 못 찾지 않았습니까. 하물며 권총은 그보다 더 열심히 뒤졌겠죠. 그렇게까지 해서 못 찾은 걸 제가 어떻게 찾겠습니까? 거기에 전 녀석이 실종됐을 때 밤낮으로 조사받았습니다. 이제 와서 그런 걸 어딘가에서 발굴해 가져오다니, 말도 안 됩니다."

곤도가 혀를 쯧 차더니 이번에는 손바닥으로 요지의 얼굴을 툭 쳤다.

"건방이 아주 하늘을 찌르네. 어디 저 산골짜기 주재소로 보내줄까? 나도 그 정도 힘은 있어."

"저……."

그때 등 뒤에서 접수대를 지키던 젊은 남자 직원이 조심스럽게 말을 걸었다.

"이제 슬슬……."

곤도는 몸을 일으켜 "그냥 장난 좀 치고 있었으니 신경 끄서" 하고 젊은 남자를 보냈다.

요지는 숨을 고르며 생각했다. 아키미쓰가 시바파를 감시하던 시기는 나가하라가 사라진 시기와 겹친다. 둘 사이에 어떤 인과관계라도 있는 걸까.

"아키미쓰 선배라면…… 권총이 숨겨져 있던 장소를 알고 있었을지도 모릅니다."

고개를 드니 곤도는 눈을 크게 뜨고 있었다.

"나가하라가 남겼다는 그 글. 그게 만약 유서가 아닌 뉴넘브를 숨겨 둔 곳을 적은 글이라면 어떨까요?"

나가하라가 쓴 그 글을 아키미쓰가 옆에서 훔쳐봤다면.

엉뚱한 생각이라는 건 알고 있었다. 나가하라가 왜 굳이 그런 글을 써서 남긴다는 말인가. 그것도 파출소 안, 하물며 아키미쓰가 보는 앞에서.

그리고 아키미쓰는 왜 그 글의 존재를 밝혔으면서 내용에 대해서는 함구하고 있을까.

충분한 설명이 되지 않는다. 그럼에도 불구하고 곤도는 턱에 손을 얹고 골똘히 생각에 잠겼다. 이유는 몰라도 그가 아키미쓰를 눈엣가시처럼 보고 있는 건 확실했다.

"모리 씨 집 화재에도 아키미쓰 선배가 엮여 있다면 어떨까요?"

그러자 아니나 다를까 곤도의 볼이 움찔했다.

"증거는 없지만 적어도 앞뒤는 맞는 추리입니다. 관심 있으시다면 들려드리죠."

다만.

"저도 대가를 받고 싶습니다. 무리한 부탁은 하지 않겠습니다. 곤도 형사님이 알고 계신 범위 안에서 제게 모든 걸 가르쳐 주시면 됩니다."

"모든 걸? 뭘 말이지?"

"나가하라."

곤도가 살짝 긴장하는 모습이 역력했다.

"너, 설마……."

요지는 힘 있게 고개를 끄덕였다. 나가하라 실종의 진실을 밝혀 낼 생각이란 것을 침묵으로 전한다. 그러기 위해 현경 본부에 적을 둔 당신의 협력을 원한다고도.

"의외로 제 목적과 곤도 형사님의 목적이 어디선가 겹칠지 모릅니다."

입술을 깨물고 품평하듯 쳐다보는 곤도에게 요지는 실낱같은 미소를 지으며 말했다.

"저와 힘을 합쳐 보시지 않겠습니까?"

남자 둘이 서로를 노려보는 한밤의 야구 연습장을 풀벌레 소리가 감싸고 있었다.

3장

검은 밤의 짐승

사이렌 소리가 이명처럼 울리고 있다.

시야가 일그러진 건 땀 때문일까. 눈을 깜빡여 봐도 소용없다. 닦으려고 뻗은 손에 힘이 느껴지지 않는다. 꼭 내 손이 아닌 것 같다.

허리를 숙여 몸을 웅크린다. 그 자세 그대로 잠시 심호흡한다. 이토록 땅과 가까이 있는데도 흙냄새가 나지 않는다.

또다시 심호흡하지만 달라지는 건 없다. 시야 끝에서 똑같이 쪼그려 앉아 있는 팀 동료가 보인다. 마스크에 표정이 가려져 있지만 분명 얼굴을 찌푸리고 있을 것이다.

몸을 다시 일으킨다. 중심이 잡히지 않는다. 머릿속에 응원인지 비난인지 모를 소리가 윙윙거리고 있다. 멍한 머리로 '열사병이라도 걸렸나' 하고 생각했다.

상대 팀 선수가 타자석 옆에서 가볍게 배트를 휘두르고 있다. 날카롭다. 그러나 지금 상태라면 어린이 리그 후보 선수의 스윙을 보고도 똑같이 느낄 게 분명하다.

"플레이볼."

주심이 오른손을 들었다.

"투수, 너 쫄았냐!"

상대 벤치에서 야유가 날아든다. 환청일지 모른다. 우리 팀 벤치에서 들렸을 수도 있다.

플레이트에 발을 올린다. 거의 무의식적으로 기계처럼 고개를 흔든다. 왼 다리를 들고, 허리를 비틀어 오른손을 뒤로 당긴다. 근육과 원심력을 이용해 손에 쥔 공을 포수의 글러브를 향해 던진다. 굳이 보지 않아도 결과는 알 수 있다.

아아…….

토할 것 같다.

1

5월 초 황금연휴에 발생한 가나이 뎃페이 피격 사건 수사는 용의자를 좁히지도 못한 채 벽에 가로막혔고 결국 5월 중순이 지날 때까지 시시오이 파출소 인원들은 제대로 쉬지 못했다.

실종된 경찰의 뉴넘브로 지역 조직 두목이 살해됐으니 조용히 지나갈 리는 없었다. 현경은 전국 언론 매체의 표적이 되었다.

파출소에 극심한 취재 공세가 쏟아졌다. 얼굴을 아는 지역 언론사 기자와 달리 도쿄 기자들은 가차 없었다. 스물네 시간 내내 옆을 졸졸 따라다니며 시종일관 시끄럽게 굴었다. 요지는 최근 배속된 사실을 방패 삼을 수 있었지만, 소장 후쿠나가는 이노마타초에 사는 가족들에게까지 폐를 끼쳐 기분이 언짢아 보였다. 시시오이 경찰서에서— 아마 그 위 현경 본부, 긴키 관내 경찰국, 또는 경찰청에서— 가나이 피격 사건과 나가하라의 관련성에 대해 '홍보국에 물어보라'라고 답하라는 지시가 내려왔다.

파출소 안에서는 바짝 긴장해 열심히 일하는 척이라도 해야 해서 아키미쓰 다이고조차 근무 중 흡연을 삼가고 고스게가 술 냄새를 풍기는 일도 사라졌다. 외부 전시용 3인 근무 체재를 최대한 실천하라는 엄명이 떨어진 탓에 근무 체계가 엉망이 되어 요지는 아버지 병문안은 고사하고 집에는 눈만 붙이러 가는 처지가 됐다.

거기에 조사. 요지는 그때 목격한 수상한 사람에 대해 잘못 봤을 가능성을 인정했고 나가하라에게 뉴넘브에 대해 들은 적이 있지 않으냐는 질문에는 솔직히 "아니오"를 반복했다. 물론 가나이 피격과 나가하라 실종에 관여도 완강히 부인했다.

이런 상황에서 나가하라 실종 수사가 이뤄질 리도 없어서 요지는 늘 초조한 마음으로 업무를 소화했다.

5월 17일 오사카시에서 대대적인 주민 투표가 있었고 그제야 간사이 지역 뉴스의 포커스가 시시오이군에서 멀어졌다. 수사가 전혀 진전을 보이지 않는 상황도 영향을 미쳤을 것이다. 아이러니하게도 경찰이 무능할수록 언론은 관심을 잃었다.

6월에 접어들자 마을은 차차 표면적인 안정을 되찾기 시작했다. 물론 경찰 내부에서는 불상사를 어떻게든 수습해 제 한 몸 지키려는 상층부에서 현장으로 온갖 압력이 들어왔다. 그러나 파출소 순경이 할 수 있는 일이라곤 없었다.

6월 9일 화요일 아침 근무를 마친 요지는 약 한 달 만에 정식 휴가를 받았다.

"굳이 말할 것도 없겠지만."

후쿠나가는 요지에게 당부했다. 그는 요즘 들어 얼굴이 핼쑥해지고 살도 빠져 보였다.

"사고 치지 마. 우리의 일거수일투족이 주목받는다는 걸 잊으면 안 돼."

전보다 시들해졌다고 해도 여전히 거리에는 주간지를 비롯한 기자들이 서성거리고 있다. 실수라도 저지르면 무슨 사달이 날지 모른다.

"잠깐 시간 있나?"

퇴근하려고 시시오이 경찰서로 향하는 길에 아키미쓰가 요지에게 말을 걸었다.

"힘들어 죽겠습니다."

완곡히 거절했지만 아키미쓰는 아랑곳하지 않았다.

"도장으로 와."

동료끼리 결성한 공수도 모임 연습이 있다고 했다.

"우에시마도 올 거야. 골치 아픈 일이 있을 때는 땀과 함께 흘려보내는 게 제일이지."

옆을 걷는 요코오 미노루를 힐끗하자 눈에 띄게 표정이 어두웠다. 요지의 눈길에 맞춰 요코오를 본 아키미쓰가 "너도 참가해 보는 게 어때?" 하고 요코오의 어깨를 쿡 찔렀다.

"아뇨……."

힘없는 목소리에서는 솔직한 기분이 전해졌다.

"저도 오늘은 쉬겠습니다."

요코오의 대답을 듣고 아키미쓰가 "둘이 아주 죽이 잘 맞네" 하고 비아냥거렸다.

"그런 게 아니라 정말 좀 힘들어서요."

"뭐 아무튼 조만간 찾아와서 인사 정도는 하는 게 좋을걸. 시시오이 서뿐만 아니라 현경에서도 오거든. 퇴직한 선배들까지. 얼굴 내밀어서 손해 볼 건 없어."

"도장이 어딨습니까?"

"지토세 씨 집 뒷산. 원할 때 언제든 사용할 수 있고 일주일에 두 번 유단자 선생이 가르치러 오고 있어."

즉, 지토세 집안에 소유한 도장에서 경찰관들이 몸을 단련하고 있다는 뜻이다.

"그 녀석도 다녔나요?"

요지가 나가하라의 이름을 밝히지 않고 묻자 아키미쓰는 "걔도 뭐, 인사 정도는 했지" 하더니 갑자기 어깨동무를 해 왔다. 반소매 하복으로 바뀌어서 근육질 맨살이 목덜미에 닿았다.

"그나저나 이제 슬슬 형 문제를 정리할 때도 되지 않았나? 가나이 사건 여파가 가라앉으면 여기저기서 다시 움직이기 시작할 텐데."

아키미쓰의 속삭임에 요지는 한숨으로 반응했다. 사실 며칠 전 간지를 만나 "어떻게 돼 가고 있어?"라고 물었을 때 형은 "시끄러워"라는 한마디로 대화를 잘랐다.

아키미쓰는 시시오이 경찰서에서 나가 센에쓰 자동차 도로를 걸었다. 요코오는 오사카의 본가에서 혼다사의 경차를 타고 시시오이군까지 출퇴근하고 있다. 그들과 헤어져 가와베 교차로 옆 버스 정류장에 가자 얼마 안 돼 오토리시행 버스가 도착했다. 버스에 올라탄 요지는 빈 뒷좌석에 앉아 눈을 감았다.

오토리역 앞 백화점은 시시이노카모의 아이들에게는 꿈의 장소다. 요지도 초등학생 시절 어머니의 단골 찻집에서 핫케이크를 사달라고 조르는 게 최고의 사치였다.

시시오이역과는 비교도 되지 않을 만큼 휘황찬란한 교차로에서 햄버거 가게를 찾아 안에 들어갔다. 세트를 주문한 후 계단을 오르자 안쪽 자리에 조금 전 헤어진 요코오가 앉아 있었다.

"오래 기다렸지?"

요지는 맞은편에 앉아서 셰이크를 홀짝였다. 요코오는 손에 든 커피잔을 보며 표정이 굳어 있다. 둘이서 하고 싶은 이야기가 있다고 했을 때도 긴장을 숨기지 못했다.

"괜찮아?"

요지는 진심으로 물었다. 젊은 요코오에게 가나이 피격 사건은 처음 겪는 살인 사건인지 성실한 그가 최근 보름 동안 두 번이나 컨디션 불량으로 근무 교대를 요청했다. 어제는 파출소에서 꾸벅꾸벅 졸다가 소장에게 들켜 혼나기도 했다. 다소 핼쑥해지거나 눈이 충혈되는 건 시시오이 파출소 구성원들에게 공통적으로 나타나는 증상이지만 요코오는 도가 지나쳤다. 내면의 심약함이 겉에 드러나는 느낌이었다.

고스게는 믿기 어렵고, 소장 자리에 있는 후쿠나가에게는 둘이서만 만나자고 하기 어렵다. 과묵한 우에시마는 여전히 어떤 사람인지 파악하지도 못했다. 과거 시시오이에 연이 없다는 점에서도 협력을 구할 상대로는 요코오가 적격이었다.

요지는 주변에 사람이 없는 걸 확인하고 나직이 속삭였다.

"가나이 씨 사건 현장에 나가하라의 뉴넘브가 있었던 거 말인데, 어떻게 생각해?"

요코오의 입술이 희미하게 떨린다. 단순한 동요인지 아니면 뭔가 짚이는 게 있어서인지 판단하기 어렵다.

"나가하라와 가나이. 두 사람 사이에 뭔가 갈등이라도 있었던 걸까?"

요지는 요코오의 입이 열리기를 잠자코 기다렸다.

"……전 잘 모르겠습니다. 가나이 씨는 그야말로 시골 깡패 같은 분이고 평판도 나빴으니 나가하라 선배 같은 사람은 좋아하지 않았을 수도 있지만."

어금니에 뭔가가 낀 듯이 완곡한 대답이지만 무난하다고 할 수도 있다.

"사적인 친분은 없나?"

"모르겠다고 말씀드렸잖습니까."

말투가 약간 신경질적으로 변했다.

요지는 화제를 바꿨다.

"그럼 나가하라가 파출소 동료들과는 어떻게 지냈지? 무슨 일로 다투거나 한 적은 없었어?"

"……고스게 선배는 뭔가 어려워하는 것 같았는데."

"고스게 선배가? 왜?"

"서로 안 맞았거든요. 나가하라 선배는 성실한 분이었으니까요."

확실히 숙취를 호소하며 출근하는 나가하라의 모습은 상상도 되지 않는다.

"모리 씨 일에 대해서도 두 사람은 의견이 달랐어요. 고스게 선배는 늘 모리 씨를 편들었고, 나가하라 선배는 세쓰코 씨 편이었죠. 나가하라 선배는 고스게 선배가 너무 무르다며 투덜거린 적도 있어요."

요즘 들어 고스게는 가혹하다고 불평하면서도 그럭저럭 격무를 잘 소화하는 듯 보였다.

"후쿠나가 소장님은 어때?"

"어떠냐고 물으셔도…… 잘 지내시지 않았을까요? 조금 어려워하는 느낌은 있었지만."

"어려워하는 느낌?"

"나가하라 선배를 부를 때 뒤에 꼭 '군'을 붙였거든요."

어려워하는 느낌이라면 후쿠나가가 아키미쓰를 대할 때도 비슷하다고 생각했다.

"아키미쓰 선배는?"

"비슷한 또래기도 했고 사이가 나쁘지는 않았던 것 같아요. 사적인 부분까지는 모르겠지만."

요지는 새삼 나가하라와 아키미쓰의 관계에 고개를 갸웃했다.

나가하라는 같은 자리에 없는 남에 대해 이러쿵저러쿵 뒷말을 하는 타입은 아니다. 나가하라에게 요지 이야기를 자주 들었다는 아키미쓰의 말이 사실이라면, 두 사람은 보통 직장 동료 이상의 사이였다고 생각하는 게 자연스럽다. 그러나 아키미쓰는 나가하라를 '근성이 없다'라고 단정했고 스미레를 걱정하고 있다. 요지는 그 심리를 이해할 수 없었다.

"아마 우리 파출소에서 나가하라 선배를 가장 잘 따랐던 사람은 우에시마였을걸요."

뜻밖의 이름이 튀어나왔다. 바위처럼 과묵한 남자와 남을 잘 돌보던 나가하라 조합은 잘 와닿지 않는다.

"혹시 뭐 이유라도?"

"글쎄요……. 그냥 점수를 따려던 게 아닐까요."

"점수?"

고작 파출소 순경에 불과한 나가하라의 비위를 맞춰 무슨 점수를 딴다는 말일까.

요코오는 "확실한 건 아니에요" 하고 시선을 피했다. 대답할 마음이 없는 걸까. 아니면 그냥 그렇게 느꼈다는 걸까.

"우에시마는 도대체 어떤 녀석이야?"

바위 같은 그는 격무 속에서도 고스게 이상으로 평소와 똑같았다. 불평불만은 고사하고 한숨 소리 한 번 들어본 적 없다. 가혹한 근무 환경을 묵묵히 감내하는 걸까. 아니면 대형 사건이 터져 고양돼 있는 걸까. 그 무표정에서 뭔가를 읽는 건 불가능하다. 우에시마와는 사무적인 대화를 주고받는 것 외에 서로 인사도 제대로 하지 않은 날도 있었다.

요코오는 어깨를 움츠리고 "그냥 보이는 거랑 똑같다고 해야 할 거예요" 하고 영양가 없는 대답만 했다. 아무래도 요코오는 파출소 동료들과 깊은 유대관계를 맺지 못하는 듯했다.

"아키미쓰 선배는? 그 사람도 역시 보이는 거랑 똑같이 가벼운 타입인가?"

"사람들을 잘 살피고 인망 있는 건 사실이에요. 게다가 그 선배는 동네에서 영향력이 있으니까요."

"지토세 씨 덕분에?"

요코오의 얼굴에서 희미한 낭패감이 읽혔다. 아키미쓰가 시시오이 파출소에서 7년이나 근무하는 배경에는 지토세 집안의 힘이 작용하는 건 틀림없어 보였다.

"지토세 씨는 아키미쓰 선배를 왜 그리 아끼는 거야?"

"아들과 사이가 좋다고 하던데……."

차기 당주인 지토세 다쓰노리를 뜻한다. 그러나 다쓰노리와 아키미쓰는 나이 차가 열 살은 난다. 대체 어떤 접점이 있는 걸까.

"아무튼 아키미쓰 선배 눈밖에는 나지 않는 게 좋아요. 지토세 씨뿐만 아니라 현경에도 인맥이 있다고 하니까요. 솔직히 저도 늘 조심하고 있어요."

조금 전 아키미쓰가 함께 가자고 한 공수도 도장이 아무래도 사교 시설 역할을 하는 듯했다. 모리 집 화재 현장에 아키미쓰가 있었던 것을 요코오가 증언하지 않은 이유도 납득이 됐다.

그러나 정작 '네가 죽였지?'라는 식으로 직접 따지고 든 요지를 아키미쓰는 그냥 넘어가 줬다. 사와노보리 집안의 신사 땅이 방파제 역할을 한 걸까. 아니면······.

실종 당시 나가하라는 시시오이 파출소 안에서 네 번째 위치였다. 요코오, 아키미쓰와 함께 2년 전 부임. 그전 과거를 아는 사람은 후쿠나가, 아키미쓰, 고스게, 그리고 또 한 명. 이다음에 찾아갈 남자다.

"넌 나가하라에 대해 어떻게 생각해?"

"여러 면에서 신세 진 선배죠."

"아니. 솔직히 말해 줬으면 해. 우리는 성인聖人이 아니고 남들처럼 술과 여자도 좋아하잖아. 마찬가지로 나가하라에게도 뒤가 켕기는 부분 하나쯤은 있었을 것 같은데."

"뒤가 켕기는 부분이요?"

"난 경찰 학교 시절 걔가 정의의 사도인 양 구는 게 싫었어. 빤히 보이잖아. 착한 척하려는 게."

요지는 과장 섞어 나가하라에 대한 불만을 늘어놓았다.

"겉과 속이 다르다고 느낀 적 없어?"

고개를 숙인 요코오를 보며 한 걸음 더 나아가 보기로 했다.

"우리 경찰 학교 교장에 말이지. 멍청한 입소생이 한 명 있었어. 머리가 안 좋을뿐더러 의욕도 없었지. 당연히 교관들도 좋아하지 않았고. 근데 거기는 기본적으로 연대 책임이잖아. 그 녀석 때문에 다 함께 얼차려를 받는 건 일상다반사였고 화장실 청소도 여러 번 했어. 아무튼 민폐만 끼치는 녀석이었는데, 우리 사이에서 줄리라고 불렀어."

"줄리요?"

"오줌싸개 소년 동상 알지? 그 유래인 줄리앙이라는 아이 이름에서 따온 거야. 뭐 어쨌든 녀석은 수업을 잘 따라오지 못했어. 다들 걔가 그만두기를 바랐지."

집단 괴롭힘의 표적이 된 것이다.

"그런데 어느 날, 나가하라가 폭발했어."

지금도 생생히 기억한다. 나가하라는 모든 조원을 불러 모아 한 명 한 명에게 설교했다. 그리고 주먹다짐이 벌어졌다. 요지는 옆에서 모든 광경을 지켜봤다.

운동부 출신 입소생들과 6 대 1로 붙었으니 승산이 있었을 리 없다. 그러나 나가하라는 끝까지 비명 한 번 고함 한 번 지르지 않았다. "걔를 괴롭힐 거면 차라리 나한테 화풀이해"라는 말만 거듭할 뿐이었다.

"그래서 괴롭힘이 없어졌나요?"

"없어졌어. 그 뒤로도 나가하라는 줄리를 괴롭히는 아이들에게 끝까지 달라붙어 못 하게 했으니까."

괴롭힘의 표적은 결국 나가하라를 향했고, 시간이 갈수록 정도가 심해졌지만 나가하라는 결코 꺾이지 않았다. 그러다 결국 괴롭히는 아이들 쪽에서 먼저 손을 털게 되었다.

"나가하라가 입버릇처럼 하던 말대로 된 거야. '난 한번 물면 절대 안 놔'. 매일매일 불러서 똑같은 소리를 하면 누구나 못 견디지 않겠어? 입소생들 사이가 좋아진 건 아니지만 적어도 누군가를 괴롭혀서 그만두게 하는 분위기는 사라졌어."

"괴롭힘을 당한 그분도 무사히 졸업했나요?"

요지는 고개를 끄덕이고 말을 이었다.

"난 솔직히 어이가 없었어. 굳이 따지면 경찰은 그냥 직업이잖아. 적성에 맞지 않는 녀석이 억지로 해 봐야 좋을 게 없고, 그렇게까지 남을 위해 발 벗고 나서는 이유도 모르겠더라고. 속으로 바보 아니냐고 생각했어."

수돗가에서 부어오른 얼굴을 식히는 나가하라의 등을 향해 물었다.

— 위선 그만 부려.

그때는 어렸다. 그리고 무엇보다 나가하라에게 조금씩 매료되는 자신을 인정하고 싶지 않았다.

— 위선이 아니야. 그냥 고집이지.

퉁퉁 부은 얼굴로 웃는 나가하라를 보며 요지는 발끈해 물었다.

— 경찰 일이 맞지 않는 녀석을 끝까지 감싸 봐야 좋을 것도 없

다고.

그러자 나가하라는 "그래. 그럴지도 모르지" 하고 말을 이었다.

— 그래도 그건 스스로 정하면 될 일이야. 난 다른 사람이 날 좌지우지하는 걸 싫어해.

그러더니 요지를 돌아보며 미소 지었다.

— 정말 질색이야.

"그 정도로 유치한 녀석이었어."

그 후 나가하라는 느닷없이 요지가 경찰이 되려는 진짜 이유를 알아맞혔다.

쓴웃음이 나왔다. 요코오가 속마음을 털어놓기 쉽게 하려고 꺼낸 이야기지만, 자신이 정말 나가하라를 좋아했다는 걸 확인하고 끝나 버렸다.

"마찬가지 아닌가요?"

요코오의 중얼거림을 듣고 요지는 무심코 "어?" 하고 되물었다.

"나가하라 선배는 남을 위해 일하는 걸 좋아했고 그런 면에서 재능이 있었을지 모르지만, 그분도 스스로 경찰이 되고 싶어서 된 건 아니잖아요. 가족을 위해 어쩔 수 없이 경찰관이 된 거 아니에요?"

목소리에 가시가 돋쳐 있다.

"적성에 맞냐 맞지 않느냐를 함부로 재단하지 마."

요지는 맥락이 어긋난 독백으로 대답했다. 어깨를 움츠린 채 고개를 돌리는 요코오를 보며 그가 아버지 근무지인 오사카 부경을 택하지 않은 이유를 왠지 알 것 같았다.

"난 지금도 경찰은 그냥 직업 중 하나라고 생각해."

무심코 그런 말도 튀어나왔다.

"적성에 안 맞으면 다른 일을 찾거나 그만두면 되지."

"요지 선배."

입술이 살짝 떨리고 있다.

"제가 언제 그만두고 싶다고 했어요?"

당장에라도 달려들어 주먹을 날릴 듯한 표정이라 무심코 몸이 움찔했다.

"미안. 그냥 일반론을 든 건데."

요지가 애써 꾸민 미소를 보지도 않고 요코오는 고개를 숙인 채 입을 다물었다. 요지는 남은 셰이크를 홀짝거리며 마음을 가라앉혔다.

눈앞에 예전의 내가 있다.

자신의 재능의 한계를 알고 허세를 부리며 고개를 숙이는 청년이.

소용없을 줄 알았던 옛날이야기가 끌어낸 요코오의 본심. 그는 사실 나가하라를 질투하고 있었다.

그리고 요지 역시 '나도 마찬가지야'라고 생각했다.

2

요지는 시시오이로 돌아가 시모카모 다리의 연결부로 향했다.

1월 18일 일요일, 가와베 교차로의 이곳에 서 있는 나가하라를 집배원이 목격했다. 지금까지 나온 가장 마지막 목격 정보다.

같은 시각 아키미쓰는 순찰을 나가 있었고 나가하라가 퇴근하는 모습을 본 사람은 후쿠나가였다.

시시오이 파출소 천장에 달린 CCTV는 경찰 응대와 파출소가 빌 때 찾아온 사람을 찍기 위해 카운터와 정면 입구를 비추고 있다. 나가하라의 마지막 영상은 5시 30분 퇴근하는 뒷모습으로, 후쿠나가가 평소와 같았다고 증언한 대로 부자연스러운 점은 없었다. 이후 아키미쓰가 순찰을 마치고 돌아올 때까지 파출소를 드나든 사람은 없었다.

나가하라는 파출소를 나간 직후 역 앞 교차로에서 몸을 풀던 택시 기사와 눈이 마주쳐 가볍게 인사를 건넸다. 택시 기사는 거리가 멀어서 표정은 보이지 않았고 차에 돌아간 뒤로 아무것도 못 봤다고 증언했다.

파출소 근무자는 야근이 일상이다. 퇴근 전 사건 사고가 일어나면 해결될 때까지 파출소에 붙어 있어야 하고 서류도 작성해야 한다. 특히 일근 근무자는 담당 사건이 아니어도 동료를 배려해 남을 때가 많다. 사정이 이렇다 보니 시시오이 경찰서 직원들 역시 이상한 것을 느끼지 못하고 평소처럼 일했고, 퇴근했을 나가하라가 이유도 없이 경찰서에 오지 않는 것을 깨달은 시점은 다음 날 아침이었다. 그때서야 실종이 드러난 것이다.

시시오이 파출소를 나가 에구리 언덕을 내려간 후 가와베 교차로까지 가서 무슨 일이 있었던 걸까.

집배원은 "제복 입은 경찰관이 강을 보며 우두커니 서 있었다"라고 증언했다. 나가하라는 이곳에서 무슨 생각을 했을까. 무엇을 봤을까. 아니면 누군가를 기다리고 있었을까.

그건 아닐 것이다. 당시는 한겨울이었다. 뭔가를 생각하거나 경치를 감상하기에는 날씨가 너무 추웠다. 또 사람을 만나기로 했다면 얼른 경찰서에 가 장비를 반납해 퇴근했을 것이다. 이곳에서 시시오이 경찰서는 바로 코앞에 있다.

눈이라도 쌓였다면 발자국을 좇을 수 있겠지만 그것도 아니라 나가하라의 행방은 여전히 묘연하다.

다리 아래를 흐르는 시시강을 내려다봤다. 수면까지 약 10미터. 대략 3층 건물 높이다. 연초에는 강물이 불고 실종 당일에는 급류가 흘렀다고 한다. 성인 남성이 충분히 잠길 만한 수심에다 기온까지 낮았으니 만약 뛰어내렸다면 죽었다고 보는 게 자연스럽다.

이곳에서부터 무전기가 발견된 강 하류까지는 거리가 상당하다. 만약 어떤 이유로 무전기만 떠내려갔고 나가하라의 몸은 어딘가에 걸린 채 계속 물속에 잠겨 있다면. 잠수부들이 발견하지 못한 것은 수색 범위가 워낙 넓고 수심이 깊기 때문. 그렇게 다소 무리하게 해석하면 투신자살설도 성립은 한다.

그러나 시신이 발견되지 않는 한 어차피 소극적인 추측이다.

요지는 교차로에서 산나나 쪽으로 걸어갔다. 가전 매장과 편의점을 지나 모리 준이치로의 불타 버린 집으로 향한다.

나가하라가 쓴 마지막 일지를 보면 그는 실종 당일 낮 순찰 때 모리의 집을 찾았다. 일지에는 '이상 없음'이라고만 적혀 있다. 모리 역시 조사 때 "현관에서 인사만 했다"라는 말만 거듭했다고 한다.

불탄 집을 보며 그날 밤을 떠올린다. 맹렬하게 일렁거리는 화염. 느닷없이 모습을 드러낸 아키미쓰 다이고.

집 앞을 지나 이노마타초에 들어선다. 잠시 걸으니 나가하라 스미레가 사는 연립주택이 보였다. 여름이 가까워 오며 볕이 점점 따가워지고 있다.

나가하라의 집 현관을 바라보다 고개를 돌려 바로 맞은편에 있는 독채 주택의 초인종을 눌렀다. 응답이 없다. 다시 한번 길게 누른다. 인터폰 너머에서 "뭐야? 누구야?" 하는 신경질적인 목소리가 들렸다.

"사와노보리 요지입니다. 잠깐 실례해도 되겠습니까?"

대답 없이 인터폰이 끊겼다. 잠시 후 알루미늄 새시 너머로 사람 그림자가 나타났다.

"안녕하세요."

요지는 그를 향해 입을 열었다.

"기억하십니까? 모임 때 인사드렸는데."

남자는 말없이 요지를 노려봤다.

"히로시게 선배님 맞으시죠? 시시오이 파출소 전임 소장이셨던."

요지가 모르는 나가하라에 대해 알고 있을 남자는 기분이 언짢

228

아 보였다.

　말없이 계단을 오르는 히로시게를 뒤따른다. 히로시게는 다다미방 창가에 있는 낡은 팔걸이의자에 털썩 앉았다. 좌탁에 라디오 외에는 TV도 없고 구석에 이불만 개어져 있을 뿐이다. 접대용 차는커녕 요지를 위해 마련된 의자도 없었다.

　얇은 커튼 너머로 창밖을 보니 나가하라의 집이 보였다.

　"여기서 감시하십니까?"

　히로시게는 대답하지 않았다.

　"제가 얼마 전 스미레 씨를 찾아간 걸 아키미쓰 선배에게 말씀하셨죠?"

　역시 대답이 없다. 그는 담배를 물고 무심하게 불을 붙였다.

　"책임을 지고 희망퇴직. 그리고 그 뒤로는 민간 특별 수사관 행세를 하시는 건가요. 뭐 부하의 불상사를 매듭짓고 싶은 마음이 아예 이해 안 되는 건 아닙니다만."

　"말조심해. 머리에 피도 안 마른 자식이 어디 선배 앞에서."

　"오늘은 비번이라 부담 없이 가 보려 합니다."

　두 사람은 잠시 서로를 노려봤다. 사라진 나가하라가 혹시라도 스미레에게 돌아올까 봐 계속 집을 지켜보는 남자. 그가 잔뜩 찌푸린 얼굴로 물었다.

　"내가 여기 사는 건 누구한테 들었지?"

　"전임 소장이었던 분의 주소 정도야 마음만 먹으면 얼마든 알아낼 수 있죠."

히로시게는 의심 섞인 눈빛으로 요지를 응시했다. 날카롭다. 요지는 일부러 여유 있게 말했다.

"곤도라는 뱀 같은 형사님께서 가르쳐 주셨습니다."

"1과의 곤도 말인가? 그런 놈과 어울리다가는 후회할걸."

"제가 봐도 그럴 것 같긴 합니다. 근데 저도 물러설 수 없는 입장이라."

요지는 숨을 깊숙이 들이마시고 히로시게를 봤다.

"나가하라의 실종은 자살도 사고도 아닙니다. 사건입니다."

히로시게의 눈빛이 흔들렸다.

"근거는?"

"있습니다."

"뭐지?"

"그건 제게 어떤 정보를 제공해 주시느냐에 따라 알려 드리죠."

"탐정 놀이도 상대를 봐 가면서 해. 어디 다른 데로 좌천되고 싶어?"

"어디 말이죠? 시시오이 파출소 순경은 이미 밑바닥 중 밑바닥 아닌가요."

이쯤 되니 역시 히로시게의 표정도 험악해졌다.

"물론 전 밑바닥에서 일하는 걸 싫어하지 않습니다. 나가하라의 영향이죠. 녀석은 파출소 근무를 자랑스럽게 여겼습니다. 경찰 학교에서 저한테 이러더군요. 경찰은 파출소 근무가 최고다. 누군가를 지킬 때 가장 가까운 곳에 있어 줄 수 있으니, 라고요."

말하면서 뭔가 울컥 치밀어 올랐다. 요지는 침을 삼켜 애써 그것을 억눌렀다.

"녀석은 자신의 어머니와 스미레 씨를 지켜 주려 했습니다. 스미레 씨는 나가하라가 근무할 때 파출소에 자주 간식 등을 선물로 가져오곤 했다더군요. 선배님도 그걸 드시지 않았나요? 착한 아이라고 생각하시지 않았나요? 부모님을 여읜 것으로 모자라 평생 의지하던 삼촌까지 사라져 오직 혼자 힘으로 몸이 좋지 않은 할머니를 돌보는 아이를 몰래 뒤에서 감시하는 분이 탐정 놀이 운운하시나요? 우습네요."

"적당히 하지."

"호통칠 힘이 있다면 뭐라도 알려 주십시오. 제가 선배님 대신 모든 걸 밝히겠습니다."

굳은 히로시게의 얼굴을 향해 요지는 기죽지 않고 말했다.

"선배님도 자기 부하가 어떻게 됐는지 궁금해서 여기서 이러고 계시는 거 아닌가요?"

경찰을 관둔 후 집을 이사하고 굳이 자기 시간을 소비해 가면서.

히로시게는 침묵하며 고개를 숙였고 요지는 가만히 기다렸다. 4평 남짓 방 안에서는 싸구려 선풍기 소리만 들렸다.

이미 짧아져서 불이 꺼진 담배를 재떨이에 비비며 히로시게가 물었다.

"알고 싶은 게 뭐지?"

"나가하라에 대한 모든 것."

요지는 다다미 위에 책상다리를 하고 앉아 히로시게를 똑바로 쳐다봤다.

잠시 후 히로시게의 입이 열렸다.

"그 녀석이 시시오이 파출소에 온 건 4년 전이야."

몸이 좋지 않은 어머니를 병간호한다는 이유로 오토리시 파출소에서 집에서 가까운 시시오이로 옮겨 왔다고 했다.

"주민을 돌보고 배려하는 면에서 나가하라를 이길 사람은 없었지. 무슨 일이 생기면 아무리 비번이어도 얼굴을 내밀었으니까. 그리고 그런 나가하라가 특히 신경 쓴 이들이 바로 모리 부부였어."

요지는 조용히 침을 삼켰다.

"세쓰코 씨의 딱한 상황이 자기 가족과 겹쳐 보이지 않았을까. 고스게와 둘이 함께 부부를 잘 돌봤지. 그런데 돌본다고 해도 고스게는 모리 영감을 파친코에 데려가거나 함께 술을 마시곤 했으니 나가하라 입장에서는 좋지 않았을 거야. 고스게 역시 자주 투덜거렸고."

전에 요코오가 들려준 이야기를 뒷받침하는 내용이다.

"고스게 씨와 모리 씨는 오랜 친구였다더군요."

"그래. 노름 친구였지. 그리고 같은 남중 출신이고."

순간 흠칫했다. 전에도 비슷한 말을 누군가 하지 않았나. 그렇다. 가나이다. 가나이도 시시오이 남중학교 출신이었다. 그리고 아키미쓰도.

"저희 파출소에 남중 출신이 그 밖에 더 있습니까? 후쿠나가 소장님은."

"그 녀석은 이노마타초 출신이야."

"우에시마는 어떻습니까?"

"우에시마는 남부 촌마을 출신이지. 어릴 때 일찍 오토리시로 이사했다고 하지만."

그리고 오사카에 사는 요코오가 남중 출신일 리는 없다.

"시시오이 파출소 근무자 외에 나가하라와 관련된 경찰이나 주재원은 없습니까?"

"······뭘 알고 싶은 거지?"

험악한 표정의 히로시게를 보며 대답했다.

"무전기만 발견된 게 아무리 생각해도 이상합니다."

그러자 히로시게가 시선을 회피했다.

"몰랐을 리 없지 않나요? 우리가 쓰는 무전기는 본부에서 위치를 알 수 있습니다. 평범한 사람들은 알 수 없는 정보를 나가하라를 그렇게 만든 놈은 알고 있었다는 말입니다."

그러니 무전기만 강물에 던졌다.

"만약 자살이면 그 밖에 다른 것들도 발견됐겠죠. 시신은 나오지도 않는데 무전기만 발견되다뇨. 일부러 무전기만 나가하라의 몸에서 떼어냈다고밖에 생각되지 않습니다."

"······우리 중에 범인이 있다는 건가."

히로시게는 코를 문지르며 일어나 또다시 담배에 손을 뻗었다.

"그래 봐야 억측에 불과해. 무전기에 대해서는 조폭 중에도 아는 녀석이 있을 테고."

"경찰과 내통하는 조폭이라면 더욱 그렇겠죠."

그날 그 모임이 지금껏 한 번만 열렸을 리는 만무하다. 히로시게와 아키미쓰도 가나이의 시바파 조직원들과 여러 번 자리를 함께 했을 것이다.

"모리 씨가 가나이 씨 밑에서 일했다고 들었습니다."

"술 문제로 목재 회사에서 쫓겨난 걸 가나이가 거둬 줬지. 15년 전쯤인가."

히로시게는 역시 시시오이의 속사정을 잘 알고 있다.

"무슨 일을 했죠? 15년 전이라 해도 모리 씨는 이미 나이가 많지 않나요?"

향년 73세이니 58세 무렵이다. 육체노동을 하기에는 힘든 나이였을 것이다.

요지의 질문에 히로시게는 뜻밖의 대답을 했다.

"당시 시바파가 맡은 산업 폐기물 처리 시설 건립 반대 운동에 동원됐어."

흠칫 놀랐다. 15년 전의 산업 폐기물 처리 시설 건립.

"공사는 현 주도로 이뤄졌고 시바파는 외주를 지원했다가 떨어 졌지. 그래서 반대로 돌아선 거야."

지역 토건 업체를 운영하는 시바파로서는 수입뿐만 아니라 체면 도 깎였다. 계획을 틀어지게 해서 이익을 얻고자 한 건 이해되지만.

"그거, 혹시 나가하라의 누나가 목숨을 잃었던 도바리촌 시설 아닌가요?"

요지가 깊이 파고들자 히로시게는 찌푸린 얼굴로 고개를 끄덕였다.

도바리촌의 전철을 똑같이 밟아서야 되겠나. 모임 당시 그렇게 말한 사람은 전직 관청 고위 공무원이었다.

갖가지 기억이 머릿속에서 현란히 오갔고, 가장 마지막에 떠오른 것은 오른 다리를 절룩거리며 걷는 스미레의 모습이었다.

"히로시게 선배님."

요지는 바닥에 앉아 히로시게의 얼굴을 쏘아봤다.

"나가하라의 누나가 거절했다는 혼담 상대가 지토세 집안 아들이었죠?"

히로시게는 부인하지 않았다.

"그 일 때문에 눈 밖에 나서 나가하라의 가족 전체가 고초를 겪었다고 들었습니다. 솔직히 시시오이 파출소도 지토세 집안 소유나 마찬가지 아닌가요? 인사 같은 걸 정할 때도 뒤에서 지토세 집안 눈치를 살핀다고 들었습니다. 그런데도 나가하라가 시시오이 파출소에 배치된 건 무슨 이유에서입니까?"

히로시게는 손에 든 담배가 짧아진 뒤에야 입을 열었다.

"2년 전 변사 사건에 대해 아나?"

"건너 건너 들어서 자세한 건 모릅니다. 자살로 금방 마무리됐다고 들었습니다."

"동반 자살이었지. 일흔 넘은 노인과 열 살 아래 후처가 약을 먹고 죽었어. 아내가 오랫동안 마음의 병을 앓았고, 남편도 당뇨 때문에 고생했다더군. 세상을 비관하는 심정이 이해됐지."

친필 유서도 나와 자살에는 어떤 의혹도 없었다.

"그 집은 정수장이 있는 고지대에 있었는데, 시신의 최초 발견자는 나가하라와 아키미쓰였어."

"네?"

요지는 그렇게 반응하고 마땅한 의문을 던졌다.

"시시오이에서 일어난 변사 사건이니 두 사람이 달려간 건 당연한……."

"그래. 신고가 있었다면 당연하겠지. 하지만 신고가 없었어. 두 사람이 말 그대로 최초 발견자였던 거야."

혼란스러워하는 요지에게 히로시게가 설명을 덧붙였다.

"딱히 이상할 건 없어. 나가하라가 평소에 그 집을 자주 찾았거든. 그날도 순찰을 돌다가 우연히 집 안을 엿봤는데 부부가 함께 죽어 있었다고 해. 가키네라는 영감이었는데 원래 가구 도매업체 사장이었지. 지토세 씨의 어린 시절 친구고, 사업을 아들에게 물려주기 전까지는 지토세 씨가 마을 유지들을 모아 만든 천앵회 멤버이기도 했어."

즉, 시시오이의 권력 핵심부에 있었던 사람이라는 뜻이다.

"나가하라는 부부 중에 아내를 유독 신경 쓰며 평소 말동무가 되어 주었다고 해. 가키네 부부와 나가하라는 아마 3, 4년 정도 알고 지냈을 거야."

"그런데 그 동반 자살 사건은 나가하라가 여기 오고 나서 2년 뒤에 일어났으니…….."

"그래. 다른 곳에서 근무할 때부터 교류했겠지. 나가하라는 시시오이 파출소에 오기 전부터 가키네 부부와 알고 지냈던 거야. 그러니 지토세 집안과 악연 있는 나가하라가 시시오이 파출소에 부임할 수도 있었던 거고. 가키네 씨의 중재로."

이제야 요지의 의문이 풀렸다.

"두 사람이 언제 어디서 어떤 계기로 알게 됐는지는 나도 모르지만, 가키네 씨는 아내 일도 있어서 평소 나가하라에게 많이 의지했다더군. 그러니 지토세 다쓰노리도 불만을 참고 나가하라를 묵인해 준 거고."

히로시게는 나가하라의 누나 미사키가 거절한 혼담 상대가 지토세 집안 장남인 지토세 다쓰노리라는 것까지 넌지시 알려 줬다.

"아무튼 그 동반 자살 사건 때문에 나가하라의 주가는 더 올라갔어. 지토세 씨에게 직접 격려의 말까지 들었지. 그래서 우리도 녀석을 동료로 인정하게 됐고."

"그건 또 무슨 말씀이시죠?"

요지는 히로시게가 지금 하는 말이 도통 이해되지 않았다. 경찰관이 다른 경찰관을 동료로 인정하는 데 왜 지토세의 말 같은 게 필요한 걸까. 그러나 시시오이 파출소는 바로 그런 곳이다.

"……그리고 주가를 올렸다니, 나가하라가 그때 뭘 한 겁니까?"

"곤도."

"네?"

"사건 수사를 구실 삼아 그 뱀 같은 놈이 끼어들었지. 가키네 씨가 천앵회 멤버였던 것을 빌미 삼아 지토세 집안에 대해 이것저것 조사하려 든 거야. 약점을 잡아 흔들려는 의도가 뻔히 보였지."

곤도가 발산하는 분위기만 봐도 충분히 그럴싸한 이야기라고 생각됐다.

"그리고 그걸 막은 게 바로 아키미쓰와 나가하라였고."

"어떻게 말입니까? 설마 치고받고 싸운 건 아니겠죠?"

"아니, 그 반대. 아키미쓰는 곤도를 불러서 도발했다고 해. 그리고 둘만 있다고 생각한 곤도는 가차 없이 달려들어 주먹을 휘둘렀다더군. 나가하라는 그 모습을 처음부터 끝까지 영상으로 찍었고."

녹화 영상을 감찰부에 보내기 전에 지토세 집안에 관심 꺼라. 일개 파출소 순경들의 계략에 넘어간 곤도는 오죽 속이 끓었을까.

그 일을 계기로 아키미쓰는 천앵회 모임에 불려가기 시작했고, 나가하라도 지토세 집안의 보증서를 얻었다.

히로시게의 설명이 앞뒤가 잘 맞는 만큼 요지는 기분이 석연치 않았다.

곤도 형사를 골탕 먹인 방식은 그야말로 아키미쓰가 떠올릴 법하다. 그러나 그 올곧은 나가하라가 이런 음흉한 작전에 협력했다는 게 믿기지 않았다. 심지어 가족들을 괴롭혀 온 그 지토세 집안을 위해. 그가 순순히 지토세의 격려를 듣는 모습도 잘 상상되지 않았다. 또 무엇보다 그렇게까지 해서 인정받았는데 현재 스미레가 처해 있는 상황은 어떻게 설명해야 할까.

요지의 가슴에서 나가하라 신스케라는 사람의 이미지가 흐려지기 시작했다.

"자, 내가 아는 건 다 알려줬어. 이제 나가하라가 사건에 휘말렸다는 근거를 대 봐."

때가 됐다고 생각해 요지는 몸을 일으켰다.

"어이."

"왠지 그럴 것 같았습니다."

아연실색하는 히로시게를 보며 희미하게 미소 짓는다.

"절 어떻게 해 보시려는 마음은 접는 게 좋을 겁니다. 땅 문제를 잊지 마세요. 저한테 무슨 일이 생기면 저희 형님은 당신들의 말 따위 듣지 않을 테니까요."

"너 이 자식!"

요지의 허세에 히로시게의 얼굴이 점점 벌겋게 물들었다.

"스미레 씨를 잘 부탁합니다."

요지는 그 말을 남기고 집에서 나갔다. 계단을 내려갈 때 머리 위에서 뭔가가 벽에 부딪히는 소리가 들렸지만 무시했다.

집 밖에서 스미레가 사는 곳을 바라봤다.

대화하고 싶다. 지켜 주겠다고 전하고 싶다. 그러나 요지의 다리는 움직이지 않았다.

나에게는 그런 말을 할 자격이 없다.

결국 미련을 떨치고 산나나로 향했다.

야간 중계가 끝날 때쯤 요지는 시시오이 볼 야구 연습장에 들어갔다. 손님은 없었고 접수대에서 스마트폰을 만지작거리던 지난번 직원이 요지를 보고 "안쪽입니다" 하고 가리켰다.

7번 케이지에 구겨진 와이셔츠 차림으로 배트를 휘두르는 중년 남자가 보였다. 그 옆에 가자 곤도는 안에 들어오라며 손짓했다. 가게 규칙을 무시한 지시에도 요지는 순순히 따랐다.

"히로시게는 만나 봤나?"

곤도의 배트는 거의 허공을 가르고 가끔 엉성한 내야 땅볼을 날리는 게 고작이었지만 그래도 처음 왔을 때보다는 제법 폼이 좋아졌다.

"별 수확 없었습니다. 그쪽에서 숨기는 게 있는지는 모르겠지만요."

"그 녀석도 겉은 고지식해 보여도 속은 너구리니까. 시시오이 파출소 출신들은 하나같이 음흉해."

"무슨 뜻이죠?"

"지역 밀착이라고 하면 듣기에는 그럴싸하지만 실상은 유착이지."

경찰 조직에서 은퇴한 히로시게가 지토세의 저택에 자주 드나드는 사실이 머리를 스쳤다.

"유지들과 알고 지내며 이득을 보는 건 서장급 정도야. 히로시게 녀석은 경찰을 관두고 지토세 집안이 소유한 창고인가 어딘가에 경비 고문으로 들어갔다더군. 이름만 빌려주고 연봉을 수백만 받아먹는 신분인 거야. 그리고 날갯짓을 잘하는 선배 꿀벌이 있으면 말단 일벌들에게도 떨어지는 꿀이 있지."

파출소 순경을 바보 취급하는 말을 듣고도 요지는 어깨만 으쓱했다. 곤도가 그 꿀을 원했다가 쓴맛을 본 2년 전 동반 자살 사건에 대해서는 함구했다.

"수사가 진척이 없는 것 같던데요."

그러자 곤도는 "시끄러워" 하고 배트를 휘둘렀다. 맞히기는 했지만 공은 뒤로 날아와 요지의 발밑에 떨어졌다. 노리고 친 거면 굉장한 실력이다.

"이번에 난 그냥 시키는 대로 하는 허수아비야. 나가하라의 뉴넘브가 나오는 바람에 밑에서 설칠 상황이 아니게 됐어."

원망하는 투가 아니라 오히려 윗선 주도 수사가 벽에 가로막힌 상황을 기뻐하는 것처럼 들린다. 곤도가 허수아비 역할로 만족할 만한 사람도 아니다.

"그래도 의심 가는 인물 정도는 있지 않나요?"

"뭐 가나이를 죽이고 싶어 한 인간이라면 차고 넘칠 만큼 많았지. 하지만 그 뉴넘브를 손에 넣을 수 있는 사람은 한정돼 있어. 아니, 한정된 걸 넘어 오직 한 명밖에 없다고 해야겠지."

"나가하라 본인이겠죠?"

"그래. 그리고 그게 얼마나 바보 같은 일인지 모를 정도로 우리도 무능하지는 않아."

본부에서 나가하라의 생존 가능성을 진지하게 검토하는 사람은 없다고 한다. 정확히 말해 나가하라가 가나이를 죽인 범인일 가능성은 작다고 보고 있다. 곤도는 그 이유를 간략히 설명했다. 바로 '뉴넘브에 나가하라의 지문이 없었다'라는 것이다. 자신의 권총을 현장에 그대로 두고 가는데 지문을 신경 쓸 필요는 없다. 반대로 말해 나가하라가 범인이라면 권총을 두고 갈 이유가 없다.

"권총을 두고 간 건 수사의 방향을 나가하라 생존설 쪽으로 돌리기 위해. 한마디로 교란 작전이겠지."

곤도는 "뻔해" 하고 중얼거리며 다시 배트를 쥐었다.

"근데 뭐, 범인이 어떤 지점에서 나가하라와 연결돼 있는 건 분명할걸."

이번에도 배트가 허공을 갈라 3백 엔에 25구 세트가 끝났다.

"본부는 어떻게 보고 있습니까?"

"녀석이 실종됐을 때는 전담 수사반이 꾸려져 모든 정보가 기밀 취급이었어. 권총을 소지한 경찰이 종적을 감췄으니 당연하겠지. 그러다 이번에 합동 수사로 바뀐 덕에 자세한 이야기를 들을 수 있게 됐고."

거드름을 피우는 말투에는 생색내는 느낌이 묻어났다.

"부탁드립니다. 가르쳐 주십시오."

요지가 고개를 숙이자 곤도는 기분 나쁘게 미소 지어 보였다.

"기대하게 해서 미안하지만 그렇게 대단한 건 없어. 파출소 쪽에서 알고 있는 정보와 크게 다르지 않지. 즉, 그만큼 녀석의 실종에는 단서가 없다는 뜻."

요지를 비롯한 모두가 내부 조사에도 공을 들이고 있다. 금전 문제나 사적 원한. 그러나 여태껏 유력한 용의자를 찾아내는 데는 이르지 못했다.

"아키미쓰가 봤다고 하는 그 글의 존재도 확인되지 않았지. 온 동네의 집 안 구석구석을 샅샅이 뒤진 건 아니니 어딘가에 잠들어 있을 가능성도 버릴 수는 없겠지만. 아니면 발신인 없는 편지로 보내지거나 아예 우편함에 넣기 전에 처분됐을지도 모르지. 심지어 나가하라 본인이 직접 가져갔을 가능성, 혹은 그 글의 존재 자체가 어쩌면 거짓말일 수도."

"아키미쓰 선배가 거짓말할 이유가 있을까요?"

"유서가 있는 것처럼 연출하기 위해."

자살 또는 자발적 증발이라는 결론으로 끌고 가려는 목적이다. 만약 그렇다면 사건과 전혀 무관한 제삼자가 그럴 이유는 없다. 즉, 곤도는 지금 아키미쓰가 나가하라 실종에 깊이 관여했을 가능성을 이야기하고 있다.

요지는 사고를 회전했다. 요지 역시 아키미쓰를 향한 의혹은 여전히 풀리지 않았다. 무전기 문제도 있으니 경찰이 관여했어도 놀랍지 않다. 하지만, 그렇게 태연할 수 있을까. 심지어 가나이가 살해된 현장에서 나가하라의 뉴넘브가 나왔는데.

"근데 뭐, 난 네 가설을 지지하기는 해."

나가하라가 권총의 은신처에 대해 쓴 글을 아키미쓰가 엿봤을 거라는 추측이다.

곤도는 자기 사정 때문에 이 무리한 가설을 채택하고 싶겠지만.

"또 다른 가능성도 있지 않나요?"

요지가 운을 떼자 곤도가 이맛살을 찌푸리며 말없이 뒷이야기를 재촉했다.

"제 입으로 말해 놓고 이런 말씀 드리기 뭐하지만, 나가하라가 파출소 안에서 권총을 숨긴 곳을 글로 남겼다는 건 역시 부자연스럽습니다. 그게 아니라 나가하라는 그때 실종의 원인이 된 이유 같은 걸 쓰고 있었던 게 아닐까요? 예를 들어 고발문 같은 걸."

"누군가의 죄를 폭로했다는 말인가? 그럼 그 글은 어디로 사라졌지?"

곤도는 눈을 부라렸다.

"모리 씨 집 화재에 대한 제 추리는 들려드렸죠? 아키미쓰 선배가 집에 불을 지른 건 그 쓰레기집 안에서 뭔가를 찾다가 결국 못 찾았기 때문 아니냐는, 그 추리 말입니다."

"그게 나가하라의 글이라는 건가?"

곤도는 금속 배트를 어깨에 짊어지고 생각에 잠겼다.

"그래. 분명 종이라면 불붙이면 재가 되지. 나가하라가 남긴 글이 아키미쓰에게 불리한 내용이었다면 앞뒤는 맞아."

그렇게 인정하면서도 여전히 표정은 굳어 있다.

"하지만 그럼 이번에는 모리 영감이 어떻게 그걸 가지고 있었냐는 문제가 나오지. 나가하라가 직접 전달했다? 그럼 그걸 받은 모리 영감은 나가하라의 실종 후 왜 그 이야기를 하지 않았을까?"

"편지의 존재를 몰랐을 수도 있죠. 그 집에는 편지 같은 건 물론이고 항아리 한두 개 정도 몰래 갖다 놔도 몰랐을 겁니다."

"가까이 있는 비밀 금고 같은 곳이었다는 건가."

그냥 머릿속에 떠오르는 대로 이야기했을 뿐인데 뜻밖의 성취감이 느껴졌다.

곤도는 혼잣말하듯 말을 이었다.

"나가하라는 모리 영감 집에 다녀온 후 파출소에서 글을 쓰고 편의점에 갔다지. 그리고 다시 돌아올 때까지 시간이 꽤 길었다고 하니 그때 영감 집에 가서 몰래 편지를 숨겼으려나."

"좀 더 단순한 스토리도 있습니다."

"모리 영감이 나가하라 실종에 관여했다?"

요지는 고개를 끄덕였다.

"나가하라가 남긴 글이 지금껏 발견되지 않는 이유. 그건 나가하라 본인이 그걸 가지고 있기 때문이라고 생각하는 게 가장 자연스럽습니다. 만약 모리 씨 집에 그 글이 있었다면 입수할 방법은 하나뿐이죠."

"강제로 빼앗았다. 그럼 나가하라는……."

이미 죽었다. 반드시 그런 결론이 나오고 만다.

"살해 동기는 그 글의 내용일까. 그럼 모리 영감도 즉시 처분하지 않았을까."

"보험 아닐까요?"

"보험?"

"모리 씨 혼자 나가하라를 죽이고 나가하라가 실종된 것처럼 연출하기는 어려웠을 겁니다. 공범이 있는 겁니다. 이를테면 오래전부터 그와 알고 지낸 가나이 뎃페이 같은 사람이."

곤도가 신음을 내뱉었다.

"그래. 토건업을 하는 조폭에게 시신 처리 같은 건 일도 아니겠지."

"배신하지 못하게 서로 증거물을 나눠 가지고 있었고, 뉴넘브도 그중 하나일지 모르죠. 모리 씨가 그 글을 가지고 있었던 것처럼 가나이 씨도 뉴넘브를 가지고 있었다. 그래서 범인은 뉴넘브로 가나이 씨를 죽일 수 있었다."

"거기서 아키미쓰가 등장하는 건가. 그럼 화재와 피격 사건도 세 사람 사이의 갈등, 또는 나가하라를 죽인 둘에 대한 아키미쓰의 복수 같은 그림을 그려 볼 수 있겠군."

스스로 생각하기에도 설득력 있다고 감탄하며 요지는 곤도의 다음 말을 가만히 기다렸다.

"지금 단계에서는 상상에 상상을 덧붙일 뿐이지만."

신중한 반응이기는 해도 내심 흥미로워하는 게 느껴졌다.

곤도는 배트를 내려놓고 요지를 봤다.

"분명 재밌기는 해. 근데 모리 영감이 죽은 것에 대한 네 가설에는 못미더운 부분도 있어."

"세쓰코 씨 말이죠?"

곤도는 "그래" 하고 요지를 날카롭게 쳐다봤다.

"세쓰코 씨가 남편을 기절시킨 것까지는 이해하겠는데 그 뒤로 아키미쓰와 왜 상의했는지가 불분명하지. 녀석은 그날 비번 아니었나? 또 연락처를 알고 있는 것도 이상해. 설마 세쓰코 씨까지 나가하라 실종에 관련됐다고 보기도 어렵고."

요지도 그 점에 관해서만큼은 아직 명확한 해답을 찾지 못했다. 그러나 지금이라면 조금은 괜찮은 지적을 할 수 있다.

"땅 문제가 엮였다면 어떨까요?"

또다시 눈살을 찌푸리는 곤도를 향해 요지는 시시오이와 오토리시 합병을 비롯한 사우스 라인 프로젝트에 대해 간략히 요점만 설명했다.

"모리 씨가 소유한 토지는 우회로가 지나는 길목에 있습니다. 개발 추진파에게는 반드시 사들여야 하는 곳이죠. 반대로 개발 반대파 입장에서 보면 사수해야 하는 곳이기도 합니다."

그 문제에 세쓰코도 휘말려 있었다. 요지는 그녀가 지토세에게 토지 매매를 제안받고 거절했다는 이야기까지 언급했다.

"반대파의 수장과 소통하던 아키미쓰 선배가 세쓰코 씨 설득에 나섰다면 연락처를 주고받았어도 이상하지 않습니다."

"마침내 지토세 집안의 등장인가."

곤도는 기뻐하는 표정을 지었다.

"자, 그럼 네가 그 부분을 조금 더 캐 봐."

"그럼 제 부탁도 들어주시는 겁니까?"

인상을 쓰는 곤도에게 요지는 고개를 숙였다.

"가나이 씨와 모리 씨가 왜 나가하라를 죽여야 했는가. 그 동기를 형사님이 밝혀 주십시오."

"넌 쉽게 말하는데, 그걸 파헤치려면 반드시 아키미쓰 쪽도 들여다봐야 해. 아무리 촌구석 순경이라 해도 현직 경찰을 의심하려면 나도 그만큼 각오해야 한다고."

"애초에 아키미쓰 선배를 도마에 올린 건 형사님 아니십니까."

요지가 농담조로 말하자 곤도는 코웃음을 쳤다.

"또 하나. 꼭 만나고 싶은 분이 있는데 계속 문전박대당해서요. 형사님 힘으로 해결해 주셨으면 합니다."

"세쓰코 씨 말이군."

"네. 그분은 저한테 맡겨 주시죠."

고민하는 곤도를 보며 요지는 조금 더 세게 밀어붙였다.

"아무튼 이번 사건에 아키미쓰 선배가 정말로 엮여 있든 아니든 진상을 파헤치면 형사님께도 꽤나 달달한 꿀이 떨어지지 않을까요?"

"너 인마. 말을 이상하게 하네. 난 정의 빼면 시체인 형사야."

곤도는 음흉하게 미소 지으며 "어쩔 수 없군" 하고 배트를 요지에게 건넸다.

"날 이용해 먹으려 하다니. 의외로 근성 있는 녀석이잖아."

속 보이는 칭찬에 요지는 싸구려 미소로 화답했다.

3

휴일에는 집에서 숙면을 취했다. 눈을 떠도 일어날 기운이 없어 이불 속에서 온종일 빈둥거렸다. 눈 감고 있으면 최근에 벌어진 사건 사고와 그동안 떠올린 추리가 맥락 없이 머리를 오갔다. 피로가 쌓인 것이 체감돼 착잡했다.

난 강해진 걸까, 약해진 걸까.

적어도 요코오를 걱정해 줄 만큼 훌륭한 인간은 아니다.

목요일에는 마음먹고 집을 나섰다. 가와베 교차로를 지나 시시오이 경찰서로 향하며 어젯밤 늦게 후쿠나가에게 걸려 온 전화를 떠올렸다. 요즘 들어 잇달아 일어난 사건 때문에 근무 체계가 불규칙해졌고 당분간 후쿠나가·요코오, 고스게·우에시마, 아키미쓰·요지의 3개 조로 움직이기로 했는데 그것이 후쿠나가의 한마디로 다시 뒤집힌 것이다.

소장의 지시는 기이했다. 당직은 다섯 명이 돌아가며 하고, 요지는 일근하며 다른 이들을 도와라. 저녁에 일을 마치는 일근은 근무 시간이 짧기는 해도 일수가 늘어난다. 나가하라 실종을 계속 조사하고 싶은 요지에게는 탐탁지 않은 제안이었지만 후쿠나가는 대답도 듣지 않고 전화를 끊어 버렸다. 가슴 깊숙한 곳에서 좋지 않은 예감이 고개를 들었다.

그리고 이변은 고스게, 우에시마, 요지가 모여 있고 교대하는 아키미쓰가 퇴근한 직후에 일어났다.

"요지. 오늘은 분실 좀 지켜 줄래?"

고스게가 눈도 보지 않고 말했다.

"네. 상관없습니다만……."

"그럼 부탁해."

그것으로 대화가 끝났다.

시시오이 경찰서에서 처음 만날 때부터 이상하다고는 생각했다. 평소에도 말이 없는 우에시마는 둘째치더라도 싹싹한 고스게까지 묘하게 서먹서먹했다.

요지는 속으로 '히로시게 때문인가' 하고 짐작했다.

전직 파출소 소장이 예전 부하들에게 요지의 움직임을 전달한 것 같았다.

경찰 조직은 집안의 결속을 흐트러뜨리는 행위를 극도로 싫어한다. 동료를 위해서라면 심지어 약간의 위법 행위를 간과하는 경우도 드물지 않다. 나가하라와의 관계를 캐고 다니는 요지의 행동은 그 암묵적인 룰을 위반하는 것이었다.

머잖아 이렇게 될 거라고 예상했잖아.

요지는 그렇게 되뇌며 니시오쿠 교차로로 향했다.

살풍경한 분실에 혼자 앉아 앞을 오가는 차들을 멍하니 바라봤다. 분실 일지에는 교통사고 관련 기록밖에 없어 정보 수집에 도움이 안 됐다.

지루함을 달래려고 일어서서 차를 감시하기도 했지만 명백한 위반이 아닌 이상 약간의 속도 초과까지 일일이 단속할 기분은 아니었다.

따가운 햇볕을 쬐다 보니 불현듯 어머니 생각이 났다.

3년 전 어머니는 이 교차로에서 트럭에 치였다. 경찰서 뒤쪽에 있는 슈퍼에 가는 길이었다고 한다. 가해자와 합의했고 보상금도 받았지만 그렇다고 죽은 자가 돌아오는 것은 아니다. 아버지가 낙담한 모습을 옆에서 지켜보기 힘들었다고 누나는 말했다.

요지가 추천을 받아 현의 야구 강호 고등학교에 합격했을 때, 그리고 2년 만에 벤치에 앉았을 때 어머니는 눈물을 흘렸다고 한다. 고시엔 출전 여부를 결정하는 현 대회 결승전 때는 직접 야구장에 찾아와 기도하며 아들의 투구를 지켜봤다. 모두 누나에게 전해 들은 이야기다.

어머니는 고시엔도 관전하러 왔다. 그리고 비참하게 무너지는 아들을 보며 또다시 눈물을 흘렸다.

그러지 않아도 야구 때문에 설에나 고향에 갔지만 그해 연말에는 집에 가지 않았다. 고등학교 졸업식 때도 어머니와 제대로 대화하지 못했다. 경찰이 되자 더더욱 본가에는 발길이 멀어졌고 어머니와 이야기할 기회를 가지지 못했다.

아니, 어머니만이 아니다. 아버지와도 속을 터놓고 대화한 적이 없다. 두 분은 아들이 무슨 생각을 하는지 몰랐을 것이고 요지 역시 부모님에 대해 아무것도 몰랐다. 자신을 낳고 키워 준 부모, 줄곧 옆을 지킨 형과 누나. 그리고 시시오이라는 마을. 요지는 그 모든 것에 대해 아는 바가 없었다.

그렇다면 사와노보리 요지는 대체 어떤 사람일까.

갑자기 다리가 휘청이는 듯한 불안감이 엄습하고 구역질이 올라왔다. 고시엔 때도 비슷한 경험을 했다. 요지는 지금도 마운드에 섰던 그 남자가 정말 자신이었는지를 의심하며 머리를 쥐어뜯고 싶은 충동이 들 때가 있었다.

사와노보리 요지는 죽었다. 그렇게 체념한 상태에서 경찰 학교에 들어갔다. 경찰관이 되려는 목적은 명확했다.

권총을 쏠 수 있다.

"요지!"

갑작스러운 목소리에 깜짝 놀라 고개를 돌리자 갓길에 세워진 바이크에서 덩치 큰 남자가 두 팔을 펼치고 있었다. 불룩한 배를 출렁거리며 가까이 다가온다.

"사모한!"

요지도 그를 맞았다.

"야 인마. 전화 정도는 할 수 있잖아."

한다 도시유키는 요지를 힘차게 껴안았다. 요지는 갑갑해하면서 쓴웃음을 지었다.

"가도마쓰한테 들었어. 정말 매정한 녀석이라니까."

가도마쓰를 비롯한 중학교 시절 5인방 중 한 명은 좁은 분실 안에서 연신 이마의 땀을 닦았다. 기억 속 몸집보다 약 1.5배는 커졌다.

"네가 동경하는 사람과 점점 비슷해지네."

사모한이라는 별명의 유래인 사모한 긴포를 뜻한다.

"좋아하기는 해도 동경한 적은 한 번도 없어."

호들갑스럽게 볼에 바람을 넣는 얼굴에는 예전 흔적이 남아 있었다.

"나도 TV 보면서 얼마나 응원했는지 알아?"

한다는 아무렇지 않게 말했다.

"아마 내가 너보다 더 가슴 졸였을걸. 그러면서 9회까지 다 봤어. 대단하지?"

"에어컨 켜진 방 안에서 감자 칩을 우물거리며 뒹굴거린 녀석과 같은 취급은 사절이야."

"뭐, 한 점도 못 냈으니 비슷한 것 같은데."

요지의 고요 고등학교는 그 시합에서 1점도 내지 못했다. 그렇다고 해서 요지의 어깨짐이 가벼워졌을 리는 없다.

"미안."

"뭐가?"

"너희도 부끄러웠겠지. 면목이 없어."

"고작 야구 시합 하나로 뭘 그래. 이제는 기억할 사람도 없어."

거짓말이다. 시골 마을에서는 그 정도 사건도 평생 꼬리표가 된다. 요지가 시시오이를 떠난 것 또한 그런 분위기가 싫어서였다.

"가끔 밥 먹으러 온 손님들을 상대로 이야깃거리가 되니 오히려 고맙지."

한다가 고개를 꾸벅 숙여서 요지는 그의 뱃살을 꼬집어 줬다.

"그런데 전보다 많이 말랐네."

한다의 표정이 어두워졌다.

"괜찮아?"

"네 걱정이나 해."

"난 아무렇지 않아. 이 배도 직업병인걸. 너, 얼굴이 홀쭉해."

"괜찮아. 요즘 이런저런 일들 때문에 잘 못 쉬어서 그래. 거기에 집에서는 그 빌어먹을 형이랑 함께잖아. 스트레스가 쌓일 수밖에."

한다는 불안해하는 얼굴로 "흐음" 하고 반응했다.

"가도마쓰도 네 걱정하더라. 분위기가 달라졌대."

"10년이나 흘렀어. 달라지는 게 당연하지."

한다가 더 깊이 파고들기 전에 요지는 화제를 돌렸다.

"가도마쓰랑 자주 만나?"

"뭐 그럭저럭. 전에는 밋치랑 셋이 한잔한 적도 있어. 밋치도 오토리에 사는데 남편이 구청에서 꽤 높은 자리에 있나 봐. 가도마쓰랑 일 이야기도 하는 사이야."

"사우스 라인 프로젝트 말인가."

한다의 얼굴에서 웃음기가 사라졌다. 자신도 아마 비슷한 표정일 것이다.

"이대로 가다가 시시오이는 망할 거야."

한다가 한숨 섞어 말했다.

"솔직히 나한테는 민감한 문제기는 해. 우리 가게에는 주로 구청 공무원들이 손님으로 오니까."

오토리시와 합병되면 관공서 역시 통합되거나 축소될 것이다.

"그 사람들 입장에서는 사활이 걸린 문제나 마찬가지야. 그래도 그중 몇 명인가는 미래를 생각해서 찬성으로 돌아섰다더라."

"네가 설득하는 건가?"

"이상한 소리 하지 마. 내가 뭐 대단한 사람이라고. 가도마쓰가 부탁해서 거절 못 했을 뿐."

한다의 목소리에 힘이 실렸다.

"가도마쓰는 말이지. 전형적인 세상 물정 모르는 부잣집 도련님이잖아. 가끔 잘난 척할 때도 있긴 하지만 기본적으로 순수한 놈이야. 남을 잘 도우며 생색을 안 내고 이것저것 고민 상담을 해 주기도 해. 밋치도 전에 가도마쓰한테 신세를 졌어."

"돈 문제인가?"

"뭐 그런 것 말고도 이것저것."

"너도?"

"응. 한창 힘들 때 신용 금고를 소개해 줬어."

한다는 요지를 보며 단호하게 말했다.

"난 가도마쓰를 믿고 걔에게 힘이 돼 주고 싶어. 마을의 미래니 뭐니 어려운 건 잘 모르겠지만, 어쨌든 가도마쓰가 하고 싶다고 하면 일단 올라타고 볼 거야."

"사모한."

"들어 봐. 네가 형님과 사이가 좋지 않다는 건 나도 알아. 그래도 힘을 보태 줬으면 해."

"형은 이미 그쪽에 팔겠다고 했어."

"아니. 지금 지토세 집안과 둘 사이에서 재고 있다던데."

요지는 순간 흠칫했다.

"가격 경쟁이 붙은 상태야. 가도마쓰는 요즘 매일 어딘가에 가서 고개를 숙이고 다녀. 네 앞에서만 하는 이야긴데, 뒤에서는 돈도 좀 뿌리고 있대. 이번 일이 실패하면 회사에서 설 자리가 없어지고, 걔 역시 인생이 걸린 일이라 이제 물러서지도 못해."

한다의 퉁퉁한 몸이 요지 쪽으로 쏠렸다.

"아무튼 요지, 너도 힘이 돼 줬으면 해. 잘되면 우리 가게에서 평생 공짜 밥을 먹게 해 줄게. 물론 곱빼기로. 부탁이야."

요지는 에어컨 없는 작은 니시오쿠 분실 안에서 묘한 한기를 느꼈다. 예전에 이미 내다 버리고 거들떠보지도 않은 고향에 쫓기는 듯한 묘한 긴장감. 대체 난 누구인가.

"사모한."

요지는 으스스함을 떨쳐버리듯 몸을 앞으로 내밀었다.

"너, 공무원들이랑 친하지?"

한다가 고개를 갸웃했다.

"알아봐 줬으면 하는 게 있어. 네가 그걸 해 주면 나도 형한테 부탁해 볼게."

"……뭔데?"

한다는 실망감과 기대가 뒤섞인 얼굴로 물었다.

퇴근하려는 찰나에 사고가 발생해 처리까지 약 한 시간이 소요
됐다. 외지에서 온 트럭 기사는 당초 충돌한 가드레일 위치가 어긋
나 있었다고 우겼지만, 우에시마 미쓰오가 분실에 나타나자마자
순순히 잘못을 인정하고 서류 작성에도 협조했다. 180센티미터에
백 킬로그램 거구가 위협적으로 내려다보면 얼른 도망치고 싶은
게 인지상정일 것이다.

"고마워."

수속을 마치고 트럭 기사를 보낸 뒤 감사를 전했지만 우에시마
는 말없이 고개만 끄덕였다. 요지는 바이크로 향하는 그의 뒷모습
을 향해 말했다.

"우에시마. 너, 나가하라랑 사이가 좋았다며?"

이미 파출소 안에서 내놓은 자식 취급당하는 상황에서 몸을 사
려 봐야 소용없으니 요지는 세게 나가 보기로 했다. 무시당할 것을
각오했지만, 우에시마는 멈춰 서서 천천히 고개를 돌려 말없이 요
지를 봤다. 해가 저물어 어스름한 공간에 떠오른 투박한 실루엣.
그의 눈빛은 동료이자 선배인 요지도 주춤할 만큼 위압적이었다.

"……뭐야?"

요지가 침묵을 견디지 못하고 다시 한번 물어도 우에시마는 입

을 열 기색이 없다.

"실은 나가하라에 대해 알아보고 있어."

"뭘 말입니까?"

마침내 입에서 나온 목소리는 위협 섞인 저음이었다.

"뭐겠어. 걔가 실종된 이유지."

그러지 않아도 가느다란 우에시마의 뱁새눈이 한층 더 날카로워졌다.

"물론 파출소 순경이 할 수 있는 일에는 한계가 있지만 그래도 궁금해. 난 걔와 동기이기도 하고. 우에시마, 넌 어떻게 생각해? 그 녀석이 사라진 걸."

"선배님은."

우에시마는 변치 않은 낮은 목소리로 말했다.

"나가하라 선배를 뒤이을 생각이신가요?"

"뭐?"

어안이 벙벙해진 요지를 향해 우에시마는 "전" 하고 말을 이었다.

"최대한 할 수 있는 만큼 해 보려고 합니다."

그 말을 끝으로 우에시마는 바이크를 타고 떠났다.

시시오이 경찰서에 장비를 반납하고 나니 저녁 8시가 넘었다. 집에 돌아가는 길에 요지는 우에시마의 말을 곱씹어 봤지만 무슨 뜻인지 전혀 모르겠다는 결론을 내리기까지 그리 오래 걸리지 않았다.

나가하라를 뒤잇는다.

구체적으로 무슨 뜻인지 추궁해 봐야 우에시마는 답하지 않을 것이다. 단순히 빈자리를 메운다는 의미일까. 아니면 또 다른 의미일까.

집이 가까워질수록 마음이 무거워졌다. 형에게 뭘 어떻게 말해야 할까. 이미 한 번 끝난 이야기니 제대로 논의해 볼 수 있을 것 같지 않고 누나를 끌어들일 일도 아니다. 마음 단단히 먹고 형과 직접 마주할 수밖에 없다.

그러나 각오의 밑바닥에 무엇이 있는지는 요지 자신도 알지 못했다. 발전을 위해 시시오이를 없앨 것인가, 아니면 지킬 것인가. 둘 중 어느 쪽이 옳은가. 무엇을 선택해야 하나.

내가 알 리 없다. 어차피 난 시시오이를 등진 사람이니까.

어두운 산나나 도로 끝에 편의점이 보였을 때 휴대폰이 진동했다.

— 끝났나?

아키미쓰는 인사도 없이 불쑥 물었다.

"네, 조금 전에."

— 너, 차 있지?

요지는 영문도 모르고 "네"라고 했다.

"오래된 아버지 차입니다만."

— 괜찮아. 지금 잠깐 끌고 나올 수 있나?

"네?"

— 산나나 옆 마트 알지? 거기 주차장에 있어.

"자, 잠깐만."

— 얼른 와.

전화는 뚝 끊겼다.

4

상향등으로 길 끝을 비추며 산나나에서 북쪽으로 달린다. 뒷자리에서 아키미쓰의 목소리가 들렸다.

"더 못 밟아?"

"이런 똥차로 백 킬로미터를 밟을 용기는 없습니다."

"홍. 그럴싸한 핑계군."

아키미쓰가 지시한 목적지는 오토리시 중심부에 위치한 아케이드 상점가로 현에서 손꼽히는 환락가다. 시시이노카모에 사는 성인들이 스트레스를 해소하는 곳으로 유명하다.

"근데 무슨 일이죠?"

요지는 이 한밤중 드라이브의 이유도 아직 듣지 못했다.

아키미쓰는 성가신 것처럼 말했다.

"히고 영감이 두들겨 맞았어."

"시시돈을 경영하는 그 히고 씨 말인가요?"

모임에 참석한 까무잡잡하고 우락부락한 펀치파마 남자다.

"그 나이 먹고 꼬맹이들처럼 싸움박질이나 하고 다니고 말이야.

촌구석 영감탱이들의 안 좋은 버릇이 어디를 가건 자기가 대단한 줄 착각한다는 거야."

해가 저문 시간이다. 술을 마셨을 게 분명하다.

"양아치들한테 시비 잡혔다고 해."

"저희가 택시 기사가 돼 드리는 겁니까?"

"설마 그 영감이 거기까지 버스 타고 갔겠어? 대리 부르겠지."

"그럼 저희는 뭐 때문에……."

그곳은 시시오이 파출소의 관할이 아닐뿐더러 아키미쓰는 오늘 비번이고 요지는 이미 퇴근했다. 사건 대응은 오토리 경찰서에 맡기는 게 이치상 맞는다.

"오토리의 고몬회 알지?"

간사이 대기업 산하에 있어 현에서는 가장 힘 있는 조직이다.

"영감은 오늘 회사 부하와 셋이 마셨다고 해. 그리고 상가 건물에 있는 술집을 나설 때 양아치랑 시비가 붙었나 봐. 상대도 셋이었는데 화장실에 세 사람을 끌고 가 두들겨 팼다는군. 근데 영감이 마신 그 술집 뒤를 봐주는 게 바로 그 고몬회야."

"그 일대 술집은 대부분 그렇지 않나요?"

"그래. 대부분 그렇지. 그러니 뭐, 흔하다고 하면 흔한 일인데."

아키미쓰는 태연하게 말했다.

"시기가 좋지 않아."

요지는 말없이 뒷얘기를 기다렸다.

"고몬회는 사우스 라인 프로젝트에 엮어 있거든."

"설마…… 노린 건가요?"

"지금 그걸 확인하러 가는 중이지."

"하지만."

요지는 고개를 갸웃했다.

"저희가 가서 뭘 할 수 있죠?"

"어이, 요지."

아키미쓰가 천천히 상반신을 일으켰다.

"넌 지금 근무 중이 아니라는 장점이 있잖아."

그제야 아키미쓰의 의도를 깨닫고 요지는 속으로 고개를 절레절레 흔들었다.

"히고 영감은 우리 동네 사람이야. 못 본 척해서야 되겠어?"

아키미쓰는 다시 시트에 등을 기대고 다리를 포갰다. 끝부분이 단단해 보이는 스포티한 신발을 신은 그를 보며 좋지 않은 예감이 스쳤다.

밤 9시. 평일인데도 상점가와 술집 거리에는 지나가는 사람들이 눈에 띄었다.

노래방 야외 주차장에 차를 세우고 나가자 눈앞 길바닥에 앉은 덩치 큰 사람이 일어서는 모습이 보였다.

"아키밋짱."

펀치파마 머리의 히고가 손에 든 담배를 던지고 뛰어왔다.

"빌어먹을. 순식간에 당했어. 애송이 자식들이 사람을 어떻게 보고. 제기랄.”

“진정하십쇼.”

아키미쓰는 그렇게 말하고 담배를 꺼냈다.

히고는 흥분해서 발을 동동 굴렀다. 입술에서 흐른 피로 폴로셔츠가 얼룩져 있다.

“반드시 찾아내서 죽여 버릴 거야. 개자식들.”

“저기.”

“빌어먹을! 젠장! 제기랄!”

“영감님.”

“이거 놔!”

히고가 거칠게 아키미쓰의 손을 뿌리친 순간, 아키미쓰가 히고의 양어깨를 꽉 붙들었다.

“조용히 좀 하십쇼.”

칼날처럼 쭉 찢어진 눈으로 찌를 듯이 쳐다보자 아키미쓰보다 스무 살이나 많은 축산업 대부는 흥분을 조금씩 가라앉혔다.

“날뛰는 건 보기 안 좋습니다.”

“……그래.”

“피부터 닦으시죠.”

히고는 아키미쓰가 내민 수건으로 순순히 얼굴을 닦았다.

“일행은?”

“병원에 보냈어. 걔네는 나보다 더 심하게 당해서.”

영업부장과 판촉 담당 직원으로 두 사람 다 마흔이 넘었다. 심지어 영업부장은 코뼈가 부러졌다고 했다.

"경찰서 쪽에는 얼씬하지 않았겠죠?"

"그래. 시키는 대로 했어."

상대가 사라지자마자 히고는 가장 먼저 아키미쓰에게 전화를 걸었다. 아키미쓰는 일단 부하 두 명을 병원에 보내고 자기가 도착할 때까지 기다리라고 지시했다.

"날 한 대 치고 벽에 밀어붙이더니 보란 듯이 내 눈앞에서 두 명을 마구 짓밟았어."

주먹이 덜덜 떨리고 있다. 분노와 공포 때문일 것이다.

"히고 씨는 한 대만 맞은 겁니까?"

"그래. 갑자기 따라오라고 하더니 억지로 화장실에 끌고 갔어. 반격하려고 해도 술을 마시는 바람에……."

히고의 변명 같은 말을 들으며 아키미쓰는 "가장 중요한 사람에게는 손대지 않은 게 영리하네요" 하고 히고의 체면을 세워 주고 "녀석들이 뭐라덥니까?"라고 물었다.

"촌놈들이 오토리에서 설치지 말라고……."

"홍. 그래 봐야 도토리 키 재긴데. 그 밖에는?"

"……자꾸 까불면 시시오이 집까지 찾아가겠다고."

"혹시 이름을 알리셨습니까?"

히고는 "설마" 하고 고개를 흔들었다.

"가게에서는요?"

"그건 뭐, 우리 이야기를 듣고 있었다면 알았을 수도."

"처음 가 본 가겐가요?"

히고가 고개를 끄덕이자 아키미쓰는 웃음을 큭큭 터뜨렸다.

"노렸네요."

히고가 시시오이 사람인 것을 알고 공격한 것이다. 가게에서 고 몬회에 연락해 부하를 보낸 게 분명했다.

"어떤 놈들이었습니까?"

"3인조였는데 겉보기에는 어린애들 같았어. 나이는 한 서른 언저리? 날 제압한 녀석은 머리를 세우고 있었고."

"색은?"

"검정. 그 녀석이 셋 중 대장 같았어."

아키미쓰는 "그렇군요. 이얏차" 하고 담배를 집어 던졌다.

"일단 대리 불러서 돌아가십쇼. 다쓰노리 씨한테 전화 한 통 하시고요."

"정말 경찰에는 안 가도 되는 거야?"

"병원에 있는 두 사람에게 피해 신고를 맡기고 히고 씨는 그냥 모르는 척하는 게 좋을 겁니다."

"하지만."

"시시오이의 히고가 당했다는 이야기가 퍼지면 귀찮아지니까요. 뒷일은 저한테 맡기십쇼.."

히고는 불만 섞인 얼굴로 아키미쓰를 향해 고개를 끄덕였다.

네온사인이 번쩍이는 상점가를 걸으며 아키미쓰는 계속 어디론가 전화를 걸어 "부탁해", "믿는다" 같은 말을 중얼거렸다.

"오토리 서 사람인가요?"

"응? 뭐 그렇지."

오토리시는 시시오이군과 인접해 있어서 경찰서끼리 교류가 활발하다. 물론 규모는 시시오이 경찰서가 훨씬 작다.

그러나 요지는 아키미쓰의 인맥이 그런 형식적인 것만은 아닐 거라고 확신했다.

"어떡하실 겁니까?"

"여기가 오사카 남부 환락가도 아니고, 조금만 돌아다니다 보면 모히칸 머리 같은 건 금세 찾게 돼 있어."

요지 입장에서는 오히려 그 상황이 더 신경 쓰였다.

"이미 조직 사무소로 돌아갔을지도 모릅니다."

"멍청하긴. 사고 치고 곧장 돌아가면 잘도 받아 주겠다. 열기가 가라앉을 때까지 어디서 한 잔 더 걸치고 갈 게 뻔해."

만에 하나 상해죄로 체포되거나 할 경우 조직에 폐를 끼칠 수도 있기 때문이다.

암담했다. 아키미쓰는 지금 범인을 찾아낼 작정으로 보인다. 하지만 찾아서 뭘 어떻게 하려는 걸까.

"그냥 오토리 서에 맡기면 되지 않을까요? 괜히 끼어들었다가 번거로워질 것 같은데요."

"끼어들고 말고 할 게 뭐 있어? 그냥 산책 좀 하겠다는데."

뻔뻔하기 그지없다.

"생각해 봐. 히고 영감은 시시오이의 유지 중 한 명이야. 거기에 시바파와도 연이 있는. 그런 사람이 고몬회 애송이들한테 당했다는 이야기가 퍼지면 과연 시바파에서 가만히 있을까? 안 그래도 얼마 전 가나이가 그렇게 된 마당인데. 새로 조직을 이끌게 된 니시키하마 입장에서는 무시당했다고 생각해 어떻게든 나설 수밖에 없어."

그렇다면 다음으로 고몬회에서 또다시 보복을 꾀할 것이다.

"그런데 고몬회는 대의명분만 있으면 시바파 따위 간단히 쓸어버릴 수 있는 조직이야. 지금까진 시시오이에 먹을 게 없었으니 그냥 내버려 뒀지만 사우스 라인 프로젝트 같은 돈줄이 걸린 걸 알게 되면 사정이 달라지겠지. 일이 더 커지기 전에 대책을 만들어 두는 게 우리가 할 일 아니겠어?"

요지는 동의하지 않았다. 그게 정말 경찰이 할 일일까.

"설마 쫀 건 아니지?"

비웃는 말에 요지는 발끈하고 말았다.

"그야 조폭놈들 따위, 천하의 아키미쓰 선배 앞에서는 꼼짝도 못 하겠죠."

"그렇다고 내가 배트맨은 아니야."

"그런데 시바파의 약점을 쥐고 한몫 잡아 보려 하셨다는 소문도 돌던데요."

아키미쓰가 멈춰 서서 상반신만 틀어 요지를 봤다. 요지는 기죽지 않고 말했다.

"나가하라가 사라진 후에 가나이 씨를 감시하셨다죠?"

"정말 뭐든 다 아는 녀석이네."

엷은 미소가 요지의 조바심을 더 북돋웠다.

"저한테 숨기시는 게 있지 않나요?"

"있지. 아주 많이. 예컨대 오늘 점심에 먹은 메뉴라거나."

요지가 쏘아봐도 아키미쓰는 여유롭게 미소 지으며 아케이드 천장을 올려다봤다.

"난 정말 마음에 안 들어. 강자가 약자를 힘으로 제압해 원하는 대로 움직이게 하는, 그런 거 말이야. 너도 그런 게 싫지?"

히죽거리는 얼굴을 보며 흠칫했다. 닮은 구석이라곤 없는 그에게서 순간 나가하라의 모습이 겹쳐 보였기 때문이다.

"요지, 너야말로 나한테 숨기는 게 있지 않아?"

일필휘지의 눈이 가까이 다가와 퍼뜩 정신이 들었다.

곤도와의 일, 히로시게와의 일……. 머릿속에 떠오르는 건 얼마든지 있다.

"예를 들어 유서 같은 거."

순식간에 위장이 콱 움츠러들었다. 숨결이 닿는 거리까지 아키미쓰가 다가온다.

"나가하라가 남긴 그 글에 대해 네가 조금 더 캐물을 줄 알았는데, 의외로 관심이 없더군."

"그건…… 선배도 유서가 정말 맞는지 불분명하다고 하셨잖습니까."

"뭐 내용은 그럴 수 있겠지. 하지만 그날 퇴근하는 나가하라를 마지막으로 본 사람은 소장님이야. 녀석이 파출소에서 나갈 때 그런 종이를 들고 있었는지 정도는 소장님한테 물어야 하지 않나? 어때? 물어봤어?"

어차피 거짓말해도 탄로 난다. 요지는 고개를 흔들었다.

"……거기까지 생각을 못 했을 뿐입니다."

"글쎄. 과연 정말일까? 나가하라 일에 네가 그런 걸 간과할 것 같지는 않은데."

"과찬입니다. 그걸 떠나 본부에서 조사했는데도 나오지 않은 걸 이제 와서 제가 뭘 어쩌겠습니까."

"오, 그래. 말은 잘하네."

아키미쓰는 눈이 웃고 있지 않았다.

"하지만 이렇게 생각해 볼 수도 있겠지. 네가 나가하라가 남긴 글을 열심히 찾지 않는 건, 그게 유서가 아닌 것을 알고 있기 때문이다."

요지는 순간 어안이 벙벙해졌다가 급히 정신을 차리고 되받아쳤다.

"말도 안 됩니다. 그게 유서가 아니면 뭐죠? 나가하라가 사라지기 직전에 남긴 글이잖습니까."

곤도 앞에서 설명한 추리가 떠올랐다. 그 글은 유서가 아닌 고발문 아니었을까 하는.

아키미쓰는 관찰하듯 요지를 지그시 봤다. 압박감 때문에 이마에서 땀방울이 맺히는 게 느껴졌다.

"제가 그 글의 정체를 알고 있다니 말도 안 되는 억지입니다. 그 글이 어딘가에 배송되지 않았다는 건 본부 수사로 밝혀졌습니다. 그리고 제가 당시 시시오이에서 멀리 떨어진 곳에 근무 중이었다는 것도 조사로 전부 증명된 사실 아닌가요?"

"네가 나가하라 실종에 관련됐다고는 아무도 말 안 했어. 다만 네가 그 글을 몰래 손에 넣을 방법이 아예 없는 건 아니지."

"터무니없는 소리 하지 마세요!"

요지는 자기도 모르게 버럭 소리치고 말았다. 옆을 지나쳐 가는 사람들의 두려움 섞인 눈빛을 무시하고 계속 외쳤다.

"대체 누가 할 소리를 하시는 겁니까? 나가하라가 사라진 그날 함께 근무한 선배야말로 뭔가 숨기고 있는 거 아닌가요? 가나이 씨 집에서 그게 나오는 바람에 뒤에서 몰래 식은땀을 흘린 거 아닌가요? 모리, 가나이에 이어 다음은 자기 차례일지도 모르니!"

"요지."

아키미쓰가 요지의 어깨를 붙잡았다.

"너, 목소리가 너무 크다."

타이르듯 말하고 다시 말을 잇는다.

"전에 네가 추리한 바에 따르면…… 모리 영감을 죽인 범인은 나 아닌가?"

그런데도.

내가 왜 살해될 걸 걱정해야 하는 거지?

웃음기가 사라진 아키미쓰의 머릿속에서 현란하게 사고가 오가는 것을 느끼고 요지는 초조해졌다. 뭐라고 한마디 해야 한다. 뭐라도……

그러나 미처 입에 담기도 전에 하늘을 찌를 듯한 모히칸 머리가 눈에 들어왔다. 요지를 보며 뭔가를 알아차린 아키미쓰도 그쪽을 돌아봤다.

3인조가 건물 지하에서 계단을 올라오고 있었다. 거리는 약 3미터. 눈이 마주친다. 이쪽은 지금 멈춰 서 있고, 상대는 그 의미를 즉각 알아챘다.

"잡아!"

짧은 지시와 함께 아키미쓰가 움직였다. 반사적으로 요지도 뛰었다. 모히칸이 등을 돌리고 도망치기 시작했다. 부하로 보이는 두 사람이 길을 가로막았다.

"너흰 뭐야!"

건달의 고함은 순식간에 사라졌다. 아키미쓰의 발끝이 남자의 명치에 꽂혔기 때문이다.

"가서 잡아."

아키미쓰가 다시 한번 지시했다. 요지는 건달 두 명과 아키미쓰를 내버려 두고 모히칸을 쫓았다.

달리기에는 자신이 있었다. 속도로 따지면 술래잡기에서 질 것 같지 않지만, 상대는 이곳 지리에 밝다. 어쨌든 시야에서 놓치지 않는 게 중요하다. 모히칸의 달리기 솜씨도 아마추어치고는 뛰어났다. 혹시 운동이라도 한 걸까.

모히칸이 상점가의 좁은 길을 꺾자 요지도 따라 들어갔다. 의외로 간격이 좁혀지지 않는다. 상대가 필사적이기도 한데 요지에게도 이유가 있었다. 저 녀석을 쫓아 붙잡은 뒤에는 어떡해야 할까. 머릿속에 그런 고민이 있었다. 이대로 가다가 적당한 지점에서 못 본 척 놓아주는 게 낫지 않을까. 그런 생각마저 스쳤다.

어두운 길을 여러 번 꺾어 들어갔다. 모퉁이까지 거리가 짧아 발소리와 감각에 의지해 추적할 때가 많아졌다. 점점 외진 골목길로 들어간다. 다음 모퉁이에서 이만 멈춰 설까. 요지가 그렇게 생각했을 때였다.

뭔가에 걸려 그대로 앞으로 고꾸라졌다. 간신히 몸을 틀어 아스팔트에 정면으로 부딪히지는 않았지만 왼쪽 어깨에 통증이 스쳤다. 뒤이어 등에서도 충격이 느껴졌다.

"윽."

뒤늦게 걸어차였음을 깨달았다.

두 손으로 뒤통수를 감싼다.

"시바파 놈이냐?"

귓가에 닿는 젊은 남자의 목소리. 20대일까.

"두 번 다시 못 걷게 해 줄까? 앙?"

땅바닥에 얼굴을 밀어붙인다. 다음 순간 또다시 등에 통증이 스쳤다. 뾰족한 통증이다. 팔꿈치로 내리찍었을까. 숨이 턱 멎고 저절로 눈물이 주룩 쏟아졌다.

"야. 일어서."

남자가 그렇게 요지를 억지로 일으켜 세웠을 때.

"신났네, 신났어."

어디선가 아키미쓰의 목소리가 들렸다. 모히칸이 요지 등 뒤로 돌아가 팔을 비틀었다. 목덜미가 서늘하다. 소형 나이프의 칼날이 목에 닿아 있었다.

"어이어이. 그렇게 막 나가면 쓰나."

"너도 시바파냐?"

"그런 건 상관없고. 아무튼 그만하지."

"닥쳐! 너 누구야?"

"말해도 될까? 말하면 그 뒤로는 우리 둘 다 끝장을 봐야 할 텐데."

아키미쓰는 웃고 있었다. 평소의 실실거리는 얼굴 그대로 어슬 렁어슬렁 걸어온다. 요지는 숨을 쉴 수 없었다.

"야. 거기 서. 오지 마."

"왜지?"

"이놈이 어떻게 되……."

순간 아키미쓰가 앞으로 휙 돌진했다. 거기까지는 요지의 눈에 비쳤다. 그러나 총알 같은 스트레이트 펀치가 남자의 코뼈를 아작 낸 것은 모히칸이 벌러덩 나자빠지고서야 확인했다.

"피."

"예?"

넋이 나간 요지를 보며 아키미쓰가 목 쪽을 가리켰다. 손을 갖다 대니 손가락이 빨갛게 물들었다. 남자가 쓰러질 때 칼날이 살갗을 스치고 지나간 듯했다.

"이런 양아치를 상대로 뭘 그렇게 쩔쩔매나?"

"죄, 죄송합니다."

아키미쓰는 요지가 다친 건 아랑곳하지 않고 쓰러진 모히칸에게 다가가 그 위에 올라탔다. 땅에 떨어진 칼을 주워 자루를 요지에게 내민다. 마치 꼭두각시 인형처럼 요지는 칼을 받아 들었다.

"이봐. 넌 고몬에서 뭐 하는 놈이야?"

"그, 그게 무슨……."

"혹시 처맞는 취미가 있는 건 아니지?"

"어, 어디 해봐!"

아키미쓰의 주먹이 모히칸의 볼에 작렬했다.

"너 이 새끼, 이러고도……."

"무사할 수는 없겠지. 경찰 목에 기스까지 내고 말이야. 몇 년 살래?"

모히칸의 얼굴에서 핏기가 가셨다. 잠시 후 그는 툭 내뱉었다.

"까, 까불지 마."

퍽.

"내가 묻는 말에만 대답해."

부어오르는 얼굴에서 전의를 잃어 가는 게 보였다.

"누가 시켰지?"

모히칸은 못마땅한 얼굴로 여전히 입을 다물고 있다.

"시시오이에서 영감탱이 한 명이 놀러 왔으니 가서 손보라고 했겠지?"

"그게 무슨……."

퍽.

"그, 그만해!"

"질질 짤 거면 처음부터 그러지 말았어야지."

"하, 한 번만, 봐주세요……."

"얼른 대답이나 해. 나도 슬슬 어깨가 뻐근해."

허공에 떠올라 있는 주먹이 모히칸의 눈에는 기요틴처럼 보일게 분명했다.

"……저, 전 그냥 지시받았을 뿐입니다."

"누구한테?"

겁먹은 눈으로 입술을 덜덜 떨고 있다.

"혹시 형님이 시켰나? 그럼 이름은 말 못 하겠네. 그런데 그 형님이 누구한테 사주받았는지 정도는 대충 감이 오지 않나? 얼굴 형태가 바뀌기 전에 떠올려 주는 게 모두를 위해 좋을 것 같은데 말이야."

"마스다. 아마 마스다라는 영감이."

아키미쓰의 얼굴에서 미소가 사라졌다.

"그렇군."

중얼거리고 휴대폰을 툭툭 두드린다. 시선은 그대로 모히칸을 내려다보고 있다.

"여보세요. 덴? 난데, 지금 바로 올 수 있어? 상점가 골목에 있는 중국집과 세븐일레븐 뒤편인데, 고몬에서 나온 양아치가 정좌한 채로 널 기다리고 있을 거야. 그래. 그럼 부탁 좀 할게. 아, 다음에 밥이나 한 끼 하자."

폰을 다시 주머니에 넣고 묻는다.

"오토리 서에 있는 마키 알지? 번개 전電에 아키라라고 읽는 그 건방진 형사 말이야."

모히칸은 울먹이는 얼굴로 고개를 끄덕였다.

"그 녀석이 올 때까지 여기 얌전히 앉아 기다리고 있어. 만약 튀면 지금 네 뒤에 계신 형님이 그 즉시 피해 신고 접수를 할 거고, 그럼 너희 조직은 경찰과 전쟁 시작이야."

"그, 그것만은."

"덴이 오면 어르신 두 명을 손봐 줬다고 순순히 자백해. 거들먹거리는 게 마음에 안 들어서 그랬다고 하면 될 거야."

"두, 둘이요?"

"뭐 불만이라도 있어?"

"아뇨. 그런 건……."

"술 취해서 발을 헛디뎌 넘어지는 바람에 형사한테 불심 검문을 받았다. 너희 형님한테는 그렇게 말하는 거야. 알겠어? 괜히 쓸데없는 소리 했다가 다음번에는 대가리에 총 맞는 수가 있다."

남자는 부들부들 떨며 고개를 끄덕였다.

"자, 그럼 가 볼까."

아키미쓰는 몸을 일으켜 골목을 걷기 시작했다. 한 번도 돌아보지 않고 상점가 거리로 나가는 그를 요지는 부랴부랴 뒤쫓았다.

시시오이로 돌아가는 차 뒷좌석에서 아키미쓰는 전화 한 통을 걸었다.

"히고 씨는 좀 어떻습니까? 하하. 그 영감님한테도 좋은 약이 됐겠죠. 아무튼 대충 수습했으니 돌아가면 보고드리겠습니다."

주머니에 폰을 집어넣고 담배를 입에 문다.

"지토세 씨 집으로 가 줘. 도착하면 넌 가도 돼."

"다쓰노리 씨와 통화하셨죠?"

"응? 뭐 그렇지."

히죽거리는 얼굴이 백미러에 비쳤다.

"……누가 봐도 과잉 방어입니다."

"그 녀석이 떠들 것 같아? 우리한테 당했다는 이야기가 퍼지면 걔한테도 손해인데. 모르는 척 도망치면 모를까."

어떻게 되든 별로 상관없다는 말투다.

"근데 의외로 침착하네. 죽을 뻔했으면서."

아키미쓰가 돌진하는 바람에 요지는 하마터면 모히칸의 칼에 경동맥이 베일 뻔했다.

"너무 어이가 없어서 감각이 마비된 겁니다."

"흐음."

277

아키미쓰는 요지를 위아래로 훑어보고 미소 지었다. 그 표정에서는 동요도 불안도, 심지어 흥분도 느껴지지 않았다. 꼭 술집에서 싸움을 말리고 주의라도 주고 온 듯한 모습이다.

"히고 씨가 그렇게 된 건 역시 사우스 라인 프로젝트 때문일까요?"

아키미쓰는 웃는 얼굴 그대로 담뱃불을 붙였다.

"마스다 씨라면, 그 버스 기사 맞죠?"

요지가 시시오이 파출소에 부임한 첫날 만났고 모임에도 참여했던 중년 남자다.

"그 이야기는 잊어버려."

"그래도."

"너한테는 아직 일러."

반박은 용납하지 않겠다는 투다.

"뭐 할 말 있나?"

요지는 '아뇨, 없습니다'라고 대답하려 했지만 정작 입에서는 다른 말이 튀어나왔다.

"강자가 약자를 힘으로 제압해서 원하는 대로 움직이게 한 것 아닌가요?"

"아까 그게?"

요지는 대답하지 않았다.

"동네 양아치 한 명 손봐 준 거 가지고 뭘 그렇게 호들갑이야? 귀여운 수준이구먼. 진짜 힘은 그런 거와는 차원이 달라."

아키미쓰는 말을 이었다.

"그리고 약자를 지키는 데 주먹이 필요할 때도 있지."

"그렇겠죠. 이 세상 독재자들도 아마 선배님과 똑같은 말을 할 겁니다."

아키미쓰가 코웃음 치는 소리가 들렸다.

"난 그렇게 대단한 인간이 아니야."

"네. 앞으로도 모쪼록 대단한 위치까지 올라가지 마시길 바랍니다. 주변에 폐가 될 테니까요."

"이봐, 요지."

아키미쓰의 숨소리가 목덜미에 닿는다.

"힘 있는 자는 힘 없는 자를 내키는 대로 할 수 있지. 힘에는 돈, 똑똑한 머리, 정치 등 여러 가지가 있지만 우리가 가진 힘은 한마디로 주먹이고."

아키미쓰가 요지의 두 어깨에 손을 얹었다.

"그런데 다른 힘들이 점점 커져서 어느새 주먹은 언제든 마음대로 부릴 수 있는 대기 선수, 아니 급기야 경비견이 돼 버렸어."

"……약자를 위한 것 아닌가요?"

"정말 그렇게 생각하나?"

어깨에 얹은 손에 힘이 들어가는 게 느껴졌다.

"올바른 주먹만 휘두르다가는 더 큰 것을 상대로 이길 수 없어."

요지는 앞을 바라본 채로 침을 꿀꺽 삼켰다. 목에 난 상처가 욱신거린다.

잠시 후 어깨에서 손이 떨어졌다.

"나가하라라면."

"네?"

무심코 돌아보려는 요지에게 "전방" 하는 주의가 날아왔다.

"그 녀석이라면 조금 전에 날 말렸을 것 같나?"

그저 우두커니 서 있기만 한 자신과 달리.

"……모르겠습니다."

아키미쓰와 함께 곤도를 덫에 빠뜨렸던 나가하라. 증오했을 지토세 집안 밑으로 제 발로 들어간 나가하라. 스미레를 남겨 두고 사라진 나가하라. 나가하라가 고향에 부임하고 어떤 사람이 되어 버렸는지 요지는 알지 못했다.

백미러에 비치는 아키미쓰의 미소에서는 사람을 깔보는 비웃음이 아닌 약간의 피로감이 엿보였다.

"너희 형님 일은 오늘 밤에라도 매듭을 지어."

"지토세 씨를 기쁘게 하기 위해서요?"

한껏 비아냥거려도 아키미쓰는 히죽 웃기만 했다. 요지는 말없이 차를 몰았다.

아키미쓰가 시선을 돌리고 연기를 내뱉었다.

"요지."

창문을 열며 말을 건다.

"이 동네를 좋아하나?"

"네?"

"시시오이 말이야."

"아뇨."

"그렇겠지. 여기에는 아무것도 없으니. 꿈도, 희망도, 돈도, 미래도. 의리는 속박이 되고 시기와 질투가 사람 사는 정이 되는 곳이야."

"……선배님은 어떻습니까? 좋아하시나요?"

아키미쓰는 "물론" 하고 말을 이었다.

"싫어하지. 너무나."

차 밖으로 던진 담배꽁초의 작은 불빛이 한밤의 어둠 속에 빨려가 사라졌다.

5

니시오쿠 분실 안에서 요지는 초조해하고 있었다.

후쿠나가는 어제 고스게처럼 파출소에 출근한 요지를 "사와노보리 군"이라 부르며 니시오쿠 분실에 가 있으라고 사무적으로 지시했다. 요코오는 심지어 노골적으로 눈도 마주치려 하지 않았다.

기분 좋은 취급은 아니지만 자유로운 시간이 늘었다고 생각하면 오히려 달가웠다.

초조함의 원인은 다름 아닌 어젯밤 일이었다. 반창고를 붙이면 차츰 낫는 상처와 달리 마음의 열기가 가시지 않았다.

아키미쓰 다이고의 민낯을 엿보았다. 과연 어디까지 진심인지는 모르겠지만 적어도 그가 제대로 된 경찰관이 아닌 것은 피부로 실감했다. 그런 생각이 꼬리를 물고 이어져 가슴 깊숙이 잔물결을 일으키고 있었다.

아키미쓰를 향한 종잡을 수 없는 감정은, 동시에 나가하라 신스케에 대한 감정이기도 했다.

난 나가하라에 대해 좀 더 알아야 해.

"요지."

약속 시간에 한다가 배달 가방을 손에 들고 나타났다.

"탕면이랑 팔보채 곱빼기."

한다는 "그리고" 하고 가방에서 종이 뭉치를 꺼내 요지에게 내밀었다.

"일단 내가 할 수 있는 범위에서만."

"고마워."

"근데 이런 걸 대체 어디에 쓰려고?"

"신경 쓰지 마. 그냥 심심풀이야."

한다는 이해 못 하겠다는 얼굴로 "그럼 나중에 보자" 하고는 분실을 나갔다.

요지는 나무젓가락으로 면을 휘저으며 한다가 갖다준 문서를 훑어보기 시작했다. 가장 먼저 눈에 들어오는 '도바리촌'이라는 글자. 나가하라 신스케를 더 자세히 알기 위해 요지는 그의 누나 미사키의 목숨을 앗아 간 도바리촌 사고를 들여다보기로 했다.

신문 기사 사본은 산업 폐기물 처리 시설 계획 발표부터 주민들의 반대 운동, 그리고 폭우로 인한 사고의 전말까지 상세히 전하고 있었다. 히로시게가 말한 대로 시설은 현이 유치 후 거의 반강제적으로 추진한 듯했다. 계획 발표 3년 만에 착공에 들어갔고 폭우로 인한 사고는 그 이듬해 일어났다. 미사키는 공사 사전 준비를 위해 시시오이군을 자주 찾던 남편을 만나 결혼과 동시에 스미레를 임신했다고 하니 계산상으로도 맞는다.

미사키 부부가 목숨을 잃은 사고 내용도 훑어봤다. 당일 낮 1시 현 남부에 폭우 경보가 발령된 후 전기가 끊겼고 곳곳에서 침수 피해가 발생했다. 도바리촌은 산에 둘러싸인 분지라 마땅한 피난처가 없었고, 주민들은 결국 차를 몰고 유일한 통로인 현도로 나갈 수밖에 없었다. 그러나 그 도로마저 쓰러진 나무 때문에 막히자 어쩔 수 없이 쏟아지는 비를 보며 두려움에 찬 하루를 보내야 했다.

미사키 부부는 현도 입구와 임시 거처 중간 지점쯤을 걷다가 산사태의 직격탄을 맞았다. 부부는 당시 세 살이던 스미레를 감싸 안은 채로 토사에 묻혔다. 그리고 다음 날 스미레가 구조됐을 때 부부는 둘 다 숨져 있었다.

문득 한 가지 의문이 들었다. 미사키 가족은 왜 그런 폭우 속에서 외출했을까. 그 의문에 대한 답은 어디에서도 찾을 수 없었다.

사고 2년 후 처리 시설은 무사히 완공됐다.

기사를 다 읽자 신문 아래에 있는 책자가 보였다. 〈도바리촌 개발과 주민 반응〉이라는 제목의 보고서다. 대외비 도장이 찍힌 표지에 작성자 이름이 눈에 들어왔다. 어디선가 본 적 있는 이름이다. 떠올리기까지 몇 분이 걸렸다.

내용을 읽어 보니 신문 기사에는 적히지 않은 당시 상황이 더 생생히 묘사돼 있었다.

공사가 시작되며 원래 살던 주민들이 마을을 떠나는 바람에 당시 도바리촌에는 임시 거처에서 사는 공사 관계자들이 대부분이었다. 공사 반대 움직임도 치열했다. 인간 띠를 만들어 작업 차량이 지나는 길목을 막아설 뿐만 아니라 공사 관계자의 가족을 위협하고 그들의 임시 거처 현관문에 동물 배설물을 투척한 사람도 있었다. 그들 중에 아마 가나이에게 고용된 모리 준이치로도 있었을 것이다.

미사키 부부의 사고도 간단히 언급돼 있었다. 회사 측에서 산업 재해를 인정해 부부의 장례 비용과 스미레의 입원비를 보상했고 나가하라 일가에 거액의 위로금도 주어졌다고 한다.

여기서 두 번째 의문이 생겼다. 그 사고로 거액의 위로금을 받았을 나가하라 가족이 왜 그런 쪽방에 계속 살고 있었느냐는 의문이다. 물론 그에 대한 해답은 적혀 있지 않았다.

보고서를 덮고 나서 심호흡했다. 보고서에는 작성자 외에도 요지가 아는 이름이 있었다. 그 이름을 천천히 머릿속에서 곱씹었다.

마지막으로 남은 종이 한 장을 내려다본다. 복사지에 적은 메모에는 나가하라 일가의 약력이 갈겨 쓴 글씨로 적혀 있었다. 나가하라 가족이 처음 살던 셋집은 고지대에 있었고 집주인은 오바타 다

다시라는 사람이었다. 그러다 미사키의 결혼을 계기로 지금의 주소로 바뀌었다. 아래 있는 주석에는 관리 회사가 지토세 산업의 자회사라 적혀 있었다.

오바타 다다시는 지토세 집안 모임에도 참석했던 농협 이사다. 지금의 거주지에는 아마 지토세의 입김이 작용했을 것이다. 나가하라는 전에 집을 이사한 이유를 누나 미사키가 외지인과 결혼한 데 따른 앙갚음 때문이라 했다.

요지는 페트병에 든 차가운 녹차를 한 모금 마시며 세 번째 의문을 떠올렸다.

나가하라가 사라진 것과 도바리촌 사고는 관련이 있을까.

그때 휴대폰이 울렸다. 발신자 표시 제한으로 걸려 온 전화지만 요지는 망설임 없이 받았다.

"네. 여보세요."

— 아, 안녕하세요.

낮게 내리 깐 목소리가 들렸다.

— 자료는 읽으셨습니까?

한다가 연결해 준 동사무소 남자 직원은 자기 이름을 대지 않았다. 그게 협력 조건이었다.

"네. 자세히 적혀 있어서 도움이 됐습니다."

— 대외비 자료까지 넣었습니다. 들키면 목이 날아갈 겁니다.

농담하는 말투는 아니었다.

"혹시 몇 가지 여쭤도 될까요?"

— 제가 대답할 수 있는 거라면. 다만 짧게 부탁드려도 될까요?

남자는 불안한 듯 말했다. 주위의 귀를 신경 쓰는 기색이 역력했다.

"나가하라 가족이 시시오이에 있는 셋집에서 쫓겨난 이유가 미사키 씨가 외지인과 결혼한 데 따른 앙갚음이라 들었습니다. 당시 미사키 씨에게 혼담이 들어왔다고 하더군요. 지토세 다쓰노리 씨와의."

그러자 수화기 너머에서 숨을 집어삼키는 소리가 들렸다.

— 그건…… 뭐, 소문 수준의 이야기입니다만.

좁은 동네에서 도는 소문일수록 신빙성이 높다. 지토세 다쓰노리는 자신을 외면한 미사키를 용서할 수 없었을 것이다. 그러니 오바타를 시켜 나가하라 가족을 원래 살던 셋집에서 쫓아낸 후 쪽방으로 이사하게 했다. 음습한 괴롭힘이다.

요지는 '하지만' 하고 생각했다.

지역에서 막강한 영향력을 가진 지토세 집안을 정말 적으로 돌렸다면, 나가하라 가족은 시시오이군에 미련을 버렸어야 마땅하다. 적어도 미사키가 죽고 위로금을 받은 뒤라면 그럴 수 있었을 것이다.

"나가하라 스미레 씨와 나가하라의 어머니께서 지금도 거기 살고 있는 이유로 혹시 짚이는 부분이 있으신지요?"

그러자 남자는 "흐음" 하고 신음했다. 생면부지 타인의 사정까지 알 리 없다고 체념한 순간 수화기 너머에서 대답이 들렸다.

— 어머니 쪽에서 떠나고 싶어 하지 않는다고 들은 적이 있습니

다. 몸 상태가 좋지 않고 지금껏 오래 거기 살았으니까요. 가족과 남편 묘도 옆에 있고.

게다가.

— 거기 있으면 돈 걱정을 하지 않아도 되니.

"네?"

— 기초 생활 급여에 장애 수당까지. 제법 두둑이 받는 것 같던 데요.

요지는 할 말을 잃고 경악했다. 나가하라 스미레의 마음을 희미하게 들여다본 느낌이었다.

— 됐습니까?

"아, 잠시만. 마지막으로 도바리촌 문제도."

— 그건 그쪽 동사무소에 물어보시는 게…… 제가 들어오기 전 일이기도 하고요.

"보고서를 작성한 분의 연락처를 알고 싶습니다."

— 그건 어렵습니다.

"아뇨, 괜찮습니다. 전 이미 그분을 알고 있으니까요."

그러자 이번에는 상대방이 "네?" 하고 목소리를 높였다.

— 그렇다면 뭐……. 그런데 그, 땅 문제는 어떻게 잘 좀 부탁드립니다. 저도 앞날이 걸린 문제라서요.

목소리에서 필사적인 느낌이 배어났다.

"물론 약속은 지킬 겁니다. 하지만 합병되면 공무원분들도 힘들어지지 않나요?"

— 그건 그렇습니다. 합병 추진파인 게 밝혀지면 이 안에서 고개도 못 들고 다니겠죠. 근데 합병 계획이 무산돼도 여기 계속 있지는 않을 겁니다. ……공무원 벌이라고 해 봐야 뻔하니까요.

무슨 뜻인지 대번에 이해했다. 협력의 대가로 가도마쓰에게 재취업 알선 약속을 받은 게 분명했다.

그는 전화를 끊기 전 다시 한번 "정말 잘 부탁드립니다" 하고 강조했다.

이후 약 한 시간이 지나 한다가 그릇을 가지러 왔다.

"뭐야. 왜 이렇게 남겼어?"

"더위 때문인지 영 식욕이 없네. 맛에는 전혀 문제가 없었으니 안심해."

한다는 불만스러워하면서도 걱정 섞인 얼굴로 물었다.

"정말 괜찮아?"

요지는 "그래" 하고 고개를 끄덕였다.

"내가 도움이 좀 됐어?"

"위험한 일에 가담시킨 것 같아 미안할 따름이야."

"됐어. 우리 사이에 뭘 새삼스럽게."

한다는 그릇을 배달 가방에 집어넣고 다시 물었다.

"어쨌든 난 내 할 일은 다 했어. 형님은 좀 어때?"

요지는 표정이 구겨지는 것을 스스로도 느꼈다.

"어이, 요지."

"조금만. 조금만 더 기다려 줘."

요지는 한다의 시선을 피하고 고개를 숙였다.

어젯밤.

요지는 아키미쓰를 지토세 집까지 태워다 주고 집에 돌아와 잠든 형을 깨웠다. 그리고 거실에서 마주 보고 앉아 못마땅한 얼굴의 형을 향해 말했다.

"어떡할 생각이야?"

"뭘?"

"뭐겠어. 땅이지. 실은 사방에서 나한테 압박이 들어오고 있어. 솔직히 난 어떻게 되든 상관없긴 해. 그냥 형 생각이 궁금해서 그래."

"생각이랄 게 뭐 있지? 비싼 값을 부르는 쪽에 판다. 그럼 되는 거 아닌가?"

"형이 지금 알 박기 중이라고도 하더라."

"응, 그래. 맞는 말이야. 이건 비즈니스니까."

"적어도 기간 정도는 정해 둬야 하지 않아? 이러다 프로젝트가 엎어지기라도 하면 벌거벗은 임금님 꼴이 될 거라고. 적당할 때 매듭짓는 것도 중요해."

"자, 그럼 묻자. 넌 어떡하고 싶지?"

간지는 담배에 불을 붙였다.

"지토세 집안에 팔지 오토리시에 팔지 네가 정해 봐."

"억지 부리지 마. 내가 그걸 어떻게 알아."

"그렇지? 넌 원래 그런 놈이야."

간지는 입술을 일그러뜨리고 웃었다. 상대방을 깔보는 짜증스러운 웃음이다.

"형이야말로 지금 상황을 즐기고 있는 거 아니야? 가만히 있어도 여기저기서 찾아와 고개를 숙여 대니 흐뭇하겠지. 이건 비즈니스도 뭣도 아니야. 그냥 형의 자기만족일 뿐."

"그래. 그게 맞을지도. 지금껏 무시만 당하며 살아왔으니."

간지가 싸늘한 눈빛을 보냈다.

"못난 동생을 둔 형이라고 뒤에서 수군거렸지. 스스로 친 사고를 감당 못 해 도망친 겁쟁이 자식이 내 가족이라고 생각하면 한심해서 눈물이 날 지경이야."

"이런 촌구석에 틀어박혀 사는 겁쟁이께서 떳떳이 할 말은 아닌 것 같은데?"

"그런 촌구석에 창피해서 돌아오지도 못한 놈이 누구지? 넌 도망만 다니던 놈이야. 시시오이에, 아버지, 어머니에게도 돌아오지 못하고 내내 꽁무니를 빼며 도망 다녔지."

요지는 순간 이성을 잃었다.

"그렇게 비뚤어졌으니 형이 지금껏 외톨이로 사는 거야!"

순간 퍽 소리와 함께 안면이 흔들렸다. 손등으로 입술을 얻어맞았다.

"뚫린 입이라고 함부로 말하지 마, 이 새끼야. 네가 밖을 싸돌아다니는 동안 내가 이 집안을 먹여 살렸어! 나이 든 아버지, 어머니 대신 오직 내 힘으로 여기까지 왔단 말이다! 이제 와서 네가 무슨 자격으로…….”

'어린애도 아니고 그게 무슨 유치한'이라는 말이 목구멍 안쪽에 걸린 것은, 몸을 부들부들 떠는 형의 촉촉한 눈가가 눈에 들어왔기 때문이다.

“내가, 내가 지금까지 얼마나…….”

이를 꽉 물고 말을 삼키는 형을 요지는 그저 가만히 바라볼 수밖에 없었다.

“요지.”

간지는 담배를 비벼 끄고 말을 이었다.

“마음대로 해라. 네가 원하는 대로.”

그러더니 몸을 일으켜 서랍에서 서류를 꺼내 요지에게 휙 집어던졌다.

“토지 권리 증서다. 지토세 쪽 대리인과 오토리시 녀석들이 두고 간 가계약서도 있어. 매입 가격부터 시작해 거기 다 적혀 있으니 네가 읽고 네가 직접 결정해라. 난 아무 참견 안 할 테니. 다만 조건이 있어.”

형의 얼굴에서 더는 분노 같은 감정은 읽히지 않았다.

“여기서 살아라. 여기 살면서 아버지를 돌봐. 그리고 여자를 만나 아이를 낳아라. 진정한 시시오이 사람이 되는 거야.”

요지는 대답할 수 없었다.

“그리고 다시는 나한테 쓸데없는 소리 하지 말고.”

마지막으로 그렇게 내뱉고 간지는 침실로 돌아갔다.

분실 근무자는 순찰이 면제되지만 그렇다고 금지된 것은 아니다. 요지는 스스로 합리화하며 분실을 나섰다. 다행히 도바리촌과 산업 폐기물 처리 시설에 관한 보고서를 쓴 남자는 니시오쿠 분실에서 가까운 곳에 살았다.

"실례합니다."

번듯한 이층집에서 얼굴을 내민 그는 모임에도 참여한, 전직 신문 기자 출신이자 지금은 1인 출판사를 경영하는 가와모토였다.

"불쑥 연락드려 죄송합니다."

"아뇨, 괜찮습니다. 자, 들어오세요."

그는 거실로 요지를 안내했다.

"요구하신 대로 아내는 잠깐 밖에 보냈습니다. 그러니 따로 대접 같은 건 못 해 드립니다."

맞은편에 앉은 남자는 모임 때처럼 허리를 꼿꼿이 세우고 산뜻한 얼굴로 요지를 상대했다.

"나가하라 씨와 관련해 제게 묻고 싶은 게 있다고요."

"네. 도바리촌 문제로 찾아뵀습니다. 나가하라의 누나 부부가 사망하게 된 자세한 경위를 알고 싶습니다."

"그걸 왜 제게?"

"그냥 소문을 듣고 왔다고 생각해 주십시오."

가와모토는 "흠" 하고 고개를 끄덕이더니 요지에게 "그 보고서를 읽으셨나 보군요" 하고 확인했다.

"소가 씨에게 의뢰받았죠. 미처 거절하지 못하고 맞지도 않은 일을 떠맡았습니다. 그분도 나름대로 이것저것 생각이 있어서 저에게 그 일을 맡겼겠지만요."

소가는 전직 관청 고위 공무원이다. 그도 지난 모임에 참석했다.

요지는 고개를 숙였다.

"사례는 꼭 하겠습니다. 제가 할 수 있는 건 신사 땅을 어떻게 하느냐 정도지만."

자기 입으로 말하고도 교활하다고 생각했다. 가도마쓰와 한다를 비롯한 프로젝트 추진파에 협력하겠다고 했으면서 이번에는 반대파인 가와모토를 설득할 미끼로 땅을 언급하고 있다.

가와모토는 안쓰러워하는 얼굴로 입을 열었다.

"운이 나빴다고밖에 달리 할 말이 없습니다. 그 산사태로 사망한 사람은 미사키 씨 부부뿐이었으니까요. 자연재해라는 게 참 무섭지요."

"혹시 스미레 씨도 아시나요?"

"네. 사고 이후 병문안을 간 적이 있습니다. 친한 동료가 말하기를 아주 귀엽고 활발한 아이였다더군요. 워낙 말괄량이라 집에서 종종 사라질 때가 있었고, 그럴 때마다 동네 사람들이 나서서 아이를 찾아다녔다고 합니다."

가와모토의 목소리에서는 그리움과 안타까움이 묻어났다.

"그날도 그랬군요."

요지는 가슴 깊숙한 곳에서 피어오르는 통증을 꾹 참으며 물었다.

가와모토가 천천히 고개를 끄덕였다.

"폭우 경보가 발령되고 얼마 안 돼 미사키 씨가 흠뻑 젖은 비옷을 입고 이웃집을 돌아다니며 '혹시 스미레 못 보셨나요?'라고 물었다고 합니다. 비가 워낙 억수같이 퍼부었던 터라 많이 걱정하고 놀란 모습이었다더군요."

이로써 요지의 의문 중 첫 번째가 풀렸다. 그 폭우 속에서 나가하라 부부와 스미레는 왜 집 안이 아닌 바깥에 있었는가. 그것은 빗속에서 집을 나간 스미레를 찾고 있었기 때문이다.

"스미레 씨는 운이 좋았죠. 다리는 안타깝게 됐지만, 그런 상황에서 살아난 건 기적이라 할 수 있을 겁니다. 아니, 운이라기보다는 집념이죠. 미사키 부부의."

가와모토는 허공을 보며 나직이 한숨을 내쉬었다.

"제가 말할 수 있는 건 여기까지입니다."

여기까지.

"아직 뭔가 더 있군요."

그러자 가와모토는 훗 하고 웃었다. 그 안에는 놀라움도 비아냥거림도 없었다.

"요지 씨는 진솔한 분이군요. 나가하라를 꼭 빼닮았습니다."

"아닙니다. 나가하라처럼 강직한 녀석에게는 비할 바가 못 되죠."

적어도 요지가 아는 나가하라 신스케는 그랬다.

"실은 나가하라도 제게 도바리촌 일에 대해 물은 적이 있습니다. 스미레의 병실을 찾은 신문 기자를 기억하고 있었다면서요. 그래서 제가 가지고 있는 그 보고서를 복사해서 줬습니다."

"녀석이 시시오이에 부임하기 전 일인가요?"

"그렇습니다."

이로써 퍼즐이 맞춰졌다. 보고서에는 프로젝트 반대파의 중심인물로 부부 동반 자살로 세상을 등진 가키네의 이름이 적혀 있었다.

"당시 가키네 씨는 지토세 씨 의뢰로 반대 운동의 리더를 맡고 있었습니다."

그러니 나가하라는 가키네에게 접근했다. 사고의 진실을 캐내기 위해.

그러면서도 마음의 병을 앓는 가키네의 아내를 돌보게 됐으니 나가하라답다면 나가하라답다. 그러니 가키네도 부채감 때문에 나가하라가 시시오이 파출소에 올 수 있도록 지토세 집안에 부탁했을 것이다.

"그는 실력 있는 경찰관이었습니다. 아니, 훌륭한 인격자라 하는 게 더 적합할지 모르겠네요. 전 기대했습니다. 지토세 다쓰노리 씨와 아키미쓰. 거기에 나가하라까지. 젊고 활기찬 사람들이 앞으로 이 시시오이를 어떻게 만들어 갈 것인가. 나잇값도 못하고 설레더군요."

가와모토의 눈빛이 반짝거리다가 잠시 후 다시 흐려졌다.

"그래서 나가하라의 실종을 지금도 매우 유감스럽게 생각하고 있습니다."

"저는……."

요지는 목소리를 쥐어짰다.

"저는 그 녀석이 스미레 씨를 남겨 두고 어디론가 사라졌다는 게 도무지 납득되지 않습니다. 가와모토 씨도 아시겠지만 가나이 씨가 살해당한 현장에 나가하라의 뉴넘브가 남아 있었습니다. 나가하라가 가나이 씨를 죽일 동기가 있었던 게 아닐까요?"

"나가하라가 아직 살아 있을지도 모른다는 말씀이시군요."

한 치도 동요하지 않는 가와모토를 요지는 지그시 바라봤다.

"가와모토 씨."

배에 힘을 집어넣는다.

"미사키 씨 부부가 정말 사고로 목숨을 잃었습니까?"

가와모토가 눈을 가늘게 떴다. 잠시 후 그는 부드러운 목소리로 대답했다.

"산사태를 인위적으로 일으키는 건 쉽지 않습니다."

"현 도로를 가로막고 있던 그 나무는 어떤가요?"

순간 그의 얼굴에서 미소가 사라졌다.

"나무를 쓰러뜨리기는 어려워도 길에 던져 놓을 수는 있겠죠. 그건 공사 관계자들을 향한 반대파의 방해 공작 아니었을까요?"

반대파의 행동 부대는 시바파였다. 그 안에는 가나이와 그의 지시로 움직이던 모리도 있었던 게 아닐까.

두 사람은 잠시 서로 마주 봤다. 바깥에서 새 소리가 들렸다.

가와모토는 여전히 온화한 목소리로 입을 열었다.

"분명 그런 시각을 가진 분이 있었던 것도 사실입니다. 실제로 사고를 기점으로 반대파의 활동이 점차 잦아들었죠. 관청과 지토세 산업 사이에 타협이 이뤄진 겁니다. 반대파의 뒷배가 지토세 산업인 건 모두가 알고 있었습니다. 결국 지토세 산업에 공사 자재 관련 발주를 주고 시바파가 하도급을 맡게 됐죠."

가와모토는 숨김없이 털어놓았다.

"그러나 현 도로를 막고 있던 그 나무는 당시 도로에 나무가 쓰러지는 걸 목격했다는 주재원의 증언이 결정적 계기가 되어 다른 주장은 묻히게 됐습니다."

당시 주재원.

요지는 보고서에도 적혀 있던 그의 존재를 어떻게 받아들여야 할지 판단이 서지 않았다.

"나가하라는, 그 나름대로 여러 생각이 있었겠죠. 그래도 꺾이거나 자포자기하지 않고 꿋꿋이 가족들을 부양하려 한 거라고 전 믿습니다. 그런 그가 사라질 이유, 더욱이 가나이 씨를 죽일 이유 같은 건 저도 도무지 모르겠네요."

그 말에는 요지도 심히 공감했다. 스미레와 어머니를 버리는 거나 마찬가지인 그런 행동을 나가하라가 쉽게 했을 리 없다. 어지간한 이유라도 없는 한.

"사실 나가하라에게 배운 게 있습니다. 사고 후 스미레 씨는 닷새 정도 의식 불명 상태였다고 합니다. 그 후 정신이 든 스미레 씨는 옆에 있던 나가하라에게 이렇게 말했다고 합니다."

— 도깨비를 봤어.

"도깨비?"

"네. 그저 공포 때문에 본 환상이었는지, 아니면……."

가와모토는 말을 끊고 희미하게 미소 지었다.

"다만 적어도 그날 가키네 씨가 도바리촌에 갔던 건 사실입니다. 당사자가 제 앞에서 인정했죠."

그런 폭우가 쏟아지는 날 시시오이에서 도바리촌으로.

요지는 상반신을 앞으로 내밀고 물었다.

"가키네 씨와 동행한 다른 사람도 있나요?"

"그건 가르쳐 주지 않았습니다. 아니, 가르쳐 줄 수 없었겠죠. 배신하는 게 되니까요. 지토세 집안과 시바파를 적으로 돌리면 이곳에서는 살아갈 수 없습니다."

가와모토가 "차 한 잔 더 드시겠습니까?"라고 친절히 물었지만 요지는 거절하고 마지막 질문을 던졌다.

"왜 이렇게까지 많은 걸 제게 알려 주시나요?"

지토세 집안에 좋을 이야기가 아니다. 심지어 가와모토 자신이 배신자가 될 수도 있다.

가와모토는 천장을 올려다보며 대답했다.

"글쎄요. 왜일까요. 어쩌면 부러워서일지도 모르겠네요. 저 정도 나이가 되면 이것저것 신경 쓸 게 많아 모든 걸 솔직히 털어놓을 수 없습니다. 그런 저에게 나가하라나 아키미쓰는 눈부신 존재였습니다."

가와모토는 "지금 제 앞에 있는 요지 씨도요"라고 덧붙이고 나직이 중얼거렸다.

"그리고 또 하나. 죄의식 때문일까요."

"죄의식?"

"요지 씨가 말한 대로 어쩌면 그날의 사고에는 악의적인 과실이 있을 수도 있습니다. 가키네 씨가 사망한 지금에 와서는 더 조사할 방법이 없겠지만, 당시부터 제 머리에는 늘 의문이 자리 잡고 있었습니다. 그래도 깊숙이 파고들지는 않았죠. 전 지토세 씨와 가키네 씨 모두에게 신세를 지고 있으니까요."

웃으면서 말하지만 그 얼굴이 마치 울상처럼 보인다.

"언젠가 누군가 나의 태만을 추궁하러 오지 않을까. 10년간 줄곧 그런 두려움을 품고 살아왔습니다. 죄책감이라는 건 사라지지 않습니다. 오히려 갈수록 더 짙어지죠."

요지는 뭐라고 대답해야 할지 알 수 없었다.

니시오쿠 분실로 돌아가자 후쿠나가가 기다리고 있었다.

"어디 갔다 왔지?"

날카로운 목소리를 듣고 요지는 몸이 굳었다.

"순찰 다녀왔습니다."

"혼자?"

요지는 "네" 하고 대답했다. 직립 부동으로 다음 말을 기다린다.

그러나 파출소 소장은 잔소리도 비난도 없이 물었다.

"요즘 좀 어때?"

"네?"

최근 며칠 동안 쌓인 피로를 감안해도 후쿠나가의 표정은 어둡고 무거웠다.

"자네가 여기 온 지 아직 두 달밖에 안 됐는데 그동안 여러 일이 있었지."

그러더니 천천히 다시 입을 연다.

"나가하라에 대해 조사하고 있다던데."

요지는 대답하지 않았다.

"어쩔 생각이지?"

침묵하고 있자 후쿠나가는 깊숙이 한숨을 내쉬었다.

"어떻게 생각하나?"

"어떻게라고 하시면."

"나가하라 일 말이야. 자네는 가나이를 죽인 사람이 나가하라일지도 모른다고 했지."

후쿠나가의 핏발 선 눈이 더 날카로워졌다.

"나가하라는 자살 아니면 실종이야. 그렇지 않나?"

속이 빤히 들여다보이는 질문이다. 경찰 조직에서는 이런 질문에 '네'가 아닌 다른 대답은 반역을 의미한다.

요지는 자세를 가다듬고 침을 꿀꺽 삼켰다.

"전 그 녀석이 가나이 씨를 죽였다고는 보지 않습니다."

아슬아슬하게 안전선 안에 드는 대답이지만 후쿠나가는 요지를 놓아주지 않았다. 시선을 맞추고 상반신을 내밀어 계속 캐묻는다.

"그렇게 생각하는 이유가 뭐지?"

"나가하라가 범인이면 뉴넘브를 현장에 두고 갈 필요가 없으니까요. 권총은 범인이 주웠거나 나가하라에게 빼앗았을 거라 추측합니다. 소장님도 전에 그렇게 말씀하신 것으로 기억합니다만."

"그때 내가 한 말은 현장에서 나온 권총과 나가하라의 실종은 무관하다는 거였어. 솔직히 말해 봐. 나가하라가 살아 있다고 보는지, 죽었다고 보는지. 자네는 대체 어느 쪽이야?"

"모르겠습니다."

그렇게 대답할 수밖에 없었다.

"혹시 나가하라 실종에 우리 식구가 엮여 있다고 의심하나?"

"소장님."

요지는 마음을 굳게 먹고 진지하게 되물었다.

"나가하라의 누나가 사망한 그해에 소장님께서 도바리촌 주재원으로 계셨더군요."

후쿠나가가 이맛살을 찌푸렸다.

요지가 보고서에서 확인한 낯익은 이름. 그중 한 사람이 바로 당시 주재소에서 근무한 후쿠나가 가즈모토였다.

"그때 대피로를 막고 있던 나무에 대해 증언하셨다고 들었습니다. 후쿠나가 소장님."

요지는 위에서 내려다보는 자세로 그를 몰아붙였다.

"정말 그때 나무가 산에서 내려와 도로를 막는 걸 목격하셨습니까? 쓰러진 나무를 도로에 갖다 놓은 사람이 절대 없었다고 확신을 갖고 단언하실 수 있습니까?"

후쿠나가는 요지의 눈길을 피하며 팔짱을 꼈다. 몸짓에서 긴장감이 읽힌다.

"나중에 그렇게 말하라고 시킨 거 아닌가요? ……지토세 씨가."

꽉 다문 입이 열리기까지는 시간이 필요했다. 잠시 후 후쿠나가는 "그래. 그렇다면?" 하고 요지에게 되물었다.

"그렇다면 뭐가 어쨌다는 거지? 그래. 분명 당시 누군가가 나무를 거기 갖다 뒀을 수도 있겠지. 하지만 그런다고 무슨 죄를 물을 수 있나? 산사태는 천재지변이야. 나가하라의 가족이 그 일에 휘말린 건 인간의 힘으로는 어찌할 수 없는 운명 같은 거였어."

후쿠나가는 그렇게 내뱉고 초조함을 떨치듯 몸을 일으켰다.

"소장님! 그때 나무를 그곳에 둔 사람 중에 가나이 씨와 모리 씨가 있지 않았나요?"

"사와노보리 요지 순경."

싸늘한 목소리였다.

"자네는 파출소 내부의 신뢰 관계를 무너뜨렸어. 조만간 지시가 내려올 테니 각오하게."

그런 다음 덧붙였다.

"사람은 자기 분수를 아는 게 좋아."

6

정시에 일을 마친 요지는 세단을 타고 산나나를 북상했다. 곤도가 지정한 곳은 신기하게도 전에 요코오와 몰래 만났던 오토리시의 햄버거 가게 2층이었다.

"죄송합니다. 무리한 부탁을 드려서."

"아니에요."

요지가 고개를 숙이자 모리 세쓰코는 황급히 손을 내저었다.

"화재 때 달려와 준 분을 계속 외면했으니 저야말로 죄송하죠."

가게 안은 학교를 마치고 온 학생들로 북적였지만 모두 자신들의 대화에 집중하느라 남을 신경 쓰는 분위기는 아니다.

"나중에 찾아뵙고 향을 하나 올려도 될까요?"

그럴 자격이 없다는 걸 알지만 바라지 않을 수 없었다. 그러나 세쓰코는 단호한 어조로 "그 사람 불단은 만들지 않았어요" 하고 잘라 말했다.

"무거운 짐을 내려놓은 기분이에요. 이런 말을 형사님 앞에서 하기 좀 그렇지만."

요지는 '형사' 부분을 굳이 정정하지 않고 세쓰코를 지그시 응시했다. 파출소에서 딱 한 번 스쳤을 뿐인 노파는 꼭 십 년 묵은 체중이 내려간 사람처럼 후련해 보였다. 그리고 어딘가 작아져 버린 것 같기도 했다.

"나가하라와 모리 씨에 대해 여쭙고 싶습니다."

요지가 나가하라와의 관계를 설명하자 세쓰코의 얼굴이 밝아졌다.

"나가하라 씨는 절 많이 신경 써 주셨어요. 여러 번 남편을 말리고 저 대신 타일러 줬죠. 자상하면서도 단호하게요. 아쉽게도 남편이 그런 말을 들을 사람은 아니었지만."

세쓰코는 나가하라에 대해 이야기할 때 기뻐 보였지만 남편 이름을 입에 담을 때는 얼굴을 찌푸렸다.

"사라지기 전에 저희 집에 순찰을 오셨다고 들었어요. 전 그날 동생과 만나기로 약속해서 집에 없었죠. 마지막으로 얼굴을 보지 못해 얼마나 아쉬웠는지요. 크리스마스이브요? 네, 그때도 다퉜어요. 남편이 밤새 술을 마시고 노래까지 고래고래 불러서 결국 저도 폭발했거든요. 남편은 한 시간 뒤에 집에 돌아와 얌전히 잠들었습니다. 그 이튿날에 고스게 씨가 찾아오셨고요."

"고스게 선배가 말입니까?"

"고스게 씨는 사람이 영 물러요. 저더러 남편을 용서해 주라고 하더라고요. 그이와 사이가 좋아서 그런지 항상 그런 식이었어요."

"이후 나가하라를 만난 적은 없습니까?"

고개를 끄덕이는 세쓰코의 모습에서 뭔가를 숨기는 듯한 낌새는 없었다.

요지는 소용없다고 생각하면서도 그녀에게 나가하라의 실종에 대해 물었다.

"뭔가 심각한 사정이 있지 않았을까요? 그분이 그런 것도 없이 그냥 사라졌다니 전 못 믿겠어요."

세쓰코는 한숨 돌리고 말을 이었다.

"나가하라 씨가 사라져서 얼마나 슬펐는데요. 그리고 무서웠어요. 그 뒤로 남편이 점점 더 이상해졌거든요. 술도 더 늘고, 이러면 안 되겠다 싶겠더라고요."

"화재 당일에 다투셨을 때는 '쳐 죽이겠다'라고 하셨다죠."

요지는 얼굴을 찌푸리고 있는 세쓰코를 향해 거듭 물었다.

"그런 말을 꺼내기 시작한 게 언제부터였습니까?"

"심해진 건 얼마 안 됐어요. 술이 늘었으니까요. 죽여 버리겠다는 말은 걸핏하면 했지만."

"했지만?"

"그런 말은 처음이었어요. 그이의 험한 말에 저도 어느 정도 익숙해진 줄 알았는데 '쳐 죽이겠다'라는 말을 할 때 남편 얼굴이 이상하리만큼 무섭더라고요. 그러더니 갑자기 집 안에 쌓인 쓰레기를 뒤지기 시작했어요. 그런 행동을 보는 것도 처음이었죠. 지금까지는 폭력이라고 해도 주먹이나 발로 때리는 수준이었으니 견딜 수 있었어요. 그런데 그때는 쓰레기 더미에서 각목이라도 꺼내 들 것 같아서 황급히 도망친 거예요."

세쓰코가 몸을 부르르 떨며 두 손으로 어깨를 감쌌다.

"조금 더 구체적으로 기억하시는 건 없습니까? 모리 씨의 상태가 이상해진 시기라거나."

"나가하라 씨가 사라진 이후 형사들이 집에 자주 들락거려 온

종일 기분이 안 좋아 보이기는 했지만…… 아아. 그거 때문이려나요."

"뭐죠?"

"아마 3월 초쯤이었을 거예요. 갑자기 집 안의 쓰레기를 정리하겠다고 해서 둘이 함께 쓸모없는 물건을 밖으로 내놨어요."

세쓰코는 "그 안에 쓸모 있는 물건이라곤 없었지만요"라고 덧붙이고 말을 이어갔다.

"그러더니 느닷없이 저더러 집에서 나가라고 하더라고요. 도무지 영문을 알 수 없었죠. 결국 그렇게 동생 집에서 하룻밤 자고 돌아가니 전날 애써 밖에 내놓았던 물건이 전부 다시 원위치에 돌아와 있더라고요. 그날도 심하게 싸웠죠."

요지는 몸을 앞으로 내밀었다.

"그때 모리 씨는 어떤 느낌이었습니까?"

"그러고 보면 좀 이상하기는 했어요. 제가 아무리 뭐라고 해도 절 거들떠보지도 않고 계속 술만 마셨죠. 아아, 참, 맞아. 그때도 그이가 저한테 그랬어요. '닥치지 않으면 쳐 죽이겠다'라고……."

요지는 침을 꿀꺽 삼키고 '그런가' 하고 생각했다. 모리의 상태가 본격적으로 이상해진 시점은 역시 나가하라가 사라진 직후가 아니었던 것이다.

그때 세쓰코가 "이거" 하며 핸드백에 손을 집어넣었다. 그녀가 꺼낸 건 바깥 부분이 열로 녹아 버린 스마트폰이었다.

"그 나이에도 최신 기종을 고집했죠. 어차피 전화 오는 사람도 없는데 항상 애지중지 갖고 다녔어요. 심지어 크리스마스이브 때는 술 취한 자기 노래를 녹음해서 열심히 듣더라고요. 얼마나 어이없었는데요. 그래도 뭐, 유품이라고 받은 거니 차마 버릴 수 없어서……. 요지 씨가 저 대신 처분해 주실래요?"

세쓰코는 형태가 무너져 버린 스마트폰의 잔해를 요지에게 내밀었다.

"남편은 정말 감당하기 힘든 사람이었어요. 그이 때문에 제가 얼마나 힘들었는지 아세요? 주변에서는 괴짜 취급당하며 제 말을 제대로 들어주는 사람도 없었죠. 늘 맞고, 욕을 먹어 가면서도 참고 참고 또 참았어요. 속으로 언젠가 저 남자를 내 손으로 죽이고 말겠다고 몇 번을 다짐했는지요. 그런데도 끝까지 참고……."

마침내 목소리에 울음소리가 섞였다.

"동생은 제가 힘들 때면 항상 자기 집으로 저를 불러 줬어요. 나가하라 씨도 동생 집에 가 있는 걸 권했고요. 하지만 남편이 살아 있는 동안 계속 이럴 수는 없겠다고 생각했어요. 제가 동생 집에 머무르면 그 사람은 제 동생한테도 폐를 끼칠 테니까요. 조폭 같은 사람들을 끌고 와 저를 데려갈 테니까요. 그런 상황만은 막고 싶었답니다."

굵은 눈물방울이 뚝뚝 떨어졌다.

"이제는 그 집에 돌아가고 싶지 않아요. 그곳에서의 삶은 제게 정말 힘겨웠어요."

요지는 말없이 그녀를 바라볼 수밖에 없었다.

평소 애용하는 케이지에서 곤도는 배트를 휘두르고 있었다. 이제는 세 번에 한 번은 공을 칠 수 있게 됐다. 아주 가끔 안타성 타구도 날렸다.

"역시 형사님이시네요."

"형사인 거랑 상관없어. 센스지."

곤도는 의기양양하게 말하고 배트를 횡 휘둘렀다.

"전에 네가 궁금해한 걸 찾아봤는데."

요지는 가나이와 모리가 나가하라를 세상에서 없앨 만한 동기가 있었는지 곤도에게 조사해 달라고 했다.

"여자 문제가 있었더군."

무심코 주먹을 꾹 쥐었다.

가나이는 생전 사이좋은 동업자에게 조만간 어린 여자를 품을 거라고 떠벌리고 다녔다고 한다.

"게다가 그 시점이 나가하라가 사라지기 직전쯤이야."

요지가 "그렇다면 혹시……" 하고 입을 열자 곤도가 말을 잘랐다.

"물론 본부도 조사했어. 이 일대 조폭은 전부 우리 손바닥 위에 있으니까. 그런데도 지금껏 사건으로 발전하지 않았다는 건 그쪽에서 일을 아주 잘 덮었거나, 아니면 우리 쪽에 뭔가 중대한 실수가 있었거나 둘 중 하나겠지."

"모리 씨는 그 일에 어떻게 관련된 겁니까?"

"가나이가 이런 말을 했다더군. '괜찮은 여자앤데 불만이 딱 하나 있다. 중고차다'라고."

중고차. 그 천하디천한 표현에 요지는 끓어오르는 분노를 필사적으로 참았다. 만약 여기서 폭발하면 금속 배트로 눈앞에 있는 자판기를 부숴버릴 것 같았다.

"모리 씨가 먼저 그 여자에게 손을 댔다는 말일까요?"

"그렇게 생각하면 앞뒤는 맞지. 나가하라한테는 스미레라는 조카가 있지? 듣자 하니 얼굴도 반반하다던데. 뭐, 아무튼 그런 거 아니겠나."

숨을 깊숙이 들이마시고 다시 길게 내쉰다. 나가하라와 가까운 곳에 살던 모리가 스미레를 위협해 강제로 관계를 맺었고, 다음으로 자기가 모시는 형님인 가나이에게 바칠 계획이었다. 그리고 그 사실을 알게 된 나가하라가 방해되어 실종을 가장해 그를 죽였다. 상상하고 싶지 않지만 분명 앞뒤는 맞는다.

"하지만 아무리 그래도 경찰 가족을 덮칠까? 모리 영감처럼 정신 나간 노인네는 그렇다 쳐도 가나이가 그렇게까지 멍청한 놈은 아니었는데 말이야. 더욱이 그 결과로 경찰까지 죽이다니. 그게 정말 사실이라면 어처구니없는 일이지."

깡 하고 직선타가 날아간다. 좌익수 앞 1루타다.

"더욱이 거기에 아키미쓰까지 엮여 있다? 가당치도 않지. 난 3인 공범설은 가능성이 작다고 봐."

요지도 동감이었다. 다만 근거는 다르다. 스미레가 피해를 당했는데 오로지 나가하라만 사라졌다. 요지는 그 점이 전혀 납득되지 않았다.

공이 날아간다. 이번에는 우익수 쪽 플라이지만 비거리가 나쁘지 않다. 곤도의 운동 신경은 확실히 보통 사람 이상이었다.

"만약 아키미쓰가 나가하라의 복수로 가나이와 모리 영감을 죽였다면 좀 그럴싸하겠지만."

마지막 공을 힘 있게 올려 치지만 투수 앞 땅볼이다. 곤도는 요지를 돌아봤다.

"세쓰코는 어땠지?"

드디어 때가 왔다고 생각했다.

"어이."

"네?"

"못 들은 척하지 마. 세쓰코 씨 말이야, 세쓰코. 얼마 전에 만나지 않았나? 보고 안 해?"

"아, 네. 근데 아무것도."

"아무것도?"

곤도의 얼굴에서 웃음기가 사라졌다.

"아무것도는 뭐가 아무것도야. 인마."

"정말 아무것도 없었습니다. 세쓰코 씨는 모리 씨와 나가하라의 이면의 관계에 대해서는 아무것도 모르는 것 같았습니다."

"그런 건 상관없고, 세쓰코는 그날 정말 모리를 넘어뜨렸나? 아키미쓰를 불렀나?"

"곤도 형사님."

요지는 싱긋 미소 지었다.

"그냥 한번 해 본 이야기를 정말 믿고 계셨나요?"

순간 퍽 하고 곤도가 손바닥으로 요지의 턱을 올려 쳤다. 다리에 힘이 풀려 자연스레 무릎을 꿇는다. 그러자 이번에는 볼에 손바닥이 날아왔다.

"이 새끼가 사람을 실컷 부려 먹고 정작 자기는 놀고 자빠져 있었어?"

"어쩔 수 없잖습니까. 세쓰코 씨에게 수상한 낌새는 없었습니다. 그 추리는 안타깝지만 탈락입니다."

"지토세 집안 건은? 뭐라도 하나 건져 왔겠지?"

"그게 무슨 말씀이시죠?"

순간 숨이 턱 막혔다. 아무래도 곤도는 목을 조르는 게 주특기인 듯했다.

"너 이 새끼, 죽여 버린다."

"사, 살려, 주십, 시오."

눈앞이 캄캄해질 무렵에야 곤도는 거칠게 손을 뗐다. 요지는 타석 옆에 쓰러져 콜록거리며 숨을 가다듬었다.

"본부 사람을 적으로 돌리고 이 바닥에서 살아갈 수 있을 것 같아?"

"최대한 눈에 띄지 않게 조용히 살 생각입니다."

"너 하나만의 이야기가 아니야! 네놈 가족까지 전부 날 적으로 돌리는 거다!"

요지는 곤도를 올려다봤다.

"너희 집안에서 하는 그 돌 공장을 조사하면 뭔가 나오겠지. 그리고 너, 누나 있지? 조카도 있고. 괜찮겠어? 그 모두에게 폐를 끼쳐도."

요지는 살며시 미소 지으며 감정을 죽였다. 익숙한 순서로 뺨을 올리고 눈썹을 내려 상대 눈에 최대한 비참하게 보이도록 한다. 연민을 자아낸다.

"제기랄."

곤도는 그물망으로 배트를 집어 던졌다. 배트가 바닥에 떨어질 때 맑은 쇳소리가 울렸다.

"애초에 너처럼 얼빠진 새끼한테 기대한 내가 잘못이지. 고시엔? 어차피 네놈 인생은 끝났어. 앞으로는 꾸물꾸물 썩어 갈 일만 남았다고. 얼른 뒈지는 게 나아."

그러면서 배를 퍽 걷어찼다. 요지는 호들갑스럽게 구역질하며 위액을 토했다.

"앞으로 두 번 다시 내 눈앞에 나타나지 마라."

곤도가 사라질 때까지 잠시 기다렸다가 다시 몸을 일으켰다. 항상 있는 직원이 케이지 뒤에 와서 걱정스러워하는 표정으로 요지를 보고 있다. 괜찮다고 손짓하고 지갑을 꺼낸다. 백 엔 동전 세 개를 기계에 넣고 곤도가 던져 버린 배트를 들고 타석에 섰다. 날아오는 공 세 개를 그냥 보내며 속도와 경로를 기억한다. 네 번째 공. 힘껏 휘두른 배트에서 깡 소리와 함께 손맛이 느껴졌다.

"와, 대단하세요."

직원이 중얼거리는 소리를 듣고 요지는 돌아서서 웃어 보였다.

"아슬아슬하게 센터 플라이네요."

그에게 마지막 인사를 건네고 점포를 나섰다.

아무리 주의해도 운전이 난폭해졌다. 곤도를 향한 분노 때문은 아니다. 그보다 자신의 생각을 스미레에게 확인해야 한다는 것이 마음을 무겁게 했다. 뭘 어떻게 말하고, 뭘 끌어내야 할까. 스미레의 오래된 상처를 다시 헤집는 그런 짓을 내가 할 수 있을까. 정말 그래야 할까.

"제기랄."

욕지거리를 내뱉고 운전대를 퍽퍽 내려쳤다. 시야 끝에 시시 언덕의 거대한 그림자가 보인다. 나 자신이 작디작은 존재처럼 느껴졌다.

나가하라의 집 앞에 세단을 세우고 초인종을 눌렀다. 가만히 기다린다. 간유리 너머에 사람 그림자가 보이더니 미닫이문이 옆으로 열렸고 집 안 불빛을 등에 업은 스미레가 요지를 보며 놀란 듯이 긴 속눈썹을 깜빡거렸다. 요지는 심호흡을 한 번 하고 인사도 없이 입을 뗐다.

"나가하라는 자살 따위 하지 않았습니다."

스미레의 눈꺼풀이 꿈틀했다. 그녀가 든 휴대폰에 달린 갈기 없는 가오가우가 흔들렸다.

"실종도 아닙니다. 그 녀석이 스미레 씨를 남겨 두고 사라질 리 없습니다.”

스미레의 얼굴에 그 이상의 변화는 나타나지 않았다. 다만 입술에 살짝 힘이 실리는 듯 보였다.

요지는 신중히 말을 골랐다. 어떡해야 스미레에게 내 생각을 온전히 전할 수 있을까.

“잠깐 나가시겠습니까?”

느닷없는 제안에 스미레는 어리둥절한 듯 눈을 깜박였다.

“부디 오늘 밤만이라도 저와 함께해 주십시오.”

스미레의 가늘고 싸늘한 손목을 잡는다. 세단 조수석 앞까지 데려가자 그녀는 순순히 따랐다. 요지가 운전석에 올라탔을 때 맞은편 독채 현관에서 눈을 휘둥그레 뜬 히로시게가 모습을 드러냈다.

“너 이 자식, 어디로…….”

신경 쓰지 않고 가속 페달을 밟는다.

산나나에 들어서 길을 내려간다. 사철 선로를 지나자 길이 휘어졌다. 가와베 교차로를 지나 니시오쿠 교차로에서 센에쓰 자동차 도로 쪽으로 꺾어 경찰서와 볼링장을 지나고 구민 체육관을 지났다. 묘하게 교통량이 적은 밤이다. 가로등도 거의 없는 길이 어두웠다.

“기억하십니까? 나가하라와 셋이 함께 시시오이 동물원에 간 거.”

“……카피바라.”

스미레가 중얼거렸다.

저녁 7시가 지났다. 동물원은 이미 문을 닫았을 것이다. 그래도 요지는 센에쓰 자동차 도로를 달려 길 안내 간판 앞에서 차를 오른쪽으로 꺾었다.

시시오이 동물원이 눈에 들어오기 시작했다. 닫힌 문 앞에 세단을 세우고 차에서 내렸다. 조수석 문을 열어 스미레에게 손을 내민다. 그녀는 가볍게 고개를 흔들더니 혼자 힘으로 일어나 걷기 시작했다.

둘이 함께 동물원 외곽 길을 걸었다. 상야등이 산책로에 빼빽이 늘어선 벚나무를 비추고 있다. 두 달 전만 해도 선명한 빛깔의 꽃을 피웠을 것이다. 동물원 안에서 이따금 짐승의 포효가 들렸다.

"스미레 씨."

요지는 그녀의 뒷모습을 향해 말을 걸었다.

"스미레 씨의 부모님은, 살해됐습니다."

스미레는 돌아보지 않고 오른 다리를 절룩거리며 천천히 걸었다. 얼굴은 꽃잎이 진 벚나무를 올려다보고 있다.

"도바리촌에서 일어난 산사태. 당시 산업 폐기물 처리 시설 반대파들은 공사 관계자들을 괴롭혔습니다. 그리고 폭우가 쏟아진 그날, 마을의 유일한 탈출로에 나무를 갖다 놓은 것도 바로 그들입니다."

단순히 위협 삼아서 벌인 일이 생각도 못 한 비극을 불렀다.

가키네가 나가하라를 각별히 여긴 데는 꼭 아내를 잘 돌봐 줘서가 아닌, 속죄의 의미도 있었던 것이다.

"스미레 씨는 당시 집을 나가 돌아다니고 있었습니다. 그리고 그때 차도에 나무를 놓는 그들의 모습을 목격하지 않았나요?"

스미레는 대답하지 않는다.

"목숨을 구한 스미레 씨는 나가하라에게 '도깨비를 봤다'라고 했습니다. 그때는 정말로 그렇게 생각했을지 모르죠. 그러나 점차 성장하면서 그때 자신이 본 도깨비가 실은 악의에 찬 인간이었다는 것을 깨달은 게 아닐까요?"

스미레의 걸음걸이에는 변함이 없다.

자신의 부모는 하찮은 어른들의 사정 때문에 살해됐다. 스미레는 그렇게 생각했을 것이다. 그런데도 그 사실을 가슴에 계속 간직한 채 살았다.

"스미레 씨는 부모님을 죽인 도깨비들이 실은 형편없는 인간들이었다는 걸 밝히지 않았습니다. 감추고, 또 감췄죠. 그걸 감추고 있는 한 지토세 집안의 보호를 받을 수 있다는 걸 알았으니까요."

스미레는 지토세 집안을 거부한 여자의 딸이다. 밉지는 않을지언정 그들에게 달가울 리 없다. 그러나 현재 스미레의 가족은 행정의 보호를 받고 있다. 기초 생활 급여에 장애 수당. 그리고 마음만 먹으면 언제든 관공서를 움직일 수 있는 지토세 집안이 그것을 묵인하고 있다.

스미레의 존재 자체가 폭탄이기 때문이다. 반대 운동을 후원한 지토세 집안의 악행을 드러낼 비밀을 품고 있기 때문이다.

"세 살 때 전."

스미레가 입을 열었다.

"폭우 속에서 아마 신나 있었겠죠."

왠지 남 일처럼 말하는 듯한 울림이었다.

"얼굴을 봤어요. 나무를 거기 둔 남자들의."

어쩌면 그 안에는 가키네뿐 아니라 가나이와 모리도.

그리고 그 이야기를 스미레에게 전해 들은 나가하라는.

"요지 씨."

스미레는 고개를 돌리지 않고 말했다.

"제가 얼굴을 기억했을 거라고 보세요?"

"네?"

"그 폭우 속에서 세 살배기 어린아이가 잘 모르는 어른들의 얼굴을 아주 잠깐 본 것만으로 정말 기억할 거라 생각하세요?"

요지는 발걸음을 멈췄다. 스미레의 말을 되새기고 그 의미를 깨닫자 마음이 흔들렸다.

"결국 '척'하고 있을 뿐이에요. 저도, 그 사람들도."

기억하는 척. 기억하고 있을 거라 믿는 척.

"그리 어려운 이야기도 아니죠. 왜냐하면 전 평범하게 제가 받을 수 있는 걸 달라고 부탁했을 뿐이니까요. 저희가 살아가는 것을 방해하지 말아 달라고 바랐을 뿐이니까요."

증오와 죄책감을 상쇄하기 위한, 암묵의 결탁.

요지는 목소리를 쥐어짰다.

"어떻게…… 어떻게 그런 걸 견딜 수 있습니까?"

살아도 사는 게 아니다. 안락한 삶이 아니라는 건 스미레가 학교에 진학하지 않은 사실에서도 명백하다.

"사고 위로금을 받았을 겁니다. 그 돈으로 어딘가 다른 곳에서 새로 시작하는 게 더 나았을 수도……."

"어디서 말인가요? 이런 다리를 가진 제가, 삶에 지쳐 버린 저희 할머니가 어디서 다시 시작할 수 있었을까요?"

"나가하라가 곁에 있지 않았습니까!"

"삼촌을 희생양 삼아야 했을까요?"

청아한 목소리가 밤바람을 타고 전해진다.

"그 녀석은 결코 희생이라 생각하지 않았을 겁니다."

"그럼 왜 사라졌나요!"

걸음을 멈춘 스미레의 어깨가 조금씩 떨렸다.

"왜, 한마디 말도 없이 사라져 버렸죠?"

대답할 수 없었다. 지금 요지는 그 질문에 대한 답을 가지고 있지 않았다.

"아주 조금만 참으면 돼요. 그럼 모두가 편해질 수 있어요. 그렇지 않나요?"

목소리에서는 이미 감정의 작은 파편조차 느껴지지 않았다.

"할머니가 살아 계시는 동안에는 여기 살 거예요. 행복하지 않아도 괜찮아요. 어차피 엄마 아빠를 죽인 사람은 저니까요."

비 오는 날 집 밖으로 뛰어가는 세 살 스미레의 뒷모습이 눈앞에 보이는 듯했다.

요지 씨. 그렇게 말하며 뒤돌아본 스미레의 얼굴은 미소로 꾸며져 있었다.

"전 괜찮아요."

"그런 말 마십시오! 아직 열여덟 살 여자아이가 괜찮다는 말 같은 건 하지 마세요!"

스미레의 얼굴을 차마 볼 수 없었다. 그런데도 그녀의 부드러운 목소리가 감정을 요동치게 했다.

난 지금껏 뭘 해 온 것인가. 그런 생각이 고개를 들어 요지는 주먹을 쥐고 어금니를 꽉 깨물었다. 근처에서 귀를 찌르는 새 울음소리가 들렸다.

"전……."

목소리를 짜낸다.

"……전 고시엔에서 공을 던지기 전까지 감독에게 프로 권유도 받을 만큼 재능 있는 선수였습니다."

스미레의 시선을 느끼며 요지는 말을 이었다.

"시합 전날까지도 자신만만했습니다. 심지어 연습에서도 제가 원하는 대로 코스를 정했죠. 여간해서는 제 공을 치지 못할 거라고 확신했으니까요."

분명 치지 못했다. 4자 연속 포볼, 그리고 마지막 1구는 데드볼이었으니.

"왜 그렇게 됐는지는 지금도 모르겠습니다."

시시오이군이 배출한 첫 번째 고시엔 출전자. 거기에 에이스 투수. 지역민들의 기대는 대단했다. 대규모 응원단이 고시엔 구장에 달려왔고, 얼굴도 모르는 높은 분과 악수도 했다.

그런 기대를 최악의 형태로 배신했다. 기대의 크기는 고스란히 실망으로, 실망은 비웃음으로 형태를 바꿨다.

"사실 그때 전, 마지막 데드볼 이후 바지를 적시고 말았습니다."

판에 박힌 미소가 저절로 얼굴을 뒤덮는다.

"멀리서는 안 보였을지도 모르지만 미지근한 소변이 허벅지를 타고 흘렀죠. 팀 동료들은 절 배려해 그때는 못 본 척해 주었지만 속으로 비웃었을 겁니다."

학교 안에서도 소문이 돌았다. 요지는 오로지 마음을 닫는 일에만 전념했다.

"저 대신 어머니가 사과했습니다. 고시엔 구장 관중석에서, 시합 후 모임에서, 그리고 졸업식장에서도 계속 고장 난 장난감처럼 고개를 숙였습니다."

그런 어머니에게 쏟아지는 경멸 어린 시선을 옆에서 보며 깨달았다. 이 땅에 사는 이상 나 때문에 고통받는 가족을 계속 봐야 한다. 이곳은 더 이상 내가 있을 곳이 아니라고 절실히 느꼈다.

"하지만 떠난다고 해도 어디로 가야 할지 알 리 없었습니다. 그때 제 삶에서 야구를 빼면 아무것도 없었으니까요. 정신을 차렸을 때 머릿속에는 오직 죽음이라는 단어만 가득했죠. 경찰 학교에서도 제가 바지에 소변을 지린 걸 아는 녀석들이 있어 괴롭힘을 당했습니다."

매일매일이 지독했다. 요코오에게 들려준 이야기 속 줄리는 바로 요지 자신이었다.

"이제는 익숙합니다. 마음을 죽이면 아픔은 금세 사라지죠. 그래도 잘 버텼다고 스스로도 생각합니다. 경찰 학교를 그만두지 않았던 건, 무슨 일이 있어도 경찰관이 되고 싶었기 때문입니다. 경찰은 권총을 쓸 수 있으니까요."

요지는 오른손 검지와 엄지를 세워 관자놀이에 갖다 댔다.

"전 이걸로 자살하려고 경찰관이 된 겁니다."

당시 고문 선생이 "경찰관은 어때?"라고 제안했을 때 총알이 관자놀이를 뚫고 쓰러지는 자신의 모습이 떠올랐다. 그것은 고시엔 마운드에서 지켜본 5번 타자가 쓰러지는 모습과 겹쳤다. 한심한 인생의 막을 내리는 데 이토록 어울리는 도구가 없다고 느꼈다.

"나가하라를 만나고 전 바뀌었습니다. 오직 그 녀석만이 제 마음을 알아줬죠. 어느 날 '너, 경찰관이 되어서 죽을 생각이지?'라고 제게 묻더군요. 소스라치게 놀랐고, 어떻게 알았냐고 물었습니다. 그러자 나가하라가 이러더군요. ……'너와 비슷한 눈빛을 가진 가족이 내게도 있다'라고."

요지의 시선이 스미레의 다리에 쏠렸다. 그녀의 가느다란 발목이 작게 흔들렸다.

"이제는 아시겠습니까? 나가하라가 경찰관이 되고자 마음먹은 시점은 바로 도바리촌 사고가 일어났던 해입니다. 그전까지 녀석은 운동부에 속하지도 않았고, 자신이 경찰관이 될 거라고는 꿈에도 생각하지 않았을 겁니다. 나가하라는 저보다 세 살 많은 동기입니다. 고등학교를 졸업하고 경찰관이 되기까지 3년이 걸린 겁니다."

그 3년간 나가하라는 일하면서 열심히 공부하고 몸을 단련했다. 경찰관 채용 시험을 돌파하기 위해 만전의 준비를 다 했다.

"나가하라는 스미레 씨를 지키기 위해서 그렇게까지 했습니다. 또 그런 자신을 불행하다고 여기지 않았습니다. 그러니 저도 녀석을 동경했고요."

— 지켜 주고 싶은 사람이 있다는 건 의외로 나쁘지 않아.

고개를 들자 두 사람을 비추는 상야등이 눈에 들어왔다. 불빛이 동그랗다.

"녀석을 동경해 녀석처럼 되고 싶어 지금껏 버텨 왔습니다. 언젠가 나도 지켜 주고 싶은 사람을 찾을 것이다. 그렇게 믿으며 아침마다 파란 제복을 입었습니다."

왼손을 주머니에 집어넣는다. 손가락에 '삐죽삐죽'이 닿았다.

요지는 스미레를 똑바로 봤다. 그녀의 눈동자가 달빛을 반사해 빛나고 있다.

숨을 들이마시자 저절로 말이 새어 나왔다.

"나가하라 대신 제가 스미레 씨를 지켜 드려도 되겠습니까?"

분명 스미레는 거절할 것이다. 괜찮아요, 라고. 그리고 속으로 눈앞의 남자를 비웃지 않을까. 어차피 말뿐이라고 생각하며.

그녀는 물끄러미 요지를 보다가 잠시 후 눈을 돌렸다.

우우 하는 우렁찬 울음소리가 동물원에 울려 퍼졌다.

7

스미레를 집까지 바래다주는 차 안에서는 침묵만 감돌았다.

혼자 집으로 향하는 요지는 마음이 차갑게 식은 것을 느꼈다.

나가하라를 만나 그의 도움을 받고, 함께 시간을 보내며 그를 동경하고, 그를 통해 구원받았다. 살아 보자고 생각했다.

그러나 시시오이에 돌아온 나가하라 신스케를 요지는 잃고 말았다. 사이가 소원해진 건 형 말대로 자신이 고향인 시시오이를 두려워해 다가가지 않으려 했기 때문이다.

그리고 나가하라는 스미레와 나이 든 어머니를 남겨 둔 채 사라졌다.

그 소식을 듣게 된 날부터 점점 나 자신이 비어 가는 것을 느꼈다. 허리에 찬 뉴넘브의 무게감에 마음이 끌렸다.

아버지가 쓰러진 것을 계기로 시시오이에 돌아왔고, 그 후 모리가 죽고 가나이가 죽었다.

무엇이 나가하라를 그렇게 몰고 갔을까.

두 사람의 죽음은 나가하라의 의지다. 요지는 알고 있다. 믿고 있다.

도바리촌에서 일어난 악의에 찬 사고의 진실을 나가하라는 파악하고 있었다. 가키네에게 전해 들었다.

가나이와 모리는 정말 그 일에 관련돼 있을까.

곤도는 가나이가 스미레를 노리고 있었다고 했다.

그래서일까.

요지는 알 수 없었다. 나가하라 신스케를 알지 못했다.

그러나 알고 싶다. 알아야 한다. 나가하라를 알지 못하면 자신은 스미레를 지킬 수도, 나가하라를 대신할 수도 없다…….

집 옆 편의점을 돌면 나오는 자갈길 중간에 누군가 서 있었다. 차를 세우자 청바지에 티셔츠 차림인 그가 나오라고 손짓했다. 요지는 순순히 따랐다.

"좀 걷지."

차를 그대로 길에 세워 두고 요지는 아키미쓰를 따라갔다. 길이라 부를 수도 없는 좁은 길을 아키미쓰는 거침없이 걸었다. 주위는 어두웠고, 잠시 후 길이 끊겼다.

"마스다를 기억하나?"

모임에도 참석했던 버스 기사다. 그리고 사우스 라인 프로젝트 추진파에 반대파인 히고를 손봐 달라고 의뢰한 인물이다.

"마스다의 회사에 프로젝트 추진파가 있었지. 녀석은 우리와 내통하는 스파이였어. 이중 스파이였던 셈이지."

그래서 평범한 회사원이 그날 모임에 참석했던 것이다.

"네 지금 상황을 되짚다 보니 갑자기 녀석이 떠오르더군."

"전 그렇게 살찌지 않습니다."

그러자 아키미쓰가 홍 하고 코웃음을 쳤다.

"뱀 같은 인간과 한 조가 되어 여기저기 냄새를 맡고 다닌다지? 곤도는 상대가 쓸모없다고 느끼는 순간 언제든 버릴 작자인데."

"이미 버림받았습니다."

"그러니 조금 전 그 뱀한테 바로 연락이 왔지. 네 멋진 추리를 아주 자세히 들려주더군. 그러면서 아키미쓰 범인설을 본부에서 검토하지 않을 테니 대신 지토세 씨를 소개해 달라던데."

"하하."

요지는 무심코 소리 내어 웃었다. 그 정도면 불굴의 의지라 할 만하다.

"그래서 아키미쓰 선배가 제 후임으로 그분과 한 조가 된 건가요?"

"멍청하긴. 내가 그런 인간이랑 편 먹을 리 있나."

무릎 높이까지 오는 잡초에 뒤덮인 일대로 들어간다. 수풀에 둘러싸인 천혜의 격투장 같은 곳이다.

"그런데 파출소에서 벌써부터 눈 밖에 나다니, 너도 한심한 건 마찬가지야."

"히로시게 씨의 움직임이 예상보다 빨라서."

"아니, 요코오야."

"네?"

"네가 우리를 의심한다고 가장 먼저 찌른 사람이 요코오라고. 넌 그런 쪽에서 영 물러."

그런가. 생각해 보면 이미 은퇴한 히로시게보다 요코오가 알렸다고 보는 게 자연스럽다. 요지는 자신의 어리석음에 무심코 또다시 하하 하고 건조하게 웃었다.

아키미쓰가 잠시 멈춰 서는가 싶더니 그 직후 배에 묵직한 통증이 꽂혔다. 아키미쓰의 신발이 복근에 정통으로 작렬한 것이다. 자연스럽게 허리가 휘고 입에서 위액이 터져 나왔다.

"쪼개기는."

요지는 콜록거리며 눈을 치뜨고 상대를 올려다봤다.

"곤도든 요코오든 등신 집합소라 할 수 있지. 근데 그럼 넌 뭐지? 요코오 같은 놈한테까지 뒤통수를 처맞았으니 상등신인가? 요코오가 평소에 우리한테 인정받으려고 안간힘을 쓴다는 건 심지어 스게짱도 아는데 말이야. 그 정도 계산도 못 하나?"

전에 햄버거 가게에서 만났을 때 이미 눈치챘지만 그러니 더 그가 배신할 거라고 생각하지 않았다. 요지 자신이 요코오에게 나가하라 같은 존재가 될 수 있을 것 같았기 때문이다. 그러나 요코오에게 요지는 그저 파출소 내 신분 상승의 수단에 불과했다.

"정말 생각할수록 멍청한 놈이라니까. 심지어 요코오한테 연말에 나가하라에게 전화가 왔다는 이야기도 했다며? 그때 나가하라가 설에 내려오라 했다고."

오랜만에 만나서 이야기하자고 했다.

"그때 넌 뭐라고 했지? 바쁘다는 둥 핑계를 대고 거절하지 않았나?"

줄곧 마음에 걸렸다. 어쩌면 나가하라는 그때 나와 뭔가 상의하고 싶었던 게 아닐까. 그때 내가 나가하라를 만났다면 그가 실종될 일도 없지 않았을까.

"한마디로 넌 녀석을 버렸다는 소리야."

순간 가슴 깊숙한 곳에서 뭔가가 울컥 치밀어 올랐다. 수많은 기억의 파편이 머리를 휘젓고 다닌다. 현 대회 결승에서 마지막 공을 던졌을 때의 환희, 고시엔에서 보인 비참한 모습, 계속해서 고개를 숙이던 어머니, 형의 멸시 어린 눈빛, 침대에 누운 아버지, 가도마쓰와 사모한. 불타는 모리의 집, 굳어 버린 가나이의 시신, 뜨뜻미지근한 피. 볼이 부어오른 나가하라의 환한 미소와 스미레의 긴 속눈썹, 둥근 눈동자. 관자놀이를 뚫고 가는 야구공, 그리고 총알. 쓰러지는 나 자신. 그것을 내려다보며 히죽거리고 있는, 나 자신.

뭔가가 펑 터졌다.

불끈 쥔 주먹을 아키미쓰에게 휘두른다. 닿지 않는다. 대신 다시 한번 복부에서 통증이 느껴졌다. 프로 복서 자격증이 있는 남자의 보디 블로를 정통으로 맞았다. 토악질을 한다. 누런 위액이 발밑에 쏟아진다. 이를 악물고 다시 한번 주먹을 치켜든다. 허공을 가른다. 다리가 휘청거린다. 시야가 눈물로 일그러져 있다. 팔을 계속 휘두른다. 정신없이 공기를 때린다. 눈물이 줄줄 흘렀다.

난 무력해.

"으아앗!"

휘두른 주먹에 충격이 있었다.

"아아아앗!"

한 방 더. 한 방 더.

"이 새끼가!"

시야가 쿵 흔들렸다. 머릿속이 새하얘진다. 뒤잇는 통증이 턱에서 뇌로 전해졌다.

"왜? 못 버티겠어?"

목소리가 들린 방향으로 필사적으로 다가가 달라붙는다. 팔에 닿는 부분이 아키미쓰의 허리라는 건 거의 의식하지 못했다.

"이건 뭐 동네 애새끼들 싸움도 아니고."

퍽 하고 몸에 뭔가가 꽂혔다. 무릎이다. 호흡이 멎는다. 배 속에 이제는 토해 낼 것도 없다. 그래도 손을 떼고 싶지 않았다. 이대로 쓰러지고 싶지 않았다. 요지는 앞으로 고꾸라지듯 몸에 무게를 실었다. 아키미쓰가 헛발을 디디는 게 느껴졌다. 허리에 갖다 댄 손을 허벅지로 옮겨 힘껏 잡아당겼다.

그러나 상대는 쓰러지지 않았다.

몸이 붕 회전했다. 하늘이 보인다. 쿵 하고 바닥에 등이 부딪혔다. 이제는 움직일 수 없다.

"단련이 부족해."

아키미쓰는 담배를 꺼내 물었다. 볼이 살짝 부었고 입가에 피가 번져 있다.

"더러운 자식."

"더러운 건 너지 인마. 상대한테 토를 뿌리는 게 네 비장의 무기냐?"

조롱하는 그에게 다가갈 기운이 없다. 대자로 누워 호흡을 가다듬는 게 고작이었다.

"아무래도 세탁비는 받아야겠는걸."

아키미쓰가 셔츠를 벗었다. 겉에 드러난 상반신에 요지는 시선을 빼앗겼다. 가까스로 몸을 일으켜 다시 한번 그를 쳐다본다. 어둠에 떠오른 탄탄한 근육과 갈라진 복근. 그리고 그곳에 보이는 수많은 상처가 무시무시한 무늬를 그리고 있었다.

"중학생 때 매일같이 맞고 다녔지. 겨울이 되면 지금도 아려."

요지는 반사적으로 "왜죠?" 하고 물었다.

"애들이 얻어맞고 다닐 이유가 뭐 있겠나. 냄새가 난다거나, 가난하다거나, 멍청하다거나. 그 정도지."

"……뭐였습니까?"

아키미쓰는 미소만 지을 뿐 대답하지 않았다.

"중학교 2학년 여름이었나. 반에 전학생이 왔지. 딱 봐도 건들거리는 인상에 중학생 주제에 머리에 스크래치까지 넣었더군. 지금 생각하면 그냥 공부랑 담쌓고 지내는 멍청한 꼬맹이였고, 뭐 우리도 크게 다르지는 않았어. 그리고 원래라면 그런 뒤는 전학생들은 처음부터 기를 꺾어 놓기 마련인데 걔한테는 그러지 못했지. 아니, 그러기는커녕 다들 걔와는 눈도 못 마주치고 심지어 옆에서 알랑거리는 놈까지 나오더군. 왜 그랬을까? 단순해. 다들 녀석의 뒷배에 겁먹어 있었거든."

아키미쓰는 손에 든 담배를 보며 말했다.

"자칫 뜻을 거슬렀다가는 동네에서 발붙이고 살 수 없는, 그런 권력자의 도련님께서 여기저기서 말썽을 피우다 결국 남중학교까지 흘러오게 된 거야. 난 당시 2학년을 주름잡고 있던 탓에 눈 깜짝할 사이에 걔 눈 밖에 났어. 처음에는 별로 신경 쓰지 않았지만 어느새 하나둘 친구가 내 곁을 떠났고, 뻔한 수순으로 어느 날 학교 건물 뒤로 불려 갔지. 그리고 그곳에서 바로 얼마 전까지 함께 놀던 녀석들에게 먼지 나게 두들겨 맞았어. 그러다 갑자기 엎드려 사과하라는 말을 들었고, 내가 뭘 사과해야 하느냐고 물었다가 이 꼴이 됐지."

그는 옆구리에 길게 새겨진 여러 개의 흉터를 가리켰다.

"못 박힌 방망이를 본 적 있나? 영화 같은 데 나오는. 그걸로 찌이이이익 하고 긁혔지. 저절로 눈물이 터지더라. 그런 날 보며 다들 낄낄거렸고. 그 뒤로도 눈물이 멈추지 않았어. 어때? 꽤 슬픈 이야기지?"

담배 끝에 늘어진 재를 떨어뜨리고 말을 잇는다.

"치료비라며 만 엔을 쥐어 주더군. 그걸 들고 집에 가니 아빠한테 또 얻어맞았고."

하하, 하고 웃음을 터뜨린다.

"그날 이후부터는 완전히 아르바이트가 돼 버렸어. 선생 역시 보고도 못 본 척했고, 매일 목검과 못 방망이로 두들겨 맞고 걷어차여서 너덜너덜해지면 용돈을 받았지. 어린 나이에도 권력이라는 게 이토록 대단하다는 걸 배우게 된 거야."

아키미쓰는 담배를 한 모금 빨더니 찌푸린 얼굴로 연기를 내뱉었다.

"그러다 시시오이 축제 때 신사 뒤에서 곤죽이 돼 있던 나를 다쓰노리 씨가 구해 줬어. 그리고 날 복싱 체육관에 보내 줬지. 아마 그 사람이 없었으면 난 죽었거나 죽임을 당했거나 둘 중 하나였을 걸."

"……그 녀석은 이후에 어떻게 됐습니까?"

"글쎄. 도쿄에 있는 고등학교에 간 뒤로는 못 만났는데."

아키미쓰는 연기를 뿜고 요지를 봤다.

"아무튼 그때의 경험으로 아주 중요한 걸 배웠어. 한 명보다는 둘이 강하다. 둘보다는 셋이 강하다. 혼자서는 아무것도 할 수 없다. 팔다리를 제압당하면 그저 샌드백일 뿐이다. 하지만 세 명을 움직이는 건, 한 명이다. 그리고 그 한 명이 옳고 그름을 정한다. 무슨 말인지 알겠나?"

망설임 없는 일필휘지로 그린 듯한 날카로운 눈동자가 요지의 눈에 보였다.

아키미쓰는 두 번째 담배를 꺼내며 이렇게 말했다.

"우선 이거 하나는 확실히 하고 넘어가야겠어."

담배를 물고 히죽거리는 얼굴로.

"모리 영감과 가나이를 죽인 건…… 너지?"

요지는 자기도 모르게 미소 지었다.

4장

용서받지 못한 파랑

요지.

전에 넌 나한테 이런 말을 한 적 있어. 시시오이는 사람 살 곳이 못 된다고.

아무리 사람 살 곳이 못 되어도 여기서 계속 발붙이고 살아갈 수밖에 없는 이상, 최대한 긍정적으로 생각하자며 지금껏 허세를 부렸는지도 몰라.

그런데 이젠 네 심정을 알 것 같아.

정말 지긋지긋해졌거든.

바로 조금 전 내 안에서 뭔가가 부서져 버렸어. 난 오늘 근무를 마치고 모리 준이치로와 가나이 뎃페이라는 인간을 죽이러 갈 거야. 그리고 네가 하려고 했던 그 방식으로 내 문제도 매듭지으려 해.

스미레는 자기 자신의 행복을 소중하게 생각하지 않는 경향이 있어. 앞으로도 어머니와 날 위해 많은 것을 짊어지겠지.

난 그런 상황을 견딜 수 없어.

어쩌면 조금 더 일찍 결단해야 했는지도 몰라.

우리의 평화는 언제나 누군가의 인내심 위에 성립된다. 그걸 알면서도 지금껏 모르는 척 고개를 돌리며 살았어. 결국 나 역시 보잘것없는 인간이었던 거야.

요지. 가능하다면 앞으로 네가 스미레를 돌봐 줬으면 해. 이기적이지만 한심한 친구의 마지막 부탁이라 생각하고 모쪼록 잘 생각해 줘.

1

"네가 모리와 가나이를 죽였다. 그렇게 생각하면 모든 게 간단해지지."

요지는 땅바닥에 주저앉아 아키미쓰의 몸을 보고 있었다. 탄탄한 근육에 새겨진 무수한 상처가 꼭 거꾸로 늘어진 갈기털처럼 보인다. 나긋나긋한 실루엣이 마치 두 발로 선 짐승 같다.

아키미쓰는 실실거리면서 다시 연기를 내뱉고 입을 열었다.

"내가 널 의심한 첫 번째 이유가 뭔지 알아?"

"발소리가 들리지 않은 사람을 봤다고 한 거겠죠?"

아키미쓰가 만족한 것처럼 입꼬리를 올렸다.

"직접적으로는 그렇지. 곤도에게 아키미쓰 범인설을 들었을 때는 너무 어이없어서 하마터면 웃음이 터질 뻔했어. 발소리가 들리지 않았던 그가 나랑 사전에 입을 맞춘 공범인 데다 잡히지 않으려고 신발을 벗고 걸었다니, 그런 멍청한 이야기가 어딨나? 신발을 벗고 걸어도 충분히 붙잡을 수 있고, 설령 잘 숨는다 해도 끝까지 쫓지 않을 거라고 단언할 수 없지. 거기에 내가 널 가나이의 별장으로 보낸다? 그것도 내가 가나이를 쏴 죽인 후에 오도록? 그런 타이밍을 어떻게 맞출 수 있지? 또 네가 함께 가자는 말을 꺼내면 모든 게 끝 아닌가?"

그렇다고 따로 움직일 것을 지시하면 요지 역시 수상하게 여겼을 것이다.

"애초에 그때 순찰을 가자고 한 건 너고, 남중학교 부지로 가자고 하거나 제멋대로 혼자 남자를 찾아 나선 것도 전부 너 아닌가? 한마디로 넌 그렇게 억지로 꿰맞추지 않는 이상 발소리가 들리지 않은 그에 대해 설명할 수 없었던 거야. 난 그놈을 못 봤어. 본 사람은 너뿐이지. 그리고 난 내가 범인이 아닌 걸 알아. 만약 네 이야기가 거짓말이라면 범인은 네가 될 수밖에 없다는 말이야."

지극히 간단한 논법이다.

"넌 그때 남자를 봤다고 거짓말하고 날 두고 혼자 가나이의 별장으로 직행했어. 그리고 그 녀석 가슴에 두 발을 꽂는 데까지 5분도 안 걸렸겠지."

"사격만은 자신 있으니까요."

요지는 솔직하게 대답했다. 변명하며 발뺌하고 싶지 않은 자신이 스스로도 신기했다.

아키미쓰가 코웃음을 쳤다.

"사람을 죽이는 것치고는 방법이 아주 조잡했어. 그걸 덮기 위해 나가하라의 권총을 거기 뒀을 테고."

나가하라의 권총으로 가나이를 죽임으로써 범인을 사라진 나가하라 본인 또는 나가하라를 살해한 자로 끌고 가려고 했다. 발소리가 들리지 않은 남자를 봤다는 말의 신빙성도 높아질 거라고 기대했다. 의심받을 수는 있겠지만 뉴넘브의 존재가 있으면 어떻게든 된다. 왜냐하면 자신은 나가하라가 아닐뿐더러 그를 죽이거나 그에게서 뉴넘브를 받은 것도 아니기 때문이다.

"그렇게 급하게 가나이를 죽인 이유가 뭐지?"

"단둘이 만날 기회를 만들어야 했으니까요. 제가 원하는 대로 그 녀석을 움직이는 데 제가 쓸 수 있는 카드는 신사 땅뿐입니다. 근데 형이 그 땅을 팔아 버리면 어려워지죠."

범행 전날 밤, 현장 답사를 가서 뉴넘브와 장갑을 길가에 있는 사당 안에 숨겼다. 야구 연습장 앞 공중전화에서 명함에 적힌 가나이의 휴대폰 번호로 전화를 걸어 약속을 잡았다. 토지 권리 증서를 미끼 삼아 "같이 한몫 잡아 봅시다"라고 하자 가나이는 "내가 그동안 자네를 잘못 봤군" 하며 기뻐했다.

"가나이의 시신을 건드린 것도 고의였나?"

오른손을 피범벅으로 만든 건 혼란을 틈타 손을 씻을 의도였다. 얇은 장갑 하나로는 초연 반응이 걱정됐다. 곤도의 허락을 받아 팔꿈치까지 꼼꼼히 씻고, 손을 닦는 척하며 제복도 물에 적셨다. 주머니에 넣어 둔 장갑은 속옷에 넣었다.

"모리 영감을 죽일 날로 그날 밤을 고른 건 세쓰코 씨가 집에 없다는 걸 알고 있었기 때문이겠지."

낮에 만났을 때 여동생 집에 간다고 들었다. 그리고 그런 일이 그리 빈번하지 않다는 것도.

"밤이 될 때까지 기다렸다가 요코오가 수면실에 들어간 틈을 타 파출소를 나갔다. 바이크를 타면 시끄러워서 요코오가 깰 수 있고, 걸어가면 시간이 너무 많이 걸린다. 그래서 네가 고른 이동 수단이 자전거였겠지."

CCTV에 찍히지 않으려고 뒷문으로 파출소를 나가 집에 가서 자전거를 탔다. 그 시간에 다른 사람에게 목격될 가능성은 거의 없고, 제복 입은 경찰이 돌아다닌다고 해서 의심받을 리도 없다. 여차하면 순찰 중이라고 거짓말하면 된다.

"그 위에 다른 옷도 걸쳤나?"

후드가 달린 검정 파카를 입어 제복을 숨겼다.

"너희 집에서 모리 영감 집까지는 완만한 경사로라 별로 힘들지도 않지. 그날 영감을 죽이고 집에 불을 지른 후 서둘러 돌아와 자전거는 파출소 근처에 세워 뒀지?"

편의점 뒤편이다. 집에 자전거를 두고 파출소에 돌아가려면 시간이 너무 걸렸다. 또 그전에 신고라도 들어오면 자리를 비운 걸 들키고 만다.

"네가 날 만나러 온 날 밤에 자전거를 끌고 온 게 영 신경 쓰였지. 우리 파출소는 에구리 언덕 꼭대기에 있어. 거기까지 자전거를 타고 오는 건 이상하잖아. 그때 날 만나러 온 김에 자전거를 회수했겠지."

화재 이후에는 현장 경비를 서고 조사받느라 가지러 갈 시간이 없었을 것이다.

"넌 신고를 받고 달려가 주민을 구출하는 열혈 경찰을 연기하려고 했어. 그때 네가 간과한 건……"

그렇게까지 불길이 치솟을 줄은 예상을 못 했다는 것과, 또 한 가지.

"그곳에 내가 나타났다는 거야. 넌 나한테 들켰을 수도 있다고 걱정했겠지."

타이밍이 지나치게 절묘했기 때문이다.

"그리고 어설픈 추리를 들려주며 내 반응을 살폈을 거야. 하지만 유감스럽게도 난 정말 불이 난 후에 그곳에 갔어. 네 소행일 줄은 꿈에도 모르고."

하마터면 웃음이 터질 뻔했다. 헛된 믿음을 품고 우왕좌왕하던 자신이 한심하기 그지없었다.

"가나이 때는 일부러 나와 한 조가 되어 근무하는 밤을 골랐겠지?"

모리가 죽은 날 아키미쓰가 비번이었던 상황을 이용해 그를 희생양 삼으려 했다. 그럴 때 뜻밖의 횡재로 곤도까지 달려들었다. 적당한 추리를 들려줘 그의 흥미를 돋우고 정보 수집에 이용했다.

"가나이 사건이 있고 나서 난 머리 한구석에서 널 의심하기 시작했어. 그러다 오토리시에서 너와 나눈 대화가 결정적이었고."

요지는 '역시 그랬나' 하고 숨을 내쉬었다.

"그때 넌 모리와 가나이 다음으로 범인이 아키미쓰 다이고를 노릴 수도 있다며 은근슬쩍 날 떠보더군. 그런데 그건 이상하잖아. 네 가설 속에서 모리를 죽인 범인은 난데."

그때는 초조했다. 모리와 가나이를 죽인 범인이 아키미쓰여야 한다는 것을 잊고 무심코 속내를 드러내고 말았다.

"두 개의 사건이 연결돼 있는 데다가 다음 표적은 내가 될 거라고? 대체 이 자식은 무슨 근거로 이런 소리를 하는 거지? 그냥 억측인가? 모리 영감 집 화재를 사건으로 보지 않았던 난 그제야 처음으로 연쇄 살인 가능성을 진지하게 떠올리기 시작했어."

사와노보리 요지를 범인으로 해서.

"그런데 아무래도 영 시원찮더군. 우선 동기. 그리고 어떻게 네가 나가하라의 뉴넘브를 손에 넣을 수 있었는지, 그 경로가 도무지 감이 안 왔지. 바로 얼마 전 곤도에게 네 추리를 듣기 전까지 말이야."

아키미쓰는 히죽 웃었다.

"나가하라 실종과 관련된 뭔가가 그 쓰레기집 안에 숨겨져 있었던 게 아닌가. 넌 나한테도 그런 말을 했어. 그곳에 숨겨 둔 걸 없애기 위해 일부러 불을 지른 게 아니냐고. 그 이야기가 만약 사실이라면? 그 쓰레기집 안에 중요한 뭔가가 숨겨져 있었고, 심지어 그게 모리 영감 집 화재와 가나이 살해를 연결 짓는 단서인 동시에 나가하라 실종과도 깊이 관련된 것이라면? 그래. 나가하라의 뉴넘브 말이야."

자신의 사소한 실수에서 여기까지 추리의 실타래를 뻗치다니.

요지는 감탄하기보다 순수하게 놀랐다.

"나가하라의 뉴넘브는 모리 영감의 쓰레기집에 있었어. 넌 내가 범행을 목격했는지 뿐만 아니라 내가 그걸 알고 있는지도 확인하고 싶었을 거야."

그때 아키미쓰가 화재 현장에 나타난 것이 뉴넘브의 존재를 황급히 확인하러 온 게 아닐까 의심했다.

"쓰레기집 안에 뉴넘브가 있는 걸 아는 사람은 나가하라 실종과 관련된 사람, 또는 모리를 죽인 범인뿐이지. 바꿔 말해 모리 영감을 죽인 사람만 가나이를 죽일 수 있는 거야. 그럼 이렇게 되지. 모리 영감을 죽인 사람은 가나이를 죽인 사와노보리 요지다."

박수를 보내고 싶었다. 그러나 그럴 기운이 없어 한숨 섞인 웃음만 터졌다.

"넌 계속 시시오이를 떠나 있었고, 모리 영감이 죽은 건 네가 이곳에 부임한 지 일주일밖에 안 된 시점이야. 네가 그 둘을 죽였다면 동기는 나가하라의 복수밖에 없지. 하지만 그럼 나가하라를 죽인 사람이 모리 영감과 가나이라고 네가 어떻게 확신할 수 있었는지가 수수께끼가 돼."

"그래서, 푸셨습니까?"

장난기 섞인 요지의 질문에 아키미쓰는 고개를 끄덕였다.

"나가하라의 글."

요지는 이제는 두 손 들고 항복하고 싶었다.

"난 그날 모리 영감 집 순찰을 마치고 돌아온 나가하라가 뭔가를 쓰는 걸 봤어. 하지만 넌 나가하라의 그날 행동에는 관심을 보였으면서 정작 그 편지의 내용이나 행방을 찾는 데는 별로 열의가 없었지. 실종된 사람이 마지막으로 남긴 유서일지도 모르는데 말이야. 궁금한 게 인지상정 아닌가?"

그것을 깊이 파고들지 않았던 이유는 오직 하나.

"그건 혹시 네 앞으로 보낸 편지 아니었을까?"

모리 집 순찰을 마치고 돌아와 파출소에서 퇴근하기 전까지 나가하라는 사와노보리 석재를 찾아가 우편함에 직접 편지를 넣었다. 그 편지가 요지에게 도착한 건 3월에 아버지가 쓰러졌을 때다. 실종 직후 조사 때만 해도 편지의 존재조차 몰랐다. 아버지가 실려 간 병원에서 누나에게 '사와노보리 요지 귀하'라고 적힌 발신인 없는 편지 봉투를 건네받았다. 요지는 그 편지를 읽고 나가하라 실종의 진실을 밝히고자 시시오이 파출소로 근무지 이동원을 내기로 했다.

"나가하라는 너한테 뭐라고 남겼지?"

"지금부터 모리와 가나이를 죽이러 간다. 녀석의 글씨로 그렇게 쓰어 있었습니다."

"유서가 아닌 범행 결의문이었나. 그렇군. 나가하라는 그날 사라지려고 파출소를 나간 게 아니라 사람을 죽이려고 나간 거였어."

그 안에 뉴넘브에 관한 내용은 한 줄도 적혀 있지 않았다. 적혀 있었을 리 없다. 나가하라는 편지를 쓰고 나서 뉴넘브를 들고 그대로 파출소를 나갔다가 누군가에 의해 사라졌으니까.

"이유는?"

아키미쓰가 그렇게 물어서 고개를 흔들었다. 편지를 통해서 나가하라의 범행 동기를 알 수는 없었다.

아키미쓰는 담배 연기를 깊숙이 들이마시고 길게 내뱉었다.

"모리 영감은 뭐라고 했지?"

그날 밤 일을 떠올린다. 요지는 잠들어 있는 모리에게 권총을 들이밀어 그를 툭툭 쳐서 깨우고 물었다. 나가하라를 죽인 사람이 당신이냐고.

— 아니야! 난 아니야! 난 모르는 일이야!

모리는 크게 당황했고, 요지는 그런 그를 믿지 못했다.

"나가하라가 모리 씨 한 명에게만 당했을 것 같지는 않으니까요. 공범이 있지 않냐고 따졌습니다."

— 몰라. 정말이야. 난 아무것도 몰라!

"혹시 나가하라에게 원한을 산 기억도 없다고 했나?"

"거기까지 묻지는 못했습니다."

"뭐?"

"묻기 전에 모리 씨가 저에게 권총을 겨눴으니까요."

아키미쓰는 얼굴을 찌푸리며 이내 이해한 것처럼 고개를 끄덕였다.

"나가하라의 뉴넘브인가."

모리가 갑자기 총구를 겨누는 바람에 요지는 자신이 든 권총 자루로 모리의 손목을 쳤다. 그리고 떨어뜨린 권총을 주우려는 모리의 뒤통수를 힘껏 후려갈겼다.

"눈을 허옇게 까뒤집고 어이없이 죽어 버리더군요. 근처에 라이터가 떨어져 있어서 적당히 쓰레기들을 모아다 불을 붙였습니다."

불길이 시신에 옮겨붙는 것을 확인하고 집을 나섰다. 나가하라의 뉴넘브는 파카 속에 넣어 뒀다가 파출소 사물함에 숨겼다.

"가나이는?"

"소파에 누워 편히 쉬고 있었죠. 제가 권총을 겨누기 전까지는."

완전히 방심하고 있었을 것이다. 그렇게 만들기 위해 요지는 청년단을 자처했던 그 2인조 앞에서도 일부러 한심한 사람 같은 인상을 심었다.

부하들이 없는 것을 확인하고 별장에 들어갔다. 요지가 겨눈 총구를 보며 가나이는 넋 나간 얼굴로 굳어 버렸다.

"시간이 없어서 바로 쐈습니다."

뉴넘브를 집 안에 던져 넣고 서둘러 별장을 나섰다. 이후 무전기로 본부에 총소리를 들었다고 보고했다.

"그대로 시신을 발견한 척해도 됐겠지만, 절차를 밟지 않으면 의심을 살 수 있으니 확실히 집 밖에서 다시 들어갔습니다."

그리고 시신에 손을 댔고, 신고했다.

"내가 일찍 도착하면 어떡하려고 했지?"

"'주, 죽었습니다!' 하고 부산을 부리며 연기했겠죠."

장난스럽게 말하는 요지를 보며 아키미쓰는 무표정하게 물었다.

"나가하라가 둘을 죽이려 한 이유도 모르는 상태에서 모리 영감과 가나이를 죽인 건가?"

대답이 없자 아키미쓰는 거듭 묻는다.

"망설여지지는 않았나?"

상대의 속을 더듬는 날카로운 말투다.

"꼭 죽여야 했나?"

사실 요지도 똑같은 질문을 몇 번이나 스스로 던졌다. 모리를 죽일 때 나는 얼마나 양심의 가책을 느꼈을까.

"왜 이렇게까지 했지?"

"왜냐고요? 뻔하잖습니까. 나가하라가 둘을 죽이려 했기 때문이죠."

"넌⋯⋯."

아키미쓰의 목소리에서 희미한 동요가 읽혔다.

"일단 죽이고 나서 동기를 찾은 건가?"

나가하라가 죽이려 했으니 죽인 것이다.

모리와 가나이가 무슨 짓을 했든 나가하라는 법의 힘에 기대지 않고 자기 힘으로 문제를 해결하는 길을 선택했다. 그렇다면 나도 그렇게 할 뿐이다.

"쓰레기 같은 자식이군."

아키미쓰는 마음속 깊이 실망한 듯 그렇게 중얼거리고 "응. 쓰레기 같아"라고 반복했다. 요지는 그 모습을 차갑게 올려다봤다. 멍한 머리로 '그래, 맞는 말이야'라고 생각했다.

난 사람을 죽였다. 확실한 동기도 없으면서.

모리를 죽인 건 충동적이었다. 그러나 집에 불을 지를 때 내게는 망설임이라는 게 있었을까.

아니, 없었다. 잘못된 건 타이밍뿐이고, 모든 사실을 알아내면 처음부터 죽일 계획이었다. 그러니 일부러 파카도 챙겨 입고 갔다.

현재 후회는 하는가.

그것도 아니다.

그러나 그렇다고 성취감을 느끼는 것도 아니다.

"뭐가 우습지?"

아키미쓰가 물어서 지금 자신이 엷게 미소 짓고 있다는 것을 깨달았다.

"아. 선배 말씀이 맞는 것 같아서요. 곰곰이 생각해 보면 전 아무것도 모르는 상태로 그저 나가하라가 하려던 걸 완수했을 뿐입니다. 그리고 나서 뒤늦게 부랴부랴 동기를 찾고 있죠."

모리와 가나이가 살해돼도 싼 인간이라는 것을 확인하기 위해. 그러나 그것은 이미 나가하라의 의지와 무관한, 내 한 몸을 지키기 위한 것이다.

"그렇게 엄청난 짓을 저질렀는데도 꼭 남의 일처럼 느껴집니다. 두 사람을 죽인 사람은 제가 맞지만, 저라는 인간은 어디에도 없죠. 저한테는 아무것도 없습니다. 전 그저 나가하라가 되고 싶어서, 될 수 없어서 결국 녀석 대신 사람을 죽였습니다. 하지만 정작 나가하라가 어떻게 됐는지는 여전히 모르는 채로 선배에게 덜미를 붙잡혔습니다. 선배 말처럼 그야말로 멍청하고 얼빠진 쓰레기 같은 놈이죠. 전 대체 뭘 하고 싶었던 걸까요. 웃음이 나올 수밖에 없지 않겠습니까."

"웃지 마."

아키미쓰가 잘라 말했다.

"가장 중요한 순간에 웃으면서 얼버무리다가는 진정한 쓰레기가 될 테니까."

날이 선 목소리를 듣고 요지는 말을 잇지 못했다.

아키미쓰는 초조한 듯 피우던 담배를 버리고 또 한 개비 꺼내더니 불도 붙이지 않고 움켜쥐었다.

"……뉴넘브가 모리 영감에게 있었던 이상 나가하라가 자기 의지로 자살했거나 실종됐다고 보기는 어렵겠지. 그 녀석은 누군가에 의해 지워졌다고 봐야 해. 근데 네 이야기를 들으면 권총을 들이밀어도 모리 영감을 그걸 인정하지 않았지."

단호하게.

"난 가나이가 그랬다고도 보지 않아. 애초에 나가하라가 둘을 정말 죽일 계획이었다면 모리 영감을 먼저 노렸겠지."

조직의 보스와 술주정뱅이 노인. 둘 중 어느 쪽이 쉬운지는 굳이 판단할 것도 없다. 나가하라가 행동을 개시했다면 적어도 모리는 시체로 발견됐을 것이다. 그러나 현실에서는 모리와 가나이 모두 멀쩡히 살아 있었고 사라진 사람은 나가하라뿐이다.

요지는 아키미쓰의 결론이 자신의 결론과 점점 일치해 가는 것을 느꼈다.

"나가하라는 두 사람을 죽이러 가기도 전에 누군가에 의해 사라졌다. 이렇게 생각하는 게 가장 자연스럽겠지."

모리도 가나이도 아닌 다른 누군가에게.

"그런데 그럼 이번에는 나가하라가 누구에게 당했는지, 왜 당했는지, 시신은 지금 어디 있는지가 불분명해지지."

아키미쓰가 으스러뜨린 담배를 휙 던졌다.

"넌 어떡하고 싶지?"

요지는 질문의 의미를 이해하지 못했다.

"나가하라가 죽이려 한 두 사람을 정리했으니 이제 나가하라 놀이도 끝이야. 자, 이제 넌 뭘 하고 싶어?"

말문이 막혔다. 분명 목적은 달성했다. 나가하라의 한을 풀었다. 두 사람을 죽이고 끝낸다. 그럴 생각이었다.

만약 모리와 가나이가 나가하라를 죽인 진범이었다면 난 자수했을까. 아니면 뉴넘브를 내 관자놀이에 갖다 댔을까.

"넌 대체 뭐가 되고 싶은 거야?"

이번에도 역시 대답하지 못했다. 아무것도 아닌 나는 대체 뭐가 되고 싶은 걸까. 무엇이 되려고 손을 더럽혔을까. 아니, 손을 더럽혔으니 비로소 뭔가가 돼야 하는 걸까. 아니, 그렇지 않다······. 알수 없다. 그저 가로등 아래에서 "괜찮아요"라고 하는 스미레의 모습만 머리에 떠올랐다.

"나가하라를 죽인 진범은 아직 어딘가에 있겠지. 그것도 아주 가까운 곳에."

아키미쓰에게서 눈을 뗄 수 없다. 마치 강력한 자석처럼 이끌리고 있다.

"그렇지 않나? 진범은 모리 준이치로라는 영감이 쓰레기집에 살고, 주변 이웃들에게 눈엣가시 취급당하는 것도 알고 있었어. 그러니 뉴넘브를 숨길 곳으로 쓰레기집을 택했겠지. 때가 오면 나가하라를 죽인 죄를 떠넘기기 위해."

모리는 3월에 세쓰코와 함께 집에 쌓인 쓰레기를 정리하다가 그것을 발견하고 크게 놀랐을 게 분명하다. 그리고 속으로 이렇게 생각했을 것이다. 이 권총은 내가 모은 쓰레기 속에 우연히 섞여 들어왔다. 그러나 아무도 그 말을 믿어 주지 않을 게 뻔하다. 그날 이후 불안에 사로잡혀 주량이 늘었고, 세쓰코를 향해 '쳐 죽인다', 아니 '쏴 죽인다'라는 말을 툭하면 하게 됐다.

발견되기 어려운 환경과 누명을 씌우기 가장 적합한 인물. 진범이 이런 사정을 속속들이 알고 있었다면 그는 시시오이 근방 사람으로 볼 수밖에 없다.

이봐, 요지. 아키미쓰가 웃는 얼굴로 돌아가 입을 열었다.

"나랑 같이 그 녀석을 붙잡아 볼래?"

"네?"

"진범 말이야. 싫어?"

꼭 지금부터 한잔하러 가자고 하는 듯한 말투다.

"……전 살인범입니다."

"그래. 살인범이지. 거기에 멍청한 쓰레기고. 지금 너한테는 두

갈래 길이 있어. 하나는 순순히 죄를 털어놓고 죗값을 치르는 정석적이고 편한 길."

무슨 말을 하려는 걸까.

"또 하나. 그걸 짊어지고 가는 길."

"……농담이시죠?"

"이봐. 바로 조금 전에 나한테 덤벼든 그 기세는 어디 갔지? 살인자가 이제 와서 뭘 쫄고 있어?"

아키미쓰가 요지 쪽으로 다가왔다. 주저앉은 요지 앞에 허리를 숙이고 앉는다. 요지를 보는 일필휘지의 눈이 어둠 속에서 빛나고 있다.

"아무튼 짊어질 각오가 돼 있나? 돼 있다면 내가 끝까지 너와 함께해 주지."

요지는 이 야수 같은 남자를 그저 말없이 바라볼 수밖에 없었다.

일단 집에 돌아가 세단을 타고 돌아갔다.

"갈아입을 옷입니다."

운전석에 올라타 옷장에서 꺼내 온 티셔츠를 아키미쓰 다이고에게 건넸다.

"뭐야, 이건."

"새겁니다. 그것밖에 안 보여서."

아키미쓰는 못마땅하게 숨을 내쉬고 경찰청 캠페인 티셔츠를 입었다.

"줘 봐."

바로 조금 전 자신을 후려쳤던 그의 오른손에 요지가 나가하라의 편지를 내밀었다.

파출소에 상비된 편지지 속 글자를 읽으며 아키미쓰는 "가지" 하고 지시했다. 시동을 걸고 출발해 가와베 교차로를 지나 에구리 언덕을 오른다. 시시오이 경찰서가 점점 멀어져 간다.

마을 고지대에 그 민가가 있었다. 단독주택 사이에 낀 한눈에 봐도 오래돼 보이는 2층 건물.

"이웃 아줌마 성질이 고약해서. 밤에 시끄럽게 굴면 난리 나."

차를 조금 먼 공터에 세우라고 한 이유였다.

그를 따라 뻑뻑한 미닫이문을 지나 안에 들어간다.

"가서 샤워하든 뭘 하든 좋으니 그 더러운 얼굴 좀 어떻게 해."

아키미쓰는 복도 안쪽을 가리키며 말하고 계단을 올라갔다.

깨끗이 정돈된 욕실 앞 세면대가 그의 이미지와 맞지 않아 조금 당황했다. 타일 깔린 욕실에서는 세월이 느껴지지만 욕조에 물때 같은 것도 없었다.

얼굴에 묻은 진흙과 오물을 씻어낸다. 걷어차인 배에 뜨거운 물이 닿자 욱신거렸다. 새삼 여기서 이러고 있는 자신이 신기했다.

2층 다다미방에는 트레이닝복으로 갈아입은 아키미쓰가 불도 켜지 않고 바닥에 누워 있었다. 창문을 보니 공사가 중단돼 유물이 된 우회로가 보인다. 모리의 집과도 가깝다. 불길이 치솟으면 알아차릴 수 있었을 것이다.

"거짓말 아니지?"

어둠 속에서 비웃는 얼굴이 보였다.

"그걸 알려 주려고 절 여기 데려오신 건가요?"

"그냥 내버려 두면 네가 또 무슨 짓을 할지 모르니."

"자수하든 자살하든 어차피 피해 볼 사람은 없잖습니까."

"멍청하긴. 연대 책임으로 감봉되면 책임질 건가?"

농담 섞인 말투지만 눈빛만은 어둠 속에서 날카롭게 빛난다.

"오히려 범인 체포로 금일봉이라도 나오지 않을까요?"

요지는 자리에 앉아 그를 노려봤다.

"오, 근성 있는 얼굴이군."

아키미쓰는 그대로 바닥에 누워서 말했다.

"예상한 대로야."

"무슨 예상 말이죠?"

"나가하라 일이지. 뭐겠어."

요지가 상반신을 뻗자 아키미쓰는 손바닥을 들어 제지했다.

"일단 서두르지 말고 우선 네가 아는 것부터 다 털어놔 봐."

이제 와서 숨겨 봐야 소용없다. 요지는 나가하라와의 첫 만남부터 시작해 도바리촌 사고, 히로시게와 곤도, 가와모토와 세쓰코 이야기까지 남김없이 털어놓았다. 아키미쓰는 중간에 질문하지 않고 잠자코 이야기를 들었다. 두 사람 사이에 놓인 텅 빈 은색 재떨이에는 꽁초 하나 늘지 않았다.

"……결국 전 그 녀석이 왜 두 사람을 죽이려고 했는지, 그리고 누가 어떤 이유로 녀석을 죽였는지도 알아내지 못했습니다."

"그건 나도 마찬가지야. 나도 녀석이 실종됐을 때는 놀랐어. 나름대로 여러 이유를 떠올려 봤고, '혹시 어쩌면' 하고 생각하긴 했는데."

"어쩌면?"

"살해됐을지도 모른다. 하지만 확증은 없었지. 정보가 너무 적었으니."

아키미쓰는 몸을 일으켜 기지개를 켰다.

"그렇게 어떻게 된 일인지 곰곰이 생각하고 있을 때 네가 뛰어들었어. 나가하라의 동기인 데다 스스로 근무지 이동원까지 냈다고 하니 기대할 수밖에."

"처음부터 절 부려 먹을 생각이셨군요."

"그런데 설마 이렇게까지 다루기 힘들 줄은 몰랐지. 심지어 날 방화마로 몰 때는 나도 초조했다고."

거짓말이다. 아키미쓰는 아마 그때 나눈 대화로 확신했을 것이다. 이 녀석은 수사본부도 파악하지 못한 나가하라에 대한 정보를 알고 있다고.

나가하라를 근성 없다고 혹평한 것도 아마 요지의 본심을 꿰뚫기 위한 도발 아니었을까.

"그러다 가나이가 죽은 곳에서 뉴넘브가 나오자 내 의혹은 확신이 됐어. 왠지 알겠나?"

"총알 한 발이 부족해서였겠죠."

아키미쓰가 히죽 웃었다.

"가나이의 몸에 박힌 총알이 두 발. 뉴넘브에 남은 게 두 발. 그럼 나머지 한 발은 어디 갔을까?"

"전 안 쐈습니다."

"그럼 답은 하나."

나가하라를 죽이는 데 쓰였다.

"물론 다른 가능성도 있기는 해. 이를테면 나가하라는 총알을 잃어버렸기 때문에 강에 뛰어들었다. 죽은 녀석을 누군가가 발견해 권총을 슬쩍하기 위해 시신을 숨겼다, 라거나."

총알이 부족하면 퇴근 시 장비 반납 때 들통나고 엄한 처벌을 받는다. 자살 이유가 될 수는 있겠지만 그렇다고 권총을 슬쩍하기 위해 시신을 숨긴다는 건 너무 억지스럽다.

"그럼 문제는 진범은 어떻게 나가하라의 권총으로 나가하라를 죽였는가겠지."

"뒤에서 기습한 건 아닐 겁니다."

요지의 말을 듣고 아키미쓰의 입꼬리가 올라갔다.

"그래. 쇠 파이프로 뒤통수를 치거나 했다면 굳이 권총으로 숨통을 끊을 필요는 없을 테니."

그대로 때려죽이면 그만이다.

그럼 정면에서 경찰의 권총을 빼앗아 쏴 죽였을까. 10년 경력의 나가하라 신스케를 상대로 그건 너무 무모하다.

"그나마 그럴싸한 건 나가하라가 직접 자기 권총을 건넸을 경우

355

야. 그럼 범인은 얼굴을 아는 지인일 가능성이 커지지."

"그것도 동료…… 경찰."

아키미쓰가 고개를 끄덕인다. 아무리 지인이어도 일반인에게 권총을 건넬 리는 없다. 무전기가 발견된 점도 경찰이 범인일 가능성을 뒷받침했다.

요지는 "하지만" 하고 다시 입을 열었다.

"아무리 동료라고 해도 권총을 줄까요?"

"더구나 외부에서라면 더더욱 그렇지. 그걸 떠나 밖이면 쏠 수도 없어."

총소리가 울려 퍼지기 때문이다. 시시오이초가 아무리 인적 드문 동네여도 집에 아무도 살지 않는 것은 아니다. 게다가 조용한 만큼 소리가 더 크게 퍼지니 반드시 누군가가 총소리를 듣고 증언했을 것이다. 나가하라를 쏴 죽이려면 소리를 신경 쓰지 않아도 되는 곳으로 장소를 옮겨야 한다.

요지도 이 부분에서 가로막혔다. 모리와 가나이를 죽인 후 두 사람이 진범이 아닌 것을 알게 됐다. 누구보다 정보를 많이 가지고 있는데도 진실이 요원했던 건, 나가하라가 퇴근 후 시모카모 다리 끝에 우두커니 서 있었다는 목격 증언과 그 이후의 실종을 잇는 공백을 메우지 못했기 때문이다.

나가하라는 파출소에서 어디로 향했을까. 어디로 끌려갔을까. 진범과 사이에 무슨 일이 있었을까.

"전 나가하라가 두 사람을 죽이려고 한 동기로 진범을 좁힐 계획이었습니다. 가장 먼저 떠올린 건 도바리촌 사고죠. 나가하라가 가키네 씨에게 진실을 전해 들었을 가능성입니다."

"그 마을 대피로에 나무를 갖다 놓은 녀석들 안에 가나이와 모리 영감도 있었을지 모른다는 그거 말인가?"

끄덕이는 요지를 보며 아키미쓰는 고개를 갸웃거렸다.

"난 잘 납득이 안 되는군. 가키네 영감이 죽은 건 2년 전이고 그 사고는 10년도 더 됐어. 이제 와서 복수하기에는 시간이 너무 흐르지 않았나? 또 복수 대상이 가나이와 모리뿐인 것도 이상하지. 거기에 나가하라는 당시 거짓 증언을 했던 후쿠나가 소장과 사이좋게 지냈고."

요지도 뭔가 부자연스럽다고는 생각했다. 나가하라는 가키네에게 사고와 관계된 모든 사람을 전해 들었을 것이고, 만약 복수한다면 가장 먼저 가키네를 노렸을 것이다.

"너한테 보낸 편지에 동기가 적혀 있지 않은 것도 이상해."

그건 요지도 전적으로 동감이었다.

도바리촌 일과 무관하면서 요지에게도 알리고 싶지 않았던 동기라면 오직 하나밖에 떠오르지 않는다.

"스미레와 관련된 일이겠지."

역시 그렇게 되나.

"모리 영감의 나쁜 버릇에 대해서는 들었겠지? 가나이도 평소에 여자관계가 문란했어. 둘 다 어린 여자를 아주 좋아했고."

모리의 쓰레기집과 나가하라의 집은 바로 코앞에 있다. 고스게는 가나이에 대해 "어린 여자애들을 돈으로 꼬드겨 하룻밤 즐기는 수준이 아니라 아예 자빠뜨리는 게 취미라는 소문도 돈다"라고 말했다.

그리고 두 사람은 오래전부터 보스와 부하 관계였다.

"가나이가 조만간 어린 여자를 품을 거라 떠벌리고 다녔다고 곤도 형사에게 들었습니다."

"그랬다더군."

아키미쓰의 대답을 듣고 요지는 순간 머릿속이 번뜩였다.

"혹시 선배님이 가나이에게 달라붙어 있었던 게 스미레를 위해서였습니까?"

아키미쓰는 허벅지에 팔을 얹고 턱을 괸 채로 입꼬리를 올렸다.

"가나이가 스미레를 노린다는 건 나가하라에게 들었지. 둘이 밥 한 끼 하게 해 달라며 끈질기게 졸랐던 모양이야. 경찰의 가족이라는 점이 방파제가 됐겠지만, 가나이는 조폭이잖아. 원하는 걸 손에 넣기 위해 무슨 짓을 벌일지 알 수 없는 놈이지. 나가하라가 사라진 상황을 틈타 스미레에게 손을 뻗칠 수도 있고. 그래서 가나이를 찾아가 직접 말했어. '어린 여자애 하나 자빠뜨려 보려고 경찰을 죽이면 쓰나'라고. 얼굴이 시뻘게져서 길길이 날뛰더군. 덕분에 난 과장한테 된통 깨졌고."

웃어넘기는 말투에서 원망 같은 건 느껴지지 않았다.

"가나이는 분명 나가하라가 사라지자 조금 겁먹은 듯했어. 실종 직후 모리와도 연락을 주고받았겠지. 그런데 정말 여자한테 눈이 멀어 경찰을 죽이는 건 정신 나간 짓 아닌가?"

"그리고 스미레 씨가 정말 당했다면 일이 이렇게 꼬이지도 않겠죠. 나가하라가 녀석들을 쏴 죽이면 끝이니."

아키미쓰는 흥 하고 코웃음 치고 "그래. 나도 같은 생각이야"라고 인정했다.

진실이 점차 다가오는 느낌은 든다. 그러나 아직 부족하다. 달빛이 은은히 비치는 다다미 위에서 입을 굳게 다문 아키미쓰를 바라봤다.

"뭐, 일단 내일 좀 더 생각해 보자."

"아키미쓰 선배."

요지는 새삼 물었다.

"선배는 뭘 하고 싶으신 겁니까?"

아키미쓰가 눈을 가늘게 떴다.

"절 경찰서에 끌고 가지 않는 이유가 뭐죠? 아무리 그래도 경찰관이 살인범과 힘을 합쳐 진범을 잡는 건 이상하지 않습니까."

"네가 그런 소리를 할 처지인가?"

아키미쓰는 자못 유쾌한 듯 웃음을 터뜨렸다.

"나가하라의 복수, 로는 부족할까?"

"그저 동료 한 명을 기리려고 건널 강은 아닌 것 같습니다만."

아키미쓰는 턱을 문지르고 방구석 쪽으로 시선을 향했다. 할 말을 찾는 것처럼 보인다. 요지는 가만히 기다렸다. 아키미쓰가 자신을 어떻게 할지, 그리고 그에게 나가하라가 어떤 존재인지 계속 모르는 채로 있을 수는 없었다.

대답에 따라서는 다시 한번 이 남자와 맞붙을 작정으로 그를 계속 노려봤다.

"난."

아키미쓰가 입을 열었다.

"쓰러뜨리고 싶은 게 있어."

낮게 중얼거리는 듯한 목소리다.

"그러기 위해 나가하라가 필요했지. 그 녀석과 함께라면 할 수 있을 것 같아서."

"설마 제가 그 대신인 겁니까?"

"내가 부탁하면 어떡할 거지?"

"약점을 잡아놓고 부탁은 뭔 부탁입니까."

"약점? 네가 모리와 가나이를 죽였다는 증거가 어딨나?"

대번에 말문이 막혔다. 자신의 범죄 증거가 없다는 말을 듣고 당황하는 것도 이상한 이야기다.

"나가하라는 나한테 네 이야기를 자주 했어."

"……겁쟁이라고 했다죠."

"그래. 경찰 학교에서 괴롭힘을 당하고 갚아 주지도 못하는 얼간이. 그래도 할 때는 하는 놈이라고 기쁜 듯이 말했지."

가슴에 천천히 열기가 퍼진다. 지금의 자신은 그 이유를 알지 못했다.

"네가 자수할 생각이라면 딱히 말리지는 않아. 죽고 싶으면 어디 가서 혼자 죽어도 되고. 결정하는 건 너지."

은색 재떨이를 앞으로 내민다.

"여기 둬."

요지는 청바지 주머니에서 나가하라의 편지를 꺼냈다.

"넌 사람을 죽였어. 그것도 둘이나. 그건 네가 한 짓이지, 나가하라가 아니야."

재떨이에 놓인 편지에 아키미쓰는 라이터 불을 가까이 가져갔다. 요지는 말리지 않았다.

불길이 후욱 퍼진다.

"아무튼 그것만은 잊지 마."

불빛에 비친 아키미쓰의 얼굴은 웃고 있지 않았다. 요지는 가만히 그 눈동자를 지켜봤고, 불길은 그런 요지의 모습도 비추고 있었다.

"난 밑에서 자야겠군."

아키미쓰가 몸을 일으켜 방에서 나갔다.

혼자 남겨진 요지는 어둠 속에서 재가 돼 버린 나가하라의 편지를 내려다봤다.

2

니시오쿠 분실 의자에 앉아 눈앞을 오가는 차들을 바라본다.

어젯밤에는 결국 한숨도 자지 못했다. 아키미쓰와 함께 세단을 타고 시시오이 경찰서에 출근해 무심하게 장비를 챙기는 동안에도 마음의 초점이 맞지 않는 듯한 느낌이 머리를 내내 지배했다.

범행이 발각됐을 때는 어깨의 짐이 단숨에 내려간 느낌이었다. 공포보다 안도감이 컸다. 아키미쓰가 그대로 시시오이 경찰서에 자신을 데려가 줬다면 조금이라도 숙면을 취할 수 있었을 것이다.

아키미쓰는 정말 진실을 밝히려고 이렇게 열정을 불태우는 걸까. 아니면 내 약점을 쥐고 흔들려는 걸까. 신사 땅의 결정권을 빼앗으려고 고삐를 붙들려는 걸까.

— 쓰러뜨리고 싶은 게 있어.

그의 속내를 도통 알 수 없었다.

그러나 진범을 밝히자는 제안에 마음이 움직였다. 그것을 이루면 두 번의 살인으로도 도달하지 못한 뭔가를 손에 넣을 수 있지 않을까.

아니면 뭔가를 놓치게 될까.

멍한 머리로 진범의 조건을 떠올려 본다.

당연히 나가하라에게 살의를 가진 인물이다. 그러나 가나이와 모리를 죽이기로 결심한 나가하라를 전혀 다른 이유로 우연히 같은 날에 진범이 덮쳤다고 생각하는 건 너무 억지스럽다.

진범은 나가하라의 살의를 알고 있었다.

그걸 아는 방법은? 나가하라가 쓴 편지를 읽으면 된다.

요지는 삐죽삐죽한 플라스틱 조각을 손에 쥐었다. 편지와 함께 봉투에 들어 있던 이 작은 선물의 존재만큼은 아키미쓰에게도 말하지 않았다.

그때 탁상 위 전화기가 추억을 차단했다.

— 살아 있지?

조롱하는 듯한 아키미쓰의 목소리.

— 지금 바로 가지. 어제의 후속편을 찍어 보자고.

요지는 순찰차를 타고 온 아키미쓰와 운전을 교대하고 "어디로 가시나요?"라고 물었다.

"남쪽으로 갈까."

그가 시키는 대로 방향을 틀어 시모카모 다리로 향했다.

"아키미쓰 선배."

요지는 조수석에 앉은 그에게 입을 열었다.

"1월 18일 시시오이 파출소의 자세한 출입 기록을 알 수 있을까요? 특히 나가하라가 모리 씨 집 순찰을 마치고 돌아온 뒤부터."

"그러지 않아도 그날 일은 입이 닳도록 이야기했으니 외우고 있어."

아키미쓰는 술술 설명하기 시작했다.

"나가하라가 파출소에 돌아온 시간은 2시경. 녀석이 돌아와 후쿠나가 소장, 아니 당시 소장은 히로시게였고 후쿠나가는 소장이 아니었지만, 아무튼 그가 수면실에 눈을 붙이러 갔지."

"그때 나가하라는 어땠습니까?"

"내가 '어땠지?'라고 묻자 녀석은 '평소랑 똑같습니다'라고 하더군. 특별히 이상한 낌새는 없었어. 뭐 경찰 일을 하다 보면 감정 컨트롤이 몸에 배기는 해. 녀석은 감정을 스스로 제어할 수 있는 녀석이었고, 단지 내가 못 알아챘을 뿐인지도 모르지. 그러고는 글을 쓰기 시작했어."

그 사이 파출소를 찾은 사람은 없었다.

"뭐야. 얼굴이 왜 이리 창백해."

아키미쓰의 지적에 요지는 제대로 대답할 수 없었다. 판다라고 불리는 흰색 차체에 검은 줄이 들어간 순찰차가 시모카모 다리를 건넌다.

진범이 편지를 통해 나가하라의 살의를 알게 됐다면 어떻게 그걸 읽었느냐는 의문이 생긴다. 나가하라는 편지를 다 쓰고 곧장 사와노보리 석재로 향했고, 누나에게 받은 편지 봉투에 누군가가 손을 댄 흔적도 없었다. 그렇다면 편지를 읽을 기회는 나가하라가 파출소에서 편지를 쓰고 있었을 때밖에 없다. 그동안 후쿠나가가 수면실에서 휴식 중이었다면 가능성은 하나다.

요지는 조용히 숨을 집어삼켰다.

"남한테 들을 거 다 들어 놓고 자기는 침묵하기야?"

아키미쓰의 비아냥거림이 오른쪽 귀에서 왼쪽 귀로 흘러간다. 경찰이 진범일 가능성은 크다. 만약 아키미쓰가 진범이라면 살인범인 자신을 두둔하는 지금의 행동도 설명되지 않을까…….

요지는 식은땀을 닦으며 물었다.

"선배님이 파출소를 나간 시간은 몇 십니까?"

"5시가 되기 전. 바이크로 그 근처를 대충 한 번 확인하고 돌아온 게 7시 무렵이었지."

정면 출입구로 드나드는 모습이 CCTV에 찍혔다고 한다.

"그때 주민을 만나 이야기하거나 하지는 않았습니까?"

"뭐 거리에서 만나 잡담 정도는 했던 것 같군. 그런데 알리바이가 될 수는 없겠지."

아키미쓰는 태연하게 인정했다.

"그때 파출소에는 후쿠나가 소장님이 계셨죠?"

요지는 다시 물었다. 지금 머릿속에 떠오른 의문을 아키미쓰가 눈치채면 곤란하다. 운전대를 쥔 자신과 달리 아키미쓰는 두 손이 자유롭다. 허리에 찬 뉴넘브가 이토록 멀리 느껴지기는도 처음이었다.

"그때 소장님은 어땠습니까?"

"여느 때처럼 커피를 마시고 있었지. 특별히 이상한 낌새는 없었어."

그러나 후쿠나가도 베테랑 경찰관이다. 파출소에 혼자 있던 그라면 카메라 없는 뒷문을 지나 나가하라를 쫓아 에구리 언덕을 내려갈 수 있었다.

"다른 사람들은 어땠습니까?"

"고스게나 다른 인원들 말이야?"

"시시오이 파출소 근무자들은 당연히 조사하셨겠죠?"

"내가 다 알 것 같아?"

"네."

어쨌든 이야기를 이어 가고 싶었다. 아무것도 모르는 척할 수밖에 없다.

아키미쓰가 웃음을 훗 터뜨렸다.

"직진해."

계속 남쪽으로 내려간다.

"누구부터 들을래?"

"우에시마부터."

아키미쓰가 담배를 꺼내도 요지는 나무라지 않았다.

"우에시마는 근무를 마치고 비번이었어. 독신자 기숙사에 돌아가고 나서는 도장에 갔다더군."

지토세 집안이 소유한 시시오이 북서쪽 건물이다.

"2시부터 5시까지 거기서 땀을 흘렸다고 해. 그 안에 우에시마 외에도 경찰이 열 명 정도 있었으니 그 말에 거짓은 없어."

요지는 '5시인가' 하고 생각했다.

"끝나고 뒤풀이 회식 같은 건 없었나요?"

"아니. 바이크를 타고 곧장 돌아갔다던데."

지토세 저택 옆에 있는 도장에서 바이크를 타면 나가하라가 사라진 가와베 교차로까지 10분도 걸리지 않는다.

"고스게도 비번이라 아침 일찍부터 파친코를 했다더군. 이것도 고스게를 잘 아는 파친코점 직원이 증언했어. 오토리시에 있는 대형 점포야."

모리 세쓰코를 찾아갔다가 돌아오는 길에 요지가 침대 대용으로 썼던 점포다.

"갈 때 뭘 타고 갔습니까?"

"고스게는 차."

"늦게까지 있었나요?"

"그날은 제법 땄다고 해. 밤 8시까지 죽치고 있었던 모양이야."

그러나 중간에 빠져나오기는 쉽다. 차를 타고 산나나에서 남쪽으로 달리면 가와베 교차로까지 편도 30분이다.

"그리고 요코오는 집에 있었다고 해."

증언자는 가족. 덧붙이자면 요코오는 차를 가지고 있다.

"히로시게 씨는 어떻습니까?"

그러자 아키미쓰가 히죽 웃었다.

"직접 물어보지 그랬어?"

"유감스럽게도 절 별로 좋아하시지 않는 것 같아서."

"히로시게 소장도 그날 비번. 그 사람은 지금 사는 곳으로 이사하기 전까지 시모카모초에 살았어. 약간 케케묵은 타입의 경찰이라 책임감으로 똘똘 뭉친 사람이지."

그러니 지금까지 나가하라의 집을 감시하고 있을 것이다. 한편 그는 지토세와 인연도 깊다.

"히로시게 소장님께는 가족이 없나요?"

"옛날에 헤어져 이미 10년 넘게 혼자 산다고 해. 우리 파출소에서 제대로 결혼해 아이까지 낳은 사람은 후쿠나가 소장뿐이야. 변변찮은 남자들만 득실거리지."

"선배님도 여자 친구 없습니까?"

"뭐야, 갑자기."

"아니, 그냥 궁금해서요."

"시시오이 파출소는 저주받았어. 여자가 다가오지 않는 곳으로 유명해. 고스게도 없어. 그리고 있어 봐야 어차피 나중에 모리 영감처럼 될걸."

전에 요코오에게 들은 대로였다.

아키미쓰가 연기를 내뿜었다.

"애초에 이런 동네에서는 젊은 여자를 만날 기회가 거의 없기는 해. 보는 눈도 많고. 그냥 느긋하게 맞선 자리가 들어오기를 기다릴 수밖에."

나가하라의 누나가 떠올랐다. 당사자들의 사정만으로는 해결되지 않는 경우도 있다.

"그러니 스미레에게 눈독 들이는 녀석도 많은 거고."

몸이 흔들렸다. 차가 달리는 도로에서 울퉁불퉁한 부분이 눈에 띄기 시작했다.

"전에도 말했지? 나가하라가 당직 서는 날 밤에 스미레가 선물 같은 걸 자주 가져왔다고. 우리 파출소에서는 거의 아이돌 취급이었어."

"구체적으로 누가 좋아했죠?"

"구체적일 게 뭐 있어. 요코오, 우에시마. 특히 우에시마는 그 동상 같은 놈이 스미레한테만은 말을 걸곤 했으니 웃길 노릇이지."

아키미쓰는 "그 녀석은 말이야" 하고 히죽 웃었다.

"나가하라가 사라지고 나서 나한테 갑자기 여러모로 가르쳐 달라며 고개를 숙인 적이 있어. 도장에도 열심히 다니기 시작했고. 한마디로 지토세 군단에 자원한 셈이야. 난 그걸 스미레를 지키기 위해서라고 해석하고 있어."

평소에 나가하라를 가장 잘 따르던 사람은 우에시마였다. 요코오의 그 말과, 우에시마가 직접 했던 '나가하라를 뒤이을 생각이다'라는 말이 머릿속에 되살아났다.

"스미레 씨 쪽은 어땠습니까?"

"관심 없지 않았을까? 우리 중에 굳이 한 명을 고르자면 당연히 나 아니겠어?"

농담 같은 말투지만 요지에게는 농담으로 들리지 않았다.

"나가하라는 그런 상황을 보고만 있었나요?"

"글쎄. 특별히 누군가와 맺어 주려고 하는 것 같지는 않았어. 그런데 뭐 경계했다면 애초에 야근 때 파출소에 간식 같은 걸 가져오지 말라고 하지 않았을까?"

어쩌면 조카의 짝으로 경찰관을 원했을 수도 있다. 적어도 저항감은 없었던 듯하다.

"어쩌면 고스게도 노렸을지도."

"설마요."

"설마는 실례 아닌가? 스게짱도 이제 마흔 좀 넘었잖아. 젊은 여자를 만나고 싶을 수도 있지."

그런 고스게가 모리와 친하게 지냈다.

"어쨌든 나가하라를 죽이려면 누구든 죽일 수 있었어. 그런데 누구에게든 자엽스럽지 않은 부분은 있지. 결정타가 없는 거야. 날 포함해서."

"아키미쓰 선배와 우에시마는 차가 없지 않습니까?"

가와베 교차로에서 목격된 나가하라가 이후 완전히 종적을 감춘 건, 진범이 차를 써서 그를 어디론가 옮겼기 때문이라고 해석하는 게 자연스럽다. 오히려 다른 방법은 생각하기 어렵다.

"차는 빌릴 수도 있고, 시신을 숨겨 놓고 나중에 처리했을지도."

"가와베 교차로에서 나가하라를 죽이고 말인가요? 아무리 그래도 그건 너무 눈에 띕니다."

"경찰을 죽이고도 지금껏 들키지 않고 숨죽이고 있어. 그것만 놓고 봐도 운이 따르는 녀석이야."

뭔가 석연찮았다. 아무리 운이 따랐다고 해도 그런 길거리 한복판에서 살인을 저지르는 건 무모하다. 더욱이 권총 살인이라니.

"본부도 너처럼 생각했어. 실제로 이 일대에 있는 자동차를 전부 확인했지. 고스게와 요코오의 차는 물론이고 모리 영감의 경트럭, 시바파에 관련된 차량까지 모두. 그렇지만 타살 증거 같은 건 안 나왔어. 시신과 목격 증언이 없다는 건 치명적이야. 우리랑 달리 본부는 설마 나가하라가 모리와 가나이를 죽일 목적으로 파출소를 나갔으리라고는 꿈에도 생각 못 할 테고."

자살 또는 실종설 쪽으로 충분히 쏠릴 조건이었던 셈이다.

"일단 할 수 있는 건 다했는데도 벽에 가로막힌 거야."

"지토세 씨도 조사했습니까?"

그러자 아키미쓰가 두 손을 뒤통수에 대고 히죽 웃었다.

"뭐, 나름대로는."

이렇다 할 증거도 없이 제대로 된 수사가 진행됐다고 보기는 어렵다.

아키미쓰가 이토록 잘 아는 건 당사자와 가까웠기 때문일까. 경찰 내부에 깔아 둔 정보망 때문일까. 아니면 직접 나서서 정보를 수집했을까.

"저기서 오른쪽으로."

요지는 무심코 속도를 줄여 그 앞에서 판다를 세우고 말았다. 아키미쓰가 들어가라고 한 옆길은 도로라기보다는 좁은 짐승 길에 가깝다. 산을 가로지르는 길인데 포장됐다고 해도 기복이 심하다. 대낮인데 길 끝은 높은 나무에 가려져 흐린 날씨처럼 어둡고 습해 보였다.

"괜찮으니 가."

거절할 구실도 없어 요지는 일단 가속 페달을 밟았다. 점점 외진 곳에 들어가고 있다. 고도를 높이며 빙글빙글 산을 돌아간다. 민가는 고사하고 마주 오는 차도 없었다.

"나가하라의 살의 말인데."

아키미쓰가 입을 열었다.

"핵심은 크리스마스이브 날 밤, 나가하라와 모리 영감 사이에 무슨 일이 있었는가겠지."

그 지적에는 요지도 공감하며 고개를 끄덕였다.

나가하라 혼자 당직을 섰던 크리스마스이브 날 심야, 모리 준이치로가 부부싸움을 벌이고 파출소를 찾아왔다. 그 후 나가하라는 그전까지 자주 순찰 갔던 모리 집에 발길을 뚝 끊었다.

해가 바뀐 1월 18일 일요일 오후. 약 한 달 만에 모리 집 순찰을 마친 나가하라는 요지에게 편지를 써서 사와노보리 석재 우편함에 직접 넣었다.

편지를 쓴 시점에는 나가하라의 살의가 확고했으니 모리 집 순찰이 결정적인 계기일 수밖에 없다. 이날 나가하라는 혼자 순찰을 갔다. 시시오이 파출소에서는 드문 일이 아니라고 해도 보통 2인 1조가 원칙이다.

또 하나 신경 쓰이는 건, 나가하라의 실종 당일 순찰에 관한 모리의 증언은 있지만 아내 세쓰코의 증언은 없다는 점이다. 나가하라가 남긴 일지에도 세쓰코의 이름은 나오지 않는다. 요지가 듣기로 세쓰코는 그날 오토리시에 사는 여동생을 만나러 가서 집에 없었다고 하니 그 자체로는 이상할 게 없다. 문제는 하필 그날 나가하라가 오랜만에 순찰을 갔고, 실종됐다는 점이다.

모리와 나가하라. 그날 두 사람이 단둘이 만난 자리에서 무슨 일이 있었을까. 끌어낼 수 있는 결론은 그리 많지 않다.

"평범하게 생각하면."

아키미쓰가 입을 열었다.

"나가하라는 모리 영감에게 모종의 협박 같은 걸 받았다. 그렇게 생각하는 게 자연스럽겠지."

그것은 요지가 도달한 답과도 완벽히 일치했다. 1월 18일에 나가하라가 모리 집에 순찰을 간 건 모리가 타이밍을 노려 나가하라를 불렀기 때문이다. 둘만 있는 자리에서 나가하라를 협박하기 위해.

그러나 나가하라는 협박에 굴하기는커녕 모리를 처단하기로 마음먹었다.

"순서대로 말하자면 모리 영감이 뭔가를 소재 삼아 나가하라를 협박했다. 하지만 모리 같은 술주정뱅이 영감은 충분히 상대할 수 있을 거라 생각해 나가하라는 그를 무시했다. 그래서 모리 영감은 가나이를 끌어들였다."

"역시 스미레 씨와 관련된 걸까요?"

"글쎄."

아키미쓰는 고개를 갸웃했다.

"그 아이가 몸을 팔고 다닌다는 이야기는 못 들었고, 영상 같은 걸 찍어 협박했다는 것도 썩 와닿지 않아. 나가하라가 그날 일단 파출소에 돌아온 건 그게 자신과 관련된 일이어서가 아닐까."

"생각할 시간이 필요했다……. 아니, 그보다 생각할 여유는 있었다는 말이네요."

"그래. 그날 모리 영감은 나가하라의 어떤 약점을 들먹이며 대가로 스미레를 바치라고 하지 않았을까. 그렇게 생각하면 나가하라가 그날 두 사람을 죽이려고 결심한 것도 이해가 되지. 18일 시점에 스미레가 이미 피해를 당한 상태였다면 모리 영감은 무사하지 못했을걸."

나가하라라면 그렇게 했을 것이다. 스미레를 위해서라면 파멸도 무릅쓸 남자였다.

"모리 영감이 나가하라의 약점을 잡게 된 시점은 아마 크리스마스이브 날 밤. 분명 우연히 그렇게 됐겠지."

집에서 아내와 싸우다가 쫓겨날 것까지 계산했을 리는 없다.

그러나 나가하라가 그렇게까지 궁지에 몰릴 약점이 대체 뭐였을까.

"가나이는 스미레 씨를 '중고차'라 불렀다고 합니다."

"흥. 나가하라라면 그 말만 듣고도 놈들을 쏴 죽였을지도."

아키미쓰는 가볍게 말했지만 요지도 그 말에 전적으로 동감했다.

문득 옆을 보니 아키미쓰의 얼굴이 그늘져 있었다.

"이브라."

아키미쓰가 중얼거린다.

"……뭔가 알 것도 같은데."

평소의 장난기 섞인 미소 같은 건 찾아볼 수 없다.

"전방. 위험하게 뭐 해?"

요지는 황급히 운전에 집중했다. 숲을 빠져나간 지점의 가드레일 너머로 커다란 공장 같은 하얀 건물이 눈에 들어왔다.

"산업 폐기물 처리 시설."

아키미쓰가 지시한 목적지는 예전의 도바리촌이었다.

"여기쯤 세울까."

그가 시키는 대로 갓길에 차를 세웠다. 차에서 내려 시설을 내려다본다. 벽돌을 얼기설기 쌓아 올린 듯한 건물 위로 굴뚝 세 개가 보인다. 무슨 용도인지는 알 수 없다.

"지을 때만 해도 엄청 시끄러웠지만 일단 한번 생기면 끝이지. 지금은 아무도 다시 철거해 달라고 하지 않아. 보조금이 나올뿐더러 이것 때문에 먹고사는 인간도 많으니까. 저것 봐. 도바리촌은 이제 온데간데없어. 대피로였던 길도 지금은 사라졌고."

담배를 꺼내는 아키미쓰를 보며 요지는 그가 왜 자신을 이곳에 데려왔는지 추측했다. 그냥 충동적이었을까. 아니면 뭔가 다른 이유가 있을까.

"하나만 묻지."

아키미쓰의 눈이 날카롭게 빛났다.

"넌 나가하라의 뉴넘브로 가나이를 쏴 죽였어. 그때 쏜 총알은 두 발. 틀림없나?"

고개를 끄덕인다. 아키미쓰 앞에서 거짓말을 한 적은 없다.

"가나이를 죽이기 전에 시험 삼아 총을 쏴 보거나 하지도 않았겠지?"

"그런 위험한 짓을 왜 하겠습니까. 총에는 안전장치가 그대로 걸려 있더군요. 모리 씨는 아마 총을 다루는 법도 몰랐겠죠."

화재 현장 검증에서도 총알이나 탄피류는 발견되지 않았다.

아키미쓰는 "그런가" 하고 중얼거렸다.

"또 하나. 솔직하게 대답해 줬으면 해. 네가 나가하라의 편지를 받았을 때 봉투를 뜯은 흔적 같은 건 없었나?"

"무슨 말씀을 하시려는 겁니까?"

"됐고 대답이나 해."

"물론 없었습니다."

요지는 대답하면서 아키미쓰의 추궁에 위화감을 느꼈다. 설마 이제 와서 녹음기로 내 자백을 녹음이라도 하는 걸까. 설사 그렇다고 해도 마음대로 하라며 자포자기하고 싶었다.

아키미쓰는 납득한 것처럼 고개를 끄덕이고 다시 산업 폐기물 처리 시설을 내려다봤다.

"우에시마는 도바리촌 출신이야."

"네?"

"스미레에게 호감을 느낀 이유 중 하나도 그 때문일지 모르지."

부모를 잃은 스미레와 고향을 잃은 우에시마.

순간 어린아이 같은 질투가 고개를 들었다. 나는 오히려 고향에서 쫓겨난 몸 아닌가.

아니, 그렇지 않다.

고향을 버린 건 나 자신이다.

"얼마 전에 네가 물었지. 시시오이를 좋아하냐고."

"……네. 선배님은 싫어한다고 하셨죠."

"당연하지. 거기서는 세쓰코처럼 딱한 사람들만 태어나니까. 너희 집안도 마찬가지지. 데쓰시 씨와 지토세 집안은 이미 수년 전에 인연이 끊겼어. 지금도 지역에서는 돌 주문이 안 들어올걸."

금시초문이었다. 지토세 집안을 향한 형의 분노가 이해되는 동시에 의문도 생겼다.

"대체 왜?"

"그런 건 너희 형한테 직접 물어봐."

아키미쓰는 시치미를 떼고 손가락 사이에 끼운 담배를 빙글 돌렸다.

"시시오이는 쓰레기장 같은 곳이야. 지토세 집안 역시 쓰레기고, 거기에 들러붙은 녀석들은 물론 적대시하는 녀석들까지 싸그리 한통속이지. 자신들이 사는 곳이 똥통 같은 촌동네라는 걸 모두 잘 알고 있어. 이건 시골 마을이라서 나쁘다는 게 아니야. 그 시골 마을을 옥죄고 있는 규범이나 체계가 쓰레기 같다는 거야. 거기서는 그 누구도 자유로울 수 없어. 지토세 집안 역시 예외가 아니고. 스미레 가족이 왜 지금도 그런 쪽방에 살까? 다쓰노리 씨가 미사키 씨에게 차인 지 벌써 20년이 흘렀어. 본심에서는 그때 일 같은 건 이미 진즉 잊었겠지. 하물며 나가하라가 열심히 뛴다는 건 지토세 집안에서도 인정했잖아. 이제는 적당히 넘어가 줘도 되지 않을까?"

입을 다물고 있는 요지를 보며 아키미쓰는 희미하게 미소 지었다.

"근데 그렇게 못해. 일단 한번 정한 규칙을 없애면 사람들이 우습게 보거든. 지토세 집안이 앞으로도 계속 왕좌에 앉아 있으려면 아무리 바보 같아도 왕처럼 굴어야 하는 거야. 무섭고 걱정되는 마음에 자신들이 알몸이라는 걸 절대 인정하지 않지. 그리고 우리 역시 시종일관 모르는 척하며 그들의 눈치를 살피고, 혹시 누군가 '알몸이다!'라고 외치는 녀석이라도 나오면 우르르 몰려가 몰매를 때려서 입을 틀어막아. 그렇게 생긴 시골의 평화에 정직한 인간 따위 필요치 않지. 사실 왕이나 평민 모두 벌거벗고 있는데도."

아키미쓰는 '무슨 말인지 알겠어?'라는 얼굴로 요지를 봤다.

어째서인지 머릿속에 주변에 마냥 고개를 숙이던 어머니의 모습이 떠올랐다.

아키미쓰의 눈길이 산업 폐기물 처리 시설로 향한다.

"시시오이는 쓰레기장 같은 곳이지만 재밌는 곳이기도 해. 면적이 꽤 되는데도 파출소는 딱 하나뿐이지. 나머지는 주재소가 스무 곳 정도밖에 없어. 난 언젠가 이것들을 전부 하나로 합칠 거야."

"네?"

"별로 어려운 일도 아니야. 주재원은 사정만 있으면 수십 년 동안 같은 곳에 있을 수 있지. 생각해 봐. 파란 제복을 입은 치안의 파수꾼들이 모두 뭉치면 어떻게 될까?"

"되긴 뭐가 되겠습니까. 그래 봐야 고작 스무 명인데요."

"산업 폐기물 처리 시설조차 백지화할 수 없다, 인가?"

요지는 고개를 끄덕이면서도 약간의 한기를 느꼈다. 경찰의 권력은 범죄를 단속하는 것만이 아니다. 예컨대 도바리촌에서 후쿠나가가 도로에 나무가 저절로 떨어졌다고 증언한 것처럼 범죄를 단속하지 않는 쪽으로도 힘을 행사할 수 있다.

주재원으로 정착한 이들이 주민을 하나로 모으고, 아키미쓰가 그 주재원들을 하나로 모은다.

도장에 다니며 경찰 내부 인맥을 넓히는 것, 그리고 지토세 집안의 눈에 드는 것까지 전부 아키미쓰의 계산된 행동이라면.

"저도 그 도구로 쓰시려는 겁니까?"

아키미쓰가 고개를 돌려서 요지는 긴장했다.

"벌거숭이들의 뒤나 닦아 주는 건 사절입니다."

"오, 이제는 살인범 나리라 그런지 세게 나오네."

"선배는 대체 뭐죠?"

히죽거리는 아키미쓰를 지그시 노려봤다.

"나가하라한테도 그 이야기를 하셨나요? 내 밑으로 들어오라고 하셨나요? 그 녀석은 거절했겠죠? 그러니……."

요지는 뒷말을 집어삼키고 허리에 찬 뉴넘브가 닿는 위치로 오른손을 옮겼다. 아키미쓰의 시선을 느낀다. 그러나 그의 미소는 한 치의 흔들림도 없다.

"나가하라 역시 알몸으로 춤추는 인간이었습니까?"

자신의 말에 스스로 감정이 격해졌다.

"나가하라에게 지토세 집안은 원수였을 겁니다. 그런데도 녀석은, 그날의 사고가 전부 짜여진 거란 걸 알면서도 그 주모자인 가키네 씨의 아내를 열심히 돌봤죠……. 녀석은 매일 스미레와 얼굴을 마주하며 살았습니다. 스미레의 불편한 오른 다리를 항상 보고 있

379

었다는 말입니다. 그런데도 어떻게 그런 패거리와 사이좋게 지낼
수 있었던 겁니까?"

기억 속 모습과 겹치지 않는 나가하라. 요지는 공연히 화가 났
다. 나가하라를 이해 못 하는 자신이 한심했다.

"그 녀석은 선배와 힘을 합쳐 곤도 형사를 함정에 빠트리고 지토
세 집안의 개로 전락했습니다! 제 말이 틀렸나요?"

"그런 싸움도 있어."

비웃는 기색이라고는 없다. 그것이 요지를 더욱 입 다물게 했다.

"쓰레기 같은 부모와 연을 끊었고 형제자매도 없지. 소중한 건
오직 내 몸뚱이 하나뿐. 그러니 난 아무도 신경 쓰지 않고 살 수 있
어. 하지만 나가하라는 달랐지. 시시오이에 처음 옮겨왔을 때 녀석
은 힘들었을 거야. 아무리 뒤에서 가키네 씨가 도와준다고 해도 나
가하라는 지토세 가문을 거슬렀던 집안의 사람이니까. 그리 쉽게
받아들여질 리 없지. 하지만 우리가 데면데면하게 굴어도 녀석은
기죽지 않고, 주민들의 싸늘한 태도에도 꺾이지 않고 필사적으로
인정받으려 했어."

아키미쓰는 그날을 그리듯 미소 지었다.

"난 나가하라를 그냥 따분한 우등생 정도로 봤어. 곤도 형사 때
도 죽은 가키네의 면을 세워 주려고 함께 행동했을 뿐, 솔직히 짜증
났던 게 사실이야. 이것저것 합을 맞추고 작전 실행 전날이 되자
녀석은 뜬금없이 나한테 이렇게 묻더군. '제가 맞으면 안 될까요?'
라고. 언어맞는 역할이 지토세 집안 눈에는 더 좋게 보일 수 있겠

지만, 신입이 무턱대고 덤벼들면 곤도가 수상히 여길 수도 있잖아. 그래서 거절했지. 그랬더니 이번에는 '그럼 선배님이라도 절 때려 주세요'라더군. 열심히 임무를 수행하다 다친 척하려고."

아키미쓰는 귀찮게 굴지 말라며 거절했다. 그렇게까지 해서 지토세 집안에 알랑거리고 싶으냐고 물었다.

그러자 나가하라는 이렇게 대답했다.

— 그 정도로 단단히 마음먹지 않으면 제가 선배님을 때려 버릴 것 같습니다.

"진지한 얼굴로 그러더라고. 그래서 내가 '그럼 어쩔 수 없지. 관두고 싶으면 관둬' 하니 걔가 뭐란 줄 알아? '그럴 수는 없습니다. 먹여 살릴 사람이 있어서요'. 날 똑바로 보고 웃으며 말했어."

아키미쓰의 이야기 속에는 요지가 아는 나가하라가 있었다.

"나와는 다른 방식이지만 녀석은 녀석 나름대로 싸우고 있었던 거야. 스미레와 어머니를 품은 채로 자신의 자존심이나 신조 같은 건 꺾고, 이를 악물고 상처투성이가 되어서 말이야. 그리고 그 상대는 지토세 집안 따위가 아니었어."

아키미쓰는 다리 밑으로 시선을 떨궜다.

"내 몸에도 그 녀석의 손톱자국이 남아 있어."

파란 제복 아래 피부에 새겨진, 거꾸로 선 갈기 같은 무수한 상처.

"……중3 때 시시오이 축제 날 밤. 신사 뒤로 끌려가 두들겨 맞았어. 밑도 끝도 없이 주먹과 발차기가 날아와 이대로 있다가는 죽을 수도 있겠다고 생각했지. 그때 다쓰노리 씨가 날 구해 주기 전 파란 제복이 우리 앞을 지나갔어. 아마 축제 경비로 불려 온 파출소 순경 아니었을까. 난 그때 그와 눈이 마주쳤어. 응. 확실히 마주쳤어. 하지만 그는 당시 날 때리던 리더 아이를 보더니 고개를 휙 돌리더군. 허리에 권총을 찬 경찰이 일개 꼬맹이한테 쫄아서 보고도 못 본 척한 거야. 허 참, 세상에 어떻게 이런 일이."

하하, 하고 메마른 웃음소리가 하늘에 울려 퍼진다.

"난 상처투성이, 멍투성이가 되어 울면서 사과했어. 벌거벗겨진 채 불알까지 걷어차이며 한 번만 봐 달라고 고개를 조아렸어. 사과할 이유 같은 건 없는데도 계속."

얼굴에서 웃음기가 사라진다.

"그때 난 아마 날 때리던 그 녀석들이 아닌, 조금 더 거대한 뭔가를 향해 사과했을 거야."

아키미쓰가 "난……" 하고 담배를 끼운 손가락에 힘을 실었다.

"난 그 녀석에게 제대로 한 방 먹여 주고 싶어."

요지는 아키미쓰의 옆얼굴을 물끄러미 바라봤다.

"그러지 않으면 평생 나라는 놈을 인정 못 할 것 같아. 예컨대 여기를 떠나 상경해서 장사로 한탕 벌어 고급 아파트 36층 같은 곳에 살아도 분명 그대로 패배자겠지."

그제야 손에 든 담배를 입에 물고 불을 붙인다.

"그리고 그 거대한 뭔가를 상대로 이겼을 때 비로소 이곳이 내 고향이 될 거야."

그렇게 말하며 땅을 툭툭 밟는다. 시시오이의 땅을.

"고향……."

"나 자신이 진정한 내가 되는 장소. 보통 그런 곳을 고향이라 부르지 않나?"

맑은 미소가 요지의 눈에 비쳤다.

"너도 마찬가지겠지. 바라지 않았어? 진정한 나 자신이 되고 싶다고."

"……전 얼간이 살인자에다가 나가하라가 되지 못한 인간입니다."

"그래. 분명 얼간이는 맞아. 나가하라를 흉내 낸 사람을 죽인 빌어먹을 인간쓰레기지."

아키미쓰는 연기를 뱉으며 말을 이었다.

"네 한쪽 다리는 이미 세상 밖으로 삐져 나갔어. 거기서 한 발짝 더 나가느냐, 아니면 다리를 다시 집어넣느냐. 물론 발 디딜 곳은 짐승의 길이겠지. 두 번 다시 돌아오지 못하는."

하지만.

"속세에 얽매여 제 한 몸 지키기에 급급한 인간은 아무리 노력해도 지토세 집안 정도나 되는 게 고작이야. 결국 더 큰 무언가의 아래에 놓인 고위급 노예에 불과하지. 바깥이 아닌 안쪽에 있는 인간은 그날 밤의 날 구하지 못해."

아키미쓰의 손에 뉴넘브가 쥐어져 있다. 그러나 요지는 무섭지 않았다.

"만약 내가 노예로 전락한다면 나가하라는 날 멈춰 세우겠지."

총구로 가슴을 툭 찌른다.

"하지만 너라면 날 쏠 수 있을 거야."

요지는 대답할 수 없었다. 통증이 가슴을 쿵쿵 울렸다.

"난 네가 필요해."

어젯밤에 느낀 열기 어린 두근거림이 되살아났다.

"그러니 요지. 이것만은 약속해라. 두 번 다시 영문도 모르고 사람을 죽이는 모양 빠지는 짓은 하지 않겠다고. 적어도 사람을 죽일 때만큼은 온전한 너 자신이어야지."

그리고.

"때가 되면 망설이지 말고 방아쇠를 당기는 거야."

아키미쓰는 뉴넘브를 다시 허리에 차고 꽁초를 바닥에 던졌다.

엉망진창이었다. 주재원들을 결속해 힘을 얻어 지토세 집안을 뛰어넘는 왕좌에 오른다. 정체불명의 그 거대한 무언가에게 이기고 싶어서. 그러기 위해 세상 바깥에 선다. 죄를 간과하고 요지를 한패 삼는다. 언젠가 타락할 자신을 쏘게 하려고. 이런 이야기를 들으면 누구나 제정신을 의심할 것이다.

그런데도 요지는 마음속 깊이 전율했고, 어느새 눈앞의 남자에 대한 의심을 완전히 거두고 있었다.

숲의 터널을 빠져나간 길 위에 햇빛이 쏟아졌다. 등 뒤로는 산, 아래에는 산업 폐기물 처리 시설. 눈앞에서는 아키미쓰 다이고가 일필휘지의 눈으로 이쪽을 보고 있다.

고향. 그것은 태어난 곳만을 지칭하지 않는다. 그것만이 아니다. 진정한 나. 나 자신이 내가 된 곳. 그러나 지금의 요지에게 만족할 만한 답은 없다.

"앞으로 내가 너한테 지시할 일은 없을 거야. 즉, 우리는 대등한 관계. 토지 문제나 나가하라 건도 전부 네가 정하고 네가 원하는 대로 매듭지어."

원하는 대로. 스스로 결정한다. 매듭짓는다.

그러나 난 뭘 어떻게 하고 싶은 걸까.

"근데 그전에 잠깐 같이 가 줬으면 하는 곳이 있는데."

"……어디죠?"

"그건 비밀. 오늘 저녁 6시에 니시오쿠 분실로 데리러 가지."

"퇴근할 시간입니다."

"그럼 야근이라도 해."

이건 어엿한 지시 아닌가.

"슬슬 가지. 농땡이도 정도가 있어."

경찰차에 오르는 아키미쓰를 쫓기 전에 요지는 꽁초를 주웠다.

3

예고한 대로 아키미쓰는 저녁 6시에 경찰차를 타고 니시오쿠 분실에 왔다. 점심때처럼 운전을 교대하고 점심때와 달리 센에쓰 자동차 도로에서 서쪽으로 달렸다. 목적지를 물어도 "그냥 직진해"라고만 했다. 요지는 포기하고 시키는 대로 판다를 몰았다.

"저기서 우회전."

볼링장을 지날 무렵 아키미쓰가 지시했다.

"북상."

민가의 밀도가 점차 낮아지며 공터가 눈에 띄기 시작했다. 주변을 둘러봐도 눈에 들어오는 건 논밭과 멀리 보이는 산 정도다.

"저 논두렁길로 들어가."

좁은 길을 두세 번 더 꺾었다. 그때마다 길이 좁아지고 나무 그림자가 짙게 깔린다. 얼마 후부터는 아스팔트 자체가 사라졌다.

"저기."

논두렁길 끝에 그야말로 고풍스러운 건물이 보이자 금세 느낌이 왔다. 시시오이 경찰서뿐 아니라 인근 경찰서 현역, 전직들까지 다니고 있다는 공수도장이다.

"전후戰後 얼마 안 돼 만들어졌다더군."

아키미쓰를 따라 요지도 경찰차에서 내렸다.

"고스게 선배나 후쿠나가 소장님도 다니시나요?"

"아니. 얼굴은 비췄는데 거의 안 와. 여기가 나름 엄격해서."

훈련 내용이? 아니면 심사가?

분명 둘 다일 거라고 짐작했다. 이곳은 아키미쓰의 망상을 실현하기 위한 아지트다.

"신발은 벗어."

정면에 있는 미닫이문을 열자 신발 놓는 곳에 가죽구두와 운동화가 두 켤레 있었다. 먼저 온 손님이 있다.

"늦어서 죄송합니다."

어둠 속에 선 남자가 가볍게 손을 드는 게 보였다. 눈이 익자 그가 지토세 다쓰노리라는 걸 깨달았다. 복장은 도복 차림이다. 그 외에도 도복을 입은 남자가 한 명 더 앉아 있다.

"앗."

요지는 다쓰노리 옆에서 정좌하고 있는 남자를 보자마자 몸이 굳었다. 마스다. 사람 좋아 보이는 얼굴이 차마 눈 뜨고 볼 수 없을 정도로 퉁퉁 부어 있었다.

"대련치고는 너무 거친 거 아닙니까?"

아키미쓰는 밝게 말했다.

"뭐야. 네가 110*에 신고했어?"

다쓰노리가 묻자 코피 섞인 콧물과 눈물로 범벅된 마스다가 고개를 좌우로 흔들었다.

"아뇨. 아닙니다."

"공수도 연습이잖아."

"예, 맞습니다. 다쓰노리 님께 한 수 배우고 있었습니다."

안타까울 정도로 목소리가 떨리고 있다.

그때 어둠 속에서 마스다의 등 뒤로 또 다른 사람이 불쑥 나타나 요지는 화들짝 놀랐다. 도복 안으로 보이는 근육질의 거구. 무표정

---

* 우리나라의 112.

387

한 얼굴의 우에시마였다.

다쓰노리가 손을 내밀자 아키미쓰가 담배를 꺼내 그의 손가락 사이에 끼우고 불을 붙였다. 다쓰노리가 후우 하고 연기를 내뱉는다. 마스다는 여전히 울면서 고개를 조아리고 있다.

"세상에는 해도 될 일과 해서는 안 될 짓이 있지."

다쓰노리가 누구에게랄 것 없이 말했다.

"도둑질은 범죄고 속도위반도 범죄야. 신호 무시도 그렇지?"

"네. 보행자도 2만 엔 이하 벌금형이죠."

아키미쓰의 대답에 다쓰노리는 고개를 끄덕이고 마스다에게 눈길을 돌렸다.

"그런데 난 그런 일로 여태껏 경찰에 붙잡힌 적은 없어. 도둑질은 둘째 처도 한밤중에 아무도 지나지 않는 횡단보도에서 신호를 어겼다고 2만 엔을 내놓으라고 하면 억울하지 않겠어? 단속하는 이들도 그런 걸 일일이 붙잡지는 않지. 왜냐고? 잡지 않아도 딱히 상관없으니."

마스다는 가만히 몸을 움츠린 채 코를 홀쩍이고 있다.

"허용과 불허란 한마디로 그런 거지. 법률만이 규칙은 아니라는 뜻이야. 어이, 마스다."

"예."

다음 순간 다쓰노리의 발이 마스다의 가슴에 꽂혔다.

요지가 무심코 한 발짝 나서자 아키미쓰가 손목을 붙들어 제지했다.

388

"요지 군. 이건 공수도 연습이라니까."

다쓰노리는 웃음기 없는 얼굴로 그렇게 말했다.

"그렇지? 마스다. 아닌가?"

마스다는 무너진 자세를 가다듬고 고개를 주억거렸다. 견디기 힘든지 기침을 콜록거린다.

"반대든 찬성이든 딱히 상관없어. 다 저마다 사정이 있겠지. 좋을 대로 하라 그래. 이쪽도 그렇게 하고 있고. 각자 자신이 손에 든 무기로 정정당당하게 맞서면 되는 거야. 이건 스포츠가 아니니 정정당당이라 하기도 좀 뭐하지만."

하지만.

"배신은 어떨까? 그것도 건달 같은 놈들을 이용해 동료를 공격하는 배신. 그런 게 용납이 되겠나? 응? 마스다!"

다쓰노리는 또다시 발뒤축으로 마스다의 가슴을 걷어찼다.

"어떻게 수습할 거야?"

"요, 용서해 주십시오. 다쓰노리 님. 전 진심으로 반성……."

"반성? 어떻게 반성했는지 말해 봐."

마스다가 대답하지 못하고 우물거리자 다쓰노리는 그의 따귀를 날렸다.

"히고 씨네 부하는 코뼈가 주저앉았다더군."

다쓰노리의 말을 듣고 마스다는 고개를 숙여 바닥에 이마를 붙였다.

"용서해 주십쇼! 제가 정리 해고 후보라는 말을 들어서 어쩔 수 없이……."

"누가 그랬지?"

다쓰노리는 이마를 바닥에 갖다 댄 마스다의 옆얼굴을 손바닥으로 툭 쳤다.

"전무가."

"회사 말인가? 이름이?"

요지는 아키미쓰의 손을 뿌리치고 다쓰노리 뒤에 다가갔다. '다쓰노리 씨, 이제 그만 적당히 하시는 게'라는 말이 목구멍까지 차올랐다.

"가도마쓰 가쓰야입니다."

그 순간 몸과 사고가 모두 멈췄다. 식은땀이 등을 타고 흐른다.

마스다가 근무하는 버스 회사. 그곳이 가도마쓰 운수라는 걸 요지는 깨달았다.

"그가 뭐라고 했지? 정확히 말해 봐."

"어느 날 절 찾아와 지토세 집안에 드나들고 있지 않으냐며 그건 회사의 비밀 엄수 의무 위반에 해당한다고 했습니다. 말도 안 되는 생트집이었지만 항의해도 소용없었습니다. 그래서 어쩔 수 없이 앞으로 그곳과 연을 끊겠다고 했죠……. 그랬더니 가도마쓰는 그걸로 부족하다며 정보가 새어 나간 만큼 자기도 받아야겠다고……."

이중 스파이.

"고몬회에 지인이 있어 그 이야기를 하니 자기가 다리를 놔 보겠

390

다고 했습니다. 반대파는 대부분 노인네들이라 조금만 겁을 줘도 금방 불 거라고……. 저, 전 물론 그럴 리 없다고 했습니다. 천앵회 분들은 모두 근성이 있어서 그리 만만하지 않을 거라 했습니다. 하지만 가도마쓰는 아직 젊어서 그런지 뭣도 모르고……."

"이제 와서 아부해 봐야 소용없으니 그 밖에 가도마쓰가 자네한테 뭘 더 시켰는지 말해."

"……사와노보리 요지에 대해 조사하라고."

그런가. 그래서 가도마쓰가 그 타이밍에 내게 접촉한 걸까. 모임이 끝나고 얼마 후 마스다를 통해 나에 대해 보고받고.

마스다가 고개를 조아린 채 목소리를 높였다.

"사와노보리 요지에게 약점 같은 게 없냐고 해서 아버지가 지금 병원에 입원해 있다고 했습니다."

순식간에 몸의 체온이 급격히 내려갔다가 다시 맹렬히 오르는 게 느껴졌다. 가도마쓰가, 내 약점을……. 넓은 도장에 서 있는데도 숨이 가빴다.

"그리고."

"또 뭐지?"

"이건 쪽방촌에 사는 영감한테 들었습니다만, 사와노보리 요지가 아무래도 나가하라의 조카를 좋아하는 것 같다고……."

다음 순간 요지는 자리를 박차고 뛰어가 마스다의 뒤통수 위로 주먹을 치켜들었지만, 누군가 요지의 손을 붙들었다. 우에시마였다.

"이거 놔!"

우에시마는 입을 다물고 정면에서 요지를 봤다. 무표정 속에 희미하게 감정이 읽혔다.

"제복 입고 대련은 보기 안 좋습니다."

그러더니 우에시마는 마스다의 등에 직접 정권을 꽂아 넣었다. 마스다가 꺽 하고 개구리처럼 바닥에 납죽 엎드렸다.

갈 곳 잃은 분노를 떠안고 요지는 그 모습을 바라봤다. 우에시마는 말없이 도복을 가다듬었다.

"마스다. 자네 이제 앞으로 어떡할 거야? 이대로 박쥐 짓을 계속한다면 나한테도 생각은 있어. 내가 할 수 있는 범위에서 정정당당하게 자네를 궁지에 몰아넣을 수 있지. 자네 딸이 지금 중학생이지? 엄마를 닮아서 예쁘다던데."

"다쓰노리 씨! 제발 그것만은!"

"추잡한 얼굴 저리 치워. 난 지금 그냥 잡담 중이야."

"다쓰노리 씨!"

"거참 시끄럽군. 자기는 원하는 대로 해 놓고 남한테는 '그것만은?' 웃기는 소리. 그러고 보니 시바파의 양아치 한 놈이 어린 여자애들을 호시탐탐 노리는 것 같다던데."

"다쓰노리 씨. 제발, 제발 용서해 주십시오. 시키는 건 뭐든 하겠습니다. 정말 무엇이든 할 테니."

"뭐든이라고 해 봐야 내가 내릴 수 있는 지시에는 한계가 있지 않겠나? 이렇게 경찰 아저씨들이 날 둘러싸고 있는 판국인데. 안 그래?"

"협박죄는 징역형이 나오기도 하니까요."

아키미쓰가 새침하게 말했다.

"그, 그럼 제가 말씀드리겠습니다! 저, 실은 가도마쓰는 지금 몰래 만나는 여자가 있다고 합니다. 중학교 친구라고 합니다. 그 여자도 남편이 있는데…… 그, 그러니까 그 상황을 이용해 보겠습니다."

요지는 더 이상 버티고 서 있을 수 없었다. 가도마쓰의 민낯, 불륜, 친구를 향한 계략, 다쓰노리와 아키미쓰의 일 처리 방식과 마스다의 무참한 몰골. 하나부터 열까지 모든 게 쓰레기 같고 천박했다.

그렇다면 난 어떤가. 만약 가도마쓰가 스미레에게 뭔가 못된 짓을 하려고 든다면 난 그걸 어떻게 말릴 것인가. 스미레 씨, 제가 당신을 지켜 드려도 되겠습니까? 그때 그 말은 분명 진심에서 우러난 말이다. 그러나 어떻게 실행에 옮길 수 있을까. 뒤에서 지켜보는 척하며 말로 위로하고, 불평하는 정도밖에 할 수 없지 않은가. 어차피 무엇 하나, 심지어 살인조차 나가하라의 뜻에 따랐을 뿐인 나야말로 쓰레기 아닐까.

"오, 그 이야기를 조금 더 자세히, 구체적으로 듣고 싶군. 어디까지나 잡담이지만."

"네! 반드시 구체적으로 뭔가를 파악해 오겠습니다. 꼭!"

"좋아. 그럼 자네는 이만 가 봐. 우에시마."

우에시마는 고개를 끄덕이지도 않고 마스다를 일으켜 세워 그를 부축한 채 현관으로 갔다.

"자, 그럼."

다쓰노리는 담배를 빈 깡통에 쑤셔 넣고 요지를 돌아봤다.

"이제 슬슬 대답을 듣고 싶은데."

아키미쓰가 어느새 요지의 등 뒤에 서 있었다.

"가도마쓰가 자네 친구라더군. 뭐 이런저런 사정은 있겠지만 어쨌든 조금 전 이야기, 다 들었겠지?"

요지는 주먹을 쥐고 있었다. 가도마쓰와 다쓰노리를 향한 분노만이 아닌, 더 거대한 무언가를 향한 충동이 자신을 사로잡고 있었다.

"자네도 이제 어린애가 아니잖나. 이것저것 확실히 해야지."

"다쓰노리 씨."

제 귀에도 목소리가 긴장한 게 느껴졌다. 왼손을 주머니에 집어넣는다. 나가하라의 유품을 손에 쥔다. 삐죽삐죽한 가시의 통증이 용기를 북돋아 줬다.

"나가하라의 누나에게 차이고 나서 쓸데없는 짓을 하셨더군요."

다쓰노리가 눈을 부릅떴다.

"전 그런 분을 용서할 수 없습니다. 그런 썩어빠진 인간이 뭐라고 하건 따를 마음이 없습니다."

"이 자식……."

다쓰노리는 조용히 중얼거리고 미소 지었다.

"그래. 사와노보리 집안 사람들이 기본적으로 근성 있기는 해. 물론 데쓰시 씨가 우리 집에 돈을 빌리러 왔을 때는 부부가 함께 우리 아버지에게 머리를 조아리기는 했지만 말이야. 그 돈을 아직도 안 갚았다지? 정 뭐하면 그 돌 장사를 접게 해 줄까?"

꾹 쥔 주먹 속에서 가시가 살을 파고든다.

"아니면 너희 누나를 찾아가서 받아 볼까."

솟구치는 분노는 다쓰노리보다는 자신을 향했다. 이 통증, 무력감.

"마음대로 하십쇼."

다쓰노리는 어이없어하는 표정을 지었다.

"대신 전 반드시 당신에게 되갚아 줄 겁니다."

"너 따위가 뭘 할 수 있지? 원래 겁 많은 개가 시끄럽게 짖는 법."

"한번 해 볼까요?"

순간 다쓰노리의 얼굴에 당혹감이 비쳤다. 요지가 뉴넘브에 손을 댄 걸 눈치챈 것이다.

"아키미쓰!"

다쓰노리가 그렇게 외쳐도 요지는 돌아보지 않았다. 이미 각오했다. 다쓰노리에게서 눈을 피하고 싶지 않았다. 지는 거라고 생각했다.

"다쓰노리 씨."

뒤에서 아키미쓰의 온화한 목소리가 들렸다.

"죄송하지만 전 이번 일에 대해서는 중립입니다. 보지 않고 듣지 않고 말하지 않는다. 그런 스탠스로 있겠습니다."

"너 이 자식……."

"혹시 기억하십니까? 시시오이 축제 때 절 구해 주신 거. 당시 절 두들겨 패던 대장 아이가 누군지 다쓰노리 씨는 알고 계셨죠? 그

아이는 다카노리 씨의 불륜 상대의 아들, 그러니까 다쓰노리 씨의 배다른 동생이었죠."

다쓰노리의 기세가 한풀 꺾이는 게 느껴졌다.

"물론 다쓰노리 씨에게는 아무 책임도 없습니다. 오히려 전 다쓰노리 씨에게 갚아야 할 빚이 있죠. 신사 뒤에서 절 구해 줬을 때 다쓰노리 씨는 제게 이렇게 말했습니다. '얼른 어른이 되어라'라고. '어른이 되면 싸울 수 있다. 나도 그랬다'라고요. 지금 우리 눈앞에 있는 이 녀석도 싸우는 중입니다. 응하는 게 도리 아닐까요."

"……제기랄."

다쓰노리는 체념한 것처럼 중얼거리고 초조한 듯 발을 굴렀다. 숨을 한번 쉬고 요지에게 눈길을 향한다.

"뭘 원하지?"

뭘 원하나.

난 뭘 원할까. 그리고 그걸 이루기 위해 뭘 주고, 뭘 얻으면 될까.

"……우선 스미레 씨. 다쓰노리 씨 힘으로 스미레 씨를 할머니와 함께 제대로 된 곳에서 편히 살게 해 주십시오. 학교에도 보내 주십시오."

"당사자가 원한다면……."

"토 달지 마! 그래도 한때는 좋아했던 여자의 딸이잖아!"

다쓰노리는 놀란 것처럼 눈을 부릅뜨더니 잠시 후 또다시 "제기랄" 하고 중얼거렸다. 고개를 숙였다가 다시 하늘을 보고 자신의 이마를 툭 때린다.

"그래. 할 수 있는 만큼 해 보지. 약속이다. 아키미쓰, 네가 증인
이야."

"알겠습니다."

요지는 눈을 돌리지 않고 말을 이어 갔다.

"또 하나."

"너 이 자식, 작작……."

"제가 땅을 팔면 어떡할 겁니까?"

다쓰노리는 대답을 머뭇거렸다.

"개발을 백지화할 겁니까? 시시오이의 이름을 지키기 위해 정말
그럴 수 있습니까?"

"……그건, 의논해서."

그런가. 역시 예상대로다. 한마디로 이들은 개발을 막을 생각이
없다. 지방 자치니 뭐니 들먹이지만 사실은 돈이다. 신사 땅을 손
에 넣어 그걸 미끼로 이권을 나눌 심산이다. 좋다. 마음대로 해라.

"그럼 땅은 제가 알아서 하겠습니다."

다쓰노리의 얼굴이 삽시간에 벌겋게 달아오르는 게 어둠 속에
서도 보였다.

"지금 무슨 헛소리를 하는 거야? 나랑 협상할 생각 있는 거 맞
아?"

"협상 같은 건 안 합니다."

"이 자식이……."

분노로 말을 잃은 다쓰노리를 요지는 더욱 몰아붙였다.

"내가 정합니다. 당신들이 결정할 건 없습니다."

"너나 네 형이나 너희 아버지나 이 문제에서 할 수 있는 건 없어. 나가하라네 집안도 마찬가지고. 그걸 알면서 하는 소린가?"

"해 보겠습니다. 마음 단단히 먹고 부딪히면 어떻게든 되겠죠."

두 사람은 서로를 노려봤고 요지는 한 발짝도 물러설 생각이 없었다. 여기서 물러서면 앞으로 두 번 다시 스미레의 눈을 볼 수 없을 것이다.

"전 이미 결심을 굳혔습니다."

"……제기랄."

다쓰노리가 세 번째로 중얼거렸다.

"어떻게 할 생각인지만 말해. 그걸 모르는 상태에서는 나도 못 물러나."

요지는 숨을 깊숙이 들이마셨다. 불타는 나가하라의 편지의 잔상이 뇌리를 스쳤다.

"개발은 진행합니다. 하지만 합병은 안 합니다."

"뭐?"

"내가 직접 가도마쓰를 설득할 겁니다. 당신들에게 이익이 될 방향으로 구슬려 보겠습니다."

다쓰노리는 여우에 홀린 사람처럼 멍하니 요지의 말을 들었다.

"당신이 약속만 지킨다면 난 배신하지 않습니다. 적으로 돌아서지 않을 겁니다."

어둠 속에서 세 사람은 잠시 우두커니 서 있었다. 아무도 입을 열지 않는다.

이윽고 다쓰노리가 나직이 중얼거렸다.

"아키미쓰가 아주 훌륭한 파트너를 찾았군."

"네. 좀 버거운 감은 있지만."

그 대화에 비아냥거리는 느낌은 없었다.

돌아가는 차 안에서 아키미쓰는 요지에게 한마디만 건넸다.

"속이 좀 시원한가?"

요지는 대답하지 않았다. 삐죽삐죽을 움켜쥔 손바닥에서 피가 배어나고 있었다.

이제는 앞으로 나아갈 수밖에 없다. 그렇게 스스로 타일렀다.

4

다음 날 요지는 오토리시에 있는 가도마쓰 운수를 찾았다. 응접실에서 가도마쓰 가쓰야와 마주 앉았다.

"뭐야? 갑자기."

가도마쓰의 태도에 아직 천진난만한 중학생 시절 잔상이 남아 있는 게 왠지 서글펐다.

"가도마쓰. 땅은 너희 쪽에 팔게."

단도직입적으로 말하자 가도마쓰는 당황한 듯 앉은 자세를 가다듬었다.

"그, 그게 정말이야?"

"그래. 권리 증서도 가져왔어. 대신 값은 좀 쳐 줬으면 해."

"어차피 나도 널 상대로 장사할 생각은 없어. 최대한 올려 볼게."

"그리고 아버지 일도 잘 부탁해."

"물론이지. 말 나온 김에 지금 바로 입원비 문제를 상의해 보자."

"그리고 개발에는 지토세 집안도 끼워 줘."

그러자 가도마쓰는 "뭐?" 하고 대번에 기세가 꺾였다.

"그건……."

"지역의 대표 격인 사람들을 무시하고 일을 진행하면 될 일도 안 돼. 안 그래?"

"……그래, 알겠어. 어떻게든 해 볼게."

속이 빤히 보이는 연기였다. 어차피 추진파 입장에서도 지토세 집안을 끝까지 적으로 돌릴 마음은 없을 것이다. 어느 지점에서 타협할지 재고 있었던 것에 불과하다.

그러나 요지는 달랐다.

"또 하나 조건이 있어. 시시오이의 이름을 없애는 건 인정 못해."

가도마쓰의 표정이 굳었다. 황급히 몸을 앞으로 내민다.

"이 모든 건 합병이 전제 조건이야. 그거 없이는 현에서 예산도 안 나와."

"그런 건 그냥 무시하고 넘어가."

"······그게 무슨 뜻이야?"

"말 그대로야. 네가 네 사정만이 아닌 시시오이의 미래를 생각해 프로젝트를 추진한다는 건 믿어 의심치 않아. 이대로 가면 돼. 사우스 파크도, 만수원도, 우회로도 다 만들어."

"그럼."

"돈을 받아낸 후 진행할 만큼 진행해서 더는 돌이킬 수 없는 단계까지 갔을 때 합병은 못 하겠다고 선언해."

가도마쓰의 얼굴이 파랗게 질렸다.

"말도 안 돼! 위원회를 만들어 합의를 끌어내는 게 조건이야."

"합병 같은 건 어차피 위에서만 결정할 수 있는 게 아니잖아."

"그걸 결정할 수 있도록 하는 게······."

"결정하게 하지 않아. 반대 운동이라도 일어나면 주민 투표에 부치겠지. 일어나지 않는다면 내가 직접 일으킬 거고."

가도마쓰가 입을 떡 벌렸다.

"아무튼 넌 끝까지 모르는 척하며 네가 할 일만 하면 돼. 나는 나대로 준비할게. 타이밍을 봐서 적당한 시기에 움직일 거고, 지토세 집안이든 시바파든 전직 공무원이든 신문 발행인이든 아는 사람은 다 동원할 거야."

"그렇게 되지 않게 미리 정하는 거야. 각서도 쓸 거고."

"무시해. 어차피 법적 구속력 따위 없어. 구두 약속일 뿐."

"억지 부리지 마. 프로젝트 추진파 뒤에는 고몬회가 있어. 만약 배신한 게 밝혀지면 어떤 꼴을 당할지······."

"마음 단단히 먹고 해!"

요지는 버럭 소리쳤다.

"넌 내가 지켜 줄게. 설령 지키지 못하더라도 그때 일은 그때 생각해. 아무튼 난 각오하고 있어. 그러니 너도 각오하고 해."

"요지⋯⋯."

"나 역시 배신자야. 너보다 먼저 심한 꼴을 당할 수도 있어. 그래도 말이지. 우리는 이제 어린애가 아니야. 지금까지도 더러운 꼴 여럿 참아 가며 여기까지 왔잖아. 그렇게 나이를 먹어 어른이 된 거잖아."

"⋯⋯왜 그렇게까지 고집해?"

가도마쓰는 정말로 이해 안 된다는 표정이었다.

"시시오이 이름이 대체 뭔데? 시시오이가 오토리시가 되면 왜 안 돼? 지토세 집안 녀석들도 사실 속으로는 어떻게 되든 상관없다고 생각할걸. 인구가 늘고 점포도 늘어 도시 전체가 풍요로워질 거야. 이름 따위가 그렇게 중요해?"

틀리지 않다. 맞는 말이다. 시시오이의 발전은 이 비좁고 낡은 세계를 더 넓힐 것이다. 그사이에 생기는 사소한 갈등은 시간이 지나면 금세 잊힐 게 분명하다. 그건 요지 자신의 바람이기도 했다.

그러나 말로는 표현할 수 없는 어떤 집념이, 그것을 거부하고 있다.

"⋯⋯마음에 안 들어. 우리가 살던 고향이 누군가의 사정으로 좌지우지되는 상황이 싫어."

요지의 말을 듣고 가도마쓰는 어이없다는 듯 입을 벌렸다.

"그런…… 그런 하찮은 이유로!"

"너, 요새 불륜 중이라던데."

순간 가도마쓰의 볼이 움찔했다.

"상대는 밋치인가?"

중학생 시절 5인조 중 홍일점. 지금은 오토리시에 살며 아이를 키우는 주부다.

가도마쓰는 입을 걸어 잠갔다. 필사적으로 낭패감을 억누르는 모습이 보인다.

"누가 그런 헛소리를……."

"헛소리면 다행이겠지. 나한테는 너도 밋치도 전부 친구야. 어떤 관계가 되건 간에."

대답은 돌아오지 않았다. 희미하게 침 삼키는 소리만 들릴 뿐이다.

"가도마쓰. 지금 여기서 우리가 나눈 대화도 나와 너의 구두 약속이야. 파기할 거면 언제든 해도 돼. 대신 그때는."

"……그때는?"

"넌 나라는 친구를 잃게 되겠지."

그뿐이야. 요지는 토지 권리 증서를 탁자에 내려놓고 몸을 일으켰다.

사와노보리 석재 작업장 안에서는 후미오가 혼자 돌을 연마하고 있었다.

"형은 나갔나요?"

대답을 기대하지 않았지만 평소와 달리 후미오는 손을 멈추고 요지를 돌아봤다.

"영업. 데쓰시 씨 대신."

가도마쓰와 합의한 내용을 형에게 대략이나마 알려 주고 싶었지만, 생각해 보면 서로 부둥켜안을 만큼 기분 좋을 이야기는 아니다. 그러기는커녕 요지는 어젯밤 마스다 일을 포함해 여러모로 기분이 찜찜했다.

"그런가요."

요지는 후미오에게 대답하고 안채로 향했다.

"요지."

고개를 돌리니 후미오가 손을 멈추고 작업장 안쪽을 가리키고 있었다. 그 끝에는 받침대 위에 작고 초라한 기계 하나가 놓여 있다.

"저게 뭔지 아나?"

"……글쎄요. 전 석재 일은 잘 몰라서."

후미오는 한숨을 후 내쉬고 담배를 입에 물었다.

"3D 프린터라고 하더군."

"요즘 유행하는 거 아닌가요? 근데 저런 걸 살 돈이……."

요지가 말을 마치기도 전에 대답이 돌아왔다.

"간지가 직접 부품을 구해 만들었어."

듣고 보니 받침대 위 기계는 새것 같지만 자못 볼품없는 외관이었다.

"간지가 말하기를 플라스틱 정도면 괜찮아도 돌은 어렵다더군.

그래도 기뻐했어. 걘 어릴 때부터 기술자가 되는 게 꿈이었으니."

평소와 달리 말 많은 후미오의 모습 이상으로 요지는 자신이 모르는 형의 일면이 뜻밖이었다.

"대학도 가고 싶었겠지."

그 말에는 역시 흠칫 놀랐다. 지금껏 형 입에서 그런 이야기를 한 번도 들어본 적이 없기 때문이다.

후미오는 은은히 미소 지으며 느긋하게 담배를 피우다가 다시 연기를 내뱉고 천천히 말을 이었다.

"아무리 발 벗고 뛰어도 돈을 구하지 못해 깨끗이 포기하고 가업을 잇기로 했지. 요지, 형 눈에는 아마 네가 영웅처럼 비칠 거다."

"네?"

"네가 야구로 고요 고등학교 진학이 결정됐을 때 간지도 대학 문제로 고민하고 있었지. 그걸 다 포기한 거야. 그리고 네 아버지는 지토세 집안에 고개를 숙이러 갔어. 돈을 빌리려고. 고요는 학비가 비싸니까."

요지는 아연실색하며 후미오의 이야기를 들었다.

"그래도 후회는 안 했을걸. 딱히 네가 고시엔에 나가지 못했어도. 지금도 마찬가지야. 자식을 위해 참는 게 부모의 기쁨이라고도 하니."

뒤이어 "그게 뭔지 난 잘 모르겠지만" 하고 중얼거리는 후미오에게 요지는 무심코 물었다.

"혹시 저희와 지토세 집안 사이가 안 좋아진 것도 저 때문이었던 겁니까?"

비참한 고시엔 결과를 보며 조롱하지 않았을까. 그래서 아버지는 지토세 집안과 연을 끊은 게 아닐까. 형도 그걸 따른 거고.

후미오는 몸을 일으키더니 얼굴을 마주하지 않고 요지의 어깨에 손을 얹었다. 그리고 대답 대신 이렇게 말했다.

"요지. 형이랑 사이좋게 지내라. 넌 그래야 해."

작업을 재개한 후미오의 굽은 등을 바라보는데 시야가 조금씩 뿌옇게 흐려졌다. 형 간지와 누나 다마오, 아버지와 어머니의 얼굴이 머릿속을 빙글빙글 맴돌았다.

이 집에는 나를 위해 참아 준 사람들이 있었다.

아무리 추천받았다고 해도 당시 사와노보리 집안은 아들을 명문 사립 고등학교에 보낼 여력이 없었다. 지토세 집안에 고개를 숙여서 돈을 빌린다고 해도 기껏해야 한 사람 몫이었을 것이다.

누나 다마오는 맞선을 봐 결혼했고, 형 간지는 대학 진학을 포기하고 가업을 이었다. 그 모습을 옆에서 지켜보던 요지는 지금껏 그것을 시골뜨기들의 안이한 선택이라 믿었다.

멍청한 자식.

형도, 누나도 나와 똑같은 소년 소녀였다. 밝은 미래를 향해 꿈을 부풀리던 청춘 시절이 있었다. 하지만 그 모든 것을 동생을 위해 감내했다.

아버지, 어머니, 형, 누나 모두 지금껏 셀 수 없을 만큼 인내를 거듭했을 것이다. 그때마다 뭔가를 계속 가슴에 집어삼켰을 것이다.

누군가를 위해서 참아야 한다.

나 자신의 일이라면 견딜 수 있다.

지금 그 차례는 요지에게 돌아왔다. 누군가의 인내 위에서 뛰놀던 시절은 끝났고, 누군가를 위해 인내할 차례가 왔다.

너도 참고 있었구나. 스미레 씨를 위해.

나가하라는 짊어지고 있었다. 요지가 지금껏 외면해 온 것을.

그가 지토세 집안을 용서했을 리 없다. 가키네 역시 속으로는 증오했을 것이다. 그러나 나가하라는 참았다. 참았을 뿐 아니라 가키네의 죄책감을 이용해, 그 아내의 병을 이용해, 그의 마음에 끝까지 파고들어 시시오이 파출소에 왔다. 바로 지근거리에서 가족을 지키기 위해.

지토세 집안과 맞서지 않은 것 또한 쓸데없는 갈등을 만들지 않기 위해서였다. 곤도를 쫓아내기 위해 더러운 수법에 가담하고, 죽이고 싶을 만큼 증오하는 남자에게 격려의 말을 듣고, 고개를 숙이며 싹싹하게 미소 지었다. 그렇게까지 해서 겨우 직장 동료들에게 동료로 인정받는 과정이 얼마나 굴욕적이었을까.

하지만 참고 견뎠다. 자신이 참는 것으로 조금이나마 스미레가 더 나은 삶을 살 수 있도록.

나가하라, 너 정말 용케도 견뎠네.

그런데도.

왜 도중에 그만뒀지? 무엇이 널 그런 극단적인 길로 이끌었지? 그 선택이 스미레의 행복을 앗아갈 수도 있다는 걸 알았을 텐데. 네가 범죄에 손을 담그는 것보다 더 스미레를 괴롭히는 건 없을 텐데.

"아."

무심코 목소리를 높였다. 후미오가 의아한 것처럼 요지를 힐끗 보고 곧 다시 작업에 돌아갔다.

요지는 눈물을 훔치고, 뛰쳐나갔다.

가와베 교차로까지 뛰었다. 수백 미터를 단숨에 달려가 나가하라가 마지막으로 서 있던 곳에서 주위를 살핀다. 북쪽에는 에구리 언덕, 남쪽으로는 시모카모 다리. 동쪽에는 사와노보리 석재가 있고, 서쪽으로 가면 시시오이 경찰서가 나온다.

이곳에 나가하라가 서 있었다.

싸늘한 하늘 아래에서 어느 쪽을 보지도 않고 그저 우두커니 서 있었다.

나가하라는 파출소에서 나가 어디로 가려고 했을까. 모리의 집이라면 언덕을 내려가는 편이 더 가깝다. 후쿠나가의 눈을 의식해 가와베 교차로까지 갔다면 여기서 동쪽으로 갔을 것이다. 시모카모초에 있는 가나이의 사무소로 간다면 남쪽. 퇴근하려고 시시오이 경찰서로 간다면 서쪽이다. 하지만 나가하라는 그냥 이곳에 서 있었다.

망설였을 것이다. 마지막 순간 끝내 살인을 실행할 때가 되자 나가하라는 흔들렸다. 죄의식도 있었다. 두려움도 느꼈을 것이다. 그러나 그 이상으로 어머니와 스미레의 얼굴이 머릿속을 채우지 않았을까. 그러니 여기 서 있었다. 어느 쪽으로도 향하지 못한 채.

요지는 고개를 돌렸다. 에구리 언덕이 하늘을 향해 뻗어 있다. 나가하라는 어떤 심정으로 이곳을 걸었을까. 그리고 왜 사라져 버렸을까.

땡땡 하고 철로 차단기 소리가 들린다. 시시오이역으로 미끄러져 들어오는 전철 소리가 가와베 교차로까지 울려 퍼진다. 역사 앞에는 여느 때처럼 택시가 줄지어 있을 것이다. 머리에 떠오른 몇 가지 기억의 파편이 하나의 스토리를 만들어 간다. 크리스마스이브 날 밤, 모리의 시끄러운 노랫소리, 열기에 녹아 버린 스마트폰, 동기가 빠진 편지 내용, 뉴넘브의 총성, 초연 냄새……

스마트폰을 꺼내 오늘 비번인 아키미쓰에게 전화를 걸었다. 아키미쓰는 곧 전화를 받았다. 졸린 듯한 목소리로 "뭐야?" 하고 묻는 그에게 요지는 고했다.

"진범을 알아냈습니다."

5

사우스 파크 오토리의 건설 현장 옆 돌계단에서 시시 언덕을 오르면 시시가미 신사가 나온다. 그럴싸한 기둥문도 없고 어디까지나 토지신을 모시는 소소한 신사지만 봄에는 벚꽃이 만발해 이루 말할 수 없는 화려함에 휩싸인다.

요지가 이곳을 찾은 건 중학교 3학년 축제 때 이후 처음이었다. 생각해 보면 그해에 나가하라의 누나인 미사키가 도바리촌에서 목숨을 잃었다. 기이한 인연이다. 경찰 학교에서 만나기 전까지 요지는 나가하라를 전혀 알지 못했다. 같은 시시오이초에 살았는데도 이름 한번 들어보지 못했다. 그러다 자기도 모르는 사이에 그와 쉽게 풀리지 않는 실로 이어져 버렸다. 기이한 운명을 느끼지 않을 수 없다.

특히 오늘 밤은 더욱.

돌계단을 오르자 흙에 파묻힌 신사가 눈앞에 보였다. 어머니가 사고로 세상을 뜨자 아버지는 순식간에 기운을 잃고 시들었으니 무너진 신사를 재건할 여력이 없었을 것이다. 누나에게는 새 가족이 생겼고, 형도 사와노보리 석재 일을 물려받느라 그럴 상황이 아니었다. 시시오이 축제가 사라진 것도 무리는 아니다.

"손들어."

요지는 바위에 걸터앉아 있는 남자의 뒷모습에 말을 걸었다. 고개를 돌린 남자가 요지를 보며 숨을 집어삼키는 게 느껴졌다. 눈길이 요지의 손에 쏠려 있다.

"아, 이거? 사실 아직 근무 중이거든."

요지는 뉴넘브를 남자에게 겨눴다.

"움직이지 마. 미리 말해 두는데 사격 실력만큼은 자신이 있어."

남자에게는 미리 근무를 마친 후 만나자고 말해 두었다. 약속 시간은 저녁 7시로 사우스 파크 건설 인부들도 일을 마치고 사라질 시간이다. 남자가 여기 오기까지 요지는 한 시간 동안 숲속에서 숨죽인 채 그를 기다렸다. 마주 보고 나서 총을 뽑았다가는 도망칠 수도 있다.

'가나이 사건 때문에 할 이야기가 있다'라는 구실로 그를 불러냈다.

"나야."

요지는 입을 열었다.

"내가 가나이와 모리를 죽였어."

파란 제복을 입은 남자는 입을 떡 벌리고 잠시 후 힘없이 "역시 그랬나" 하고 중얼거렸다.

"오늘 당신과 이야기하고 싶은 건 그쪽이 아닌 나가하라 문제이긴 해도."

한 발짝 앞으로 가자 상대가 허리를 조금 뒤로 뺐다.

"지금 네가 무슨 짓을 하는지 알고 있나?"

"멍청한 살인범이 더러운 살인범에게 권총을 겨누고 있는 상황 아닌가? 누구보다 잘 알아."

경찰모 밑에 있는 남자의 얼굴이 눈에 띄게 창백해졌다. 모리와 가나이를 죽였다고 선언한 요지가 총구를 겨누고 있는 걸 허세로 단정 지을 만큼 낙천적인 성격은 아닐 것이다.

"그날 퇴근하러 파출소를 나가 가와베 교차로에서 마지막으로 목격된 후 나가하라는 지금껏 행방불명 상태야. 그게 자살이나 실종이라면 무전기만 시시강에서 발견된 게 이상하지. 또 뉴넘브의 총알 수도."

상대가 위축되는 게 보였다.

"나가하라의 뉴넘브는 모리의 쓰레기집에 있었어. 남아 있던 탄수는 네 발. 뉴넘브에는 총 다섯 발이 들어가니 한 발 모자라지."

"그건."

남자가 부랴부랴 입을 열었다.

"나가하라가 쐈겠지. 자살하려고."

"이후 모리가 권총만 주웠다? 아무리 그래도 그건 말이 안 돼."

남자의 눈이 허공을 맴돈다.

"모리는 자기 손으로 안전장치도 풀지 못하는 아마추어에다 집에서 뉴넘브를 발견한 후 줄곧 두려움에 떨던 겁쟁이였어. 어디 다른 데서 총을 쏘지는 못했을 거야. 그럼 이렇게 되겠지. 사라진 그 한 발은 당신이 나가하라를 쏠 때 썼다."

"잠깐."

남자가 요지를 향해 손바닥을 펼쳐 보였다.

"내가 나가하라의 권총을 빼앗아서 말인가? 그거야말로 말이 안 되지 않나?"

"아니, 그게 아니야. 당신은 당신 자신의 뉴넘브로 나가하라를 쏜 거야."

그리고.

"나가하라의 뉴넘브에서 한 발을 빼 보충했겠지. 반납할 때 총알 수를 맞추기 위해."

상대가 숨을 집어삼키는 소리가 들렸다.

"나가하라의 시신을 숨긴 이유는 두 가지. 하나는 총살 흔적을 감추기 위해. 아마 자살로는 도저히 설명할 수 없는 곳을 쏘지 않았을까? 또 하나. 이 사건을 최대한 조용히 매듭짓기 위해. 명백한 살인이 돼 버리면 수사도 엄격해지지. 만약 뉴넘브를 무전기와 같이 버렸다면 실종으로 정리됐을 수도 있어."

총알 수만 줄지 않았다면.

"그럴 수 없었던 당신은 뉴넘브를 모리의 쓰레기집에 숨겼어. 나중에 나가하라의 시신이 발견되면 모리에게 죄를 뒤집어씌우려고."

그 고육지책은, 동시에 남자가 충동적으로 나가하라를 죽였다는 것을 의미했다.

"진범의 조건은 늘 권총을 가지고 다니는 사람이야. 시시오이 파출소 근무자, 아니면 주재소 주재원. 뭐 이 정도로 좁혀지지."

요지는 한 발짝 앞으로 더 나아갔다.

"난 나가하라의 그날 행동을 상상하다가 당신이 진범이라고 확신했어. 파출소를 나가 가와베 교차로에 우두커니 서 있던 나가하라가 그 후 어디로 향했을까. 모리와 가나이를 죽일 계획으로 파출소를 나간 녀석은 그때 모리의 집도, 가나이의 사무소도, 시시오이 경찰서도 아닌 시시오이 파출소로 되돌아갔어."

한 차례 내려왔던 에구리 언덕을 다시 올라가.

그러니 가와베 교차로에 서 있던 것을 마지막으로 이후 모습은 목격되지 않았다.

"그때 파출소에 있었던 사람은 바로 당신이지. 후쿠나가 소장님."

후쿠나가의 떨리는 눈빛이 뉴넘브 방아쇠에 얹힌 요지의 손가락에 쏠려 있다.

"불이 난 모리의 집에서 권총이 발견되지 않았을 때 당신만은 알고 있었을 거야. 모리는 살해됐을지 모른다고. 하물며 그 총은 가나이를 죽일 때도 쓰였어. 이런 시골 마을에서 사람이 둘이나 죽어나간 살인 사건. 당신의 머리에는 당연히 나가하라 일이 떠올랐겠지. 게다가 그때가 마침 나가하라의 동기가 파출소에 부임한 타이밍이라면, 그 사와노보리 요지가 복수하려고 두 사람을 죽였다고 의심하는 건 지극히 자연스러워."

그리고 마침내 진실에 도달하면 자신도 노릴 수 있다고 생각했을 것이다.

"하지만 당신은 어쩔 수 없었어. 모리가 타살인 걸 알아차리려면 그 쓰레기집에 나가하라의 뉴넘브가 있었다는 것도 알아야 해. 그럼 어떻게 그걸 알고 있느냐는 이야기가 나오겠지. 당신은 어쩔 도리를 모르고 갈팡질팡했을 거야."

그러니 압력을 가했다. 넌지시 요지를 흔들며 반응을 살폈다. 그러면서 요지를 옆에서 떨어뜨리려고 다른 파출소로 옮기려 했다.

"그래서 당신을 오늘 여기로 불렀어. 혹시 당신은 내가 부른 걸 다른 사람에게 말했을까? 아니, 말하지 않았겠지. 속으로 희희낙락했을 거야. 여차하면 여기서 나도 처리하면 된다고 생각했을 테니."

그러지 않았다면 이런 곳에서 비밀리에 만나자는 약속에 응할

리도 없다. 바위에 걸터앉은 후쿠나가의 손이 뉴넘브를 향해 뻗어 있었던 걸 요지는 이미 알아차리고 있었다.

후쿠나가는 거친 호흡을 필사적으로 가다듬으며 목소리를 높였다.

"요지 군. 적당히 하지 그래. 내가 파출소에서 나가하라를 쏴 죽였다는 건가? 바보 같기는. 피는 어떡하지? 소리는? 냄새는? 그리고 아키미쓰는 파출소에 돌아와서 왜 눈치채지 못했지?"

"움직이지 마."

요지는 다시 한번 확실히 그를 겨냥한 채로 허리에 손을 향하는 파출소 소장에게 지시했다.

"등에 맞아 앞으로 고꾸라지면 피는 별로 튀지 않지. 조금이라면 닦으면 그만이고. 또 경찰관이 사라졌다고 해서 파출소 안에 감식반이 들어올 리도 없을 거야."

그리고 소리는.

"전철. 그때 마침 전철이 파출소 옆을 지나갔겠지. 그게 당신의 등을 더 떠밀지 않았을까."

권총을 써야 하는 저항감을 순간적으로 없앴다.

"마지막으로 냄새. 초연을 없애는 데 사용한 건 커피겠지?"

후쿠나가가 좋아하는 진한 커피의 쌉쌀한 향기로 뒤덮었다.

"CCTV는!"

후쿠나가가 날카롭게 소리쳤다.

"파출소에 있는 CCTV 영상은 어떡했다는 건가?"

"시시오이 파출소에 있는 CCTV는 입구와 카운터만 비추고 있어. 안쪽은 사각이지."

"그게 아니라, 나가하라가 파출소에 돌아왔다면 그 모습이 찍히지 않았겠나!"

"그래. 정문으로 들어왔다면 그랬겠지."

눈을 부릅뜨는 후쿠나가에게 요지는 말했다.

"시시오이 파출소에는 뒷문이 있어. 나도 모리 영감을 찾아갈 때 그쪽을 썼고."

"내가 그쪽으로 들어오라고 지시라도 했다는 건가? 어떻게? 무전은 다른 사람이 들을 수 있고 통화 기록도 다 조사하지 않았나?"

"물론 당신이 그렇게 시키지는 않았을 거야. 나도 처음에는 카메라에 뭔가 손이라도 대지 않은 이상 파출소가 범행 현장이 될 수는 없겠다고 생각했어."

나가하라가 모리와 가나이에게 살의를 품은 채로 파출소를 나갔다는 정보도 요지의 눈을 흐렸다.

"하지만…… 그 녀석이 다리 위에서 망설였다는 걸 알게 되니 직접 뒷문을 택한 이유가 감이 오더군. 그건 CCTV를 의식해서가 아니야. 나가하라가 의식한 건 처음 파출소를 나갈 때 눈이 마주친 역 앞 택시 기사였어. 결심이 흔들렸으니, 또 죄책감을 느꼈으니 나가하라는 그의 눈을 피해 자기도 모르게 뒷문으로 돌아간 거야."

그 선택이 자신을 죽이게 될 줄도 모르고.

후쿠나가의 입술이 덜덜 떨리기 시작했다. 핑계를 떠올리지만 입 밖에 낼 수 없는 듯하다. 요지는 눈을 부릅뜬 파출소 소장을 정조준하며 거침없이 앞으로 걸어갔다.

"나가하라를 왜 죽였지?"

두 사람의 거리가 이제 1미터도 되지 않는다. 어둠 속에서 훤한 이마를 흐르는 구슬 같은 땀방울이 보였다.

"물론 처음부터 녀석을 죽일 마음은 없었을 거야. 나가하라가 뒷문으로 돌아온 것도 뜻밖이었을 테고."

살의가 싹튼 건 그 이후다.

"파출소로 돌아온 녀석은 당신과 어떤 대화를 나눴지?"

얼어붙어 있는 후쿠나가를 계속 몰아붙인다.

"대답 안 해도 난 당신을 쏠 거야."

"나가하라는!"

요지의 으름장에 놀란 듯 후쿠나가가 입을 열었다.

"그 녀석은…… 파출소에 돌아와서 갑자기 나한테 이런 말을 했어. 가나이와 모리를 어떻게 해 줄 수 없겠느냐고. 정 방법이 없으면 자기가 약점을 잡을 수 있게 도와 달라고. 또 내가 협조하지 않으면 도바리촌 일을 전부 공개하겠다며 협박했어."

나가하라는 알고 있었다. 그때 나무가 도로에 저절로 떨어졌다며 사건성이 없다고 주장한 도바리촌 주재소 근무 경찰이 후쿠나가였다는 사실을.

후쿠나가는 벌건 얼굴로 마구 지껄였다.

"녀석은 몇 번이고 나한테 부탁했어. 난 도무지 영문을 알 수 없었지. 우선 왜 가나이와 모리인지 알 수 없었고, 이제 와서 도바리촌 일을 왜 언급하는지는 더 이해되지 않았어. 애초에 가나이와 모리는 도바리촌 일과 무관하니까. 두 사람은 당시 그 현장에 없었어. 그런데도 녀석은 고장 난 로봇처럼 자기한테 협력하라고 하더군. 가나이와 모리를 불러 자기를 폭행하게 하고, 그 모습을 카메라로 찍어 달라고 했어."

곤도를 덫에 빠뜨린 수법이다. 뉴넘브를 쥔 요지의 손이 굳었다.

"그런 짓을 하면 내가 어떻게 되겠어? 가나이는 조폭이야. 거기에 지토세 집안과 긴밀한 관계고. 아무리 내가 경찰이라고 해도 이 동네에 사는 이상 그런 짓을 했다가 들키기라도 하면 큰일 날 테니 거절했어. 그랬더니 녀석은 '그럼 전 마음 단단히 먹고 제가 하고 싶은 대로 하겠습니다. 소장님도 각오하십시오'라고 하고 다시 파출소를 나가려 했어. 그래서, 난 그만 참지 못하고……."

뉴넘브를 발사했다. 나가하라의 등을 향해.

"왜지?"

요지는 물었다.

"당신은 왜 시키는 대로 한 거야? 미사키 씨가 죽었을 때 왜 거짓 증언을 했지?"

후쿠나가가 울먹이는 목소리로 대답했다.

"지토세 씨가 동네 파출소로 옮길 수 있게 해 주겠다고 했어. 내 말 좀 들어 봐! 그때 우리 마누라는 정말 미쳐 가고 있었어. 산속 생활이 싫다며 매일같이 울부짖고 악을 써서 말릴 수도 없는 상태였다고! 나도 설마 그런 일로 사람이 죽을 거라고는 생각 못 했어. 그냥 평소랑 똑같이 반대파의 방해 공작 중 하나쯤으로 봤다고. 그러니 그냥 못 본 척한 거야."

"정말 단지 그뿐인가?"

단숨에 후쿠나가의 기세가 꺾였다.

"솔직히 말하는 게 좋을걸. 당신, 그때 그곳에 있었지? 도로에 나무를 갖다 놓을 때 거기 있었지?"

후쿠나가의 턱이 덜덜 떨린다.

목격된 것이다. 당시 그를 목격한 스미레는 잊었다고 했지만, 목격된 후쿠나가는 잊지 않았다. 그의 가슴에 공포가 깊숙이 새겨졌다. 가슴에 품은 죄는 세월이 흐르며 사라지기는커녕 부풀어 올랐고, 언제 폭로될까 봐 늘 두려워하며 살았다. 그러니 그는 나가하라를 쏘고 말았다.

스미레의 기억에 남아 있는 도깨비는, 제복을 입은 파란 도깨비였다.

"나가하라의 시신은 어떻게 했지?"

후쿠나가의 뒤통수에 뉴넘브를 들이댄다.

"……파출소에 있던 파란 시트에 감싸서 아키미쓰가 돌아오기 전 경찰차 트렁크에 숨겼어. 그리고 밤에 순찰을 다녀오겠다고 하고 산속에 옮겼고."

그 후 시체를 감쌌던 시트를 대신할 시트를 집에서 싣고 태연하게 파출소로 돌아왔다.

"어디에 묻었지?"

"도바리촌이 있던 산속. 난 거기 지리를 알고 있으니 어디에 묻어야 발견되지 않을지도 대충 짐작이 갔어."

하마터면 방아쇠에 얹은 손가락에 힘이 실릴 뻔했다.

"지금부터 정확한 장소를 종이에 그려. 시신을 묻은 곳에는 엑스 자를 치고 그 밑에 나가하라라고 적어. 그다음엔 나가하라에게 전할 사죄문을 쓰고."

후쿠나가는 자신의 수첩을 꺼내 떨리는 손으로 지도를 그리기 시작했다. 마지막에는 '죄송합니다'라고 덧붙였다.

"난……."

후쿠나가가 이를 딱딱 부딪치며 목소리를 쥐어짰다.

"난 나가하라가 파출소에 온 뒤에 녀석을 가족처럼 대했어. 다른 녀석들보다 더 각별히 신경 썼어. 물론 스미레에게도 난……."

"닥쳐. 고작 그 정도로 죄를 씻을 수 있을 것 같아? 그냥 추잡한 범죄에 가담한 게 들통날까 봐 두려워서 그런 거잖아!"

"그래! 그야 당연하지! 내가 잘리기라도 하면 가족을 어떻게 먹여 살리겠어!"

"나가하라는!"

눈물을 글썽이고 침을 질질 흘리며 벌건 얼굴로 흥분하는 후쿠나가의 관자놀이에 요지는 총구를 갖다 댔다.

"나가하라는 교차로에 서서 시시강을 내려다보며 마지막의 마지막까지 고민하다가 사람을 죽이고 싶지 않아서, 그래서 결국 돌아섰어! 파출소로 돌아간 건 당신의 일말의 양심에 기대 보고자 한 거야! 그런 나가하라를 당신은 거들떠보지도 않고 쏴 죽였어!"

"양심이라고?"

후쿠나가가 눈을 부릅뜨고 소리 높여 되물었다.

"모리와 가나이를 죽이려 한 놈이 양심은 무슨 놈의 양심! 그놈이 나랑 뭐가 달라?"

"⋯⋯닥쳐."

"게다가 너희 아버지도 지토세 집안 지시로 도바리촌에서⋯⋯."

"닥치라고 했지!"

15년 전 요지가 야구에 몰두하던 시절. 아들의 학비를 빌리려고 지토세 집안에 고개를 숙인 아버지.

후쿠나가가 조용히 다시 입을 열었다.

"이제 그만해, 요지 군. 우리 마누라는 아직도 상태가 안 좋아. 여전히 불안정하다고. 나 없이는 절대 살아갈 수 없어. 대체 어떻게 살라고⋯⋯."

후쿠나가는 땅에 웅크려 울음을 터뜨렸고, 요지는 그 모습을 지그시 내려다봤다. 그런 두 사람을 시시 언덕이 내려다봤다. 둥근 달이 내려다봤다. 가슴을 스치는 통증은 후쿠나가를 향한 연민이 아니다. 분명 땅 위에 서 있는 우리 인간의 보잘것없음에 대한 아픔이리라.

후쿠나가의 관자놀이에 댄 뉴넘브 총구를 응시한다. 여기서 후쿠나가를 쏘면 자살로 위장하기 어려워진다. 총알은 후쿠나가가 그랬던 것처럼 그의 뉴넘브에서 채워 넣으면 되겠지만, 후쿠나가의 손에서 초연 반응이 나올 일은 없다. 어설픈 공작은 금세 들통 난다.

이미 준비는 돼 있었다. 어젯밤 신사 안쪽에 파 놓은 구덩이에 시신을 묻고 실종된 것처럼 꾸민다. 무전기는 나가하라 때처럼 시 시강에 던져 버린다. 아무렇지 않게 파출소에 얼굴을 내밀어 후쿠 나가를 기다리는 척하며 야근을 자원한다. 우에시마는 별말 하지 않을 것이다. 그리고 바로 조금 전 후쿠나가가 그린 지도를 그의 책상에 숨긴다. 사죄문이 발견되면 그가 죄를 뉘우쳐 스스로 자취 를 감춘 것이 될 것이다. 후쿠나가는 나가하라, 가나이를 죽인 범 인이 되어 사라진다.

위험한 도박이었다. 암매장 시신이 발견되면 타살이 드러나고, 후쿠나가가 여기까지 오는 걸 본 사람이 있거나 후쿠나가가 이곳 에 온다고 누군가에게 말했다면 그걸로 끝이다. 무전기를 버리는 모습이 목격되기라도 하면 변명의 여지도 없다. 후쿠나가를 자수 시키는 편이 훨씬 안전한 건 명백하다.

하지만 그러면 이번에는 요지의 범행이 폭로된다. 설령 후쿠나 가가 폭로하지 않더라도 모리의 쓰레기집에 숨겨져 있던 뉴넘브로 가나이를 죽인 이상 요지가 도망칠 길은 없다.

나 자신을 지키기 위해 후쿠나가를 쏘고 술수를 부린다면 자신 도 후쿠나가와 똑같아진다.

사람을 죽임으로써 대체 무엇을 얻고, 무엇을 잃을까. 속죄하지 않는 건 약점에 불과하다. 죄를 계속 짊어지고 사는 건 얼마나 추하고 고통스러울까. 아니면 난 이제 그런 식으로 생각할 자격도 없는 짐승이 되어 버린 걸까. 나가하라라면 어떻게 할까.

스스로에게 던진 질문은 거의 순식간에 사라졌다.

빠앙 하고 근처에서 자동차 경적이 들렸다. 약속 시간이다.

두려움은 없었다. 망설임도 사라졌다. 그냥 아주 조금, 허무했다. 후쿠나가는 "어떻게 살라는 거야……"라는 말만 잠꼬대처럼 중얼거리고 있다. 경적 소리가 시끄럽게 계속 울렸다.

지금 요지의 손에는 '삐죽삐죽'이 쥐어져 있지 않았다.

"후쿠나가 소장님. 다음에 또 만납시다."

우리 모두, 지옥에서.

요지는 방아쇠를 당겼다.

6

계획한 대로 파출소에 돌아가 우에시마와 함께 당직을 섰다. 날짜가 바뀌기 전 본부에 후쿠나가가 사라졌다고 알리자 대번에 시끄러워졌다. 아키미쓰와 고스게, 요코오가 긴급 출동했고 시시오이 경찰서가 전부 나서서 일대를 수색했다. 새벽에 후쿠나가의 무전기가 시시강에서 발견되자 나가하라 때처럼 대대적인 수색으로 발전했다.

눈 붙일 새도 없는 날이 이어졌다.

후쿠나가의 책상에 있던 직접 그린 지도를 바탕으로 나가하라의 시신이 발견됐다. 사죄문과 등에 남은 탄흔으로 후쿠나가가 범인으로 거의 확정됐다. 그리고 그것은 가나이 살해도 후쿠나가의 소행이라는 추측을 끌어냈다. 모리 집 화재 사건을 언급하는 사람은 없었다.

모든 일이 요지의 뜻대로 진행됐다.

운도 따라 줬다. 후쿠나가는 요지와 만나기로 한 약속을 다른 사람에게 알리지 않았고, 신사로 향하는 후쿠나가를 목격한 사람도 없었다. 후쿠나가는 순찰을 갔다가 그대로 어디론가 도망쳤다는 견해가 다수의 지지를 얻었다. 다만 그가 권총을 소지하고 있으니 수사가 느슨해지지는 않았고 책임 추궁도 뒤따랐다. 담배를 혐오하는 서장이 조만간 벽지로 좌천될 거라는 소문이 돌기 시작했다.

또 하나. 후쿠나가는 왜 나가하라를 죽이고 가나이를 죽였는가. 그 동기가 경찰 수사로 밝혀지지는 않았다. 그리고 그건 앞으로도 영원한 수수께끼로 남을 거라고 고스게가 중얼거리는 모습이 인상적이었다.

사망 확인 일주일 뒤 나가하라의 장례식이 시시오이초 마을 회관에서 열렸다. 2계급 특진이 된 남자는 영정 속에서 밝게 미소 짓고 있었다.

장례식장에서 나오는 스미레를 발견하고 요지는 말을 걸었다.

"이사하신다면서요."

"네. 시시오이초에 괜찮은 집을 구할 수 있을 것 같아요."

"그럼 이제 우리 관할이네요."

스미레는 생기 없는 얼굴로 미소를 지으려다가 실패했다. 나가하라의 죽음이 초래한 수척한 기운이 짙게 감돈다. 그 얼굴을 보고 있자니 가슴에 응어리진 의문이 고개를 들었다.

나가하라가 모리에게 협박당한 이유는 뭐였을까. 나가하라가 자원해 1인 당직을 섰던 크리스마스이브 날 밤에 어떤 계기가 생긴 걸까.

그것을 확인하려면 단 한마디, 스미레에게 이렇게 물으면 된다.

— 나가하라와 연인 관계였죠?

요지는 그 질문을 천천히 집어삼켰다.

두 사람의 비밀스러운 관계가 마을에 알려지면 눈 깜짝할 사이에 퍼져 박해를 낳았을 게 분명하다. 나가하라의 처지도 위태로워진다. 쪽방 연립주택에는 어머니와 이웃들의 눈과 귀가 있었다. 그러니 두 사람은 파출소를 이용했다.

나가하라가 당직일 때 스미레는 거의 매일 밤 선물을 가져왔다고 한다. 시시오이 파출소에서는 1인 당직을 설 때도 많았다.

두 사람은 은밀한 관계를 이어 갔다. 크리스마스이브 날 밤, 모리 준이치로에게 들키기 전까지는.

세쓰코와 다투고 집에서 쫓겨난 모리는 늦은 밤 시시오이 파출소에 갔다가 두 사람이 정사를 나누는 소리를 듣지 않았을까. 그리고 그것을 녹음했다. 자신의 노래를 녹음한 그 스마트폰에.

가나이가 스미레를 '중고차'라 표현한 것은, 모리가 아닌 나가하라와의 관계를 뜻한 말이었다.

―나도 걔 좀 안아 보자.

술주정뱅이 노인이니 어떻게든 될 거라고 생각해 일단 무시했지만, 1월 18일 그에게 불려갔을 때 모리는 가나이와 상의한 사실을 나가하라에게 털어놓았다. 그때 나가하라의 가슴에 있던 뭔가가 부서져 버렸다.

요지에게 남긴 편지에 살의의 동기를 적지 않은 것도 그렇게 생각하면 이해가 된다. 왜 속마음을 터놓은 아키미쓰가 아닌, 약점을 쥐고 있는 후쿠나가를 이용하려 했는지도.

스미레를 품어 버린 자기 자신의 나약함을 나가하라는 부끄러워했을 것이다. 용서할 수 없었을 것이다. 그러니 아무에게도 의지하지 않고 문제를 해결하려다가 발을 헛디뎌 버렸다.

증거는 없다. 두 사람의 관계는 오직 요지의 추측에 불과하다.

그래도.

바보 자식. 그건 나약함이나 수치도 아닌, 그냥 사랑 아니었을까.

하지만 그 서투른 모습 역시 너겠지. 내가 동경하던 나가하라 신스케.

"스미레 씨."

요지는 미소 지으며 입을 열었다.

"이사할 때 도와드리겠습니다. 날짜가 정해지면 말씀해 주세요. 그 정도는 괜찮으니."

스미레가 거절하기 전에 먼저 못을 박았다. 스미레는 당황한 듯 입을 열려다 말고 살짝 미소 지은 것처럼 보였다. 그것만으로도 요지는 구원받은 기분이었다.

"그리고, 이거."

손수건으로 감싼, 뾰족한 가시 돋은 플라스틱 조각을 스미레에게 건넨다.

"나가하라에게 받은 겁니다. 스미레 씨께 돌려드리겠습니다."

요지가 '삐죽삐죽'이라 이름 붙인 갈색 조각을 스미레는 빤히 보다가 잠시 후 꾹 움켜쥐었다.

나가하라가 편지 봉투에 넣어 둔 그것은, 스미레의 휴대폰에 달린 가오가우의 잃어버린 갈기털이었다.

스미레를 지키겠다는 나가하라의 결의를 나타내는 증거였을 것이다.

요지는 깊숙이 고개를 숙였다.

"모쪼록 앞으로 행복하시기를 빌겠습니다."

나가하라가 아닌, 자신의 진심 어린 소망이었다.

다리를 절룩거리며 떠나는 스미레를 보고 있자 아키미쓰가 다가왔다. 상복 넥타이를 느슨하게 풀고 있다.

"고백했나?"

"농담도."

아키미쓰는 담배를 입에 물고 히죽거리며 말했다.

"멍청하게 있다가는 우에시마한테 빼앗길걸. 녀석이 그래 봬도 한번 마음먹으면 무서워."

우에시마라.

요지는 사실 한 가지 더 이해 안 되는 게 있었다. 신사는 파출소에서 도보로 먼 거리에 있다. 아니나 다를까 그날 공사장 뒤에는 후쿠나가가 타고 온 경찰차가 세워져 있었다. 트렁크에는 파란 시트. 그곳에서 경찰차가 발견되면 곤란해지니 요지는 일을 끝마친 후 차를 몰고 우에시마가 당직 중인 파출소로 돌아가야 했다.

그 사실에 대해 우에시마는 다른 동료나 본부 형사, 심지어 요지 앞에서도 한마디도 하지 않았다. 그것도 모자라 후쿠나가가 걸어서 파출소를 나갔다는 명백한 거짓말까지 했다.

"뭐야?"

요지가 뚫어지게 보자 아키미쓰가 실실거리며 물었다. 설마 이 모든 게 이 사람의 힘 덕분일까.

총알 수와 편지 봉투에 대해 집요하게 확인한 시점에 아키미쓰는 이미 진범이 후쿠나가 소장이라고 짐작했을 것이다. 또 나가하라 본인에게 살의를 전해 듣고 총살에 적합한 장소가 파출소뿐이라는 것, 그리고 나가하라가 약점을 잡힌 게 연인들이 서로의 사랑을 확인하는 크리스마스이브였던 이유도 깨달았을 것이다.

요지가 전화로 진범을 알아냈다고 했을 때 아키미쓰는 "그렇군"이라는 한마디로 반응했다. 요지도 후쿠나가를 처리할 때 아키미쓰를 끌어들이지 않았다. 후쿠나가가 실종된 뒤에도 아키미쓰는 요지에게 별말 하지 않았고, 요지 역시 아무것도 전하지 않았다.

단 하나, 공사장 근처에서 세단의 경적을 1분간 울려 달라고 부탁했다. 총소리를 지워 없애기 위해.

파출소 소장 자리에 오른 선배에게 요지는 답했다.

"우에시마라면 괜찮을지도 모르겠네요."

그러면 분명 스미레를 위해 어떤 어려움도 견뎌낼 것이다.

"선배는 어떻습니까?"

"여자 말인가? 생각 없어. 약점을 만들 정도로 한가하지도 않고. 다쓰노리 씨가 조만간 지토세 집안 당주에 오를 때까지 난 그의 우수한 경비견이 돼야 해."

근데 뭐.

"당주인 다카노리 씨가 얼른 사라져 준다면 조금 더 편하겠지만."

깜짝 놀라는 요지에게 아키미쓰는 "장난이야" 하고 웃으며 어깨동무를 했다. 날카로운 일필휘지 눈으로 요지를 본다.

"요지. 그거, 없애면 안 된다."

그것이 뭘 의미하는지는 금세 깨달았다.

네 발의 총알이 남은 후쿠나가의 뉴넘브다.

일련의 소동으로 아키미쓰는 자유롭게 행사할 수 있는 폭력과, 요지와 우에시마라는 협력자를 손에 넣었다. 이 남자에게는 지토세 집안이나 다쓰노리조차 자신의 투쟁을 도울 말에 지나지 않을 것이다.

그러나 이상하게도 반발심은 들지 않았다.

아키미쓰 다이고가 목표로 하는 건 두 발로 선 위풍당당한 짐승이다. 그가 시시오이를 지배하는 거대한 뭔가를 쓰러뜨릴지, 아니면 권력을 탐하는 노예가 될지 앞으로 지켜볼 일이다,

그리고 가능하다면 요지도 자신의 주먹으로 그것에게 한 방 먹여 주고 싶었다.

이는 나가하라는 할 수 없었던, 바깥쪽을 선택해 버린 자의 임무다.

만약 조금이라도 썩는 모습을 보이면 원하는 대로 쏴 주마.

"자, 슬슬 갈까."

담배를 휙 집어 던지는 아키미쓰의 등을 향해 말을 건넸다.

"아키미쓰 선배."

"어?"

"꽁초, 주워 주세요."

아키미쓰는 요지를 잠시 바라보다가 히죽 웃었다.

"그래. 앞으로는 그렇게 하지."

6월 햇빛이 가차 없이 머리 위에서 쏟아졌다.

"곧 남중학교 철거 공사가 시작된다고 해."

요지는 상복 차림으로 사와노보리 석재 작업장에서 돌을 다듬는 형의 뒷모습을 향해 말을 걸었다. 간지는 요지의 말을 깨끗이 무시했다.

"가도마쓰가 적어도 내년 말에는 사우스 파크가 분양될 거라고 했어."

역시 형은 손을 멈추지 않는다.

"나, 당분간 여기서 살 거야."

그러자 간지는 "그렇군"이라고만 했다.

"그리고 언제가 될지 모르겠지만 시시오이 축제를 부활시키고 싶어."

그제야 서서히 고개를 돌린다.

"아파트를 짓는 데 쓸 땅은 팔았지만 신사는 안 팔아. 그건 우리 거니까."

만약 나 자신이 내가 된 곳을 고향이라 한다면, 요지의 고향은 그 땅 외에는 없다.

앞으로도 짊어지고 간다. 품고 간다. 그 끝에는 분명 나가라, 아키미쓰와 다른 진짜 사와노보리 요지가 있을 것이다. 제아무리 더럽고 추한 짐승이어도 그 녀석을 만나고 싶었다.

간지가 다시 작업에 집중하며 말했다.

"축사 하나도 못 외우는 주제에."

"그건 피차일반 아냐?"

흥, 하고 형의 어깨가 흔들렸다.

"마음대로 해라."

"그래. 마음대로 할게. 그리고."

"또 뭐지?"

"다음에 언제 캐치볼이라도 하자. 스트라이크로 판정되는 커브 볼, 알려 줄게."

간지는 움직임을 멈추고 손을 보며 나직이 말했다.

"마음대로 해."

안채에 가서 누나에게 전화를 걸었다. 토지 매각 일을 보고하고 아버지 병문안을 함께 가자고 했다. 그러는 김에 맛있는 것도 먹고 싶다고 했다.

마침내 파출소가 안정을 되찾을 무렵 요코오가 퇴직을 신청했다. 말리는 사람은 없었다.

7월에 충원이 되어 파출소는 2인 근무 체제가 되었다. 요지는 우에시마와 같은 조였다.

"제대로 된 휴일이 필요해."

요지가 중얼거려도 우에시마는 대답하지 않았다.

"너, 진짜 말이 없구나."

그렇게 가볍게 면박 정도는 할 수 있게 됐다. 대답이 없는 상황에도 이미 익숙해졌다. 과묵한 이 파트너가 앞으로 스미레와 어떻게 지낼 생각인지는 왈가왈부하고 싶지 않았다. 애초에 물어봐야 제대로 된 답이 돌아올지도 의심스럽다.

퇴근을 앞둔 아침 7시. 졸음을 쫓으려고 파출소 앞을 서서 지키고 있자 아침 안개 저편에 시시 언덕이 어렴풋이 보였다. 정수장 너머까지 완만한 능선을 그리고 있다. 언덕에서 역으로 달려오는 책가방 맨 아이들이 나타났다. 편도 한 시간 거리에 있는 사립 초등학교에 다니는 아이들이다. 익숙한 풍경을 보고 있자니 그중 남자아이 한 명이 멈춰 서서 요지를 올려다봤다.

"형. 그거 멋지다."

초롱초롱한 눈으로 요지의 제복을 가리키며 말한다.

"그래?"

"응. 엄청 예쁜 파란색이야."

언젠가는 내가 저지른 죄를 갚을 날이 올 것이다. 앞으로 그 어떤 행복에 둘러싸여도 그때마다 마음 깊숙이 남은 상처가 욱신거릴 것이다. 결코 후쿠나가처럼 도망칠 수 없다.

그래도 요지는 소년을 향해 활짝 미소 지어 보였다.

경찰관은
무슨 짓을 해도
용서받는가?

특별 수록

뱀의 규범

1

"그러니까 모른다고 했죠."

갈색 머리 젊은 남자가 입술을 잔뜩 일그러뜨렸다. 곤도는 속으로 '파충류처럼 생겨 가지고'라고 생각했다.

"내가 걔 남친도 아니고 그냥 조금 아는 사이일 뿐인데."

"그런 여자가 왜 너희 집에서 시체가 돼 있지?"

곤도의 질문에 젊은 남자는 코웃음을 쳤다.

"갈 곳이 없다고 해서 그냥 빌려줬을 뿐입니다. 룸 셰어라고 하죠? 오히려 제가 한 사람 살린 거예요. 아니면 제가 걔랑 섹스했다는 증거라도 있나요?"

그렇게 묻고 어깨를 들썩이며 낄낄 웃는다. 이쪽이 머쓱할 만큼

들뜬 모습이지만 약물 검사에서는 음성이 나왔다.

"형사님. 수사할 거면 제대로 좀 하세요. 전 요즘 그 집에 거의 들어가지도 않았다고요. 아, 그나저나 지금 이거, 취조인가요? 그 유명한 폭력 수사?"

"됐고, 말이 나온 김에 약을 어디서 구했는지 털어놔."

"아무것도 모른다. 이상입니다!"

연기처럼 두 팔을 펼치는 이 젊은 남자의 집에서 어젯밤 여성의 시신이 발견됐다. 사인은 약물 중독으로 시신 옆에 사용한 주사기와 약물 봉지가 나뒹굴고 있었다. 경찰에 직접 신고한 이 남자가 말하길 일주일 정도 친구 집을 전전하다가 집에 와 보니 여자가 멋대로 혼자 죽어 있었다고 했다.

곤도는 간이 의자에 등을 기댄 채 팔짱을 꼈다. 여유 넘치는 상대의 미소를 보며 속을 살핀다. 학생이라 해도 믿을 만큼 반질반질한 피부가 더 파충류를 연상케 한다. 시신 발견 현장인 아파트는 20대 중반 자칭 프리터*가 살기에 지나치게 호화로웠다.

등 뒤에 있는 현경 형사과 후배, 와카스기 겐타의 날카로운 시선을 느꼈다. 혈기 왕성한 신입 형사는 건방진 남자를 보며 속이 부글부글 끓을 게 뻔하다.

"혹시 야시오라고 아나?"

---

*　아르바이트로 생계를 해결하는 사람.

곤도의 갑작스러운 질문에 남자가 몸을 움찔했다.

"네. 제 중학교 후배인데요. 전에는 자주 함께 놀았죠."

젊은 남자의 얼굴에서 대번에 미소가 사라지고 불안감이 엿보인다. 땀이 주르륵 이마를 흘러내린다. 아무리 한여름이라고 해도 확실히 오토리 경찰서 응접실은 너무 덥다. 그렇게 생각하면서 곤도는 말을 이어 갔다.

"애 먹이던 녀석이거든. 모르는 사이에 요새는 약까지 판다더군. 거기에 하필이면 고몬회 소속. 고몬회는 무서운 곳이야. 옛날 방식을 고수하는 무서운 아저씨들이 많으니까. 심지어 지금도 사람을 죽인 수로 평가하는 개똥 같은 문화가 남아 있다고 해. 하여튼 촌구석 양반들이란."

"……무슨 말을 하시려는 겁니까?"

"그냥 잡담인데? 땀이나 좀 닦지."

젊은 남자는 조언에 따라 어색하게 땀을 닦았다.

"그래서?"

"네?"

"네가 여자한테 약을 줬나?"

입술을 꾹 깨물고 허공에서 눈동자를 이리저리 움직인다.

"자기는 안 하고 여자한테만 주고 반응을 즐기려 한 거 아니야? 그 여자는 원래 약을 했던 것 같으니 그쪽에서 먼저 요구했을지도 모르지만."

"이거, 유도 신문이죠?"

"잡담이라니까."

초조함을 감추지 못하는 젊은 남자에게 얼굴을 들이밀며 목소리를 낮춘다.

"자, 내 입장이 되어 생각해 봐. 이대로 네가 계속 시치미를 떼면 어쩔 수 없이 철저히 조사해야겠지? 조만간 야시오를 여기 데려와야 할 수도 있어. 그럼 고몬회에서 어떻게 나올까? 어느 누군가한테는 책임을 묻지 않겠어? 조폭들한테는 이치 따위 안 통해. 판매책이 붙잡히면 그 계기를 만든 놈을 어떻게든 처리할 거라고. 차라리 교도소 안이 훨씬 편안하고 쾌적할 수도."

"혀, 협박이에요?"

"이 멍청한 놈은 친절하게 가르쳐 줘도 모르네."

다시 등받이에 몸을 기대고 젊은 남자를 내려다본다.

"넌 똑똑하니 보호 책임자 유기 치사죄도 알고 있겠지? 한마디로 죽어 가는 사람에게 적절한 조치를 하지 않은 사람한테 묻는 죄지. 징역도 나오지만 운 좋으면 집행 유예가 붙기도 해. 약은 여자가 가지고 있었다. 어디서 사 왔는지는 모른다. 제멋대로 혼자 약을 하고 거품을 물어서 패닉에 빠졌다. 그런 식의 스토리도 떠올려볼 수 있겠지."

고개를 숙이고 침을 삼키는 젊은 남자에게 쐐기를 박았다.

"아무튼 내가 빡세게 일하지 않게 하는 게 좋을 거야."

끝났다. 그런 느낌이 왔을 때 오토리 경찰서 직원이 다가와 "전화입니다"라고 했다. 곤도는 혀를 쯧 차고 응접실을 나갔다.

"여보세요."

— 나야.

상사인 계장이었다.

— 상태는?

"거의 넘어온 것 같습니다."

— 음, 그건 안 돼.

곤도는 '네?'라는 말을 집어삼켰다.

"안 된다니, 그게 무슨 말입니까?"

— 상황을 보건대 여자가 혼자 오버해서 죽었을 가능성도 있으니.

몸 여기저기서 오래된 주사 자국이 확인됐다. 여자가 상습범인

건 확실하지만.

— 어쨌든 일단 돌려보내. 괜히 조서라도 썼다가 자백 강요로 변

호사가 시끄럽게 굴 수도 있어.

곤도는 대답하지 않았다.

— 어이, 듣고 있나?

"……알겠습니다."

수화기를 탁 내려놓고 혀를 찼다. 역시 이렇게 되나.

"아까 그건 뭡니까?"

현경 본부로 돌아가는 길에 경찰차를 운전하는 와카스기가 물

었다.

"그거라니?"

"조사 말입니다. 그래도 되는 건가요?"

"그래도라니?"

"선배님. 만드시지 않았습니까."

"오."

좁은 조수석에 앉아 보란 듯이 다리를 포갠다.

"위인 납셨네. 만들다니. 그거, 우리 세계에서는 웬만한 배짱 없이 못 하는 말 아닌가?"

"하지만."

찌푸린 얼굴에서 흐지부지된 수사에 대한 불만이 느껴졌다.

심정은 이해하지만 곤도는 곤도대로 번지수 틀린 비난을 웃어넘길 기분이 아니었다.

"그냥 약쟁이 여자 한 명이 죽었을 뿐인데 그 동거인한테 무슨 죄를 묻겠나?"

"치정 문제가 얽혔을 수 있고, 어쩌면 살인일 수도 있잖습니까."

"살인을 저지른 애송이가 그렇게 여유로울 수 있겠어? 최근에 그 녀석이 다른 여자들 집을 전전한 건 사실이잖나. 약물 반응도 안 나왔고. 약이 누구 건지는 따지고 들어가다 보면 한도 끝도 없어. 그러니 적당한 타협점을 찾은 거야. 약물 매매로 잡아넣으려면 야시오도 데려와야 해. 그 녀석이 애송이 양아치긴 해도 고몬회 간부와 접점이 있는 베테랑이지. 눈치 못챈 조직 범죄과 녀석들의 체면 문제도 있고, 자칫 잘못하다가 일이 성가셔져."

"성가셔지면 좀 어떤가요? 그게 저희 일인데."

곤도는 빨간 신호등 앞에서 차가 서기를 기다렸다가 와카스기의 짧은 머리카락을 힘껏 움켜쥐었다.

"야, 인마. 네가 뭘 안다고 잘난 척이야? 개처럼 무작정 먹잇감에 달려들면 능사인 줄 알아? 그때그때 상황에 맞춰 머리를 쓰지 않으면 잡을 놈도 못 잡게 돼 있다고. 아니면 네 교육계인 나한테 맞서서 다시 파출소로 돌아가려 하나? 산속 주재소로 가고 싶어?"

"……죄송합니다."

"사과는 함부로 하는 게 아니다, 이 멍청아."

거칠게 머리에서 손을 뗀다.

"그리고 성질부릴 거면 나한테 뭐라고 하기 전에 제동을 건 윗선 놈들한테 뭐라고 해."

이를 가는 소리가 들릴 듯한 옆얼굴을 보며 집에서 혼자 홧술이라도 마시라고 조언하고 싶었다.

애초에 단 하루 만에 약물 매매 가능성을 파고든 사람은 곤도였다. 사건 소식을 듣고 불안에 사로잡힌 야시오에게 직접 연락이 왔을 뿐이지만, 그것도 엄연한 인맥이라는 이름의 수사력이다. 공을 빼앗긴 자신이야말로 화낼 자격이 있을 것이다.

상황이 이렇게 될까 봐 일부러 서둘러 자백을 받아내려 했건만.

신호가 바뀌자 와카스기는 말없이 차를 출발했다.

"너, 주특기가 밭다리후리기라고 했나?"

같은 고등학교 유도부 출신 후배는 현 대회 개인 3위에도 오른 실력자다. 호리호리한 곤도와 비교할 수 없을 만큼 큰 체격에 눈썹을 가늘게 깎은 얼굴. 적어도 위압감만은 1인분 몫을 제대로 한다고 할 수 있다.

"그 덩치로 상대를 호쾌하게 내던지면 얼마나 후련할까. 난 끈질기게 달라붙어 그라운드 기술로 몰고 가는 게 고작인데. 네가 곰이면 난 땅을 기어 다니는 뱀이라 할 수 있겠지."

"그렇게까지 말씀하실 건……."

"아니, 뱀이라 해서 딱히 비굴한 건 아니야. 뱀은 곰도 물어 죽일수 있으니까. 이 세상에는 뱀이 득실득실해."

와카스기가 대꾸하지 않아서 곤도도 입을 다물었다.

370호선 국도에서 북쪽으로 달리기를 30분. 현경 본부까지 얼마남지 않았을 때 곤도는 와카스기에게 말했다.

"여기서 내려 줘."

"네?"

"얼른 세워."

와카스기는 부랴부랴 경찰차를 갓길에 세웠다.

"잠깐 다녀올게. 계장님한테는 대충 둘러 대."

어안이 벙벙해진 와카스기를 남겨 두고 곤도는 시야에 들어선사철 역을 향해 걷기 시작했다.

남쪽으로 향하는 전철 플랫폼에 서서 속으로 '젠장할' 하고 욕설을 내뱉었다. 와카스기의 초조함이 자신에게도 옮겨 온 것 같아 기분이 다운됐다. 이대로 본부에 돌아가 계장의 얼굴을 볼 엄두가 나지 않았다.

곤도가 탄 전철은 그의 고향인 시시오이군을 향해 달리기 시작했다.

2

긴키 지역 중남부에 있는 현. 그곳 남쪽 절반을 차지하는 시시오이군은 면적 대부분이 험준한 산에 덮여 있다. 곤도는 그곳의 세 개뿐인 마을 중 하나인 이노마타초에서 태어났다. 사철 급행은 이노마타초 서쪽에 있는 시시오이초에 섰다. 오래된 상점이 즐비한 언덕을 끼고 있는 역 비스듬히 맞은편에 2층 건물이 덩그러니 있다. 군에서 유일한 파출소인 시시오이 파출소다.

평소에도 출신지 때문에 사건이 일어나면 불려 가곤 하지만, 시시오이에서 본부 형사의 힘이 필요한 건 변사자를 확인할 때 정도다. 고령화는 과소지의 숙명 같은 것으로 노인이 늘면 그에 맞춰 죽음도 늘어난다. 병사, 쇠약사, 사고사, 신변 비관 자살.

곤도는 파출소를 등진 채 한가롭게 햇볕을 쬐고 있는 택시의 창문을 두드려 안에 탔다.

채 20분도 되지 않아 이노마타초 동쪽 끝에 우뚝 솟은 시시 언덕 기슭 부근에 도착했다. 세련된 아파트는커녕 상점조차 눈에 띄지 않는 촌구석이다. 드문드문 보이는 민가와 창고 외에는 그저 수풀과 논밭만 펼쳐져 있을 뿐이다. 아스팔트 포장도로도 기복이 심해서인지 군데군데 금 간 곳이 눈에 띈다. 차가 흔들릴 때마다 묘한 짜증이 치밀어 곤도는 연신 혀를 찼다.

택시에서 내리자 다리가 망설임 없이 목적지로 향했다. 쓰러지기 일보 직전의 일본식 가옥이 보인다. 거무스름한 석조 문기둥 너머로 마구 자란 잡초와 볼품없는 정원수가 마당 있는 단독주택의 분위기를 망쳤다.

"사가야마 선배."

현관에서 그렇게 외치고 잠시 기다리자 안에서 사람 그림자가 보였다.

"뭐야. 곤도잖아."

누런 잠방이 차림의 사가야마 고사쿠를 보며 곤도는 하마터면 또 혀를 찰 뻔했다.

"오랜만이군. 자, 들어와, 들어와."

함박웃음을 지으며 손님을 맞이하는 그 앞에서 곤도는 불편함을 감춘 채 신발을 벗었다. 마루에 먼지가 쌓여 있다.

"냉차라도 한잔하겠어?"

"아, 신경 안 쓰셔도 됩니다. 어차피 금방 갈 거라."

"에이, 그러지 말고."

사가야마는 종종걸음으로 부엌에 갔다. 그의 초라한 뒷모습을 보며 오지 말았어야 했다고 후회하면서 군데군데 뜯긴 거실 다다미 위에 앉았다. 구석에는 잡지와 빈 캔, 작고 검은 돌멩이 같은 게 쓰레기처럼 나뒹굴고 있다.

"좋아 보이네."

희색 가득한 사가야마에게 "덕분에"라고 하고 그가 가져온 녹차를 입에 가져갔다.

"혹시 이 주변에서 사건이라도? 아니, 그럴 리는 없겠지. 그럼 나 역시 눈치챘을 테니."

"멋대로 해결하시면 안 됩니다."

"하하. 그래그래, 하핫."

폭삭 늙어 버릴 나이는 아니다. 그러나 벗겨진 머리와 움푹 팬 볼, 산만한 동작 하나하나까지 곤도가 알고 있는 사가야마와는 달랐다.

"실은 오토리시에서 약을 하고 죽은 사람이 나와서."

"살인인가?"

사건을 간추려서 설명하자 이미 일반인이 된 남자는 시사 프로그램 속 일화라도 듣는 것처럼 큰 눈을 더 크게 떴다.

"동거남한테 자백을 받아내기 직전에 태클이 들어왔습니다."

"태클이라니?"

"위에서 그만하라더군요."

"왜지?"

"이유는 알려 주지 않았지만 뭐 뻔하죠. 그 녀석이 오바타의 손자라."

그 이름을 듣고 사가야마의 표정이 굳었다.

"시시오이 농협 이사인 오바타 다다시 말입니다."

"곤도."

사가야마가 눈을 내리깔고 힘없이 입을 열었다.

"혹시 이상한 생각이라도 하고 있다면 그만둬. 윗선이 있는 집 양반들한테 관대한 게 어제오늘 일은 아니잖나. 내 옆에서 이미 지겨울 정도로 보지 않았어? 쓸데없는 싸움은 피하는 게 좋아."

"하지만, 천앵회의 그 오바타입니다. 7년 전의."

"됐어. 이제 그만해. 좀 봐줘."

나직이 내뱉는 말을 듣고 곤도는 입술을 깨물었다. 허벅지에 올린 주먹에 힘이 들어간다.

"저걸 봐."

사가야마가 툇마루 너머 마당으로 시선을 향했다.

"조상 대대로 우리 집을 지켜 주던 천엽벚나무였지. 그런데 몇년 전인가 이웃집에서 나무 때문에 벌레가 끓는다는 민원이 들어와 지금은 저 모양이 됐어."

한때는 곤도도 올려다봤던 벚나무 윗부분이 흔적도 없이 사라진 상태였다.

"요즘은 그나마 나아졌어. 밭을 망가뜨리는 사람도 없고."

하핫 하고 웃는 사가야마를 무심코 노려볼 것 같아 황급히 녹차를 입에 가져갔다. 연한데도 맛이 썼다.

"사람은 말이지. 자기 분수를 알아야 해."

곤도는 밥이라도 먹고 가라는 사가야마의 권유를 뿌리치고 자리에서 일어섰다.

사가야마에게 형사 일을 하나부터 열까지 배웠다. 당시 사가야마는 뾰족한 바늘처럼 접근하기 어려운 존재였다. 사소한 실수를 가차 없이 꾸짖고, 당연한 것처럼 후배에게 손찌검을 했다. 곤도는 곤도대로 오기가 있어서 한 팀으로 움직일 때는 충돌이 잦았다. 얻어맞아 얼굴이 퉁퉁 붓는 것도 일상다반사였다. 화는 났지만 사가야마는 훌륭한 선배였다. 눈앞에 있는 사실, 그 안쪽을 꿰뚫어 보는 면모가 있어 용의자를 몰아붙이는 실력 하나만큼은 현경 제일로 평가받았다. 무엇보다 자신을 관통하는 기개에 매료돼 곤도는 사사건건 선배와 부딪히면서도 그를 존경하고 형님으로 모셨다.

7년 전, 그런 그가 퇴직에 내몰리는 사건이 일어났다. 시시오이초에서 남부 마을로 이어지는 국도에서 승합차 한 대가 계곡에 추락했다. 사망한 운전자는 안전벨트를 매지 않았고 시신에서 다량의 알코올이 검출됐다. 그리고 사고 직전 그는 어떤 모임에 참석했다. 시시오이를 좌지우지하는 대지주, 지토세 가문이 주최한 천앵회 모임이었다.

그때는 음주 운전을 묵인한 사람에게 죄를 묻는 법도 없어서 현경은 단순 음주 운전 사고로 사건을 매듭짓고자 했다.

살인이야.

수사가 종결되던 날, 곤도는 술집 카운터석에서 사가야마가 그렇게 중얼거리는 걸 들었다. 그다음 날부터 사가야마는 단독 행동을 시작했다. 같은 조인 곤도에게는 일언반구 설명도 하지 않았다.

그래서 곤도는 죽은 그 40대 남자가 사가야마의 고교 시절 같은

반 친구였다는 것도 나중에야 알았다.

그리고 사고 당시 숨진 그가 경리를 맡고 있던 농협 내부에 수상쩍은 소문이 돌았다는 것도.

부정 회계가 있었던 게 아닐까. 돈을 착복한 간부가 있었던 게 아닐까. 남자는 그 사실을 내부 고발하려던 게 아닐까.

곤도가 그런 의혹을 품었을 때 사가야마는 이미 산간벽지 주재소로 좌천된 상태였다. 직무 태만이 초래한 징벌 인사라는 소문이 돌았지만, 사가야마는 자세한 배경이나 수사가 어디까지 진행됐는지도 알려 주지 않았다. 그저 한마디, "이게 내 분수인 거지"라고 중얼거리고 경찰을 떠났다.

사가야마의 집 뒤에 있는 밭이 눈에 들어왔다. 손질한 흔적이라곤 없는 거친 땅과, 고개를 숙인 채 봐 달라고 중얼거리는 사가야마의 미소가 겹쳐 보였다.

제기랄.

난 저렇게 한심하게 살지 않겠어.

곤도는 배수로에 침을 퉤 뱉고 시시오이역까지 말없이 걸었다.

3

이렇게 일찍 다시 찾아오게 될 줄이야.

경찰차 조수석에서 곤도는 팔짱을 낀 채 눈을 감았다. 오바타 다

다시의 손자 집에서 여자가 죽은 지 한 달도 안 된 8월의 더운 날이었다.

와카스기가 운전하는 차를 타고 국도 370호선에서 남쪽으로 달렸다. 차는 오토리시에서 시시 언덕을 지나 시시오이초의 가장 높은 곳에 있는 정수장 쪽으로 방향을 틀었다.

목적지에는 시시오이 경찰서 차량과 제복 경찰, 본부 감식반 차가 보였다. 현장 건물은 울타리와 대문이 있긴 하지만 간소하다는 표현이 어울리는 일본식 2층 가옥이었다.

"고생하십니다."

현관 앞에 서 있는 주먹코 제복 경찰관이 왠지 낯익었다. 자신보다 나이가 많고 이름은 아마 후쿠나가라고 했던 것 같다.

경찰서라면 어디든 사복형사가 있다고 생각하기 쉽지만 시시오이 경찰서처럼 작은 규모의 경찰서에는 지역과와 교통과가 주를 이루기 때문에 제복 경찰밖에 없다. 필요할 때만 인근 경찰서에 지원을 요청해도 될 만큼 평소 형사 사건이 거의 일어나지 않는다.

곤도는 관할 사복형사를 대하는 태도로 후쿠나가에게 물었다.

"내부 상황은?"

"조금 전 감식과가 막 들어갔습니다."

"피해자는?"

"고령의 남녀. 사인은 약물 중독으로 추정됩니다."

"부부인가."

"후처라고 합니다. 아내가 우울증을 앓았다더군요. 남편도 당뇨

가 있었다고 하니 아마 동반 자살 아닐까요."

"이봐."

곤도는 그에게 얼굴을 쓱 들이밀었다.

"누가 혼자만의 상상을 늘어놓으랬지? 댁한테 그런 걸 물은 기억은 없는데."

후쿠나가는 "죄송합니다" 하고 자세를 바로잡았지만 위축된 기색은 없다. 희미한 미소마저 엿보인다. 싹싹해 보이는 인상치고 대담한 면이 있는 남자다.

곤도는 문패를 확인했다.

"가키네. 가구 도매상 사장이군."

옆에서 고개를 갸웃하는 후쿠나가에게 말했다.

"난 이쪽 출신이라. 이름 정도는 들어봤지."

"그런가요."

후쿠나가는 미묘한 표정을 지었다.

"지금은 은퇴해서 사업을 아들에게 물려 줬다던데요."

곤도는 그것 역시 알고 있었지만 "그렇군" 하고 반응했다.

"최초 발견자는?"

"안에 있습니다. 저희 과 젊은 직원인데, 나가하라라고 합니다."

곤도는 후쿠나가 옆을 지나 와카스기와 함께 집 안에 들어갔다.

"자네가 최초 발견자인가?"

마루 위에 선 키 큰 남자가 두 사람을 돌아봤다.

"네. 순경인 나가하라 신스케라고 합니다."

그렇게 말하며 가볍게 목례하는 남자를 곤도는 위아래로 훑어봤다. 체격은 별로 크지 않지만 그렇다고 만만해 보이지는 않는다.

유도를 해 온 탓인지 곤도는 처음 사람을 마주할 때 항상 거리를 쟀다. 이 정도면 넘어뜨릴 수 있을까. 메칠 수 있을까. 오래된 버릇처럼 가장 먼저 그런 것을 떠올렸다.

나가하라는 쉽게 넘어뜨릴 수 있는 사람처럼 보이지 않았다. 반소매 제복 밖으로 보이는 팔도 제법 근육질이다.

반면 표정은 뭔가 초연해 보여 위압감이라곤 없다. 외모만 놓고 보면 선이 가는 미청년 부류에 속할 것이다.

"자세히 실명해 봐."

곤도가 신발을 벗으며 지시하자 나가하라는 "네" 하고 침착히 대답했다.

"점심 순찰 때 왔는데 아무리 불러도 대답이 없어서 확인했습니다. 시간은 오후 2시입니다."

가키네 집 현관에서 뻗은 복도 마루는 반질반질하게 닦여 있었다. 외관과 달리 실내는 별로 낡은 느낌이 없다. 돈을 들여 리모델링한 흔적이 여기저기서 보였다.

"평소에는 그 시간에 파트타임으로 일하는 가사 도우미가 있는데 전혀 기척이 없더군요."

현관으로 들어가 왼쪽에 서양식 거실, 오른쪽에는 번듯한 장지문, 안쪽 정면에는 부엌이 보였다.

"부엌 옆에는 계단, 거기서 오른쪽으로 꺾으면 욕실과 화장실이

나옵니다."

막힘없는 설명을 들으며 곤도는 눈살을 찌푸렸지만 어쨌든 끝까지 듣기로 했다.

나가하라는 가키네의 이름을 외치며 가장 먼저 거실을 확인했다고 했다. 소파와 대형 TV가 있는 세로로 긴 방 안은 언뜻 봐도 아무도 없는 걸 알 수 있었다.

"다음으로 이곳을."

거실 맞은편에 있는, 두 방이 나란히 이어진 다다미방이다.

"앞쪽이 안방, 안쪽이 침실입니다."

둘 중 어느 쪽이 시신 발견 현장인지는 명확했다. 활짝 열린 침실 장지문 너머에서 조금 전부터 감식반원들의 모습이 눈에 띈다. 나가하라의 안내를 받으며 곤도와 와카스기도 그 앞으로 갔다.

"이불 위에서 서로 부둥켜안고 쓰러져 있었습니다."

그쪽을 보니 시신이 아직 그대로 있었다. 머리가 벗겨진 노인과 노파가 나란히 누워 숨져 있다.

"복상사…… 같은 건 아니겠지?"

두 사람 다 잠옷을 입고 있다. 이불은 까는 이불과 덮는 이불이 한 장씩. 머리맡에 유리컵과 작은 약병. 거기에 다다미방에는 어울리지 않는 와인병도 있었다.

고통 없는 표정으로 보건대 약병에 든 게 수면제 종류일 거라고 곤도는 짐작했다.

"2층은?"

"서재와 부인의 개인실, 그리고 객실이 두 개 있습니다."

나가하라는 위에도 화장실이 있다고 덧붙였다.

"현관문이 잠기지 않고 열려 있었다지?"

"네. 그리고."

"또 뭐야?"

"서재에 친필 유서가."

곤도는 코웃음을 흥 쳤다. '그런 게 있으면 미리 이야기했어야지' 하고 질책하는 대신 비아냥거렸다.

"계단을 오르게 하다니, 죽어서까지 민폐 끼치는 영감이네."

약물에 대해서는 감식반 보고를 기다려야겠지만 언뜻 보기에 미심쩍은 점은 없다. 유서가 진짜라면 결론을 내리기 쉬울 것이다.

"자네는 피해자와 친분이 있었나?"

"네. 과거에 연이 있어 평소에 자주 이곳을 찾았습니다."

"순찰로 말인가?"

"순찰로 올 때도 있었지만 사적으로 들를 때도 많았습니다."

"이유는?"

"실은 아내분이……."

"병에 걸렸나?"

나가하라는 입을 다물고 고개를 끄덕였다.

"신경을 썼다는 말이군."

"네."

"흥."

곤도는 약간의 빈정거림을 섞어 내뱉었다.

"친절한 경찰 아저씨네."

시시오이를 떠난 지 오래된 곤도도 기억할 만큼 가키네 사다미치는 지역을 대표하는 자산가 중 한 명이었다. 당연히 시시오이 경찰서와 파출소 모두 나름대로 배려했을 것이다. 모든 시민이 평등하다는 건 겉만 번지르르한 표어에 불과하다.

콩고물을 얻어먹으려고 사적으로 접근한 사람이 있었어도 이상할 게 없다. 아무리 정직해 보이는 청년도 인간은 한 꺼풀 벗기면 모두 추하다는 게 곤도가 경험으로 얻은 지론이었다.

그러나 나가하라에게서는 돌보던 노부부의 죽음에 대한 놀라움이나 슬픔, 낙담 등 일체의 감정이 읽히지 않았다. 그저 직업적인 포커페이스만 보였다.

칫. 곤도는 나가하라에서 노부부의 시신이 누워 있는 침실로 눈을 돌렸다. 감식 작업은 아직 시간이 조금 더 걸릴 것 같다.

"서재로 안내해 봐."

부엌 옆 계단으로 가는 나가하라의 등을 향해 말했다.

"가정부한테는 연락했나?"

"네. 오토리시에 있어서 여기 도착하려면 조금 늦어질 거라고 합니다."

빈틈이 없다. 그런 점 역시 마음에 들지 않았다. 곤도는 심술 섞어 가볍게 물었다.

"아내의 병과 당뇨 외에 이 집 영감이 이웃과 다투거나 갈등을 빚은 일은 없나?"

"그런 거야 뭐, 누구나 한두 번 정도는 있지 않았을까요?"

그 목소리는 곤도의 머리 위에서 들렸다.

난간이 달린 계단 맨 위에 사람이 서 있었다. 곤도는 눈을 가늘게 떴다. 실루엣이 가늘고 단단한 강철 같은 느낌을 준다.

"가키네 씨는 이 촌구석 안에서 나름 영향력이 있었으니까요. 당연히 적도 있었겠죠."

거슬리는 말투의 주인공을 향해 곤도는 목소리를 높였다.

"자네는 누구지?"

눈앞에서 나가하라의 또래 정도로 보이는 남자가 희미하게 웃고 있었다. 다른 사람을 깔보는 미소다.

"아, 전 아키미쓰라고 합니다. 아키미쓰 다이고."

곤도는 파란 제복을 입은 그를 노려봤다.

4

짜증은 가라앉지 않았다.

오토리시 병원에서 가키네의 유족에게 시신을 인도할 무렵에는 사건의 전모가 거의 밝혀졌다.

사인은 역시 알코올과 수면제를 다량 섭취한 데 따른 중독사였다. 시신에 외상은 없고 집 안에도 서랍을 뒤지거나 침입자가 들어

온 흔적은 없다. 집에서 일하는 가사 도우미는 사건 전날 가키네에게 하루 쉬라고 통보받았다고 했고, 그 증언에 미심쩍은 부분도 없었다.

계획된 동반 자살이라는 건 서재의 유서에서도 드러났다.

'이제는 지쳤다. 다카에와 함께 저세상으로 간다.'

편지지 한 장에 적힌 간략한 유서 끝부분에는 만년필로 직접 쓴 서명이 있었다. 억지로 썼다고 하기에는 글씨체에 흐트러짐이 없었다.

"힘들다는 말 한마디 해 주셨으면 좋았을 텐데."

회사에서 도중에 빠져나왔다는 가키네의 장남은 의미 없는 억울함을 토로했다. 곤도는 속으로 '죽고 싶다는 부모의 고백을 듣고 네가 뭘 할 수 있는데?'라고 물으며 냉정하게 그 말을 흘려들었다.

부모의 동반 자살을 슬슬 받아들인 것처럼 보였을 때 아들을 집 복도 구석에 불러서 물었다.

"나가하라라는 경찰을 아십니까?"

가키네 가구의 현 사장 가키네 야스미치는 고개를 갸웃했다.

"글쎄요. 아버지 입에서는 들어보지 못한 이름인데요."

"그 집에 자주 드나들었다고 하던데."

"전 잘 모르겠습니다. 아버지가 집 밖에 나오시지 않게 되면서 사이도 조금 소원해져서요."

"혹시 뭐 이유라도?"

야스미치가 얼굴을 찌푸렸다.

"무슨 뜻이죠?"

"아, 그냥 단순히 궁금해서요. 기분 상하셨다면 사과드립니다."

곤도는 "다만" 하고 그의 안색을 살피며 말을 이었다.

"아내 다카에 씨의 몸이 좋지 않았다고 그 남자가 알려 줘서요. 경찰관 주제에 함부로 나서지 말라고 야단치기는 했는데."

"아아…… 그 흡혈귀 같은 여자 말인가요."

곤도가 "호오" 하고 반응하자 야스미치가 찌푸린 얼굴로 말했다.

"원래는 온천 여관 직원이었죠. 아버지를 어떻게 잘 꼬드겼는지 함께 살기 시작했습니다. 아마 그 별장도 여자가 졸라서 샀을 겁니다."

두 사람이 동거를 시작한 건 10여 년 전. 당시 가키네 사다미치는 환갑이 넘었고 다카에도 쉰 살이었다. 야스미치는 아버지가 속아 넘어간 거라고 단정 지었다. 동거하기 위해 별장을 사들이고 몇 년 뒤 가키네는 은퇴, 얼마 후 다카에가 우울증에 걸렸다.

"뒤늦은 나이에 여자한테 빠져 탈탈 털리셨죠. 필요 없는 지출까지 해 가며 아버지는 여자가 시키는 대로 돈을 마구 썼습니다."

"필요 없는 지출이라."

"매달 15만 엔을 친척에게 보냈다고 하던데, 수상하잖습니까. 거기에 우울증에 걸렸다며 집안일도 손을 놓았으니 참 여러모로 대단한 여자죠."

"그렇군요. 그럼 뭐, 불행 중 다행이네요."

"예?"

"아, 저희 친척 중에도 비슷한 사례가 있어서요. 그쪽은 남편이 먼저 죽고 여자가 유산을 챙기는 바람에 가족이 빈털터리가 됐습니다만."

곤도가 즉석에서 지어낸 이야기를 듣고 야스미치는 발끈하는 모습을 보였다. 가키네 사다미치와 다카에는 정식으로 가족을 맺지 않은 내연 관계였지만, 혹시라도 아버지가 그녀를 호적에 올릴까 봐 전전긍긍해 왔다는 걸 한눈에 봐도 알 수 있었다.

"어쨌든 전 나가하라라는 경찰은 모릅니다."

"그럼 아키미쓰라는 경찰은?"

그 질문에도 야스미치는 고개를 흔들었다.

"그런가요. 그런데."

"아직 더 남았나요? 저도 바쁜 몸입니다."

"아, 그냥 사무적인 확인입니다. 가키네 사다미치 씨의 유서 말입니다만, 유서를 쓸 때 사용한 만년필이 혹시 뭔지 아시나요?"

"예? 만년필 같은 걸 제가 어떻게……."

"본인 것이 아닐 가능성도 있는데."

야스미치가 입을 열기 전에 곤도는 말을 이었다.

"아, 혹시 모르니 확인하는 겁니다. 가키네 씨 같은 거물이 돌아가셨으니 저희로서도 실수가 없게 신중에 신중을 기해야 해서요. 그러지 않았다가 두고두고 큰일 날 수 있어서."

굽실거리는 곤도를 보며 야스미치는 곤혹스러운 표정을 지었다. 곤도는 야스미치와 대화를 주고받으며 그가 배짱이라곤 없는 평범한 부잣집 도련님이라는 것을 꿰뚫어 봤다.

"앞으로 이삼일 정도 별장을 드나들게 허락해 주시겠습니까?"

와카스기에게 사무 처리를 맡기고 곤도는 혼자 시시오이로 돌아갔다. 헤어지기 전 경찰차 차 키를 건네받고 그에게는 전철로 퇴근하라 지시했다. 와카스기는 불만스러워 보였지만 무시했다.

붉게 물들기 시작한 하늘 아래, 가키네 사다미치와 다카에가 살던 별장 앞에 제복 경찰관이 서 있었다. 조금 전부터 계속된 짜증의 원인을 제공한 남자, 아키미쓰 다이고다.

"경비가 잘 어울리는군."

거리를 좁혀 도발하듯 쏘아보며 말했지만 상대는 유유히 냉소지을 뿐이었다.

"살인 사건 현장도 아닌데 거기서 뭐 하나?"

"저도 집에 가고 싶은 마음이 굴뚝같지만 이것저것 신경 쓰여서."

철수했다가 빈집털이범이라도 들어오면 큰일이니 위에서 오늘하루는 지키고 있으라고 지시받은 듯했다.

"이것도 다 제 일이죠."

"그냥 부자들 뒤를 봐주며 월급 받으면 편할 텐데 말이야."

"곤도 형사님."

아키미쓰가 얼굴을 가까이하고 말했다.

"여기서만 하는 이야긴데, 가키네 가구는 아들이 사업을 물려받은 후 꾸준히 망해 가고 있다고 합니다. 그 도련님 눈에 들어 봐야 떨어질 것도 없어요."

"그럼 지토세 집안의 비위를 맞추려고 이렇게 지키고 있는 건가."

그러자 아키미쓰의 입꼬리가 올라갔다.

"누구든 위에서 잘 보이라고 하면 잘 보이는 게 말단의 임무니까요."

"말이 아주 청산유수군. 자질이 있어."

"감사합니다."

보통 시골 순경과 현경 본부 형사 사이에는 계급과 연차 이상의 상하관계가 있기 마련이다. 그러나 아키미쓰에게서는 상대를 어려워하거나 두려워하는 느낌 따위 눈곱만큼도 찾아볼 수 없다. 그 점이 괜스레 화를 돋웠다.

"형사님이야말로 무슨 일로 혼자 행차하셨습니까? 향을 올리기에는 아직 이른 것 같은데."

"시끄러워."

주먹이 나가려는 것을 꾹 참고 곤도는 현관으로 향했다.

곤도를 맞은 사람은 다케모토 가즈요라는 가사 도우미였다. 상황이 가라앉을 때까지 당분간 집을 관리해 달라고 야스미치에게 부탁받았다고 했다.

"고생 많으십니다. 가키네 부부와 오랜 연이라고 들었는데."

"네⋯⋯. 대략 10년쯤 됐을까요. 리모델링 전부터 쭉 있었어요."

가즈요는 침실 장지문을 보며 두 손으로 어깨를 감쌌다. 꼭 바로 조금 전까지 시신이 있었던 공간을 두려워하는 것처럼 보인다.

별장 근처에서 정년퇴직한 남편과 함께 산다는 가즈요는 늘 평일 낮에 이곳을 찾았다. 또 다른 여자 가사 도우미와도 연락이 닿아 내일 자세한 이야기를 듣기로 했지만, 작년부터 일을 시작해 주말에만 근무했다는 그녀에게는 별 기대를 하지 않았다.

"마을 유지 영감님과 지병 있는 사모님을 돌보는 건 역시 쉽지 않았겠죠?"

"그거야 뭐……."

가즈요는 말끝을 흐리고 잠시 후 입을 열었다.

"사모님께서 발병한 직후에는 힘들었죠. 느닷없이 울음을 터뜨리시곤 해서 어르신도 많이 놀라셨거든요. 그 무렵부터는 집에 거의 손님을 부르지도 않았답니다. 원래 인품이 훌륭한 분들이었고 저도 이제는 일이 익숙해졌는데."

그래서 이번 소식을 접하고 더 놀랐다고 했다.

"쓺쓺이는 어땠습니까?"

"사모님 말인가요? 이렇다 할 문제는……."

연기하는 것처럼 보이지는 않는다. 아직 연락이 닿지 않은 다카에의 가족에 대해 가즈요는 같은 현 안에 오빠가 산다는 이야기를 들었지만 그쪽에 돈을 갖다 주거나 한 적은 없었다고 잘라 말했다.

곤도는 화제를 바꿨다.

"나가하라라는 경찰을 아십니까?"

"네. 평소에 상태를 살피러 자주 오셨거든요. 자상한 분이라 사모님도 속을 터놓으시는 것 같았죠. 어르신께서 저녁 식사에 초대 하신 적도 있답니다."

최근 몇 년간 이 집의 거의 유일한 단골손님이었다고 했다.

"계기가 뭘까요? 가키네 씨와 나가하라가 친해진 계기 말입니다."

"글쎄요……. 처음 오신 게 아마 3, 4년 전쯤이었던 것 같은데 잘 기억나지 않네요."

미안해하는 모습 역시 연기처럼 보이지는 않았다.

"혹시 아키미쓰라는 경찰도 아십니까? 밖에 서 있는 젊은 경찰."

"아키밋짱요?"

가즈요의 표정이 단숨에 환해졌다.

"나가하라 씨가 신사라면 아키밋짱은 개구쟁이 아들 같다고 할 까요. 입이 조금 험하긴 한데 저희한테 잘해 주세요. 의지할 만한 분이에요."

두 사람에게 별다른 악감정은 없는 듯했다.

"형사님."

별안간 여자가 진지하게 입을 열었다.

"혹시 제가 책임져야 할 일이 있을까요?"

"설마요."

곤도는 싹싹하게 미소 지었다.

"가즈요 씨는 그날 가키네 씨가 하루 쉬라고 해서 쉬었을 뿐이니 까요. 아무리 가사 도우미여도 그 안에 담긴 뜻까지 다 파악할 수 는 없죠."

"절 지켜 주실 수 있나요?"

그녀의 절박한 모습을 보며 곤도는 속내를 살피듯 눈을 가늘게 떴다.

"아, 죄송합니다. 괜히 이상한 소리를⋯⋯."

"혹시 뭐 불안하신 점이라도?"

"그런 건 아닌데⋯⋯. 아, 차라도 가져올게요."

"괜찮습니다. 곧 철수할 거라."

곤도는 2층으로 올라가는 계단으로 향했다.

가즈요의 속마음이 대략 짐작이 갔다. 가키네 사다미치의 죽음을 막지 못한 집안 가사 도우미에게 쏠릴 주변 시선을 신경 쓰고 있는 것이다. 시시오이에서 태어난 성인이라면 가키네가 지토세 집안 당주 지토세 다카노리의 죽마고우라는 걸 누구나 알고 있다.

곤도는 계단을 오르며 혀를 쯧 찼다.

이 동네에서는 지토세 집안의 눈 밖에 한 번 나면 살기 힘들어진다. 그것은 사가야마의 지금 상황만 봐도 뼈저리게 알 수 있다.

2층 서재는 거의 작은 원룸 맨션 넓이였다. 벽에 늘어선 서가를 두꺼운 장서가 가득 채우고 있다. 가운데에는 고급 소파, 구석에는 오래된 축음기. 실제로 쓸 수 있는 물건인지 장식인지 곤도는 구분할 수 없었다.

맨 안쪽에는 위엄 있는 커다란 책상이 자리 잡고 있다. 유서는 이 위에서 발견됐다. 지금은 이미 회수해서 작은 문진 하나만 있고 컴퓨터 같은 전자 기계는 보이지 않았다.

편지지에 남긴 간단한 유서는 곤도도 읽었다. 만년필도 확인했다. 아들 야스미치 앞에서는 확인차 이것저것 물었지만 다른 사람의 개입을 의심할 만한 여지는 없다. 가키네 사다미치는 아내 다카에와 동반 자살했다. 그것은 거의 확정적이고, 곤도의 관심은 다른 곳에 있었다.

장갑을 끼고 책상 서랍에 손을 갖다 댄다. 안에는 편지지와 봉투, 펜 같은 문구 종류만 보인다. 회사 관련 서류는 고사하고 명함 한 장 없다.

소파 탁자에 있는 물체 쪽으로 시선을 향했다. 그 위에 씌워진 얇은 천을 걷자 아래에서 번듯한 바둑판이 모습을 드러냈다. 과거 곤도도 배워 보려 했지만 영 적성에 맞지 않아 그만둔 경험이 있다. 축음기나 책에 비해 사용감이 있지만 천에 먼지가 쌓여 있다. 보조 탁자에 있는 바둑통도 마찬가지였다.

다리가 저절로 서가 앞으로 향했다. 작은 사이즈 문고본이나 신서는 없고 온통 어려워 보이는 제목의 단행본뿐이다. 경제서와 사상서, 시집……. 곤도는 속으로 '젠체하기는' 하고 생각했다. 이 중에 끝까지 읽은 책이 몇 권이나 될까. 적어도 자신이라면 아무리 시간이 남아도 표지조차 펼치지 않을 책들이었다.

그러나 이때만큼은 가지런히 꽂힌 책을 진지하게 바라봤다. 혹시나 해서 책을 가볍게 차례대로 뽑아 유심히 살피다가 이윽고 이상한 점을 발견했다. 시리즈물인 역사책 한 권의 책장과 책장 사이에 묘한 틈새가 있었다.

천천히 빼내어 틈새 부분을 펼친다. 잠시 후 손가락이 멈췄고, 오늘 몇 번째일지 모를 쯧 소리를 냈다.

책장이 뜯어져 있었다.

밖에는 이미 해가 저물었다. 곤도는 문밖에 선 아키미쓰 다이고의 어깨에 손을 얹었다.

"자네가 유서를 발견했나?"

아키미쓰는 놀란 기색도 없이 "네" 하고 대답했다.

"나가하라랑 순찰 왔다가 발견했죠."

"2층에 올라간 이유는 뭐지?"

"현장 확인은 기본 중 기본 아닌가요?"

동요하는 느낌이라고는 찾아볼 수 없다.

"밑에 나가하라를 남겨 두고 혼자 올라갔나?"

"제가 유서에 무슨 짓이라도 했을까 봐 의심하시는 겁니까?"

조롱하는 듯한 얼굴을 보며 곤도는 화를 억누른 채 질문을 이어 갔다.

"그 밖에 손댄 부분은?"

"문손잡이 정도 아닐까요."

"책이나 레코드 같은 걸 건들지는 않았겠지."

"서랍도 안 열었습니다. 정 의심되시면 소지품 검사라도 하시는 게."

자신만만한 태도였다.

"우리가 오기 전까지 서재 앞에 붙어 있었나?"

"네. 오줌도 참아 가며 지켰습니다."

"이봐. 적당히 까부는 게 좋아. 산속 주재소로 가고 싶어?"

"오, 생각보다 대단한 분이었네요."

"내가 못 할 것 같나?"

"마음대로 하시라는 뜻입니다."

곤도가 매섭게 노려봐도 남자의 히죽거리는 얼굴에는 변화가 없다. 무시당하는 것 같아 화가 나는 동시에 의문도 들었다.

"시시오이 파출소는 지토세 집안을 관할하지 않나?"

"저희 관할에 지토세 씨 집이 포함돼 있죠."

"똑같은 말이잖아."

시시오이 파출소뿐 아니라 시시오이군에 흩어져 있는 스무 곳 남짓의 주재소, 그리고 시시오이 경찰서까지 지토세라는 권력자의 눈치를 살피며 업무와 인사 등을 하고 있다. 겉으로는 아무도 인정하지 않지만 이 땅에서 태어나고 자란 곤도가 보기에는 뻔했다.

"가키네 씨 아들은 천앵회에서도 잘리지 않았나?"

곤토가 그렇게 떠보자 아키미쓰의 미소가 아주 살짝 굳었다.

"그게 무슨 말입니까?"

"모르쇠 작전인가. 시시오이 파출소가 지토세 집안의 개라는 건 누구나 아는 이야긴데."

"곤도 형사님은 뱀 같은 분으로 유명하더군요."

곤도는 아키미쓰의 멱살을 잡았다. 힘껏 끌어당겨 보지만 아키미쓰는 꿈쩍하지 않았다.

"경비견 주제에 자꾸 주제넘게 굴다가 큰코다쳐."

"이러지 마십쇼. 모르는 걸 모른다고 해서 욕먹는 건 좀 아니지 않습니까."

이 자식은 대체 정체가 뭘까.

여유 넘치는 모습이 살짝 섬뜩하기까지 했다. 아무리 지토세 집안이 뒤를 봐주고 있다 해도 경찰관인 이상 조직 내 서열을 아예 무시할 수는 없을 텐데.

아니면 이 녀석은 그런 것조차 모르는 시골뜨기 경찰인 걸까.

"곤도 형사님."

아키미쓰가 얼굴을 가까이 들이밀며 입을 열었다.

"우리는 우리 방식대로 일을 조용히 처리하려는 것뿐입니다. 그걸 가지고 너무 뭐라고 하시면 형사님도 형사님의 선배처럼 될 수 있습니다."

옷깃을 잡고 있던 손이 목으로 향했다. 힘껏 목을 조르려는 찰나에 상대는 그야말로 손쉽게 곤도의 손을 떼어냈다.

"이거, 공무 집행 방해 아닌가요?"

하하 하고 웃는 아키미쓰를 곤도는 무너진 자세로 올려다봤다.

"……너 이 자식. 똑똑히 기억해 두마."

제 귀로 듣기에도 싸구려 같은 대사라고 생각하며 곤도는 이를 벅벅 갈면서 경찰차로 향했다.

본부 근무를 시작하며 옮겨 와 살고 있는 빌라 안에서 곤도는 보관해 둔 자료를 펼쳤다. 농협 직원의 사고사에 대해 적은 메모다. 사가야마가 수사 정보를 후배에게 인계하지 않은 탓에 직접 남몰래 수집했다.

술을 잔뜩 먹인 후 차와 함께 계곡에 떨어뜨린다. 흔하지만 거칠고 조잡한 이 방식은, 수사진의 의욕이 어느 정도인가에 따라 완전 범죄가 될 수도 있다. 실제 같은 수법을 반복해 보험금을 타낸 사례도 있다.

곤도가 주목한 것은 사망한 남성, 즉 마쓰가미 마사오가 사고 전 참석한 술자리였다. 시시오이의 서쪽 끝, 지토세 집안 본가에서 열린 친목 모임에는 총 서른 명 정도 되는 인원이 초대됐다.

참석자의 증언에 따르면 모임은 시시오이의 젊은 인재를 격려한다는 명목으로 열렸고, 당시 마쓰가미 주위에는 농협 이사 오바타 다다시를 비롯해 지토세 집안 장남과 축산업의 대부 같은 지역 유지들이 모여 있었다. "앞으로는 자네들의 시대야"라는 격려를 듣고 마쓰가미는 기분이 들떴는지 주는 술잔을 연거푸 들이켰다고 한다.

반대로 말하면 거절하고 싶어도 거절할 수 없는 첨잔의 연속이었던 셈이다.

저녁 6시에 시작된 술자리는 밤 10시가 돼서야 끝났고, 마쓰가미가 비틀거리며 승합차에 올라타는 모습을 많은 이들이 목격했다. 사고 발견은 밤 11시. 신고자는 당시 계곡에 엠티 와서 담력 훈

런을 하던 대학생 일행이었는데, 그들은 차에서 연기가 치솟고 있었다고 증언했다. 사가야마가 주목한 것이 바로 이 부분일 거라고 곤도는 짐작했다.

곤도는 실제 실험을 해 봤다. 지토세의 본가에서 사고 현장까지 시속 40킬로미터로 달려도 20분 안에 도착할 수 있다. 집에서 나간 후 사고 발견까지 40분은 넉넉한 시간이다.

그런데도 발견 당시 차에서는 아직 연기가 치솟고 있었다.

정확히 몇 시 몇 분에 차량이 추락했는지는 밝혀지지 않았다. 중간에 마쓰가미가 차에서 내려 노상방뇨 등을 했을 수도 있다. 당시 수사는 그야말로 부실해 마쓰가미의 당일 경로를 세밀히 추적하거나 모임 참석자의 알리바이도 제대로 확인하지 않았다.

참석자 중에는 시시오이에서 오랫동안 도박장을 운영하며 활개 치던 시바파의 두목도 있었다. 당연히 그 부하들까지. 겉으로는 토건업 간판을 내걸고 있지만 조폭은 조폭이다. 그리고 그들이 지토세 집안과 깊숙한 연이 있다는 건 시시오이의 상식이었다.

오바타의 횡령 사실을 내부 고발하려고 한 마쓰가미를, 유력자들이 결탁해 어둠에 묻어 버린 게 아닐까.

물론 상상에 불과하다. 지토세는 젊은 인재를 격려하는 술자리를 열었을 뿐이고, 오바타는 거기에 참가했을 뿐이고, 다른 참석자도 그저 술만 마셨을 뿐일 수 있다. 마쓰가미가 과음해 스스로 사고를 냈을 뿐일 수 있다. 설령 마쓰가미가 정말 살해됐다는 증거가 나오더라도 그를 처리한 건 시바파의 말단 조직원들이고 그들이

콩밥을 먹는 결말 정도로 끝날 것이다.

마쓰가미의 유족 측에는 지토세 집안에서 거액의 위로금이 지급됐다. 자신들의 감독 소홀로 벌어진 일이라며 지토세 집안 장남이 직접 돈을 들고 찾아갔다고 한다.

끼리끼리 잘들 논다. 곤도는 속으로 욕지거리를 내뱉었다. 상차림도, 뒷정리도 전부 지토세 집안의 지휘 아닐까. 사실 오바타의 횡령 뒤에서 누가 가장 이득을 봤을지는 어린아이도 알 것이다.

딱히 정의를 내세울 생각은 없었다. 다만, 화가 났다. 유일하게 신봉하던 선배의 의지를 송두리째 꺾어 버린 그 사건을 간과하고 넘어갈 수 없었다.

사가야마는 어떡할 생각이었을까. 어떻게 오바타나 지토세 집안에 맞설 계획이었을까. 권력자를 상대로 승산도 없이 부딪칠 사람은 아니다. 그에게는 분명 비책이 있었을 것이다.

그때 마치 타이밍을 잰 것처럼 휴대폰이 울렸다. 곤도가 받자 사가야마가 인사도 없이 대뜸 물었다.

— 가키네 씨가 죽었다는 게 사실인가?

상황을 전하는 동안 사가야마는 말없이 곤도의 설명을 듣고 "그렇군. 다카에 씨도……" 하고 조용히 중얼거렸다.

"실은 서재에서 흥미로운 게 나왔습니다."

— 곤도.

곤도의 말을 자르는 사가야마의 목소리는 역시나 힘이 없었다.

— 고맙네. 그리고 미안해.

일방적으로 전화가 끊겨서 곤도는 휴대폰을 침대에 내던졌다. '겁쟁이 같기는' 하고 화가 치밀었다. 동시에 해내고야 말겠다는 투지도 고개를 들었다.

곤도가 서재에 있는 책에 주목한 건 그저 직감이 아니었다. 사가야마가 마쓰가미 사건에 몰두하던 무렵, 전화하며 펜을 움직이는 그의 메모를 훔쳐본 기억이 있어 혹시나 했던 것이다.

당시 메모지에는 이렇게 쓰여 있었다.

'서재 책?'

지금껏 그게 무슨 뜻인지 알 수 없었다. 사가야마도 가르쳐 주지 않았다. 그러나 이제야 비로소 그 메모가 사가야마의 비책이라는 확신이 들었다. 왜냐하면 가키네 사다미치도 7년 전 그 술자리에 참석했기 때문이다.

사가야마의 메모 내용에 호응하듯 가키네의 서재에는 책장이 뜯긴 책이 있었다. 우연치고는 너무 절묘하다. 마쓰가미 사건에 가키네도 관여했다고 보는 게 좋을 것이다. 그 매개체가 책장인 것은 특이하지만, 상대의 배신 방지를 위해 증거를 써서 남겼다고 생각하면 앞뒤는 맞는다. 사가야마는 독자 루트로 그것을 파악해 승부에 나섰다. 그러나 상대를 놓치고, 패배했다.

그리고 이번에는 가키네의 죽음을 알게 된 누군가가 그가 남긴 증거를 가져갔다…….

사라진 책장에는 무엇이 적혀 있었을까. 누가 그것을 찢었을까.

아키미쓰 다이고의 웃는 얼굴이 뇌리를 스쳤다.

5

다음 날 총무과 후배에게 전화를 걸어 아키미쓰에 대해 캐물었다. 전에 유흥주점에 다녀서 감찰 대상에 올랐다고 곤도가 몰래 귀띔해 준 후배인데, 그는 마지못해 하면서도 오후에 직접 작성한 아키미쓰의 약력을 곤도에게 전해 주었다.

아키미쓰 다이고. 32세. 출신지는 시시오이군 시모카모초. 현재 사는 곳은 독신자 기숙사가 아닌 시시오이초의 셋집. 가키네의 집과 그리 멀지 않은 위치다.

아버지는 소재지 불명, 어머니는 다른 현에 사는 것 같지만 자세한 정보 없음. 승진 시험을 보지 않고 지역과에서 순경으로 일하다가 5년 전부터 시시오이 파출소에서 근무하고 있다.

눈길을 끄는 건 그의 인간관계였다. 지토세 집안의 장남과 오래전부터 알고 지내는 사이라고 적혀 있었다.

곤도는 흐음 하고 신음했다. 나이로 판단컨대 경찰관 채용 시험에 한 번에 합격했을 것이다. 딱히 가정환경으로 합격 여부가 정해지는 건 아니지만, 경찰관이라는 직업 특성상 어느 정도의 신상 조사는 한다. 시시오이 파출소에서의 근무 기간도 이상하리만큼 길다. 뒤에서 지토세 집안이 손을 쓴 걸까. 만약 그렇다면 현재 살고 있는 그 셋집도 수상해진다.

또 하나, '공수도장에서 친목 교류'라는 내용이 마음에 걸렸다. 시시오이에 있는 도장에서 현경 직원들이 단련하고 있다는 소문은 들은 적이 있다. 여기에도 지토세 집안의 입김이 작용하고 있을 가능성이 있다.

돌이켜보면 그는 뱀이라는 곤도의 별명과 사가야마와의 관계까지 전부 알고 있었다. 현경 안에도 독자적인 네트워크가 있는 걸까.

권력의 충견 같은 놈. 속으로 그렇게 생각했을 때 와카스기가 다가와 말을 걸었다. 가키네의 집 가사 도우미들의 이야기를 들으러 시시오이 경찰서에 갈 시간이었다.

두 명의 가사 도우미는 이날 주로 아내 가키네 다카에의 이야기를 들려주었다. 제멋대로인 성격에다 잘난 척하기를 좋아하며 속이 음흉하다. 부잣집 남자와 결혼해 신분 상승을 노린 여자에 대한 시기 질투를 감안하더라도 평가가 신랄했다. 어젯밤과 사뭇 다른 가즈요의 이야기를 들으며 곤도는 '혹시 야스미치한테 무슨 말이라도 들었습니까?'라고 물으려다 말았다. 이 역시 시골에서는 흔한 일이다.

수확을 꼽자면 서재 이야기였다.

"그 방에는 손님이 오시면 차를 갖다 드릴 때만 들어갈 수 있었어요. 청소는 사모님이 직접 하시는 것 같았고요."

두 사람은 입을 모아 그렇게 말했다. 책에 대해 뭔가 아는 게 없는지 완곡히 물었지만 고개를 갸웃거렸다. 혹시나 해서 가즈요에게 "나가하라는 어땠습니까?"라고 귓속말로 물어도, 그녀는 "아마 그곳에는 드나들지 않았을 거예요"라고 했다.

"나가하라 씨는 바둑을 못 두는 것 같았으니까요."

곤도는 조사를 마치고 와카스기와 함께 시시오이 경찰서 직원들의 단골 정식 식당에 가서 시시오이산 돼지고기가 들어간 조림 정식을 주문했다.

"혹시 시시오이에 있다는 공수도장에 대해 아나?"

부드러운 돼지고기를 우물거리며 물어도 와카스기는 질문의 의미조차 모르겠다는 표정이었다.

"동료들이 함께 가자고 한 적 없어?"

"없습니다. 전 유도만 해서요."

누구나 드나들 수 있는 곳은 아닌 듯하다. 곤도 또한 지금껏 공수도장에 함께 가자는 제안을 받은 적이 없다. 와카스기는 현 북부 출신으로 거쳐 온 근무지들도 거의 북쪽에 집중돼 있었다.

"넌 일단 돌아가."

"네? 또요?"

"뭐 불만이라도?"

"……차는?"

곤도는 혀를 차고 대답했다.

"마음대로 해."

접시에 시선을 떨구는 와카스기를 남겨 두고 곤도는 몸을 일으켰다.

시시오이 파출소는 나이가 마흔쯤 돼 보이는 왠지 경박해 보이는 인상의 경찰이 혼자 지키고 있었다.

"현경의 곤도다."

"웅? 앗? 고생 많으십니다!"

남자는 황급히 직립 부동자세를 취했다.

"이름이?"

"수, 순경인 고스게 에이조입니다."

"혼자 있나?"

"아, 소장님은 조금 전 점심 드시러."

"가서 순찰 다녀와."

"네?"

"일하라는 거야."

남자는 "아, 예!" 하고 도망치듯 파출소를 빠져나갔다. 그 모습에 관록이라고는 눈곱만큼도 없다.

안쪽의 넓은 실내 벽 앞에서 캐비닛을 열었다. 일상의 업무 보고가 담긴 복무 일지는 생각보다 오래된 것까지 있었다.

7년 전 파일을 집어 든다. 마쓰가미 사고가 일어난 날짜까지 페이지를 넘겼다.

당시 아키미쓰와 나가하라는 다른 곳에서 근무했다. 사고와 직접 관련됐을 리 없지만 마음에 걸렸다. 곤도는 파일을 계속 펼치며 확인했다.

"누구시죠?"

어느새 우람한 체격의 남자가 입구에 서 있었다. 말투는 부드럽지만 눈빛이 날카롭다. 경찰관다운 태도다.

"현경에서 왔어" 하고 곤도는 수첩을 펼쳤다.

"저희 소에 무슨 볼일이라도?"

"댁이 파출소 소장인가."

쉰이 넘어 보이는 남자가 경찰모를 벗고 "네. 히로시게라고 합니다" 하고 이름을 댔다.

"여기 젊은 친구들한테 교육이 좀 필요할 것 같던데."

"고스게 말인가요?"

"그 녀석도 그렇지만 아키미쓰라는 녀석은 상태가 더 심각하더군."

히로시게는 흐음 하고 반응했다. 별로 귀담아듣는 것 같지 않다.

"그나저나 나가하라라는 녀석이 가키네 씨 집을 열심히 드나들었다던데."

"걔는 어머니 병간호를 해서 그런지 그런 데 익숙해서요. 착한 녀석입니다."

말투에서 사적인 호불호까지 느껴지지는 않았다.

"나가하라는 시시오이 출신인가?"

"네. 혹시 뭐 문제라도?"

곤도는 흥 하고 코웃음을 쳤다.

"이상하잖아. 이 일지를 보면 나가하라가 여기 부임한 건 작년이야. 그런데 가키네 씨 집에 드나들기 시작한 건 3, 4년 전쯤부터라고 해. 어떻게 된 일이지?"

"글쎄요. 다른 곳에서 근무하던 때 일까지는 저도 잘."

시치미를 떼는 걸까, 아니면 정말 모르는 걸까. 히로시게의 태도를 보며 곤도는 방심할 수 없는 상대라고 느꼈다.

"가키네 씨는 어떤 사람이지?"

"그야 훌륭한 분이죠. 저 역시 시시오이 출신이라 잘해 주셨습니다."

"지토세 집안에서도 귀여움을 받고 있나?"

파출소 소장은 대답 없이 어깨만 으쓱했다.

"다들 잘해 주십니다."

곤도는 속으로 '음흉한 놈이군'이라고 생각하며 혀를 찼다.

"가키네 씨가 은퇴한 게 언제지?"

히로시게는 대답하지 않았다.

"모르는 척하긴. 7년 전이잖나. 마쓰가미 사고 거의 직후."

상대의 표정에서는 놀라움도 의문 부호도 보이지 않았다. 대단한 배짱이라 평가할 만하지만 반대로 뭔가를 숨기고 있다고 고백하는 것이나 마찬가지이기도 하다.

곤도는 목소리 톤을 온화하게 바꿔서 말했다.

"혹시 나한테 협조 좀 해 주겠나?"

"제가 할 수 있는 일이 뭐 있을까요."

"지토세 집안에 다리를 놔 줬으면 해."

대답이 없다.

"내가 무작정 거기 들이닥치면 자네들한테도 민폐 아닌가?"

히로시게는 가볍게 숨을 내쉬고 되물었다.

"목적이 뭡니까?"

"뭘 촌스럽게 그런 걸 묻고 있어. 마쓰가미 일로 지토세 집안과 거래를 좀 해 보려는 게 뻔하지 않겠어? 노후 대비 투자 삼아."

"실례지만 성함이?"

"곤도."

히로시게가 갑자기 쓱 다가왔다. 상대방에게 유리한 거리다. 곤도는 반사적으로 허리를 숙였다.

"곤도."

부드럽지만 칼을 품은 목소리.

"이노마타초 출신 곤도 맞나?"

존댓말이 사라졌다.

"예전 사가야마의 파트너였던."

"오, 잘 아는군."

"난 여기밖에 모르니까. 시시오이와 관련된 건 대부분 알지."

"애완견 습성이 몸에 잘 배었다는 뜻인가."

"한두 살 먹은 어린아이도 아니고. 다 일 때문이라는 거 그쪽도 알잖나."

"살인을 눈감아 주는 것도 일인가?"

두 사람은 날카롭게 서로를 노려봤다.

"일지를 보니 마쓰가미 사고가 일어난 날 댁 혼자 여기를 지켰더군."

"근무가 그렇게 짜여 있었을 뿐."

"그래. 뭐, 상관없겠지. 범인들 입장에서 보면 그날 현장에 경찰차가 나타나지만 않으면 상관없었을 테니."

사고를 꾸민 현장만 목격되지 않는다면.

"댁이 쓴 일지에는 이렇게 적혀 있더군. 그 시간에 술 취한 시바파 조직원이 파출소를 찾아와 상대했다고. 세상에 술 마시고 가는 길에 파출소에 들러서 잡담하는 깡패도 있나?"

히로시게는 대답하지 않았다.

"댁도 대충은 눈치채지 않았어?"

"……증거는 아무것도 없어."

"그럼 만들면 되지."

상대의 몸이 굳는 것이 보였다. 곤도는 그를 계속 날카롭게 노려봤다.

잠시 후 히로시게가 한숨 섞어 중얼거렸다.

"이런 데서 이렇게 농땡이 부려도 되나? 당신한테도 가족이 있을 거 아냐."

"괜찮아. 없으니까."

히로시게의 얼굴에서 처음으로 동요가 읽혔다.

"아버지 어머니 모두 오래전 세상을 떴지. 이노마타초에 있는 집은 남의 손에 넘어갔고."

의지할 사람 한 명 없이 오로지 먹고살기 위해 경찰관이 됐다. 그리고 사가야마를 만났다.

곤도는 명함을 꺼내 히로시게의 제복 가슴 주머니에 찔러 넣었다.

"그런 식으로 날 위협할 거면 여자라도 한 명 소개시켜 주고 해."

그렇게 파출소에서 나갔다.

곧장 택시를 타고 7년 전 사고 현장으로 향했다. 전에 사가야마의 집까지 곤도를 태워다 준 반백의 택시 기사가 "혹시 자살 같은 거 하시려는 건 아니죠?" 하고 농담 섞어 물을 만큼 그 길은 어둡고 으스스했다. 기사 말로는 요즘 인기 있는 공포 명소 중 한 곳이라고 했다.

숲과 절벽 사이에 긴 이 길의 가드레일 없는 지점에서 마쓰가미가 탄 승합차가 계곡에 추락했다.

히로시게가 말한 대로 살인 증거는 아무것도 없다. 7년이라는 세월이 흘러 말 그대로 어둠에 묻혔다.

지토세 집안은 그야말로 시시오이의 거대한 곰 같은 존재다. 그 앞에서는 모두가 입을 다물고 눈을 내리 깐다. 정공법으로 맞설 상대가 아닌 것만은 분명하다.

호쾌한 한 방으로 끝내지 못한다면 끈질기게 달라붙어서 그라운드 기술로 몰고 가는 게 자신의 특기다.

그러나 이렇다 할 묘안은 떠오르지 않았다. 복무 일지에 적힌 사고 당일 밤 파출소 모습은 정황 증거라 할 수 있는지 의문이고, 아키미쓰가 책장을 찢었다는 것도 아직 의심의 수준을 벗어나지 못한다. 또 그것을 이미 처분했다면 따지고 들어 봐야 소용없다.

어떻게든 지토세 집안의 눈에 들어서 가만히 기회가 오기를 기다릴 수밖에 없을까. 파출소 소장을 통한 도발에 지토세 집안은 자신을 회유하려 들까. 무시로 일관할까. 아니면 제거하려 들까. 적어도 그들이 그 일을 어떻게 생각하고 있는지는 가늠할 수 있을 것이다.

나 자신의 목이 날아갈 수도 있는 일생일대의 도박이다. 신빙성 있는 추측은 아니지만 사가야마의 현재 모습을 보는 한 지토세 집안에는 현경 본부를 움직이는 돈과 연줄도 있는 듯하다.

따지고 보면 시시오이 파출소의 인원 배치도 비정상적이다. 경찰 조직에는 출신지 배정을 꺼리는 관례가 있다. 물론 각 현경의 사정에 따라 철저한 정도가 다르다고 하지만 아키미쓰, 나가하라, 거기에 파출소 소장까지 시시오이 출신인 것은 예사롭지 않다. 이 정도면 지토세 집안이 영향력을 행사할 수 있는 사람들 사이에 둘러싸여 거의 파출소를 지배하고 있는 거나 마찬가지다. 나가하라도 가키네 부부를 돌보는 역할을 억지로 떠맡았을 수 있다.

아니, 잠깐.

한 차례 사고가 멈추고, 그 뒤 빠르게 다시 회전했다. 아무리 가키네가 친한 친구라고 해도 그렇게까지 할까. 굳이 그럴 필요가 있을까. 그 집에는 출퇴근하는 가사 도우미들도 있었다. 그런데도 젊은 경찰관을 굳이 그곳에 붙인 이유가 뭘까.

……감시?

뜻밖의 발상에 문득 오싹해졌다. 지금껏 머리에 그려 놓은 그림이 뒤집히는 느낌이었다.

자신의 실수를 깨달았다. 책장을 찢는 거면 굳이 가키네가 죽을 때까지 기다릴 필요가 없다.

어느새 발밑까지 밤기운이 차올라 있었다. 하늘을 뒤덮은 삼나무가 바람에 흔들렸다.

택시를 향해 발길을 돌렸을 때 휴대폰이 진동했다. 스피커에서 와카스기의 목소리가 들렸다.

— 오토리 병원에 다카에 씨의 오빠분이 오셨습니다.

6

아무리 봐도 성실한 사람처럼 보이지는 않았다. 선명한 보라색 양복을 입은 풍채 좋은 남자가 곤도를 보자마자 성큼성큼 다가왔다. 병원 복도에서 금색 목걸이를 반짝이며 험악한 사람을 옆에 거느릴 직장인은 없다.

"왜 죽었지?"

다카에의 두 살 위 오빠 다가메 요시테루가 삭발한 머리를 내밀며 물었다.

곤도는 와카스기에게 설명을 맡기고 반질반질한 삭발 머리의 주인공을 지그시 관찰했다. 한눈에 봐도 조직에 속해 있을 그가 말단 조직원이 아닌 건 분명했다.

"한마디로 다카에가 그 영감 손에 죽었다는 말이군."

다가메가 중간에 설명을 자르고 와카스기를 몰아붙였다. 와카스기는 가는 눈썹을 모아 얼굴을 찌푸리며 그를 봤다.

"뭐야 그 눈빛은. 이쪽은 피해자 유족이야. 제대로 설명해 주는 게 도리 아닌가?"

"자, 자."

곤도가 끼어들었다.

"심정은 이해하지만 병원 복도에서 이러면 쓥니까."

"살인이라고 우리가 인정하면 끝 아닌가?"

"동반 자살이라면 법적으로는 그렇죠. 이미 피의자 사망으로 서류 송치했으니 가서 얘기나 좀 합시다."

"뭐?"

"후배 앞이니 체면을 세워 줬으면 하는데."

곤도가 눈을 가늘게 뜨자 다가메는 체념한 듯 콧숨을 내쉬었다.

와카스기와 다가메의 부하를 남겨 두고 그를 발코니 흡연 구역으로 데려갔다. 카멜 담배를 거칠게 입에 무는 다가메의 귓가에 대고 곤도는 속삭였다.

"한몫 챙기려는 거야?"

당연히 상대는 가키네의 아들이다.

"무슨 말인지 모르겠는데."

다가메는 태연한 얼굴로 연기를 내뿜었다.

"당신, 다카에 씨랑 절연했다던데."

그러지 않았다면 가키네 역시 다카에와 관계 맺기를 주저했을 것이다.

"경찰이 남매 일까지 간섭하나?"

"그렇게 인상 쓸 것 없어. 당신이 가키네 집안 그 도련님을 어떻게 하든 내 알 바도 아니고. 두들겨 패지라도 않는 이상."

"그런 멍청한 짓을 할 리 없잖나. 바보 같은 양반이네."

뒤에 붙은 말은 무시하고 곤도는 다가메를 마주 봤다.

"당신, 고몬회 소속이지?"

"오. 나는 새도 떨어뜨린다는 1과 형사한테까지 얼굴이 팔리다니 영광인데."

"야시오라는 그 애송이 약팔이가 중학교 후배 아닌가?"

순간 다가메의 표정이 굳었다.

"무슨 말을 하고 싶은 거야?"

"그냥 잡담. 댁과는 왠지 마음이 통해 앞으로 사이좋게 지낼 수 있을 것 같아서 말이야."

곤도가 은근슬쩍 떠보자 다가메는 관심 없다는 듯 허공에 연기를 뿜었다. 정말로 쓸 만한 인연인지 속으로 경계하며 재고 있을 것이다.

"가키네와 다카에 씨가 어떤 사이인지 정말 몰랐어?"

"……동생과는 한동안 연락을 안 해서."

고등학교를 다니던 중 시시오이를 떠나 가끔 근황 정도만 주고받았다. 그러나 그조차도 대충이라 가키네와의 관계나 우울증에 걸렸다는 사실도 동생이 죽고 나서야 알게 됐다고 했다. 다가메의 말은 아마 사실일 것이다. 사실이 아니라면 가키네의 가구 사업에 진즉 눈독을 들여서 손을 뻗쳤을 테니까.

다가메는 동생이 조폭이 된 오빠 앞에서 마음을 열지 않았다고 투덜거렸다.

"온천 여관에서 일한 건?"

"그건 내가 집을 나가기 전부터 이미 정해졌어. 입을 하나 덜어 낸 거지."

거의 인신매매에 가까운 취업이었다. 아직 쇼와 시절* 이야기다.

"그런데 동생은 아마 접객업이 적성에 맞았을 거야. 워낙 사람 속을 잘 들여다보고 남이 좋아할 행동을 잘했거든. 난 그런 걸 못 해서 자주 얻어맞았고."

"친아버지한테?"

"노름에 술, 폭력까지 나쁜 건 다했지. 뭐 나도 다른 사람 말 할 처지는 아니지만."

"친척이 있다고 들었는데."

"친척? 나 말고 걔가 의지할 수 있었던 사람은 이 세상에 없어."

남자의 말에서 아련한 애수가 묻어났다. 이런 사람에게도 가족의 죽음은 특별할 것이다.

---

* 1926년부터 1989년까지의 일본 연호.

"물론 날 잘 따르지 않았지만 똑똑하고 착한 아이였어. 영감과 살기 시작한 것도 아마 걔의 배려 아니었을까."

"가키네 씨의 그 집이 간신히 손에 넣은 안주할 장소였단 건가."

"그런데 뭐 죽어 버리면 아무 소용 없지."

이 남자는 앞으로 별 성과가 없더라도 가키네 가구에 찰싹 달라붙어서 피를 빨 거라고 곤도는 직감했다.

"이제 됐나?"

"그래."

다가메는 다시 병원에 들어가려다 갑자기 발걸음을 멈췄다.

"그리고 보니 몇 년 전쯤 전화가 한 통 왔었어."

"전화?"

"걔가 먼저 전화를 걸어 오는 일은 드무니 무슨 일이라도 있냐고 물었지. 근데 확실히 알려 주지 않더군. 며칠 뒤 내가 다시 전화를 걸어 물어도 괜찮다고만 했고."

그때 다가메는 "정말 괜찮은 거 맞나?"라고 한 번 더 확인했다. 그러자 다카에는 이렇게 대답했다고 한다.

— 괜찮아. 오빠도 이길 수 없는 사람이 내 편이 돼 주기로 했거든.

"그게 언제 이야기지?"

곤도는 황급히 물었다.

"글쎄. 5, 6년 전이었나. 아니, 더 됐을지도."

그럼 7년 전이었어도 이상하지 않다.

그때 다카에는 어떤 걱정거리를 떠안고 고몬회 조직 폭력배도 이길 수 없는 사람에게 도움을 청했다.

"그때 동생이 말한 게 혹시 당신들 아니었을까?"

경찰이다.

사흘 뒤 곤도는 다시 시시오이에 돌아갔다.

이제는 얼굴을 외운 택시 기사가 친근하게 말을 걸었다.

"가키네 씨 사건, 어떻게 돼 가고 있습니까?"

반백의 기사는 천진난만하게 물었다.

"손님, 형사 맞죠?"

"왜 그렇게 생각하시죠?"

"움직이시는 것만 봐도 다 느낌이 옵니다."

곤도는 코웃음을 쳤다. 기사는 개의치 않고 입을 열었다.

"실은 저도 가키네 씨와 연이 있어서요. 그분은 바둑을 즐기셨는데, 이래 봬도 제가 동네에서 바둑 실력으로 유명하거든요."

"오. 가키네 가구의 사장을 상대로도 인정사정 봐주지 않으셨나 봅니다."

"바둑판 위에서는 신분이나 직업 귀천 따위 없으니까요. 뭐 실제로는 조금 봐 드리긴 했죠. 집에 종종 불려 가 좋은 술을 얻어 마시기도 했습니다."

기사는 당시를 그리워하듯 말했다.

"언제쯤 이야기죠?"

"부인의 상태가 나빠지기 전이었으니 아마 몇 년 됐을걸요."

"7년보다 더 됐겠죠? 가키네 씨가 아직 사장인 시절이었고 아마 그 무렵부터 집에 기사님을 부르지 않았겠죠."

"맞아요, 맞아요. 갑자기 사람이 조금 어려워졌달까."

"말 나온 김에 하자면, 가키네 씨는 기사님 외에도 바둑을 잘 두는 사람을 종종 집에 불렀죠?"

"정말 모르는 게 없으시네."

"추리입니다, 추리. 기사님이 절 형사로 본 거랑 비슷합니다."

그러자 기사는 "제가 대단한 분을 몰라뵀네요" 하고 너스레를 떨었다.

"형사님도 바둑을 두시나요?"

"위에서 배우라고 해서 조금 배워 봤지만 어렵더군요. 못 하겠다고 하니 불려 가서 혼났어요. 말이나 됩니까."

"직장 내 갑질이라는 건가요?"

곤도는 가볍게 흘려듣고 창밖을 봤다.

사흘 전 다가메와 헤어지고 곧장 가키네의 아들인 가키네 야스미치의 집으로 향했다. 번듯한 장식품이 늘어선 응접실로 안내받은 곤도는 단도직입적으로 돈의 흐름을 알고 싶다고 운을 뗐다. 구체적으로는 다카에가 다달이 돈을 보낸 곳을 알고 싶었다.

한밤중의 갑작스러운 방문에 화가 난 듯했던 그는 "개인정보를 알려 드릴 의무는 없습니다"라고 퉁명스레 말했고, 그런 그에게 곤도는 "다카에 씨 유족이 어떤 사람인지 들으셨죠?"라고 물었다. 그리고 얼굴이 파랗게 질려 말을 더듬는 부잣집 도련님에게 쐐기를 박았다.

"어차피 무슨 일이 생기면 도와드릴 수 있는 사람은 접니다."

그러자 역시나 대번에 고분고분해졌다.

다카에가 돈을 보낸 사람은 친척이 아닌 다카에의 옛 직장 동료 여자였다. 곤도가 여자를 찾아가자 그녀는 사례금에 눈이 멀어 명의를 빌려줬다고 순순히 인정했고, 곤도는 그 일을 넘어가 주는 대신 협조를 지시했다. 그리고 경찰수첩의 힘을 빌려 남몰래 마지막 출금 시각과 장소를 특정한 게 바로 얼마 전이다.

겉에 드러난 진실을 곱씹으며 곤도는 조용히 혀를 찼다.

7

초라한 거실에서 곤도는 책상다리를 하고 앉아 있었다. 잠시 후 사가야마가 쟁반에 찻잔을 얹어서 가져왔다.

"술이 나으려나? 괜찮은 소주도 있는데."

그렇게 말하며 앉아서 싱글거리는 모습을 보자 곤도는 망설임이 사라졌다.

"사가야마 선배. 오늘은 한 가지 확인할 게 있어 찾아뵈었습니다."

"확인?"

어리둥절해하는 그를 보며 곤도는 입을 열었다.

"선배님은 가키네 씨의 바둑 친구였고, 전에 그분 집에 불려 가 함께 바둑을 두신 적이 있죠?"

집 한구석에는 지금도 검은 바둑돌이 떨어져 있었다.

"그래."

사가야마는 그제야 긴장이 풀린 듯 말했다.

"그거 말인가. 그래. 있었지."

"네. 있었겠죠. 아무리 형사라고 해도 남들 같은 취미 하나쯤은 있어야 버틸 수 있으니까요. 뭐 전 성미에 안 맞아서 선배님의 기대에 부응하지 못했습니다. 지금도 바둑은 못 두고요."

하지만.

"형사가 되기는 했습니다. 선배님처럼 끈질기게 물고 늘어져 주변의 미움을 받는 형사가."

금세 사가야마의 얼굴에서 웃음기가 사라졌고, 두 사람 사이에 팽팽한 긴장이 감돌았다.

"7년 전 마쓰가미 씨의 사고사. 그건 계획된 살인이었습니다."

"곤도. 그 일은 이미……."

곤도는 개의치 않고 말을 이었다.

"당시 술자리에 참석했던 가키네 씨도 그 일이 어떻게 이뤄졌는지 알고 있었겠죠. 꼭 주모자가 아니어도 결과를 보면 무슨 일이 있었는지는 바로 알 수 있었을 테니까요. 그걸 깨닫는 사람이 나와도 별일 없을 거라며 지토세 씨와 오바타 씨는 걱정 따위 하지 않았을 테지만, 진실을 알아차린 가키네 씨는 발칙하게도 고민하고 말았습니다. 이대로 이 일을 계속 숨겨야 할지, 아니면 정직하게 털어놓아야 할지를요. 그러니 사고 직후부터 사람이 달라져서 집에 바둑 친구를 부르지 않게 됐습니다. 그리고 사고의 진실을 책장에 적어서 남겼습니다."

지토세 집안이 가키네를 감시할 이유가 있었던 것이다. 나가하라의 존재를 통해서 얻은 발상이다.

"가키네 씨가 죽은 뒤에 누군가 책장을 뜯어 갔다고 생각한 저는 애초에 시신의 최초 발견자인 경찰을 의심했습니다. 그러나 잘 생각해 보니 책장을 가져가는 건 가키네 씨가 죽기 전이어도 상관없겠더군요. 책장의 존재를 알고 그 집에 드나들 수 있던 사람이면 누구든, 언제든 가능했던 겁니다. 7년 전에도요."

사가야마는 입술을 꾹 다물었다.

"'서재 책?'이라는 메모는 가키네 씨의 집을 가리키는 말이었겠죠. 이야기를 들려준 사람은 다카에 씨였을 테고요."

반론이 돌아오지 않는다.

"눈치가 빨랐던 다카에 씨는 남편의 생각 역시 기민하게 알아챘을 겁니다. 마쓰가미의 사고사에 다른 이면이 있고, 아무래도 남편은 그것을 고백할 생각인 듯하다. 다카에 씨는 그 상황을 두려워했습니다. 남편이 진실을 폭로하면 우리는 어떻게 될까. 지토세 집안의 눈 밖에 나서 간신히 손에 넣은 이 평화가 깨질 수도 있다. 이 사람을 어떻게든 말려야 한다. 그런 불안감이 당시 그 집을 드나들던 사람과 그녀를 이어 줬습니다."

형사라면 더욱더 의지할 수 있었을 것이다.

"지금의 선배 모습을 보면서 눈이 흐려져 있었습니다. 가키네 씨가 기록한 사건의 진실. 명색의 사가야마 고사쿠가 그런 중요한 단서를 놓칠 리 있겠습니까. 만약 그걸 손에 넣지 못하더라도 가키네 씨를 설득하면 되죠. 끈질기게, 끝까지 달라붙어서 털어놓게 하면 됩니다. 그러나 선배님은 패배했습니다. 오바타와 지토세 앞에서 꼬리를 내리셨죠. 떠올릴 수 있는 이유는 단 하나. 처음부터 싸울 생각이 없었기 때문입니다. 선배는 진실을 밝히려 한 게 아닙니다. 다카에 씨에게 부탁을 받아 감추려고 한 겁니다."

그러니 진실이 적힌 책장을 뜯어서 없애 버렸다.

"지난 7년간 다카에 씨 지인 명의로 만든 계좌에 매달 15만 엔이 입금됐습니다. 집을 소유한 독신이라면 생활에 쪼들리지 않을 액수죠. 그 현금 카드가 아직 지갑에 있나요? 아니, 버렸어도 마찬가집니다. 마지막 출금 시각에 기록에 나온 편의점에서 돈을 빼는 선배 모습이 CCTV 영상에 남았으니까요."

다카에의 사망 소식을 듣고 황급히 잔액을 출금했을 것이다.

몸이 굳은 채 움직이지 않는 사가야마를 보며 곤도는 설명을 이어 갔다.

"다카에 씨가 죽은 지금은 어떻게든 발뺌할 수도 있을 겁니다. 심지어 명의 대여 외에는 범죄라고 할 수 없을지도 모릅니다. 하지만 말이죠. 사가야마 선배. 선배는 얼마 전 제게 사과했습니다. 고개를 숙이며 한 번만 봐달라고 했습니다. 잘 들으십쇼. 경찰은 그렇게 쉽게 사과하는 게 아닙니다. 우리가 진정 사과하는 건 나 자신의 신념을 꺾었을 때뿐입니다."

그것이 바로 형사의 규범이라고 가르쳐 준 남자가 어깨를 축 늘어뜨리고 눈을 깔았다. 곤도는 이를 꽉 물고 예전 스승이자 선배를 노려봤다.

툇마루에서 미지근한 바람이 불자 녹차 향이 코를 간지럽혔다.

"가키네 씨와는……."

이윽고 사가야마의 입이 움직였다.

"꽤 오래전부터 바둑 친구였지. 나이 차이가 나는 날 아껴 줬어. 비록 이런저런 소문도 돌았지만 근본은 나쁜 분이 아니었어. 오히려 남의 부탁을 거절하지 못하는 좋은 분이었지. 그 사건 때도 아마 아무것도 모르는 채 말려들었다고 난 믿고 있어."

다카에 역시 남편이 그런 사람이라는 걸 알았으니 더 불안했을 것이다.

"사고로 처리된 걸 납득 못한 나는 가키네 씨에게 이야기를 제대로 듣고 싶어서 그 집을 찾아갔어. 요즘 들어 가키네 씨 상태도 뭔가 이상해진 것 같아 걱정되는 마음도 있었지. 하지만 아무리 찾아가도 몸이 좋지 않다며 날 만나 주지 않더군. 그리고 어느 날, 남편의 말을 전하러 나온 다카에 씨의 어두운 표정이 마음에 걸려 혹시 고민이 있으면 뭐든 말하라고 하니 그녀는 대뜸 울음을 터뜨렸어. 그리고 나중에 반드시 사례할 테니 힘이 돼 달라고 했어."

허공을 보며 크게 한숨을 내쉰다.

"며칠이 지나 다카에 씨한테 전화가 왔어. 서재가 수상하니 조사해 달라고."

그때 갈겨 쓴 것이 바로 그 메모다.

"가키네 씨는 어떤 증거를 가지고 있었습니까?"

몸을 내밀어 묻는 곤도에게 사가야마가 고개를 흔들며 말했다.

"아무것도."

"네?"

"아무것도 없었어. 전부 다카에 씨의 착각이었지. 가키네 씨가 집에 없을 때 샅샅이 집을 뒤졌지만 서재 책에 증거는 고사하고 낙서 하나 없더군. 그 무렵에 이미 다카에 씨의 마음속에는 그늘이 드리워져 있었던 거야."

"그럼……."

"다카에 씨는 필요했겠지. 자신을 안심시킬 만한 물건이."

불안이 초래한 망상에 일부러 맞춰 줬다. 뜯어 온 책장 끝부분을 보여 주며 "이제는 괜찮습니다"라고 달랬다.

동시에 그것은 다카에에게 돈을 부치게 할 구실이기도 했다.

"다카에 씨의 심정은 이해했어. 워낙 힘들게 살아 온 여자니까. 남의 생사보다 자기의 안락한 삶이 우선인 게 당연하지 않겠어? 한 꺼번에 큰돈은 어렵지만 어떻게든 마련해 보겠다며 고개를 숙이는 그녀를 보며 나도 가슴을 쓸어내렸지. 이로써 형사 짓도 관둘 수 있다……라고 생각하며."

곤도는 귀를 의심했다. 그러고 나서 곧장 납득했다.

마쓰가미 사건을 파헤치려 해서 떨어진 징벌 인사가 아니었다.

사가야마는 제 손으로 형사직을 던졌다. 경찰 조직에서 발붙일 곳을 스스로 없애고, 지극히 자연스럽게 퇴직할 수 있는 상황을 만들었다.

"곤도. 형사 일은 말이지. 허업이야. 공허하고 허망해. 제아무리 결정적인 단서를 포착해도 뭉개져야 할 때는 뭉개야지. 난 사고 당시 철저히 조사하고 다녔어. 그날 밤 사고 현장에서 누군가 마쓰가미의 승합차를 기다리고 있었던 게 아닌가. 그가 지토세 집을 나설 때 조수석에 정말 아무도 없었나. 그런데 하나같이 기억나지 않는다고 잡아떼며 가르쳐 주지 않더군. 응, 아무것도. 제아무리 백 명의 목격자가 있어도 백 명 모두 입을 걸어 잠그면 사건 따위 묻힐 수밖에 없어."

사가야마는 웃음을 터뜨렸다. 마치 우는 것처럼.

"정의니 뭐니 부르짖어 봐야 소용없어. 마쓰가미도 마찬가지지. 오바타를 고발해 봐야 그 뒤를 이어 또 다른 권력자가 등장할 뿐. 그러니 가키네 씨도 결국 입 다물기로 한 거야. 그럴 만하지. 인간은 누구나 자신에게 이익이 되는 쪽을 택하니까. 정의 따위가 이후의 인생까지 책임져 주지는 않아."

곤도의 눈에 이제는 정말 초라하게 늙어 버린 노인이 비쳤다.

"그때 뜯어 온 책장은 얼마 전 불태웠어. 난 앞으로도 여기서 살아갈 거야. 곤도."

그는 탁한 눈빛으로 곤도를 보며 물었다.

"자네는 날 어떡할 건가?"

화를 내며 따져 묻고 싶었다. 다카에의 우울증은 그 사고 은폐와 무관한가? 그 직후 가키네가 사업에서 물러난 건 우연인가? 동반 자살이라는 결말은? 당신의 지금 정말 행복한가?

마당에 남은 보기 흉한 벚나무가 시야 끝에 들어왔다. 이웃의 싫은 소리 한마디에 나무를 깨끗이 자른 사람이 곤도가 한때 동경했던 남자의 지금 모습이다.

"전⋯⋯."

주먹을 불끈 쥐었다.

"활개 치는 악당 놈들의 코를 납작하게 해 주는 게 취미입니다. 정의도 뭣도 없어요. 단지 그뿐입니다."

곤도는 몸을 일으켰다.

"이미 시들어 버린 노인네 한 명 어떻게 되든 내 알 바겠습니까. 조용히 살다가 조용히 무덤에 들어가십쇼."

그 말을 끝으로 등을 돌렸다.

그날 밤 술집 카운터석에 앉아 있는 곤도에게 전화가 걸려 왔다.

— 아키미쓰입니다.

여전히 사람을 깔보는 듯한 말투가 신경에 거슬린다.

— 상의할 게 있는데 잠깐 시간 좀 내주시죠.

내일 밤에 만나자고 해서 곤도는 알겠다고 했다.

통화를 끊고 단숨에 술잔을 비웠다.

사가야마의 말처럼 권력 앞에서 개인은 무력하다. 그 개인끼리도 체격 차이 하나부터 모든 것이 불평등하다. 그런 건 이미 오래 전에 깨달았다.

아키미쓰는 지토세 집안의 지시를 받아 전화했을 것이다. 그 파출소 소장이 찔렀을 게 분명하다.

곰이 땅을 기어 다니는 뱀을 짓밟으러 오고 있다.

좋아. 덤벼라.

머리부터 발끝까지 먹어 치워 주마.

각자의 달걀로 바위를
깨뜨리려는 자들의 이야기

면적 대부분이 산으로 뒤덮인 간사이 지역의 작은 행정 도시 시시오이군. 그곳에 위치한 시시오이초는 인접 마을 총 세 곳을 파출소 한 곳에서 관할하고 있을 만큼 발전이 더디고 인구 과소화가 진행 중인 전형적인 산속 시골 마을입니다. 그 시시오이 파출소에서 근무하던 젊은 경찰관 나가하라 신스케가 어느 날 갑자기 퇴근길에 홀연히 자취를 감춥니다. 실종 당시 권총을 소지하고 있었던 탓에 현 경찰 전체가 발칵 뒤집혀 수색에 나서지만, 자취를 감출 만한 그 어떤 전조나 이유도 없이 사라진 터라 발견은 고사하고 사건인지 사고인지도 밝히지 못하는 상황에서 시시오이 출신이자 그의 경찰학교 동기인 사와노보리 요지가 근무지 이동을 자원해 시시오이 파출소에 오게 됩니다. 고등학교 시절 에이스 투수로 활약하다가 비참하게 몰락한 과거를 가지고 있는 요지는, 그곳에서 자신의 모든 것을 걸고 나가하라 실종의 진실을 밝히기 위해 고군분투하지만 주위에서는 냉랭한 시선만 쏟아질 뿐입니다. 그것도 모자라 믿고 따라야 할 파출소 선배 경찰은 마을 주민들과 이상하리만큼 유대 관계가 끈끈하고, 지역 권력자들은 자신들이 결성한 비밀 모임에 요지를 끌어들이고자 합니다. 얼마 후 요지는 자신이 태어나고 자란 이 작은 마을의 이면에 폭력 조직이 얽힌 거대한 이권 다툼과 어두운 욕망이 도사리고 있으며 경찰학교 동기의 실종은 그 작디작은 퍼즐 조각 하나에 불과한 것을 깨닫습니다. 그런 와중에 마을에 수수께끼의 화재 사건까지 일어나 집주인이 불탄 시신으로 발견되자 조용한 시골 마을을 둘러싼 혼돈은 더 이상 걷잡을 수 없이 일파만파 커지게 됩니다. 마을 전체에 그림자를 검게 늘어뜨리고 있는 거대한 바위 아래 모여든 각양각색의 인간 군상. 누군가는 달걀을 던져 그 바위를 깨뜨리려 하고, 누군가는 바위에 몸을 기댄 채 바위를 방패 삼으려 하며, 누군가는 직접 그 바위가 되어 마을을 집어삼키려 합니다. 그 안에서 주인공 사와노보리 요지는 과연 어떤 선택을 내릴까요. 그리고 나가하라 실종의 진실은 무엇일까요.

『라이언 블루』는 짧은 줄거리만으로 요약하기 어려운 복잡한 플롯을 지닌 소설입니다. 사실 경찰관이 주인공으로 등장한다는 점이나 외지인을 꺼리는 폐쇄적인 시골 마을에서 벌어지는 기이한 사건 같은 설정은 추리 소설의 단골 설정이라 할 수 있습니다. 특히 일본 미스터리에서는 1949년 연재된 요코미조 세이시의 『팔묘촌』를 필두로 '육지 속 외딴섬'이나 마찬가지인 공간을 무대로 해 그 안에서 뒤엉킨 인간관계와 인습과 미신, 전통과 근대성의 충돌 등을 그린 작품이 꾸준히 출간돼 이후 미쓰다 신조의 '도조 겐야' 시리즈 등으로 이어졌고, 그전까지 주로 탐정의 조연에 머무르던 경찰관을 주연으로 앞세워 인기를 모은 마쓰모토 세이초의 1957년 작 『점과 선』을 비롯해 경찰 주인공 소설의 새로운 지향점을 선보였다고 평가받는 요코야마 히데오의 『그늘의 계절』까지 영미권의 '경찰물(Police procedural)'과는 결이 약간 다른 '경찰 소설(警察小說, 게이사쓰 쇼세쓰)'이 특유의 장르로 자리 잡으며 진화와 발전을 거듭해 오기도 했습니다. 그 안에서 오승호 작가는 기존 클리셰에 안주하지 않고 다른 작품에서 보기 힘든 '파출소 순경'을 주인공으로 하여, 실제 존재하는 것처럼 느껴질 만큼 현실 시대상이 고스란히 반영된 시골 마을에서 갖가지 사정을 품은 인간이 얽히고설키는 작가만의 경찰 소설을 만들어 냈습니다. 단순히 주인공이 동기의 실종을 추적하는 과정을 그리는 이야기로 예상한 독자들은 작품 중반부까지 심상치 않게 차곡차곡 쌓아 올려지는 여러 사연을 보며 그리 만만한 작품이 아니라는 것을 깨닫게 되고, 이야기의 전체상이 비로소 눈에 들어오는 후반부에는 그동안 머릿속에 그리고 있던 세계가 단숨에 무너져 내리는 미스터리 소설만의 묘미를 즐길 수 있습니다. 또 작가의 데뷔작『도덕의 시간』에서도 느낄 수 있었던 작가 고유의 하드보일드한 분위기 묘사도 일품입니다. 현지에서는 이 작품『라이언 블루』을 미국 하드보일드 탐정 소설의 아버지 대실 해밋의『붉은 수확』에 도전한 '오승호판『붉은 수확』'이라 평가하는 독자가 있고, 작품이 2018년 제31회 야마모토 슈고로상 후보에 올랐을 당시 심사위원을 맡은 경찰 소설의 대가 사사키 조는『라이언 블루』를 강력히 추천하며 "모험적인 시도로 가득 찬 경찰 소설이자 지극히 정교하게 쌓아 올린 미스터리 야심작"이라 평가하기도 했습니다.

오승호 작가의 작품을 하나씩 읽다 보면 소재는 각기 달라도 작품군 전체를 관통하는 어떤 주제 의식이 있다는 것을 알 수 있습니다. 작가의 작품 속에는 개인의 힘으로 도무지 어찌할 도리가 없는 거대한 '무언가'에 맞서서 분투하는 인물들이 자주 등장합니다.『도덕의 시간』의 오치,『하얀 충동』의 지하야,『히나구치 요리코의 최악의 낙하와 자포자기 캐논볼』의 요리코,『스완』의 이즈미, 그리고 본 작품『라이언 블루』의 주인공 사와노보리 요지까지. 작가는 그들이 그들 나름의 방식으로 최선을 다해 싸워서 끝내 승리를 거머쥐거나, 비록 이기지 못하더라도 끝까지 꺾이지 않고 납득할 만한 타협점을 찾아내

매듭짓는 과정을 치열하고도 치밀하게 그려내는 재주가 있습니다. 세상에서 가장 흥미진진한 '달걀로 바위치기' 이야기라고 할까요. 저는 이것이 일본 사회에서 재일동포 3세로서 살아가는 오 작가 자신의 정체성이 투영된 결과가 아닐까 조심스럽게 추측해 봅니다. 오승호 작가는 2015년 『도덕의 시간』으로 에도가와 란포상을 받으며 화려하게 데뷔한 이래 지금까지 일본에서 널리 알려진 장르 문학 관련 상에 모두 한 번씩은 수상하거나 후보에 이름을 올렸을 만큼 현재 명실상부 가장 실력 있고 주목받는 젊은 작가입니다. 특히 일본 최고 권위를 자랑하며 작가 평생 후보 명단에 단 한 번 이름을 올리기도 힘든 것으로 유명한 '나오키상' 후보에 2020년 『스완』, 2021년 『우리의 노래를 불러라』, 2022년 『폭탄』으로 총 세 번 올랐고, 세 번 다 아쉽게 수상을 놓쳤습니다. 사실 지금 그 거대한 '무언가'를 상대로 누구보다 가장 치열하게 싸우고 있는 사람은 어쩌면 작가 자신인지도 모르겠습니다. 앞으로도 뜨겁게 펼쳐질 오승호 작가의 무한 도전, 그리고 작가와 함께 그의 작품 속에서 늘 살아 숨 쉬는 캐릭터들의 분투를 번역자이자 작가의 작품을 아끼는 독자의 한 사람으로서 여러분과 함께 지켜보며 응원하고 싶습니다.

2022년 겨울

이연승

라이언 블루
LION BLUE

1판 1쇄 발행 2022년 12월 28일
1판 2쇄 발행 2023년 3월 27일

지은이 오승호   **옮긴이** 이연승

책임편집 민현주   **디자인** 알음알음   **제작** 송승욱   **마케터** 유인철   **발행인** 송호준
발행처 블루홀식스   **출판등록** 2016년 4월 5일 제 2016-000100호
주소 경기도 파주시 회동길 483-1   **전화** 031-955-9777   **팩스** 031-955-9779
이메일 blueholesix@naver.com

ISBN 979-11-89571-86-3 03830